DANTHE ALIGHIERI.

EX–LIBRIS

神曲

（全三卷）

炼狱篇

〔意〕但丁 著

肖天佑 译

商务印书馆
The Commercial Press

Dante Alighieri: *LA DIVINA COMMEDIA, Purgatorio*, La Nuova Italia Editrice, Scandicci, 1985.

Questo libro è stato tradotto grazie ad un contributo alla traduzione assegnato dal Ministero degli Affari Esteri e della Cooperazione Internazionale Italiano.

感谢意大利外交与国际合作部对翻译本书中文版提供的资助。

涵芬楼文化 出品

神曲·炼狱篇

目　录

译者序

《神曲·炼狱篇》内容提要

中世纪的神学家们，曾假设在永恒的惩罚（地狱）与灵魂获得救赎（天堂）之间有个中间地带。但丁就是根据这种思想，匠心独具地构思了炼狱。但丁的炼狱与地狱相反：1.地狱位于北半球耶路撒冷地下，呈漏斗形，上宽下窄，一直通向地心；炼狱则位于南半球海面以上，是座孤立的、下宽上窄的高山，呈圆锥形，直指苍穹。2.地狱里收纳的灵魂，他们生前犯下不赦之罪，死后要按其罪恶轻重的程度，在地狱各层永远受罚；炼狱收纳的灵魂，生前虽然也有错，但程度较轻而且生前已向上帝忏悔，得到了后者宽恕，他们来到炼狱是要以不同方式洗涤罪过，最后走向天国享受永福。

炼狱本身有七层平台，每个平台对应于一种罪过，它们是：骄傲、嫉妒、愤怒、怠惰、贪财、贪食和贪色。进入炼狱洗涤罪过的灵魂，都要根据自己生前所犯罪过分别到这些平台去接受磨炼，然后进入炼狱山山顶的伊甸园去喝忘川河与欧诺埃河的河水：前者能让人忘记生前的一切记忆，而后者则让人恢复对生前一切善行的记忆。但是，进入炼狱之前，阴魂们

（个别情况除外）都要在炼狱的外围等候一定时间，所以外围也是炼狱的一部分。这样，炼狱除本身的七层平台外，再加上山顶的伊甸园和山下的外围，总共也是九层，与九层地狱相对应。

但丁和维吉尔穿过地心通往南半球的岩洞来到炼狱外的海滩上，从海滩到炼狱山的山门就是炼狱的外围。获得上帝赦免到炼狱来洗涤罪孽的灵魂，按其罪孽大小及罪孽的性质，分成若干队伍在外围游荡等候，这里有被革除教籍的人、生前懒散的人、因暴力致死的人和一些开明君王，等等。不论哪一群人，都要先在外围滞留不同时间，然后才能进入炼狱各层赎罪。他们过错的性质不同，在外围滞留的时间也不同，有的要等待三十倍于他们在世时抵制、反对教会的时间，有的要等待与他们生命相等的时间；但他们有个共同点：希望世上有虔诚的信徒为他们祈祷、请愿，以缩短他们在外围等候的时间。在这些不同的人群里，但丁有选择地给我们介绍了一些他的朋友或在某个方面具有代表性的人物，如正直敢言的13世纪意大利诗人索尔德洛、德国皇帝鲁道夫一世，等等。

炼狱里还有另一条规定：晚上不能爬山。因此，当索尔德洛陪伴但丁和维吉尔向炼狱门口行进，天快要黑时，他建议他们在天黑之前去君王谷看看，并在那里过夜，待天亮之后再继续前行。然而临近午夜时，但丁在君王谷的草坪上睡着了，醒来后却发现自己和维吉尔已经来到炼狱门口附近。维吉尔告诉他说，他睡熟后圣卢齐亚来到谷地草坪，把他一直抱到炼狱门外。

炼狱门口位于一块高地上，四边有山崖围着。门口有三级台阶，象征进行忏悔的罪人必须经历悔悟的三个阶段：内心悔悟、口头忏悔和实行补赎。但丁登上三级台阶后，虔诚地在守护天使面前跪下，谦卑地请求天使为他打开炼狱大门，并且在自己胸前捶了三下，意思是请求天使饶恕他的三种罪过，即思想上犯的罪过、言语上犯的罪过和行为上犯的罪过。于是，天使在但丁额头上刻下七个象征七种罪孽的大写"P"字，嘱咐他进入炼狱后再把它们一一洗净，还嘱咐他不可回头，一定要坚持走下去。这就是进入炼狱的灵魂必须履行的入门礼仪。然后天使掏出两把钥匙打开炼狱之门，放但丁进去；从此，但丁不再像在地狱那样是个旁观者，而是作为一名忏悔者在炼狱对自己的罪孽进行忏悔。

灵魂们在炼狱各层受到的惩罚是不同的，但每一层的赎罪过程大同小异：先是对照与该层罪过相对应的正面典型反省检讨自己，然后再以因犯那种罪受到上帝惩罚的案例警示自己，坚定自己决不重犯的决心。对这一赎罪过程，但丁在炼狱第一层描述得非常详尽。

但丁这样描述第一层平台：平台一边悬空，一边紧挨山崖，中间的路面大约五米宽；山崖的绝壁上面刻有三幅浮雕：《圣母领报》《迎接约柜图》《寡妇请求图拉真皇帝为其子复仇图》。这是但丁列举的三个谦卑典范，因为炼狱第一层对应的是骄傲罪，而骄傲的对立面是谦卑，所以犯骄傲罪者赎罪，要对照崖壁上雕刻的这些浮雕检讨自己的罪孽。犯骄傲罪者，生前昂首挺胸；他们在炼狱受到的惩罚是：身负重物，压得身屈背弓、眼睛朝地，而且他们"个个都抢拳捶胸"，表示他们都非常后悔。他们的眼睛盯着地面，因为但丁在那里地面上也安排雕有一些浮雕——因犯骄傲罪而受到惩罚的"典型"，即这些正在洗涤自己骄傲罪的灵魂们的"反面教员"。

但丁与这些魂灵一起负重而行、对照壁画反省并吸取地面上"反面教员"的教训，终于洗涤干净自己身上沾染的骄傲习性。这时炼狱第一层的守护天使把他们领到通往第二层的阶梯脚下，并把但丁额头上刻的象征骄傲罪的第一个"P"字抹去，表示他认同但丁已洗涤干净骄傲罪，答应领他攀登炼狱的第二个平台。但丁的炼狱第一层之旅到此结束。

炼狱第二层收纳的是犯嫉妒罪者，他们在世时嫉妒成性，见不得别人的成就，所以但丁在这里把他们描述成可怜的盲人。因此，这里罪人们赎罪的方式与第一层的罪人不同：如果说第一层的罪人的灵魂是靠视觉的帮助赎罪，这层的罪人赎罪则靠听觉，因为他们灵魂的眼皮都被铁丝缝住，什么也看不见。与嫉妒相反的美德是"爱"，这里"爱"的典范和因犯嫉妒罪而受惩罚的"反面教员"，都是以歌唱的形式把"爱"传递给他们的。

炼狱第三层收纳的是犯愤怒罪者的灵魂。这些灵魂深陷于一片黑暗之中，象征他们活着的时候因为愤怒让他们像盲人一般，看不到其他东西；而愤怒的反面是温顺，犯愤怒罪的人应该向温顺的人学习，所以但丁让这些罪人以幻梦的形式看到一些温顺的典范，供他们反省及洗涤他们的愤怒罪，最后也以梦幻的形式安排他们看到一些受到相应处罚的范例。

炼狱第四层收纳的是生前犯怠惰罪的犯人，对他们的惩罚是：不停地快速奔跑，以这种强烈的热情来弥补他们生前因热情不足而犯下的过错：疏忽或者延误。他们一边奔跑，一边大声呼喊着勤快的典范来鼓励自己，因为勤快是怠惰的对立面，怠惰的人应该向勤快的人学习。最后，还要呼喊因犯怠惰罪而受到惩罚的人的名字，来告诫自己。

炼狱第五层收纳的是生前犯有贪财罪的灵魂，由于他们生前紧盯着尘世的财物，不做善事，这里受到的惩罚是：趴在地上，眼睛紧盯着地，而且手脚被捆住动弹不得。他们白天要对照清贫与慷慨大方的典范反省自己的罪孽；晚上则要反复诵唱那些因贪财而受到上帝惩罚的范例，警示自己。

炼狱第六层收纳的是贪食者的灵魂，他们受到的惩罚是：忍饥受渴，沿第六层环道奔走；那里有几棵形状怪异的树，树上结满果实，每当这些灵魂走到那几棵树下时，想吃想喝的欲望就变得高涨起来，让他们在承受饥渴中反省贪食罪过。最后，但丁列举了两个受到惩罚的贪食罪犯人的案例，警示犯贪食罪的人。

炼狱第七层收纳的是贪色者的灵魂。这里崖壁向外喷射烈火，罪犯们则分成两队：犯邪淫罪者为一队，犯鸡奸罪者为另一队，在烈火中沿着相反的方向行进。他们一边诵唱警诫淫欲的歌曲，一边呼喊着贞洁美德者的名字，以这种方式赎罪。

但丁经历过七层炼狱的磨炼并一一清除掉额头上的七个"P"字后，穿过地上乐园四周的火墙进入伊甸园。在那里，他终于见到自己朝思暮想的贝阿特丽切，并在她的关怀下去饮用忘川河与欧诺埃河的河水，做好一切准备前往天国游览。《炼狱篇》到此结束。

值得一提的是，但丁在《炼狱篇》中不忘利用各种机会安排一些人物对意大利当时社会的政治、道德状况发表各种激烈的评论，对一些历史、哲学、神学乃至一些自然科学的问题，他也发表了独到的评论，读者在阅读《炼狱篇》的过程中都会接触到，这里就不再赘述了。

肖天佑

2017 年 8 月于北京

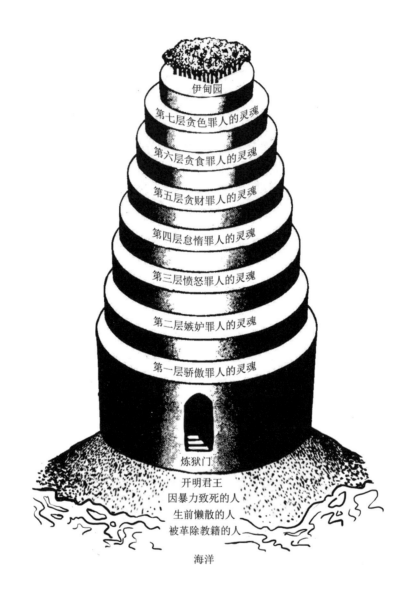

炼狱结构示意图

第一曲

我的向导揪我一下
用言语、手势和眼神
示意我低头并跪下
表示对老人的敬意。

　　但丁匠心独具，他构思的炼狱与地狱相反：1.地狱位于北半球耶路撒冷地下，呈漏斗形，上宽下窄，一直通向地心；炼狱则位于南半球海面以上，是座孤立的、下宽上窄的高山，呈圆锥形，直指苍穹。2.地狱里收纳的灵魂，他们生前犯下不赦之罪，死后要按其罪恶轻重的程度，在地狱各层永远受罚；炼狱收纳的灵魂，生前虽然也有过错，但程度较轻而且生前已向上帝忏悔，得到了后者宽恕；他们来到炼狱是要以不同方式洗涤罪过，最后走向天国享受永福。地狱通往炼狱的通道是从地心反向而上、直通南半球海面的一个狭窄的岩洞。

但丁与维吉尔穿过岩洞走出地狱，来到炼狱山脚下的海滩上。这里是另外一种气氛，天空晴朗、繁星闪烁，让但丁顿时感到轻松、愉快。于是他歌诵道："惨不忍睹地狱，/让我心胸沉痛；/见这湛蓝天空，/愉悦我的双眸。"他接下来面临的任务是歌诵炼狱。于是他像古代诗人那样，立即呼请缪斯女神，帮他完成歌诵炼狱的任务。

他转身向右，高兴地欣赏起南半球的天空，看到了除亚当之外无人见过的象征"谨慎""正义""坚韧"和"节制"等四种基本美德的星辰，感到无比痛快。当他再转身朝向北方时，突然发现一位老人站在他身边。维吉尔认识这位老人，立即让但丁屈膝躬身跪下，向这位老人表示恭敬。他就是卡托，古罗马政治家，因追求自由、反对恺撒独裁专政，不惜在非洲乌提卡自杀身亡。但丁非常尊崇他，称他为"真正自由的最严峻的战士"。但丁在这里还把"自由"这一政治上的概念，延伸到宗教领域里，把它理解成能够以理智战胜情感的自由，以精神战胜物质的自由。因此，但丁安排他作为炼狱的监护人。

卡托严厉质问他们是什么人，是怎么走出地狱来到炼狱来的。维吉尔替但丁做了回答，请求卡托放他们进入炼狱游览。卡托知道他们是遵从神意、应圣女贝阿特丽切之邀前来游历炼狱之后，便同意他们进入炼狱，并教他们进入炼狱必须履行的礼仪：洗净自己的面孔，并以灯芯草束腰。

维吉尔按照他的吩咐帮但丁履行了炼狱礼仪，准备进入炼狱。炼狱第一曲到此结束。

序诗

我的才华之舟，

扬起自己风帆，

辞别惊险地狱，

航行平静水面；

同时我将要讴歌

炼狱这第二王国：[1]

灵魂在此洗涤罪过，

谋求升入天国资格。

啊，女神缪斯，

我是你们祭司，

请让我的诗词

转而歌诵炼狱；

也请卡利俄珀

为我诗歌伴唱

（可怜狂妄喜鹊

未获女神原谅）。[2]

1　但丁将地狱视为第一王国，把炼狱视为第二王国，把天堂视为第三王国。

2　缪斯是古希腊神话故事中掌管文艺、音乐、天文等的九位女神，参见《地狱篇》第三十二曲注2。诗人是缪斯的祭司，在诗歌开头都要祈求缪斯；但丁也是这样，在《炼狱篇》开头就祈求缪斯给他灵感，让他从《地狱篇》歌诵罪人的灵魂顺利转入歌诵《炼狱篇》里的灵魂；卡利俄珀（Calliope）是九位缪斯女神之一，司史诗，她的声音特别优美。据奥维德在《变形记》第五章中记载：色萨利（Thessaly）王珀洛斯（Pierus）的九个女儿自恃声音好听，胆敢向缪斯女神挑战，比赛唱歌；卡利俄珀代表女神应战。结果女神们获得胜利。那九个姐妹不服，谩骂起来；女神们大怒，将她们变为喜鹊。

第一曲

南半球的天空

惨不忍睹地狱，

让我心胸沉痛；

见这湛蓝天空，

愉悦我的双眸：

蓝色宝石颜色

令我满心喜悦，

尽染整个天穹，

直达天国月空。[3]

美丽的启明星[4]

（它将爱情撒播），

已将东方照亮，

遮掩双鱼星座。[5]

我便向右转身，

凝目向南观望，

也像始祖亚当，

见到四颗星辰。[6]

3　"天国月空"指但丁意义的天国第一重天——"月亮天"，参见《神曲》第三部《天国篇》。

4　启明星即金星，外文名字是维纳斯（Venus），即爱神，所以诗中说它"将爱情撒播"。

5　但丁与维吉尔沿地心那条岩洞走出来，重见蓝天的时间是早晨日出前一个多小时。这时双鱼星座和启明星（金星）都出现在东方，因为启明星的光线较亮，遮盖了双鱼座的光辉。

6　这里所谓的"四颗星辰"，指象征"谨慎""正义""坚韧"和"节制"等四种基本美德的星辰。人类始祖亚当与夏娃，未犯罪时待在炼狱山顶的伊甸园中，见过这四颗星辰；他们犯罪后被赶出伊甸园，待在北半球繁衍生息，他们和他们的后代——人类，再也没有看见过这四颗星辰。

啊，南极的天空

独享这美丽星光！

北半球的土地啊，

无法将星光欣赏！

卡托

当我移开目光，

转身朝向北方

（大熊星座[7]已然

消逝在那下边），

我看见一位老人[8]

孤独站在我身边。

他那庄严容颜

像父亲般肃然：

瞧那白须长髯，

与其白发一般，

7　"大熊星座"即北斗七星。在北半球，北斗七星处于地平线上边；但是在南半球，北斗七星
　　却处于地平线之下。

8　这里指卡托（Marcus Porcius Cato，公元前95—前46年），古罗马政治家，曾担任过保民官，
　　属元老院贵族派。在恺撒、庞培、克拉苏"前三头"内战时期，他支持庞培；庞培失败后，
　　他逃往非洲与庞培的岳父一起抵抗恺撒，结果失败；最后困守孤城乌提卡（Utica），因不愿
　　做俘虏自杀而死。但丁非常尊敬他，视他为"真正自由的最严峻的战士"；所以，他虽自杀
　　而死，但丁并不把他放在地狱第七层第二环服刑，反而选他作为炼狱的监管者。在《地狱
　　篇》第十四曲中但丁曾提到过他，参见《地狱篇》第十四曲注2。

两缕花白头发
垂落飘在胸前；

四颗星辰光线
照亮他的颜面，
我见他就好像
看见太阳一般。

"你们是什么人？"
他捋着长髯询问，
"沿着阴暗沟渠
逃离永恒牢狱？[9]

谁是你们向导？
谁给你们指路，
帮你们走出那
永远漆黑的地狱？

难道地狱里的
法规已被废弛？
还是上天为它
重新换了法规，

9　指但丁他们沿着那阴暗的岩洞走出地狱。

让你们这些罪人

来到我这个山崖？"[10]

我的向导揪我一下

用言语、手势和眼神

示意我低头并跪下，

表示对老人的敬意；

然后回答老人说道：

"这并不是我的主意，

是那位圣女[11]从天而降，

请我帮助他，与他同行。

既然你要我说明

我们的真实情形，

我不能不回答你：

此人虽阳寿未尽，

却已经想入非非，

觉得时日所剩无几；

正如我前面所说的，

我是派来帮助他的，

---

10 卡托看见但丁和维吉尔感到奇怪，因为地狱里的灵魂永远要待在地狱服刑，炼狱接纳的灵魂
    是上帝赦免的人，怎么会有人从地狱直接到炼狱里来呢？

11 指贝阿特丽切，参见《地狱篇》第二曲"维吉尔的劝告与贝阿特丽切的帮助"一节。

第一曲

除我引领的这条路，

他没别的办法救赎。

他已看过地狱罪人，

现在要看那些魂灵：

他们正在你的领地

把自己的罪过洗净。[12]

我是怎么领他来的，

一两句很难告诉你；

是上天给了我力量，

我得以领他来见你，

聆听你对他的教诲。

请你不要嫌弃此人：

他是来寻求自由的，

只有得到自由的人，

才懂得自由之可贵。[13]

这一点你了如指掌，

在乌提卡你为自由而亡，[14]

并未感到丝毫悲伤；

12　指但丁已游历了地狱，现在要游历炼狱。

13　这里的"自由"指解脱，即摆脱一切罪恶，获得精神上的自由。

14　乌提卡，古迦太基小镇，现不存，遗址位于突尼斯马贾尔达河口。卡托困守那里时，为不被俘虏（古罗马时俘虏是要做奴隶的），保持自己的自由之身，而自杀身亡。参见前注8。

最后审判之日到来时，

你的肉体将熠熠生辉。

我们没破坏地狱法规：

他是个活人，弥诺斯

也无权给我宣判。[15]

你妻子马尔齐娅

也与我同处一环；

她那贞洁的双眼

仍然把你期盼。

啊，你胸襟圣洁，

让她回到你的身边！[16]

请看在她的情分上，

满足我们的请求：

允许我们穿越你

这王国七层领域。[17]

如果你能不介意，

15　地狱判官弥诺斯只能判处进入地狱的阴魂。但丁不是死人；维吉尔则是有贡献的古人，灵魂待在林勃层，不进入弥诺斯待的地狱第二层，也不归他管辖。所以维吉尔这里解释说，他们穿越地狱，并不是地狱法规已经废弛，也不是他们破坏了地狱法规。

16　马尔齐娅是卡托的妻子，与他生有三个孩子。后卡托将其让给自己的朋友，朋友死后马尔齐娅说服卡托与她复婚。事见卢卡努斯的《法尔萨利亚》卷二，但丁在其《飨宴》第四篇中也提到过此事。马尔齐娅也被但丁置于林勃层，与维吉尔等待在一起，参见后注18和《地狱篇》第四曲及其注23。

17　指炼狱山的七层平台。

等我回到下边以后，

向她表达我的谢意。"

于是老人回答说：

"我活在人世之时，

非常喜欢马尔齐娅。

不论她提什么请求，

我都要欣然照办。

现在她留在地狱，

我离开地狱之时，

法规给我们确定，

不能再对她及

留下的人动情。[18]

既然是天上圣女

派你到这里来的，

就不需要花言巧语，

以她名义求我足矣。

现在你就去吧！

请在他的腰间

---

18 卡托死于公元前46年，属于死在基督降生前且有贡献的古人，被置于地狱第一层（林勃层）。基督后来下到地狱，带出了一批古人，看来卡托也在其列。这里所谓的法规，即基督教的法规：获上帝赦免的人与未获上帝赦免的人，要绝对分离开来，并且在情感上也不能有任何瓜葛；所以诗中说"不能再对她（马尔齐娅）……动情"。

系上根灯芯草，[19]
并洗净他的脸：

脸上如有污垢，
不宜前去觐见
炼狱第一层的
那位天使[20]颜面。

在这海滩四周
低洼沼泽地里，
生长着的灯芯草，
能承受海浪冲击；

任何其他植物
（枝叶繁茂的，
枝干坚挺的），
不向海涛屈服，

无法在此生长。
你们洗净脸庞，
不能再回这里。[21]
太阳即将升起，

---

19 灯芯草象征谦卑，而谦卑是洗涤罪过的首要条件。
20 炼狱的七层平台都有天使把守；但丁游历炼狱首先要见的就是那位把守第一层炼狱门的天使。
21 意思是：把脸洗干净进入炼狱后，不能再反悔倒退，不能再想从这里返回地狱。

第一曲

它会告诉你们

哪里登山容易。"

卡托说罢消逝。

我便默默站起，

靠拢我的向导，[22]

两眼紧盯着他。

老师开口说道：

"孩子，跟着我做：

赶快向后转身，

因为这片海滩

一直倾斜向前，

直通那里海边。"

谦卑的炼狱仪式

晨曦赶走早课[23]

时的昏暗夜色，

使我得以看见

远处大海波澜。

我们沿着这片
荒凉海滩向前，
就像迷途之人
返回正路之前，

总觉得自己一直
都在徒劳地向前，
直到我们抵达这
露水未干的地点：

这里因为阴暗，
露水不易蒸发。
老师双手伸展，
轻放青草上面：

我明白他的用意，
便把泪痕斑斑的
面颊伸到他跟前，
让他清洗我容颜，

除去地狱痕迹，
露出本来光辉；
然后我们来到
一处崖岸绝壁：

第一曲

崖岸下的海面，

无人前来航行，

然后还能生还。[24]

就在崖岸旁边，

老师按人指点，

折断一根灯芯草，

给我系在腰间。

啊，神奇灯芯草，

在那折断之处

立即再生一根！

24　意思是：那里海浪惊险，无人能在那里航行，然后还能脱险生还。

第二曲

船尾掌舵天使
幸福脸上刻着，
船舱幽灵乘坐
足有一百多个。

　　但丁他们停留在海滩上，不知上山的路、不知走向何方的时候，发现海上一个明亮的光点向他们靠近。那光点的两侧渐渐现出白色斑块，斑块渐渐变大显出翅膀的外形时，维吉尔认出那就是天使。天使正驾舟朝这里驶来。那船特别，不用桨、不用帆，仅靠天使的翅膀向前推进，而且船体轻盈，仿佛在水面上飞驰。那是天使从台伯河河口运送获上帝赦免的灵魂到这里来，船舱内装载着上百个阴魂。正因为他们是阴魂，没有重量，所以船体很轻。阴魂们齐声唱着《出埃及》颂。这首歌曲是以色列人歌颂他们摆脱埃及人奴役的歌曲，这里用来表示：这些幽灵感谢上帝使他们从魔鬼和罪孽中解放出来，来到炼狱洗涤罪孽、等候进入天国。天使驾着舟船迅速抵达岸边。他在这些阴魂额头上画十字后，让他们下船，自己则又迅速离开，返回奥斯蒂亚去渡还留在那里的灵魂。

他们这些刚下船的灵魂也不知该走向何处，举目四下张望，看见了但丁他们。他们本以为但丁熟悉这里，谁知但丁他们也是初来乍到，也不知从何处攀登炼狱山。当他们发现但丁是个活人时，更加感到惊奇，便把注意力都集中到但丁身上，仿佛忘记了他们到这里来是为了"洗心革面"的。

这时新来的这群人中，有个阴魂似乎认出了但丁，向但丁走过来，要拥抱他；但丁受他热情举动的感染，也伸出手来拥抱他。然而但丁发现自己抱不住他，三次试图抱他，三次都以失败告终：因为他是幽灵，徒有人体外形，却无人体之实。最后那幽灵告诫他不要再试。他那柔和的声音，让但丁认出了他。他就是但丁的朋友卡塞拉，佛罗伦萨人，歌唱家、谱曲家。

于是，两位朋友之间展开了一段简短的对话。卡塞拉问但丁，既然还活着，为什么到炼狱来了呢？但丁则反问他，"你为什么延误不少时间"才来到炼狱呢？卡塞拉死于但丁开始冥界之旅前三个月，但丁现在才看见他，觉得奇怪，便这样问他为什么延误了进入炼狱的时间。

但丁经历地狱之旅，感到身心疲惫，因此提议他这位朋友演唱《爱神在我心中说》那首歌曲，慰藉他那颇感疲惫的身心。据说那首诗是但丁在其恋人贝阿特丽切死后，写给另外一位对但丁表示怜悯的高贵女性的，卡塞拉曾为该诗谱曲：昔日那首歌曲曾扫除了但丁的烦恼，所以但丁请他再用那首歌曲，慰藉一下自己的灵魂；卡塞拉便唱起那首歌，声音如此甜美，令大家听得非常投入，仿佛忘记了他们到此的目的——洗涤罪孽。

卡托见此情形，对他们训斥一番，他们立即奔向炼狱山。

天使驾舟而至

当太阳降到地平线，
耶路撒冷的子午圈
此时恰好到达顶点；
黑夜与太阳方向相反，

手中握着天秤座，
出现在恒河那边
（黑夜超过白昼的季节，
天秤会从它手中滑落）；[1]

因此我这个地方，
曙光女神美丽面颊，

---

1 古人对地球的认识，直至但丁生活的时代都是北半球有人居住，南半球无人居住；北半球东起印度恒河，西至直布罗陀海峡（参见《地狱篇》第二十六曲注15）；耶路撒冷位于北半球的中心，在直布罗陀海峡与恒河之间且与它们距离相等，即离它们的距离都是90度。子午圈亦称子午线，是测量地球而假设的贯穿南北极的一条线（一个圈，如果考虑地球是圆的），某地的子午线就是通过该地的这条线（俗称经线，与东西方向的纬线相对应）；某地的地平线即与该地的子午线呈90度的圆圈。诗中说的"耶路撒冷的子午圈"，就是通过该地的这条线、这个圈；"到达顶点"即位置最高，时间是中午；炼狱与耶路撒冷同在一个子午圈上，是对跖点，就是说当炼狱是正午时，耶路撒冷就是午夜；直布罗陀海峡是下午6点，黑夜正好从东方的恒河边升起，那里应该是早晨6点。这是但丁在炼狱计算时间的方法。但是《炼狱篇》第一曲所说，但丁他们到达炼狱海滩时是清晨，此时耶路撒冷应该就是黄昏。但丁游历地狱时是春季，太阳位于白羊座，与其相对应的黑夜位于天秤座。但是到了秋季，即诗中说的"黑夜超过白昼的季节"，太阳离开白羊座，黑夜也不再位于天秤座，所以诗中又说"从它手中滑落"。但丁这里采取了拟人化的手法，先说黑夜"手中握着天秤座"，然后说"从它手中滑落"。尽管《神曲》的各个版本，都想方设法对这种计时方法进行说明，但由于但丁与我们所处的时代差异，当今读者仍然觉得费解。另外，许多注释家也指出，但丁的这种写法，实际上是中世纪作家惯用的炫耀才学、矫揉造作的艺术风格。所以我个人认为，普通读者读到这里只求能理解大意就行了，不必深究或进行一番考证，那是学者与研究者们的事情，我们就留给他们去做吧。

因为时间不断增长，

由白变红再变为黄。[2]

我们依旧滞留海滨，

就像正在择路的人，

心里盘算着要走，

身子却尚未动身。

瞧，一个明亮光点，

像凌晨时火星[3]那样，

穿透浓雾，红光闪闪，

突然出现在西方海面，

它移动的速度迅疾，

任何飞鸟无法比拟

（我看见的这道光线，

但愿以后还能看见）；

为了向老师提问，

我暂把目光移开，

2　但丁他们到达炼狱山下时是日出之前，东方呈白色；随着时间推进，东方天空的颜色，即诗中所谓"曙光女神美丽面颊"，由白变红再变黄。

3　根据亚里士多德《气象学》的说法，火星凌晨出现在西方时浑身通红。但丁在《飨宴》第二篇中写道："火星能使东西干燥、燃烧，因为火星的热和火的热一样；这就是它的颜色为什么是火红的原因。这种颜色会由于伴随它的雾气厚薄不同，时而鲜明，时而暗淡。"其实，"一个明亮光点……突然出现在西方海面"，是指天使那发光的面孔：天使驾着摆渡亡灵的航船已在西方出现，正朝炼狱山驶来，由于距离尚远，但丁看不清楚。

等我回头再看它时，

它变得更大更光彩；

然后它的两侧

出现某种白色，

最后它的下面

也有白色显现。

老师一直沉默着，

直到那两侧白色

显出是一对羽翼，

才认出那是天使，

急忙朝我叫喊道：

"赶快，赶快跪下！

那是上帝的天使，

赶快双手合十吧！

今后你还会看到

这样的炼狱官吏，

摆渡赎罪的灵魂

于相距遥远两地：[4]

4　"炼狱官吏"指运送亡灵的天使，另外炼狱的每一层都有指定的天使官吏；"两地"指罗马台伯河入海口处的奥斯蒂亚与炼狱山脚下的海滩。按照但丁的设想，罪恶较大的恶人死后下地狱，要在耶路撒冷附近的入口进入地狱；而犯有一般罪孽的好人，得到上帝的赦免，死后其灵魂要到奥斯蒂亚集中，由天使将他们摆渡到炼狱山的海滩上，等候进入炼狱洗涤罪孽。参见《地狱篇》第三曲注10。

在这广袤大海里，

把人间工具抛弃，

不用桨、不挂帆，

仅靠自己的双翼；

看，他把翅膀竖起，

靠羽毛划动空气

（那羽毛不像凡人

毛发，会发生变异）。"[5]

后来，这只神鸟

离我们越来越近，

身上发出的光芒

让我睁不开眼睛，

只好把头低下；

他驾一只舰船，

迅速靠近海岸，

船体如此轻盈，[6]

似在水面飞驰。

船尾掌舵天使

5　即天使翅膀上的羽毛是永恒不变的，不像我们凡人的毛发会脱落、变色。

6　船体轻盈是因为船上载的都是幽灵，没有重量。

幸福脸上刻着，

船舱幽灵乘坐，

· 　足有一百多个，

他们齐声唱着

"以色列出了埃及"，[7]

一直唱到歌曲终结。

最后，天使庄重地

为他们画个十字，

他们跳到海滩上，

天使便迅速返航。

赎罪的灵魂们

留下这批魂灵，

开始东张西望，

仿佛一个外乡人

在熟悉陌生地方。

太阳的光线

像支支利箭，

7　这是《旧约·诗篇》的第114章第1句，也可作为该诗的名称，译为《出埃及》颂，祝贺以色列人逃离埃及，摆脱了埃及人的奴役。但丁在这里引用此歌，其用意是想表示：这些幽灵感谢上帝，使他们从魔鬼和罪孽中解放出来，来到这里洗涤罪孽、等候进入天国。

射向四面八方，

把摩羯逐出中天。[8]

这时新来的人

抬头望着我们，

询问我们说道：

"如果你们知道，

就请告诉我们，

哪是登山之道？"

老师回答说道：

"你们以为我们

很熟悉这个地方，

其实和你们一样，

我们也是来自外乡，

仅比你们早到片刻；

我们经历的路，

如此艰难险阻，

登山与它相比

简直就是儿戏。"

8　太阳出现在地平线上时，位于白羊座；摩羯座距白羊座90度，位于中天。现在太阳已升至一定高度，日光渐强，摩羯座同时也在运行，渐渐离开了中天。但丁这里采取拟人手法，说太阳把摩羯座逐出中天。

那些赎罪灵魂

看见我在呼吸，

发现我是活人，

感到十分惊奇；

犹如想听消息的人，

向手执橄榄枝的人

靠近[9]，奋不顾身

朝那位使者拥挤；

这些幸运的灵魂

全都盯着我的脸，

似乎全都忘记了

应该去洗心革面。

卡塞拉

其中一人走出来，

张开双臂拥抱我；

他那热情感染我，

也做出同样姿态。

---

9   古代信使传递消息，手执橄榄枝时表示其传递的是和平或胜利的消息，人们争先恐后围拢过
     来，想听其传递的消息。但丁以此比喻这些有幸被上帝赦免来到炼狱的人向他围过来，似乎
     忘记了他们来炼狱的目的是洗涤自己罪孽，准备进入天国。

啊，虚幻的魂灵，
徒有人体外形！
我伸手向他背后
试图把他抱紧，

经过两三次检验，
手都回到我胸前；[10]
我想，此时的我
一定是惊疑满面。

那幽灵笑容可掬，
一直在向后移步，
而我却亦步亦趋，
一步步向他紧逼。

他声音非常温柔，
告诫我赶快止步；
这声音让我认出
他究竟是什么人。

我请他止住脚步，
停下来和我交流。

---

10 意思是：但丁伸手去抱那人，抱了三次都未抱住（"手都回到我胸前"），因为那人是鬼魂，
仅有人体外形，却不是实体，是抱不住的。

"我在尘世时爱你，

现在离开了尘世，

同样还在爱着你，"

于是，他对我说，

"但是请你告诉我，

你为何来到此地？"[11]

我对他这样回答：

"亲爱的卡塞拉[12]啊，

我来此地的目的，

是为再回到这里，[13]

但是，你为什么

延误不少时间？"

他则回答我说：

"我没延误时间：

摆渡我们的天使，

什么时候摆渡谁，

他根据公正原则

有权力进行选择；

---

11 意思是：你是活人，你为什么到炼狱来了呢？

12 卡塞拉（Casella），佛罗伦萨人，优秀的歌唱家和谱曲家，但丁的朋友，曾为但丁的诗词谱曲。从后面的诗句可以看出，他已于但丁开始游历冥界（即1300年4月）前三个月去世。

13 意思是：我来这里是为了未来死后能再回这里，洗净自己，求得升入天国的资格。

三个月以来[14]，他

没有选择我，却把

其他阴魂渡到这里。

当我向台伯河河水

变咸的地方走来，[15]

面对一片大海时，

我便幸运地受到

这位天使的接待。

现在天使张开双翼，

要再次返回那里去，

不必走向冥河的人，

都必须到那里集聚。"[16]

我则向他提议：

"如果这里法规

不禁止你唱出

那首爱情歌曲[17]

14　指教皇卜尼法斯八世（Boniface VIII）宣布1300年为大赦年，即从1299年圣诞节至1300年圣诞节，这一年里到罗马朝圣的人都将得到赦免。"三个月以来"，即这条大赦令宣布三个月以来，得到赦免的阴魂都集中在台伯河入海口，数目众多，天使一时没有选择渡卡塞拉，却把其他阴魂都渡到炼狱来了，所以卡塞拉认为自己没有延误时间。

15　即台伯河流入第勒尼安海的地方——奥斯蒂亚。

16　"不必走向冥河的人"，即可以通过赎罪得救的人们；"都必须到那里集聚"，到奥斯蒂亚聚集，等候天使渡他们到炼狱去。参见《地狱篇》第三曲注10与本曲前注4。

17　指下面那首爱情诗《爱神在我心中说》。

（昔日它曾横扫

我的一切烦恼），

那就请你再用它

慰藉我灵魂一下：

它伴随我肉体

辗转来到此地，

已经力尽筋疲。"

于是他温柔唱起

《爱神在我心中说》，[18]

他那声音如此优美

至今在我耳边萦回。

那时，我老师和我，

还有他那帮同伙，

都那样怡然自得，

仿佛没人还记得，

还有别的事要做。[19]

---

18 《爱神在我心中说》是但丁在其著作《飨宴》第三章中诠释的那首爱情诗的第一句，因此也
   算是该诗的标题。该诗可能是但丁在其恋人贝阿特丽切死后写给另外一位对但丁表示怜悯的
   高贵女性的。后来，但丁在《飨宴》中把它说成是一首歌颂哲学的诗。据说，卡塞拉曾为其
   谱曲。
19 意思是：大家高兴得似乎都忘了他们来这里的目的是洗涤自己的罪孽。

卡托的训斥

我们都全神贯注
倾听着那首歌曲，
德高望重的老人[20]
却大声责问我们：

"怠惰的灵魂们哪，
你们这是在干吗？
为什么如此疏忽？
为什么在此滞留？

赶快跑上那座山，
脱掉身上那层皮！[21]
否则你们休想
见到仁慈上帝。

当鸽子聚在一起，
静静地啄食谷粒，
没了那惯有傲气，
如果有什么东西

20　指卡托。
21　"皮"指生前所犯罪孽。它仿佛一张皮包裹着灵魂，不脱掉那层皮，不洗涤干净灵魂，休想
　　见到上帝。

让它们感到恐惧，
它们会丢下食物，
立即朝四下飞去：
因它们更加担心

遭到突然袭击。
这帮新来灵魂，
就像那些鸽子，
放弃那首歌曲，

朝着崖岸奔跑。
酷似那样的人，
只知应该逃跑，
不知逃向哪里。

我们也像他们，
迅速离开那里。

第三曲

看见光线在我身前
受阻，阴影投在
我身躯与岩石之间，
惊吓得立即站住。

  卡托的谴责让那些阴魂以及但丁和维吉尔感到羞愧，纷纷向炼狱山奔
跑。此时太阳升起，光线投射在但丁身上，在他前面形成一个阴影；但丁
看见身前只有自己的身影，担心维吉尔跑散了，撇下他只身一人。于是他
转身回顾维吉尔。维吉尔给他解释说：九重天的天体和他们这些幽灵的形
体，都是由第五种要素构成的；这种要素透明，不会遮挡光线，因此也就
不会有阴影。尽管如此，幽灵们那空灵的形体却能够感受各种痛苦与折

磨。为什么如此？不得而知。维吉尔说，是上帝不让人类知其所以然；假如上帝让人知道一切，古代先哲们终生探求，不早就知道了吗？

他们说着说着来到炼狱山下，看见一队阴魂在山上缓慢地向他们走来。他们询问阴魂"哪里坡度平缓，/便于人们攀登"，那队阴魂看见光线在但丁身前受阻，阴影投在但丁身躯与岩石之间，惊吓得立即站住。维吉尔给他们解释说："不等你们提问，/我给你们说明：/他是一个活人，/正如你们所见；/因此太阳光线/被他身躯遮拦，/投射不到地面。"

其实但丁构思的炼狱，像一座拔地而起的高山，自海滩到炼狱山门是炼狱的外围，获得上帝赦免到炼狱来洗涤罪孽的灵魂，按其罪孽大小及罪孽的性质，分成许多队伍，先要在外围滞留不同时间，然后才能进入炼狱各层赎罪。（但丁在这里交代的这一规定非常重要，请读者注意，以后还会多次提到。）但丁和维吉尔此时见到的这批阴魂，是生前被革除教籍、临终才向上帝忏悔的人，他们在外围滞留的时间等于他们在世时抵制、反对教会时日的三十倍。

但丁在这里向我们介绍了西西里国王曼弗雷迪：曼弗雷迪继承了其父腓特烈二世（参见《地狱篇》第十曲注19）的政策，继续与教会国为敌，受到教皇们的迫害，被革除教籍；1266年战死贝内文托后，教会对他的迫害也未因此而终止，教皇克雷芒四世甚至还派科森扎主教去挖出他的尸骨，迁移并抛弃在维尔德河河畔。1257年时曼弗雷迪被革除教籍，1266年战死时向上帝忏悔，中间相差近9年。按照这条规定，他应该在炼狱外围等候9乘以30倍的时间，即需要等候270年！好在这一期限可以缩短，条件是世上有虔诚的信徒为他祈祷（这一点也很重要，以后也会多次提到）。所以，曼弗雷迪请求但丁说"现在只有看你，/能否让我欢喜"，并请求但丁返回人世后，去探望他的女儿康斯坦丝，把他"现在的情形"，即他并未因革除教籍而下地狱，"还有这一条禁令"，即在炼狱外围等候270年，"告诉我的康斯坦丝"，让他女儿在世上为他虔诚祈祷，以缩短他待在炼狱外围的时间。

重新上路

正当那些亡灵，

四散奔逃海滩，

寻路前往锤炼

他们的炼狱山，

我却靠拢我那

最忠实的伙伴：[1]

没有他我咋办？

谁来领我上山？

他似乎有些内疚：

啊，他灵魂高贵、

纯洁，微小过失

都可能让他内疚！

见他脚步没有慌乱

（那会使他丧失尊严），

我那紧张的心神

开始渐渐地弛缓，

关注起别的东西：

于是我仰头朝天，

---

1 指维吉尔。

眺望那孤独高山 [2]
由海面直插蓝天。

身躯缥缈的亡灵

太阳从我身后
射出红色光线，
因我身躯原因，
阻拦在我身前。

当我看见身前
我的身影孤单，[3]
我便转身侧看，
担心自己被弃。

老师转身向我，
开始安慰我说：
"你为什么还怀疑，
我不在旁指引你?

活着时我也有身影
现在却身影消逝：

2　即孤立海面的炼狱山。

3　但丁看见自己面前只有自己的身影，看不到维吉尔的身影，担心维吉尔也像其他阴魂一样逃
　　开，抛弃了他。

我死于布林迪西，

尸体埋在那不勒斯 [4]

（那里现在是黄昏）。"[5]

老师继续对我云：

"我身前若没身影，

你不必感到吃惊，

同样，你也不必

为每一层天不会

遮挡另一层光辉，

而感到更加惊异。[6]

神力使这种形体，

依然还能够感知

热灼或冷冻的痛苦，

我们却不知其奥秘。

如果有人希望

依靠自己力量，

4　维吉尔于公元前19年死于意大利南部普利亚大区的布林迪西（Brindisi），奥古斯都下令将其
　　尸体运往那不勒斯安葬。

5　但丁他们到达炼狱山下是清晨，略过了一点时间，所以诗中说"太阳从我身后 / 射出红色光
　　线"，大概是早6点吧。那么作为炼狱山的对跖地意大利，那里就是下午6点钟，所以诗中说
　　那不勒斯"那里现在是黄昏"。

6　但丁遵照中世纪的理论构思的天国诸天，是由一种特殊的第五种要素构成的（另外四种要素
　　是土、水、火、气），它是一种透明体。因此由它构成的各重天也是透明的，不会相互遮挡
　　它们发出的光芒。灵魂们空灵的形体，也是由这一要素构成的，也不遮挡光线，所以也就不
　　会出现阴影。

弄清三位一体
上帝的这些玄机，

那简直就是痴狂。
安分吧，凡夫俗子，
上帝如能让你
知道所有奥秘，

圣母也就不必
生育耶稣基督。[7]
古时许多哲人
都有这种奢求，

一生苦苦探究，
愿望落空依旧。
我指的是柏拉图、
亚里士多德，还有

许多别的人物。"
老师说到这里，
垂头不再言语，
神情显得恍惚。

7　意思是：如果上帝能够让人类知道他的一切奥秘，人类也许就不会犯罪，圣母马利亚就不必
　　生育耶稣基督来拯救人类了。

被逐出教门者

此时我们抵达
那座高山脚下，
发现悬崖陡峭，
难以向上攀爬。

莱里奇与图尔比亚[8]
之间的悬崖绝壁，
荒芜、艰险、崎岖，
与这里的悬崖相比，

仿佛是宽敞的阶梯。
老师停下脚步说道：
"现在谁能够知道，
这山哪边坡度较小，

便于普通人攀爬？"
当他把头颅低下，
思索着该怎么走时，
我察看那四周绝壁，

---

8 这是意大利北方利古里亚（Liguria）海岸的两个地名：莱里奇（Lerici）是座古堡，位于拉斯佩齐亚（La Spezia）附近；图尔比亚（Turbia）是尼斯附近的一个村镇（现属法国），这段海岸以其雄奇陡峭而称著，是著名的旅游线路之一。

看见左边一队幽灵

正在走向我们这边，

他们步伐如此缓慢，

就好像在踏步不前。

我着急地喊道：

"老师，抬头瞧，

那里有一队人

可给我们指道；

假如你靠自己

无法做出决定。"

他抬头看了一眼，

便面带宽慰神情

这样回答说道：

"他们走得很慢，

我们快迎上前；

孩子，坚定信念！"[9]

我们走了千步后，

那群幽灵与我们，

相距仍然还有

一个优秀投手

9　鼓励但丁不要失去信心，维吉尔相信一定会找到登山之路。

能投掷的距离；
此时他们云集
坚硬岩石上边，
朝着下面观看，

他们好像感到
恐怖，止步不前。
"啊，幸运的人们哪，[10]
你们获上帝优选，

有望进入天堂，"
维吉尔开口说，
"看在这福分上，
请告诉我们说，

哪里坡度平缓，
便于人们攀登；
因为谁都不愿
浪费宝贵时间。"

羊群出栏的时候，
先是出来一头，
后是两个三个，
其他的羊低着头，

10　指这些蒙受上帝圣恩，死后被上帝优选进入炼狱的阴魂们，他们得以来到炼狱洗涤自己罪孽，从而获得进入天堂的资格。

胆怯地躲在后面。
第一头羊怎么办，
其他羊就怎么办；
头羊一旦停下来，

其他羊就温顺地
向它身后边拥挤，
坦然安静等待着，
尽管不知为什么。

我见那队幸运阴魂
行为就像一队羊群，
走在前面的那几位，
举止庄重，表情谦卑，

看见光线在我身前
受阻，阴影投在
我身躯与岩石之间，
惊吓得立即站住，

并向后倒退几步，
跟在后面的魂灵
也随着停下脚步，
却不知道为什么。

老师解释说道：

"不等你们提问，
我给你们说明：
他是一个活人，

正如你们所见；
因此太阳光线
被他身躯遮拦，
投射不到地面。

你们不必惊异，
而且不应怀疑，
他若无上天应允，
不会来攀登绝壁。"

老师说罢阴魂始
他们还用手示意：
"请你们向后转身，
和我们行进一起。"

曼弗雷迪

其中一人开口说：
"不管你是什么人，
迈步以前请转身，
想想可曾见过我。"

我转身朝他细看：

金黄头发，英俊长相，

仪表堂堂，只是有道

眉毛曾受过刀伤。

当我谦恭表示

从未见过他时，

他说："现在你看！"

手指胸口让我看。[11]

随后面带微笑说：

"我就是曼弗雷迪，[12]

康斯坦丝皇后[13]的孙子，

因此我想请求你，

---

11 意思是他胸口还有一处伤痕。

12 曼弗雷迪（Manfredi，1232—1266年），神圣罗马帝国皇帝腓特烈二世（参见《地狱篇》第
   十曲注19）的私生子。1250年腓特烈二世去世时，年仅18岁的曼弗雷迪成为西西里王国的摄
   政王，掌控着那里的实权；1254年王位继承人康拉德四世（Conrado IV）去世，他在当地贵
   族拥戴下继承西西里王位，奉行腓特烈二世的政策，继续同罗马教廷斗争，因此罗马教皇视
   他为仇敌，将其开除教籍。当时的教皇乌尔班四世及其继任克雷芒四世都是法国人，便将西
   西里王位赠予法国国王路易九世的弟弟安茹伯爵查理，并鼓励查理率领法军来意大利夺取西
   西里王位。1266年法军在贝内文托与曼弗雷迪决战，曼弗雷迪奋不顾身，英雄杀敌，但因法
   军在数量上占优，最后寡不敌众，战死沙场。曼弗雷迪失败后，意大利各地的皇帝党也陷入
   困境。1267年曼弗雷迪的侄子康拉丁从德国率军南下，企图从查理手中夺回本应由他继承的
   西西里王位，结果战败被俘，后遭杀害。参见《地狱篇》第二十八曲注4、注5。

13 康斯坦丝（Constanz，1152—1198年），西西里和那不勒斯王国罗杰二世（Roger II）的女
   儿，也是西西里王位唯一的继承人。康斯坦丝嫁给神圣罗马帝国皇帝腓特烈一世的儿子亨利
   六世，生下腓特烈二世，所以后者既是西西里国王，又是神圣罗马帝国皇帝。如前所说，曼
   弗雷迪是腓特烈二世的私生子，因此诗中说他是"康斯坦丝皇后的孙子"。

等你返回人世后，

去拜访我的乖女，[14]

她是西西里王国

以及阿拉贡家族

尊享荣誉的先祖，

告诉她我真实情况，

并澄清流言蜚语

给我造成的创伤。[15]

当我身负两处

致命剑伤之后，

我向上帝哭诉，

决意皈依基督。[16]

我的罪恶可怕；

大慈大悲上帝

---

14 指曼弗雷迪的女儿康斯坦丝（曼弗雷迪以其祖母康斯坦丝的名字给自己女儿命名，所以其
   女儿也叫康斯坦丝），她与西班牙阿拉贡国王佩德罗三世（Pedro III）结婚，生了三个儿子：
   阿方索（Alfonso，1285—1291年为阿拉贡国王）、贾科莫（Giacomo，1285—1295年为西西
   里国王，1296年继任阿拉贡国王）和费代里科（Federico，1296—1337年为西西里国王）。
   她为阿拉贡家族所生三子，先后都成了西西里国王，所以诗中称"她是西西里王国 / 以及阿
   拉贡家族 / 尊享荣誉的先祖"。
15 曼弗雷迪死后，因为他曾被开除教籍，有人就认为他被下了地狱。后面的诗句也说明，他的
   尸体遭到虐待。然而但丁却将他的灵魂置于炼狱，就是说他已经得到上帝赦免来到炼狱。他
   请求但丁回到人世之后，去找他女儿康斯坦丝，并告诉她真实情况，消除流言蜚语给他的名
   誉造成的伤害。
16 当时有传说称，曼弗雷迪临终时忏悔，皈依基督教。

胸怀更加巨大，
凡投入怀抱的，

他都收纳在怀。
科森扎的主教
受克雷芒委派，
前来对我加害；

假若他也认识到
上帝仁慈的一面，
我的尸骨就会仍然
埋在贝内文托桥畔，

上面有石堆覆盖；
如今它却遗弃在
西西里王国境外
维尔德河的河畔，

经受风吹雨淋
（他们熄灭蜡烛，
像埋葬异教徒
那样，把我尸骨

迁移到那里去的）。[17]

尽管有他们的诅咒，

只要还有一点希望，

上帝之爱就不会受阻。[18]

不错，被教会驱逐的

人士，即使临终时

忏悔，要在这悬崖的

外边等候，期限是

三十倍于他在人世

藐视教会的时日；

除非有虔诚的

信徒为他祈祷，

这一规定期限

才有可能缩短。[19]

---

17 这一大段是说明，曼弗雷迪死后仍受到教会迫害：时任教皇克雷芒四世派遣科森扎
（Cosenza，意大利南方卡拉布里亚大区首府）的主教对他进行迫害，即使曼弗雷迪死后，也
不放过他的尸体。曼弗雷迪的尸体本来埋葬在贝内文托（曼弗雷迪战死的地方），他却让人
将其尸体迁移并遗弃在西西里王国与教皇国接壤的维尔德河（Verde）河畔。迁出尸体时，
像当时对待异教徒或叛逆者那样，不点燃一支蜡烛。关于维尔德河，大部分注释家认为，可
能是指位于西西里王国与教皇国交界处的利里河（Liri）或加里利安诺河（Garigliano）。

18 "只要还有一点希望"指只要人还活着，就有可能忏悔，就还有希望；"上帝之爱就不会受
阻"指上帝的仁慈不会因此而不降临于他。这样处理也表明但丁的态度：但丁认为，按照基
督教教义，开除教籍并不能让这个人死后灵魂必下地狱；何况教皇将曼弗雷迪逐出教会是出
于愤怒而进行的政治迫害，是教皇滥用职权，因此他的这一惩罚是无效的。

19 这段话的意思是：被革除教籍者，虽然不一定要下地狱，只要临终时诚心忏悔，仍然可以获
得上帝的赦免，但他们必须在炼狱的外围多待些时日，其期限是他们在世时抵制、反对教会
时间的三十倍。当然，如果人世上有虔诚的信徒为他们祈祷、请求，这一期限也可能缩短。

现在只有看你，
能否让我欢喜：

把我现在的情形，
还有这一条禁令，
告诉我的康斯坦丝；
因为这里的幽灵，

如有世人的帮助，
能得到许多好处。"[20]

20　"能得到许多好处"，包括缩短在炼狱外围滞留的时间，早日进入炼狱洗涤罪孽。

第四曲

我们移步朝那里，
看见已有一群人
躲在巨石荫凉里，
懒懒散散在休息。

　　但丁一边攀登，一边听曼弗雷迪的陈述，忽略了时光流逝，直到那群
阴魂对他们说："你们希望来的 / 地点就是这里。"为什么会忽略了时光流
逝呢，但丁解释说"当身体某一感官 / 感受愉快或疼痛，/ 我们的灵魂便会 /
凝集于这一官能，/ 再不顾其他感受"，即灵魂会全神贯注那一感受，忽视
对其他功能的关注，包括对时光流逝的关注。

　　但丁他们辞别那帮阴魂，二人孤独地沿着一条狭窄的羊肠小道向上攀爬。小道陡峭，常常需要手脚并用。但丁还拿意大利一些著名的地形险要的地方与炼狱山相比，说那些地方虽然艰险，但人们只要依靠自己的双足就能攀登上去，而攀登炼狱山不一样，除了手和脚，还要有一对翅膀，即进入炼狱洗涤罪孽的强烈愿望。

他们终于爬到炼狱山的环形坡道，坐下来休息时，但丁惊奇地发现：太阳竟出现在他左边。由此引导出但丁借维吉尔之口对南半球太阳轨迹做了一番解释。由于但丁本人以及那个时代科学知识的局限性，那些解释不足为信。我个人认为，普通读者大可不必纠缠那些解释，陷入不必要的苦恼。我们在前面曾说过，那时的作家常常故弄玄虚，炫耀自己的知识，有时他们说的某些东西对他们讲述的故事并非十分重要，不必事事认真。

随后但丁介绍了炼狱山的特性：开始攀爬时十分艰难，但越向上越容易。到达炼狱山顶后，但丁介绍了一群因生前懒散尚在炼狱外边等候的一群阴魂：他们本性不改，懒懒散散地坐在一巨石荫凉里等待着；其中有但丁的一位朋友，"前所未有的最懒惰的人"——贝拉夸。贝拉夸的两句戏谑打趣的话："也许你还没到那里，/ 就应该坐下来休息！""你是个勇敢的人，/ 你就向上攀爬吧！"与上下文结合起来理解，还真滑稽。最后，贝拉夸解释他为什么坐在那里，而不去攀登炼狱山："守护炼狱的天使 / 不让我进去洗涤：/ 生前我懒散多久，/ 现在要等候多久。"就是说，这些懒散成性、直到临终时才向上帝忏悔的人，他们的灵魂必须在炼狱外围等候，生前他们懒散多久，在这里就要等候多久。这与我们前面看到那队被驱逐出教会的人不一样，但是他们和前面那些人也有共同点：只要世上有虔诚的信徒为他们祈祷、请愿，他们等候的时间也可以缩短。

艰难攀上炼狱外围

当身体某一感官
感受愉快或疼痛，
我们的灵魂便会
凝集于这一官能，

再不顾其他感受；
这证明柏拉图
学派看法有误：
人没有多个灵魂。[1]

所以，当人们听见
或看见某种事物时，
那事物吸引住灵魂，
不去注意时光流逝；

因为听觉是一种功能，
感知事物是另一功能，

1　柏拉图学派认为人有三个灵魂：植物性（即生长性灵魂，在肝脏）、感觉性灵魂（在心脏）
　　和理智性灵魂（在大脑）。亚里士多德则认为，人只有一个灵魂，但它同时具有生长、感觉
　　和理智这三种功能。感觉包括视觉、听觉、味觉、嗅觉和触觉。当某一感官受到客观事物的
　　强烈刺激时，灵魂就会全神贯注这一感受，其他功能便暂时停止。但丁的这一看法在其著作
　　《飨宴》第三篇中已有阐述，与教会当时流行的托马斯·阿奎那（Thomas Aquinas，1224—
　　1274年）的看法一致。

前者与事物连在一起时，

后者便暂与理智脱离。[2]

倾听那灵魂陈述，

一心关注着他时，

我对此[3]深有体会：

因为太阳在此时

已经爬升五十度，[4]

我却丝毫未发现；

直至来到一地界，

那些阴魂齐声喊：

"你们希望来的

地点就是这里。"

葡萄成熟变紫时，

农夫会用些荆棘

把篱笆窟窿堵住；

那窟窿的宽度

2　听觉是感觉的功能之一；它"与事物连在一起时"，指但丁全神贯注地倾听曼弗雷迪的述说时；感知事物这里指感知时光流逝，是理智的功能之一。由于此时但丁的灵魂聚集在听觉上，他的感知功能便暂未与理智连接，而"暂与理智脱离"。

3　"对此"即灵魂在过分关注某种感受时，其他功能便会暂时停止这个现象。

4　太阳在空中运行，每小时走十五度，"已经爬升五十度"，就是说已运行了三个多小时；但丁他们来到炼狱海滩时太阳刚刚升起，大约早晨6点，现在应该是上午9点多。

堪比这条小路，

我们要沿着它

孤独向山上攀爬，

老师在前我在后：

告别这群阴魂后，

仅剩下我们师徒。

人若攀山上圣雷奥，

或攀崖而下去诺利，

抑或攀上比斯曼托瓦，

到达山顶上的台地，[5]

依靠自己双脚足矣，

这里要有一对羽翼。

我是说，要有一对

由强烈愿望构成的

矫健的羽翼，跟随

在老师身后飞翔，

---

5 这些都是陡峭、惊险的地方：圣雷奥（Sanleo）是乌尔比诺（Urbino）附近亚平宁山区中的
一个小村镇，当时只能通过一条在悬崖上开凿的羊肠小道抵达那里；诺利（Noli）是利古里
亚海岸边的一个村镇，离萨沃纳（Savona）不远，三面环山，只能从海上前往那里，从陆
路只能顺着悬崖绝壁向下攀爬，才能到那里；比斯曼托瓦（Bismantova）是雷焦艾米利亚
（Reggio Emilia）附近亚平宁山区的一座高山，山坡陡峭，然而山顶上有片台地。这些地方
虽然险峻，但都有羊肠小道连接，人们可以徒步到达那里。炼狱山这里山崖陡峭，若想攀爬
依靠双脚是不行的，需要有一对翅膀。

他既是指路明灯，

又给予我以希望。⁶

我们顺着悬崖

裂缝向上攀爬：

裂缝如此狭窄，

紧夹身体两侧；

山崖如此陡峭，

攀爬得用手和脚。

爬上绝壁顶端，

出现一片平川，

我问道："老师啊，

我们该往哪里走？"

老师回答我说道：

"别慌乱，向前走，

紧跟我的身后，

奔着山顶向前，

直到我们面前

熟练向导出现。"

6　这对羽翼是什么？就是希望进入炼狱、洗涤罪孽，最后进入天国的强烈愿望；有了这对羽
　　翼，再跟随在维吉尔身后飞翔，就可以登上这炼狱山。

山顶直插云间，
目力无法看见；
山坡坡度之陡，
超过四十五度。

我已疲惫不堪，
便对老师说道：
"请你回头看看，
亲爱的老师啊，

你如果再不站住，
我就被你落下啦。"
老师答道："孩子，
你再坚持一下吧，

爬也要爬到那边。"
他用手指着前面
不远处，有条坡道
把那炼狱山环绕。

他的话鞭策着我，
跟随他匍匐向前，
最终爬上那条
环形坡道边缘。

我们俩坐下来，
回望出发时的
东方，因为回顾
能够让人欣喜。

南半球太阳的轨迹

我首先把目光
投向下面海滩，
然后举目仰望，
却惊奇地发现，

太阳会从左边
向我们投射光线。[7]
老师清楚发现
我正目瞪口呆，

望着日车[8]在我
和北方间驶过。

7　但丁和维吉尔坐在炼狱山的边缘，回看东方，发现太阳的光线来自他们左边。这是因为炼
　　狱山位于赤道以南，人从那里面向东方看太阳时会发现：太阳在他的左侧。这和在北半球时
　　不同：春分时节人若面向东方，九十点钟的时候就会看到太阳在东南方向，也就是在他的右
　　侧。但丁看到这种现象感到惊奇。

8　"日车"指太阳，因为古希腊神话故事称，日神（太阳）是驾着车在天空中行驶的；日车就
　　是太阳神驾驭的车子，这里指太阳。

他给我解释说：

　　"如果双子星座

与分配阳光的
太阳待在一起，[9]
你会看到发红的
黄道带更加接近

大、小熊星座，
除非太阳那时
偏离旧的轨迹。[10]
欲知何以如此，

就要在心中想象，
西云山[11]和炼狱山，
虽处南北两个半球，
却在一条地平线上，[12]

9　"分配阳光的太阳"是指太阳半年的时间把日光直射到北半球，半年的时间把日光直射到南半球。如果太阳与双子星座待在一起，也就是说，如果太阳运行到双子星座附近，亦即接近夏至的时候，因阳光照射大熊星座和小熊星座，附近的黄道会发红，也就是说，太阳的方位此时偏北。所谓"黄道"，按托勒密天文学的观点来说，是太阳环地球运行一周的轨迹（其实是地球绕太阳运行一周的轨迹）；黄道两边各9度的这片天域称为"黄道带"；黄道带等分为12份，称为黄道12宫（座），以星座的名字命名，如白羊宫（座）、双子宫（座），等等。

10　太阳是不会偏离它一贯运行的轨迹的。但丁说"除非太阳那时／偏离旧的轨迹"，是隐射古希腊神话有关太阳神的儿子法厄同（Phaethon）驾驭日车的故事，因他不熟悉太阳一贯的运行轨道，致使日车偏离了旧的轨迹，参见《地狱篇》第十七曲注15。

11　西云山（Sion）位于古迦南（Canaan）地区，耶路撒冷旧城建于其上，这里指耶路撒冷。

12　关于地平线，参见本书第二曲注1。这两座山，亦即炼狱与耶路撒冷，处于一条地平线上，即它们互为对跖地，相差180度，一个在南半球，一个在北半球。

法厄同不懂此理，

才驾车走错了路；

你若按此理演绎，

就明白他的错误：

他若想经过西云山，

必然要经过炼狱山。"

我回答说："老师，

道理的确是如此，

我的才智因有遗漏，

未能看得如此清楚；

按你说的，我看得出，

最高天体的子午线

（某种学科叫它赤道），

太阳与冬天在它两边，[13]

我们从这里看它的距离，

等同当初希伯来人向南看。[14]

13　意思是赤道位于太阳一年运行轨道的中间：春分时，太阳行至赤道，然后渐渐向北移动至北回归线，于是北半球是夏季，南半球是冬天；然后掉头向南回到赤道，继续向南运行到南回归线，于是南半球是夏天，北半球是冬季。所以但丁这句话的意思是：太阳在南北回归线上的位置与南北半球的冬季，在赤道两边互为对跖地。

14　希伯来人即耶路撒冷人、以色列人。根据维吉尔的解释，炼狱山与西云山互为对跖地，所以但丁他们从炼狱山看赤道与当初希伯来人从耶路撒冷看赤道一般远。这一节先是写维吉尔解释南半球太阳的运行轨迹，然后是写但丁对维吉尔解释的理解。

炼狱山的特征

但是，你若情愿，
我倒是很想知道，
我们还要走多远，
才能到达山顶端，

因为它直插云霄，
我的眼睛看不到。"
"它的情况是这样，"
老师回答我说道，

"开始攀登很艰难，
越往上爬越不难。
当你觉得很容易，
有如顺水行舟时，

就到了此路尽头，
可以坐下休息啦；
我就回答到这里，[15]
这些话确切无诈。"

---

15 维吉尔的任务是引导但丁游历地狱与炼狱，除了地狱、炼狱的情况，他也一无所知。所以诗中说"我就回答到这里"，但他保证他有关炼狱山情况的介绍是确切无误的。

贝拉夸

他的话音刚一落，
近处一个声音说：
"也许你还没到那里，
就应该坐下来休息！"[16]

一听到那个声音，
我们便向它转身，
发现左边一巨石，
我们却未曾注意。

我们移步朝那里，
看见已有一群人
躲在巨石荫凉里，
懒懒散散在休息。

其中一人，
十分疲倦，
抱膝而坐，
垂头膝间。

16　这句话是贝拉夸（见后注17）说的，带着戏谑打趣的口气，意思是：你还没有走到这条登山
　　路的尽头，就应该坐下来休息啦，和上面的诗句"就到了此路尽头，／可以坐下休息啦"相
　　反，戏谑味道明显。

我对老师说道：

"老师啊，你快瞧，

那人懒散得仿佛

'懒散'的兄妹同胞。"

于是那人转过身，

从膝间抬起头来

注视着我们发狠：

"你是个勇敢的人，

你就向上攀爬吧!"

于是我认出了他。[17]

虽然我累得气喘，

却还是移步向他；

勉强来到他跟前，

抬起头来对他说：

"你真明白为什么，

太阳会在你左边？"

见他动作懒散，

话语也很简单，

17　此人就是贝拉夸（Belacqua），佛罗伦萨人，原名杜齐奥·迪·波纳维亚（Duccio di
Bonavia），贝拉夸是他的外号。他是诗琴与吉他制作人、但丁的朋友，大概死于1302年。据
佛罗伦萨无名氏注释说，"他（指贝拉夸）是前所未有的最懒惰的人"。据说，他早晨进店铺
后，坐下来就不想再站起来，除非要去吃饭或回家睡觉。

我便面带微笑，

接着对他说道：

"贝拉夸，现在我

不再为你难过，

但是，请告诉我

你为啥在此坐着？

你在等人护送，

还是旧病复发？"

他回答："兄弟啊，

登上去又有何用？

守护炼狱的天使

不让我进去洗涤：

生前我懒散多久，

现在要等候多久，

因为我把悔罪之念

拖延到临终的时间，[18]

除非有蒙受天恩的人，

发自内心地为我祈愿，

18　这群人生前懒惰成性，直到临终的时候才想起来要向上帝忏悔。所以他们在炼狱外面等候的
　　时间等于他们懒散地活在人世的时间，不像前一曲介绍的被革除教籍者要等候三十倍于他们
　　敌视教会的时间。

才能减免等待时间；

不受天恩的人[19]祈愿，

上帝则不会接受，

对我不会有帮助。"

老师率先登山，[20]

他说："来吧，你看，

太阳已到子午线，

黑夜迈向摩洛哥。"[21]

19　即罪人。

20　攀登炼狱山。

21　"太阳已到子午线"的意思是：太阳已经在子午线上，这里已经是中午了；"黑夜迈向摩洛哥"的意思是：在北半球的摩洛哥临近黑夜，是黄昏。摩洛哥在这里指北半球大陆的最西端，有如西班牙的直布罗陀海峡。炼狱时间是正午，耶路撒冷是子夜，摩洛哥的时间比耶路撒冷晚六个小时，就是黄昏。

第五曲

喂，你，天上来的，
为何剥夺我的权力，
要把他的灵魂带走，
就因为他流泪一滴？

    此曲开头维吉尔谴责但丁，说他偷听阴魂们有关他是活人的议论，没有跟随他迅速向炼狱山攀登，谴责他不该分心，不该放慢步伐。但丁未能做到老师要求的那样，感到惭愧。

    此时他们遇到另外一队阴魂：遭暴力而丧命的人，他们也属于上曲说的懒惰的人，直到临终才原谅他们的仇敌，向上帝忏悔。他们看到但丁是活人，也非常惊奇，很想和他交谈交谈。维吉尔同意但丁和他们交谈，但嘱咐他说"你要一边听，／一边继续向前行"，不能耽误自己爬山。但丁在这群人中选择了三个人，并向我们做了介绍：

1. 雅科波·德尔·卡塞罗：雅科波生于法诺，曾担任博洛尼亚行政长官，在任期间，为捍卫博洛尼亚城的独立，得罪了当时费拉拉僭主埃斯特家族的阿佐八世。当雅科波获聘米兰行政长官、绕道威尼斯前往米兰赴任时，阿佐八世派人在帕多瓦附近（即威尼斯通往米兰的途中）杀害了他。因此他希望但丁回到阳间以后，如果途经法诺，就替他央求那里人为他诵经祈祷，让他的灵魂能够早日进入炼狱洗涤罪孽。

2. 邦孔特·达·蒙特菲尔特罗：邦孔特曾是皇帝党的重要首领，多次率领皇帝党人与教皇党人作战，1289年在坎帕尔迪诺战役中受伤致死，但人们没有找到他的尸体。但丁也参加过那次战役，应该了解此事，所以在诗中问他："是人力、神力，/ 还是偶然机遇，/ 让你从战场逃离，/ 不知你葬身何处？"邦孔特叙述说，他在战斗中受伤后，徒步离开战场；走到阿尔基阿诺河流入阿尔诺河的地方时，已经视力模糊，无法言语，勉强向圣母马利亚忏悔后，倒地丧命。后来他的尸体被洪水冲走，最后被冲击物困住并掩盖，所以人们找不到他的尸体。他觉得他的家人不关心他灵魂救赎问题，家人中没人会为他祈祷，这让他觉得在那群人中抬不起头来，所以希望但丁回到人世以后，向世人介绍他的情况。

3. 皮娅：但丁对她介绍得很少，只说她是锡耶纳人，嫁给马雷马彼埃特拉城堡领主内洛·德伊·潘诺基埃斯基为妻，被她丈夫杀害。所以她也属于遭暴力致死的阴魂。

这些因暴力致死的灵魂，与前面被开除教籍者和懒惰者一样，都希望世人能够知道他们的情况并为他们祈祷，以缩短他们在炼狱外围等候的时间。但因暴力致死的人，由于死得突然而且悲惨，因此他们的期望显得更加急迫。

维吉尔的责备

离开那些魂灵，
跟随老师足迹
朝向炼狱前行；
此时我背后的

一阴魂指着我说道：
"看呐！下边的那个，
日光好像照不到
他身躯的左半侧，

他似乎是个活人。"[1]
我朝那声音转身，
看见他们很吃惊，
望着我和我身影。

老师对我说道：
"为啥你老分心？
为啥放慢步伐？
他们絮絮叨叨

1　但丁他们告别那些怠惰的人，背朝西方开始登山，因此太阳的位置也从他们左边变成了右
　　边；但丁是活人，他的身躯阻拦了日光，所以日光照不到他的左半边。这个阴魂看到这种情
　　形，觉得他是个活人。

与你有何相干？
快跟紧我向前，
让他们去说吧！
你要像座高塔，

即使劲风袭来，
塔顶也不摇摆；
如果你的想念
一个接一个出现，

你离你的目标
就会越来越远：
因为新想法的出现，
是对旧想法的冲淡。"

除"来啦"，还能有啥？
我只能如此回答他；
说罢愧色现于脸上，
渴望获得他的原谅。

暴力致死的懒汉

此时前面不远，
有队阴魂横穿

炼狱山的山坡，

轮唱着"怜悯我"。[2]

当他们发现，我的

身体能挡住日光时，

他们的歌声变成了

长而嘶哑的"啊！"[3]

他们队伍之中

跑出两个阴魂，

作为他们使者，

来向我们问询：

"请把你们情形

告诉给我们听。"

老师回答说道：

"你们可去复命，

去向那些人复命：

他是个血肉之躯；

---

2 "怜悯我"的原文是"miserere"，即拉丁文版《旧约·诗篇》第50章第1句第一个词，意思是
   "怜悯"。相传，这是以色列大卫王为祈求上帝饶恕自己罪行而写的一首诗，是基督徒做礼拜
   时经常吟唱的七首悔罪诗篇之一。参见中文版《旧约·诗篇》第51章第1句："神啊，求你按
   你的慈爱怜悯我。"这里但丁仍然用第一句当作该篇的名称。"轮唱着"，即像教堂里唱诗班
   那样按声部一句句轮唱通篇作品。
3 因惊讶而发出的惊叹声。

他们之所以停止前行，
是因为看见他的身影，

我想我的这一回答，
足以解除他们怀疑；
快向他表示欢迎吧，
这对他们大有裨益。"[4]

他们返回的速度，
比流星划破天空，
或闪电撕开云层，
都来得更加迅速；

和同伴会合以后，
又一起奔跑回头；
他们奔跑的样子
像骑兵纵缰奔驰。

老师对我说道：
"这群奔向我们
的人，人数不少，
跑过来向你提问；

4　指但丁会回到人间，如这些阴魂委托他，他可以向这些阴魂的亲属传递信息，并请求那些亲
　　属为这些阴魂祈祷，以减少他们待在炼狱外围的时间，"这对他们大有裨益"。

但是，你要一边听，
一边继续向前行。"
他们一边奔跑，
一边大声喊道：

"喂，带着自己肉身
前来祈福的活人，[5]
请你走得慢一点，
看看我们这些人：

你若曾见过谁，
就把他的消息
带回到人世中去。
喂，为啥你继续

前行，而不停留？
我们都是因暴力
而丧命的灵魂，
临终时才忏悔：

就在那个时刻
我们蒙受天启，

5　指但丁，指他想通过救赎获得永福，即进入天国。

方才醒悟悔过；
原谅自己仇敌，

求得上帝谅解，
撒手离开人寰，
期盼有朝一日
能够见到上天。"

我回答他们说道：
"我看过你们容颜，
没认出任何人来；
你们已获得赦免，[6]

你们如果高兴，
就请讲给我听，
看我能做啥事情。
我以进入天国的

名义向你们发誓
（为能进入天国，
我跟随着导师
从地狱来到这里）。"

6　指这些灵魂已获得上帝赦免进入炼狱洗涤罪孽。

雅科波·德尔·卡塞罗

一个灵魂[7]开口说:
"你没有必要发誓,
我们相信你诚意,
除非你力不能及。

因此赶在众人之前,
我抢先开口请求你,
如果有一天你去到
安科内塔纳[8]那片土地

(它位于罗马涅大区
和那不勒斯王国之间),
就请你在法诺请求
人们为我虔诚祈愿;

这样做是为我
洗净深重罪过。

---

7 此人叫雅科波·德尔·卡塞罗(Jacopo del Cassero),出生在马尔凯大区的法诺(Fano),
离佩萨罗(Pesaro)很近,贵族家庭出身,教皇党人,是那个时期著名的政治家和军事家。
1288年,他同马尔凯地区教皇党人一起参加了佛罗伦萨教皇党与阿雷佐皇帝党人在坎帕尔迪
诺(Campaldino)进行的战争;1296—1297年担任博洛尼亚行政长官,挫败了费拉拉侯爵埃
斯特家族的阿佐八世(Azzo VIII)的野心,捍卫了博洛尼亚的独立,因此得罪了阿佐八世。
1298年,雅科波被聘为米兰行政长官,绕道威尼斯前往米兰赴任,在从威尼斯至帕多瓦的路
上被阿佐八世派出的人杀害。

8 安科内塔纳,即马尔卡安科内塔纳(Marca Anconetana)。这个地区位于罗马涅地区以南,
安茹家族查理二世统治的那不勒斯王国以北,相当于现今的马尔凯大区。

我出生于法诺；

然而我却死于

安特诺尔[9]后裔

所居住的领地。

我以为在那里

能避开埃斯特

家族那人[10]的袭击：

他对我恨之入骨，

超出了正义诉求。

在奥里亚科[11]被追及时，

我逃进一片沼泽地，

被芦苇和泥泞缠住，

致使我跌倒在地，

眼见我血管中的

9　安特诺尔（Antenor），参见《地狱篇》第三十二曲注15。传说特洛亚被灭亡后，他定居意大利，并建立了帕多瓦城，所以这里说帕多瓦人是安特诺尔的后裔，帕多瓦是他们的领地。这里把帕多瓦人说成安特诺尔的后裔，还有一层意思，即他们是背叛者。因为雅科波本以为在帕多瓦地区应该很安全，然而他们却出卖了他，伙同阿佐八世派来的人将其杀害。

10　指阿佐八世。

11　奥里亚科（Oriaco，今名Oriago）是威尼斯至帕多瓦之间大路上的一个市镇。

鲜血在地上流淌；

当时我若逃往米拉，[12]

那里也许有人帮我忙，

我可能还活在人世上。"

邦孔特·达·蒙特菲尔特罗

另一个接着说：

"假如你的心愿

最后得以实现，

登上这座高山，

请你也怜悯我，

帮我实现心愿。

我是邦孔特·达·

蒙特菲尔特罗，[13]

12 米拉（Mira），是威尼斯至帕多瓦之间大路上的另一个市镇。有注释家称，但丁这句话的意思是：雅科波原以为奥里亚科附近的沼泽地便于藏身，结果却被芦苇和泥泞缠住，被追击者赶上并杀死；如果不是逃往奥里亚科，而是逃往米拉，也许那里会有人援救他，他或许还活在人世。

13 邦孔特·达·蒙特菲尔特罗（Bonconte da Montefeltro），是圭多·达·蒙特菲尔特罗（参见《地狱篇》第二十七曲注3）的儿子，生于1250—1255年间，同他父亲一样，也是皇帝党的重要首领，多次率领皇帝党人与教皇党人作战，1289年在坎帕尔迪诺战役中受伤致死，但人们没有找到他的尸体。

乔万娜和其他亲属[14]
都不愿为我祈求，
让我在这些人中
走路都得低着头。"

我追问他说道：
"是人力、神力，
还是偶然机遇，
让你从战场逃离，

不知你葬身何处?"
于是他回答我说：
"卡森蒂诺山麓
有一条河流过，

名叫阿尔基阿诺，[15]
发源于亚平宁山上
一座隐修院的上方；
当时我喉咙被刺伤，

14　乔万娜（Giovanna）是邦孔特的遗孀，"其他亲属"指他的女儿和兄弟，这些人都不愿为他
　　祈祷。这群阴魂中其他人都有人为他们祈祷，唯独他没有，所以他"走路都得低着头"。

15　阿尔基阿诺河（Archiano）是阿尔诺河（Arno）的一条支流，发源于亚平宁山卡马尔多利隐
　　修院（Eremo di Camaldoli）上方，流经卡森蒂诺（Casentino），在毕比亚诺（Bibbiano）附
　　近注入阿尔诺河。

徒步而逃，血染平川，

逃到那条河流流入

阿尔诺河的地点；

我在那里已失去

视觉和讲话能力，

呼救圣母时断气，[16]

然后我跌倒在地，

留下我那具肉体。

我将告诉你真实情况，

你要在人间如实转述：

上帝的天使前来接我，

地狱的使者却在嚷嚷：

'喂，你，天上来的，

为何剥夺我的权力，

要把他的灵魂带走，

就因为他流泪一滴？[17]

我会以另一种方式

处理他罪恶的尸体！'[18]

---

16 即向圣母马利亚呼救、忏悔时死亡。

17 指邦孔特流着眼泪向圣母忏悔。"流泪一滴"的意思是：他流了那么一点眼泪就免赦他了。
地狱来的魔鬼不服，与天上来的天使辩论。

18 即魔鬼发誓，他将以自己的方式对邦孔特的尸体进行报复。

你一定很清楚，
潮湿的水蒸气

在空中凝聚上升，
一旦遇到冷空气，
就会重新变成水。
地狱来的那魔鬼

及其作恶本能，
一旦邪念萌生，
便会唤雨呼风
施展他的魔力。

因此，那天日暮，
从普拉托马尼奥
到亚平宁的山谷，[19]
天空中乌云密布，

饱含水汽的空气
顿时变成了雨水；
随即大雨涟涟，
河沟雨水灌满，

---

19 坎帕尔迪诺是一片平川，位于普拉托马尼奥山（Pratomagno）与亚平宁高山之间，所以诗中
又称其为山谷。

形成凶猛的洪水，
冲向阿尔基阿诺，
挟带着我的尸体，
最后流入阿尔诺，

尸体胸前交叉的双臂
（死前我因痛苦而为），
也被洪水冲开；
河水带着我的，

尸体撞击河岸，
翻滚起伏向前，
最后被冲积物
掩盖并且困住。”

皮娅

第三个灵魂这时
接着第二个说道：
　“等你回到人世，
解除了旅途疲劳，

请你想到我，皮娅，[20]

我出生在锡耶纳，

却在马雷马被杀。

给我戴上戒指、

娶了我的那个人，

对此事非常清楚。"

20　皮娅（Pia），传说她生于锡耶纳贵族托洛梅（Tolomei）家，嫁给内洛·德伊·潘诺基埃斯基（Nelo dei Pannocchieschi）。她丈夫内洛是托斯卡纳海滨马雷马地区（Maremma）彼埃特拉城堡（castello della Pietra）的领主。至于她是为什么遭其丈夫杀害的，注释家们说法不一：有的说她不贞被丈夫杀害，有的说她丈夫要娶女伯爵玛格丽塔·阿尔多布兰德斯基（Margherita Aldobrandeschi）为妻而杀害了她。总之，皮娅也是个遭暴力而致死的灵魂，临终才忏悔。所以在这里与这些人为伍，与前面两个阴魂同处这群人中。

第六曲

因为你和你父王
都贪念疆土那片，
让帝国的花园
变得一片荒凉。

　　但丁他们离开皮娅，但仍被那些暴力致死的阴魂们围困；这些阴魂祈求但丁返回阳间后，去请求他们的亲属为他们祈祷，以缩短他们在炼狱外围等候的时间。但丁只好一一许诺，以便迅速摆脱他们。但丁在这里列举了许多暴力致死者阴魂的名字，但都并非名人，读者不必花太多的精力去关注他们。

活在人世的亲属为他们祈祷，真能缩短他们在炼狱外围等候的时间吗？但丁有些怀疑。因为但丁记得，维吉尔在《埃涅阿斯纪》中说过，祈祷不能改变"天律"，即不会缩短他们在炼狱外等候的时间。维吉尔解释说，他说那话时是指在耶稣基督降生前出生的那些阴魂，因为他们不信奉基督教，他们的祈祷传不到上帝那里。耶稣降生以后出生的灵魂，像前面几曲中说的，只要有虔诚的活人为他们祈祷，他们在炼狱外围等候的时间是会缩短的。与此同时，维吉尔奉劝但丁不要去思考这些深奥的神学问题；对于这种问题应该听从正在炼狱山顶等候他们的贝阿特丽切的意见。但丁一听到贝阿特丽切这个名字，立即感到振奋，要求维吉尔加快步伐，迅速赶到山顶。维吉尔则告诉他，攀登炼狱山需要三天的时间。

　　此时他们遇到一个名叫索尔德洛的灵魂，一个正直的、敢于直言不讳地揭露当局者的13世纪意大利诗人。索尔德洛出生在戈伊托，离维吉尔的出生地曼托瓦相距十多公里，算是真正的同乡吧。索尔德洛为人傲慢，但他一听到维吉尔说出"曼托瓦"这个名字，便立即对维吉尔变得亲切起来，和他热情拥抱。面对意大利当时的现状，这一举动引起了但丁一番感慨。

　　但丁哀叹意大利到处都是战争，连"同一城市里的市民、/ 同一战壕里的士兵，/ 都在进行相互厮杀"，真可谓是民不聊生。是什么原因导致这种状态呢？但丁认为是神圣罗马帝国皇帝罗伯特一世及其父王鲁道夫一世，他们放弃对意大利的领导，只关心德国那片疆土而不关心意大利所致。但丁认为只有王政才能保证人民享受和平与幸福。因此，他指责那些追求世俗权力的教士不遵守上帝的训令，指责那些进城的"农夫"心怀叵测，不尊重皇权，造成了意大利悲惨的现状。随后，他用讽刺的语气甚至用反话谴责佛罗伦萨，指责它不遵守古训，指责它有钱、有智慧，指责它为所欲为，说它像个病妇，"躺在柔软垫子上 / 辗转反侧、沉思，/ 却找不到医治 / 你病痛的良方"。

很明显，但丁的政治观点是保守的，不欢迎新兴的、正在成长壮大的资产阶级。但他揭露教会的腐败和野心，揭露封建主的无能，在客观上仍然促使人们去寻求变革。这真是仁者见仁、智者见智：文艺作品一旦脱离了作者的手笔，它就有了自己的生命，每个读者都可以按照自己的想法去阅读它、理解它。

暴力致死者的灵魂们

挑骰子的赌局¹结束，
输家总是痛心不已，
留下把骰子掷来掷去，
伤心地把教训吸取；

围观者随赢家离去，
拥挤在他身前身后，
也有人挤在他左右，
纷纷向他提出请求；

赢家边听边走，
从不止步停留，
时而施舍这个，
时而施舍那个；

获得施舍的人
一个一个离开，
赢家就是这样
摆脱那一群人。

1　13、14世纪在意大利相当流行的赌博掷骰子，与我国喝酒时猜拳类似：庄家掷骰子，赌徒猜
　　骰子的点数；猜中了赌徒赢，猜错了庄家赢。当时的习惯是：围观者总会向赢家索要点"好
　　处"，赢家也会从赢得的钱中拿出少许赏赐他们。

阴魂们围着我，

恰似这般情形：

我先扭头向左，

然后扭头向右，

向他们做出许诺，[2]

才得以抽身摆脱。

其中有个阿雷佐人，[3]

杀害他的就是吉诺；

另外一个阿雷佐人[4]

在被人追击中淹死；

那伸着双手祈求的

是圭多·诺维洛之子；[5]

2　即答应他们的请求，承诺回到阳世后帮他们找人为他们祈祷。

3　即阿雷佐人贝宁卡萨·达·拉特里纳（Benincasa da Laterina），13世纪著名法学家，在锡耶纳做法官时，曾判处吉诺·迪·塔科（Ghino di Tacco）的两个亲属死刑；后来在罗马做法官时，被吉诺·迪·塔科当庭杀害。吉诺·迪·塔科，出身锡耶纳的贵族家庭，后来做了强盗；晚年与时任教皇卜尼法斯八世和解，大约在1303年在锡耶纳乡间被人暗杀。薄伽丘的《十日谈》第十天第二个故事讲的就是他。

4　指阿雷佐人古乔·德伊·塔尔拉蒂·达·彼埃特拉马拉（Guccio dei Tarlati da Pietramala），生活在13世纪后半叶，皇帝党人。1287年参加了坎帕尔迪诺战役；那次战役皇帝党人战败，在被教皇党人追击中溺水而亡。

5　即费德里戈·诺维洛（Federigo Novello），其父是卡森蒂诺伯爵圭多·诺维洛。1289年费德里戈去援助塔尔拉蒂（见前注4）时，在毕比亚诺被杀害。

还有那个比萨人，[6]

其父善良的马祖科

表现得无比坚强；

还有奥尔索伯爵[7]

和另外一个魂魄，[8]

后者的灵魂脱离

肉体，据他自己说，

不是因为自己过错，

是因为嫉妒和怨恨。

我指的是皮埃尔以及

6　"那个比萨人"指马祖科（Marzucco degli Scornigiani）之子加诺（Gano）。大约在1287年比
　萨内乱时期，乌戈利诺伯爵在和皇帝党人维斯康蒂争夺比萨控制权（参见《地狱篇》第三十
　三曲注1）的斗争中下令杀害了加诺。马祖科是个很有名望的教士，1286年加入方济各会做
　了修士，在佛罗伦萨圣十字架教堂的修道院中度过余生。他听说儿子被杀害后，扮成陌生
　人，脸上毫无表情地去见乌戈利诺伯爵，恳求伯爵允许他参加儿子的葬礼；乌戈利诺认出了
　他，惊讶地说："去吧，因为你的忍耐战胜了我的执拗。"在葬礼过程中，他既不流泪，也不
　愤怒，还劝说亲属们宽容敌人，表现得无比坚强。但丁曾在该修道院听过神学讲座，可能见
　过他，特在这里赞扬他的神学造诣和修养。

7　奥尔索（Orso）伯爵是拿破列昂内（Napoleone）伯爵之子，被其伯父亚历山德罗
　（Alessandro）之子阿尔贝托（Alberto）杀害；拿破列昂内和亚历山德罗同属佛罗伦萨阿尔
　贝尔蒂家族，因遗产分配不均导致相互仇杀，双双被置于第九层地狱服刑（参见《地狱篇》
　第三十二曲注6）。这一家人的相互仇杀一直延续到1325年，当阿尔贝托被其堂兄弟斯皮内洛
　（Spinello）杀害为止。

8　这里指皮埃尔·德拉·布罗斯（Pierre de la Brosse），法国著名外科医生，曾效力法国国王
　路易九世（Louis IX）和腓力三世（Philip III），被任命为宫廷内侍。1276年腓力三世的长子
　路易突然死亡，皮埃尔指责路易的继母玛丽·德·布拉邦（Marie de Brabant）下毒害死了
　他，以便自己的儿子（腓力四世）继承王位。这一指责引起了王后玛丽及其亲信们的仇恨。
　1278年法国与西班牙中部的卡斯提利亚王国（Castiglia）爆发战争，玛丽指责皮埃尔暗中勾
　结卡斯提利亚国王阿方索十世（Alfonso X），以叛国罪将其绞死。所以诗中说，他的死"不
　是因为自己过错"，而是王后的仇恨及其亲信们的嫉妒。

那个布拉邦的女人;[9]

她还活在人世之时，

她就该为来此地

采取各种措施，

以免死后要与

更悲惨的人为伍。

祈祷的效用

摆脱这些魂灵

（他们请求别人

为他们祈求神灵，

让他们速达仙境），

我又开口询问：

"啊，我的老师，

你在某篇诗文

曾经明确否认，

9　指玛丽·德·布拉邦（见前注8），生前就应该为死后能进入炼狱而采取措施，以免死后堕入
　地狱，与那些罪恶的灵魂为伍。

祈祷能改变天律,[10]

他们却为此祈求。

是他们心怀妄想,

还是我理解有误?"

老师回答我说:

"我的诗文没错,

他们也非妄想,

需用健全眼光

看待这个问题:

在这里滞留的

阴魂,应该满足

上帝一定要求,

这需要一定时间;

不像那世上的人

为他们祈祷的心愿,

瞬间就能够实现。

我下那个结论

的地方,祈祷

---

10 指维吉尔的《埃涅阿斯纪》卷六第376行,"不要妄想乞求一下就可以改变神的旨意"。那段
故事的情节是:埃涅阿斯在游地狱时,遇到了他的舵手帕里努鲁斯(Palinurus)的灵魂。帕
里努鲁斯因坠海而死,尸体未入土,不能渡过冥河进入地狱;于是他请求埃涅阿斯助他一臂
之力,把他带过河去,陪同埃涅阿斯来游地狱的女巫西比尔(Sibilla)便说了上面那句话。

不能救赎罪过，

因他们的祈祷

上帝绝不能听到。[11]

但你的心思不要

放在这种问题上，

除非她[12]向你昭告；

她是沟通真理

与理智的明灯，

我是指贝阿特丽切，

你是否能听懂？

你将在这座山顶

看到她面带微笑，

洋溢着天国至福。"

我立即接着说道：

"老师啊，快走吧，

我已不那样疲乏；

你看，山峰已把

那阴暗阴影投下。"[13]

11　"我下那个结论的地方"指冥河旁，埃涅阿斯和帕里努鲁斯都是生活在基督降生之前的人，
　　他们的祈祷是对多神教神祇的祈祷，传不到上帝耳边，所以诗中说"上帝绝不能听到"。

12　指贝阿特丽切。

13　但丁他们离开贝拉夸时是中午，然后又和上一曲说到的暴力致死的灵魂耽误些时间，这时应
　　是下午3点。太阳西斜，绕到炼狱山后，照不到但丁他们攀爬的山坡了。

老师回答我说道：

“今天我们趁余光

能走多少就多少，

因为事情并不像

你所想象的那样：[14]

登上山顶之前，

你还会再见太阳；

现在山坡前面

已经没有日光，

因此现在你已

不像刚才那样，

可以阻拦阳光。

索尔德洛

但是，你看那边，

一个孤独阴魂

朝着我们观看，

他也许会给我们

14　意思是：登山的路程不像你想象的那样，或者说比你想象的更加遥远，一共需要三天的时间，所以诗中说“你还会再见太阳”。

指出最近的路。"
我们走到他身边，
向他提出请求：
　"啊，伦巴第[15]人，

生前你态度傲慢，
目空一切，现在你
目光呆滞、庄严！
虽然你缄默无言，

目光却关注我们，
像头狮子蹲守
它前方的猎物。"
维吉尔走向前去，

请他给我们指出
最便捷的登山路；
他不理老师询问，
反而想打听我们

的籍贯和生平；
老师开口说明：
　"我是曼托瓦……"
话音未落，那幽灵

15　中世纪时意大利北方人通称伦巴第人，关于这个阴魂参见后注16。

　　　　　　　　　　第六曲

便跃然起身说：

"啊，曼托瓦人，

我是索尔德洛，[16]

是你的故乡人！"

哀悼意大利的现状

然后他们拥抱在一起。

那位高贵阴魂[17]在这里，

一听到故乡的名字，

就向老师表示欢迎；

啊，被奴役的意大利，[18]

你是饱受痛苦之地，

是没有舵手的舟楫

在暴风雨之中游弋！

---

16 索尔德洛（Sordello，约1200—1270年），出生于曼托瓦附近的戈伊托（Goito），13世纪意大利著名诗人，先后在意大利北方和普罗旺斯等地的王公贵族们的宫廷任侍臣，写过不少抒情诗和说教诗歌，最著名的要算《悼念贵族兼诗人布拉卡茨的挽歌》(*Compianto in morte di ser Blacats*)。诗中指名道姓地谴责当时一些国家的君主软弱无能，如神圣罗马皇帝腓特烈二世、法国国王、阿拉贡国王等。索尔德洛这种直言不讳的精神引起了但丁的共鸣，为接下来抨击意大利时政做准备。

17 指索尔德洛的阴魂。

18 当时神圣罗马帝国皇帝无暇顾及意大利，意大利各地处于封建主与平民政权控制之下。但丁认为只有皇权才能保证人们享受到法制与自由，所以他认为当时的意大利处于被奴役的状态，无人领导，充满了痛苦。

你已不是各省的主妇，[19]

而是任人欺凌的妓女！

如今你那悲惨疆土

到处都在进行战争：

同一城市里的市民、

同一战壕里的士兵，

都在进行相互厮杀，

啊，可怜的意大利啊，

看看你沿海城镇，

看看你内陆省份，

是否还有什么地方，

那里尚有太平可享？

既然马鞍没人坐，

治理国家的缰绳

——《查士丁尼法典》，[20]

由什么人来掌握？

19 这句话来自《罗马民法汇编》或曰《查士丁尼法典》："意大利不是省，而是各省的主宰。"
   因"意大利"一词是阴性，所以这里的主宰是"女主宰"，可译为"女主（人）""主妇"。
   这样译的另一个原因是，便于和下一句的"妓女"押韵。

20 东罗马帝国皇帝查士丁尼一世（Justinian I）编纂的法典：《罗马民法汇编》，或曰《查士丁尼
   法典》。参见前注19。

古代没有法律约束，

算不上是最大耻辱；[21]

啊，你们这些教士，

理应忠于上帝指示，[22]

让恺撒那种皇帝

乘坐在马鞍上边。

自从你们坐上去后，

请你们现在看一看，

这马变得不服管教，

因为你们不知道

要用马刺纠正它。

阿尔贝特皇帝[23]啊，

你放弃了意大利

这匹野性的畜生，

而你的责任却是

骑它并手执缰绳。

---

21 这句话的意思是：古代野蛮民族没有法律，那种无政府状态还可以容忍，因为他们不懂法律的重要性；而像意大利人这样的文明民族，明明知道有法律可循却无视法律，那就太可悲了。

22 参见《新约·马太福音》第22章第21句："耶稣说：'这样，恺撒的物当归恺撒；神的物当归给 神'"。恺撒在这里代表罗马皇帝，就是说让皇帝坐在皇帝座位上，让皇帝管理世俗政权。

23 指德国哈布斯堡（Habsburg）家族的阿尔贝特一世（Albert I），原为奥地利伯爵，1298年当选神圣罗马帝国皇帝，理应统领德国和意大利事物，但他只关心德国，不关心意大利。所以但丁说他"放弃了意大利 / 这匹野性的畜生"。

但愿上帝的惩罚

降到你家族头上，[24]

昭彰显示，让你的

继承人[25]感到恐慌！

因为你和你父王[26]

都贪念疆土那片，

让帝国的花园[27]

变得一片荒凉。

你这个冷漠的人哪，

你来看看蒙泰奇

和卡佩莱蒂家族，

还有莫纳尔迪以及

---

24 许多注释家认为，这句话是指阿尔伯特一世的长子鲁道夫（Rudolf）1307年夭折，以及他本人1308年遭谋害。

25 "让你的继承人感到恐慌"，这里的"继承人"指亨利七世（Henry VII，1269—1313年）。亨利七世原是卢森堡伯爵亨利三世之子，1288年继承父位，称亨利五世。1308年神圣罗马帝国皇帝阿尔贝特一世被谋杀后，他当选神圣罗马帝国皇帝，称亨利七世。1310年1月率军跨过阿尔卑斯山，企图把德意志和意大利再度联合起来，并声称要伸张正义，消除各城市、各党派的纷争，重新建立帝国和教会之间的良好关系，实现持久和平。但丁对他满怀希望，以为能借机返回佛罗伦萨，然而佛罗伦萨教皇党的势力及其武装反对亨利七世。但丁为此写了《致穷凶极恶的佛罗伦萨人的信》，声讨他们的罪行，并上书亨利七世皇帝敦促他从速进军讨伐。不过亨利七世并未立即进军佛罗伦萨，而是直接去了罗马加冕。加冕之后便试图进攻以佛罗伦萨为首的教皇党联军，后不幸于1313年8月在军中染病暴死于锡耶纳附近的布翁孔文托（Buonconvento）。

26 "你父王"，指罗伯特一世的父亲奥地利公爵鲁道夫一世（Rudolf I，1218—1291年），他于1273年当选为德意志王和神圣罗马帝国皇帝，建立了哈布斯堡王朝。

27 "疆土那片"指德国，"帝国的花园"指意大利。

费利佩斯基²⁸他们，

前者命运悲惨，

后者惶恐不安。

你这个无情的人，

看看你那些贵族²⁹

正经受何种苦难，

圣菲奥拉领地³⁰

已经败落不堪；

看看你的罗马吧，

已变成孤寂寡妇，³¹

她日夜都在哭诉：

"亲爱的恺撒啊，

为啥不与我做伴？"

看看你那些居民，

28　蒙泰奇（Montecchi）和卡佩莱蒂（Cappelletti）是维罗纳两家世代为仇的贵族，莎士比亚的《罗密欧与朱丽叶》写的就是这两个家族的一对青年男女的爱情悲剧。其实这两个家族分别属于当时两派相互对立的政治势力，蒙泰奇属于皇帝党，卡佩莱蒂属于教皇党；莫纳尔迪（Monaldi）和费利佩斯基（Filipeschi）是奥尔维耶托（Orvieto）的两家敌对的贵族，前者是当地教皇党领袖，后者是当地皇帝党领袖。这两地贵族间的派系斗争不仅削弱了封建贵族的势力，还让许多地方的政权落入"野心勃勃的暴君"之手（许多注释家用语，指当时意大利各地城邦的当权者）。

29　即由神圣罗马皇帝册封的侯爵、伯爵等。

30　圣菲奥拉（Santafiora）是锡耶纳贵族阿尔多布兰德斯基家族的领地（本书第十一曲还会说到他们），1300年锡耶纳市政府采用暴力等手段剥夺了他们的大部分领地，留给他们的所剩无几，所以诗中说那些领地"已经败落不堪"。

31　按照但丁的想法，罗马应是皇帝的居所，仿佛是皇帝的配偶，皇帝不在她似乎就成了孤寂的寡妇；诗中呼喊"亲爱的恺撒"，是以恺撒比喻皇帝。

是多么亲密无间！[32]
你若不怜悯我们，

就为你名誉害羞吧！
至高无上的基督啊，
你为我们死在十字架上，
可否让我问你一句话：

你目光已经投向他方，
还是你那深邃的思想
正为我们幸福做安排，
而我们却暂无法想象？

不然，意大利的城市
怎么会充斥着暴君？
参与派系之争的农民
怎么会变成马塞卢斯？[33]

我的佛罗伦萨啊，
你应该感到心安，
因为这段插话
与你毫不相干，

32　这是反话，前面说过，无论是同一城市里的市民，还是同一战壕里的士兵，都在相互厮杀。

33　原著注："参与派系之争的农民"指那些参与派系之争并成为派系领袖的人。我个人认为，
　　这是指那些来自农村的自由民，即新兴的资产阶级的前身。"马塞卢斯"指马尔库斯·克劳
　　迪乌斯·马塞卢斯（Marcus Claudius Marcellus），公元前50年曾做过执政官，支持庞培，反
　　对恺撒。这里借用马塞卢斯比喻反对皇权的人。

这多亏了你的
市民绞尽脑汁，
没让它牵涉到你。[34]
许多人心怀正义，

能慎重做出决断，
像那种射箭能手，
箭搭弦上思索再三；
普通百姓与此相反，

总把正义挂在嘴边，
许多人会拒绝公职；
你的市民没有召唤，
也会回答："我挑重担！"

现在你就扬扬得意吧，
你有充足理由这么干：
你有平安宁静的环境，
又有智慧，又有金钱！

我说的都是实话，
不会被事实抹杀。

34　这也是反话。其实佛罗伦萨的派系之争，比意大利其他城市的派系之争，都要激烈得多。

雅典以及斯巴达，[35]

制定了古代法律，

对公共生活的贡献，

比起你来不值一谈，

你的规定如此精准，

十月规定十一月变。[36]

你是否还记得，

你已多次改变

法律、货币、官职、

风俗、政府官员![37]

你若记忆清楚，

并能是非分辨，

那你就会发现，

你就像个病妇[38]

35 雅典和斯巴达是古希腊土地上两个古老的城市，前者制定了著名的《梭伦宪法》，后者制定
了著名的《利库尔戈斯宪法》。

36 这里是讽刺佛罗伦萨朝令夕改；也有注释家认为，这是指1301年10月15日白党获胜组成政
府，至11月7日因黑党获胜而辞职。

37 指佛罗伦萨两派斗争，政权更迭频繁，一派上台就会更换所有官员，甚至改变前一派制定的
法律、法规。前面说的"十月规定十一月变"也是这个意思。

38 但丁这里使用"病妇"，也是因为意大利文中"佛罗伦萨"是阴性名词，故采用阴性的"病
妇"。

躺在柔软垫子上
辗转反侧、沉思，
却找不到医治
你病痛的良方。

第七曲

随后他垂下头颅，
谦卑地向前一步，
在维吉尔脚下拜倒
佩服地对他说道……

索尔德洛得知维吉尔是曼托瓦人后，与其热情拥抱再三；然后询问他的姓名，得知他就是大名鼎鼎的古罗马诗人维吉尔之后，拜倒在他脚下，并为自己能够有幸见到这位著名诗人感慨万分。他又询问维吉尔魂归何处、是怎么来到炼狱的，维吉尔一一给他做了回答。

由于天色已晚，索尔德洛建议他们先找个地方过夜，等天明之后再去攀登炼狱山（这是但丁介绍的炼狱里的另一条规则，希望读者注意，后面还会多次提到）。索尔德洛不是临终忏悔的人，也不是暴力致死的人，所以他在炼狱外围没有固定地点，可以随意向山上走，也可以绕山环行。他建议但丁他们暂去附近一个山坳里，认识一下在那里聚集的君王们的灵魂。

走到那山坳边沿的时候，但丁首先对那片谷地进行了一番描述，说那里色彩斑斓，仿佛大自然使用画家们可能使用的一切颜料（诸如金粉、银粉、赭红、湛蓝、铅白等等）绘出的一幅美丽图画。另外，大自然还集千百种自然芳香，酿成了一种说不清、辨不明的馨香。

他们来到距离凹地底部还有一半距离的高处时，索尔德洛建议："我们暂不上那里去：/你们站在这里高处，/比在下面更能看清/他们的动作和面目。"但丁他们表示同意后，他便指给但丁他们看那些君王的阴魂，他们正在诵唱歌颂圣母马利亚的赞美诗:《万福，女王》。这些君王中间，索尔德洛特意指给但丁他们介绍了：

1. 德国皇帝鲁道夫一世，谴责他未能及时医治意大利的创伤。

2. 波希米亚国王鄂图卡二世。他与鲁道夫一世曾是一对仇敌，为争夺奥地利版图进行过长期战争。但现在他们已冰释仇恨，待在一起诵唱《万福，女王》，等待进入炼狱。

3. 法国国王腓力三世和阿拉贡国王佩德罗三世，前者的儿子腓力四世娶了后者的女儿，因此他们成为亲家，但他们却都在为腓力四世生活糜烂痛心疾首："前者/正挥拳捶胸，后者/托着腮，叹息不止！"

索尔德洛赞扬阿拉贡国王佩德罗三世品德过人。还说，如果他的嫡孙（在他身后就座的小青年）继承王位，他的美德就会得到传扬，可惜那他的嫡孙幼年夭折；"至于其他儿子，/就不能这么说：/贾科莫和费代里科，/虽都获得王国，/却未继承美德"。法国国王查理一世的情况与佩德罗三世相仿，即他的儿子查理二世也未继承他的品德。

4. 意大利蒙菲拉托侯爵古列尔莫七世。他的统治和他发动的战争，使他领地的民众痛苦万分。

维吉尔和索尔德洛

得体而热情的拥抱
重复了三四次以后，
索尔德洛向后
退了一步问道：

"你们是什么人？"
老师回答他所问：
"这些获上帝宠幸
攀登此山的魂灵，

尚未动身来此前，
我的尸骨已经被
屋大维葬于坟内。[1]
我不能升天，并非

我有什么罪过，
而只是因为我
没有信仰基督；
维吉尔就是我。"

---

1 公元前19年维吉尔病死在意大利南方的布林迪西，后来由屋大维（Gaius Octavius），即罗马帝国的第一任皇帝奥古斯都（Augustus），下令将其尸骨迁至那勒斯埋葬。维吉尔由于生活在公元前，当时耶稣基督尚未降生，所以后面有他与上帝"相识恨晚"之说。维吉尔未能信仰基督教，死后灵魂被安排在地狱林勃层内。参见《地狱篇》第一曲"维吉尔"一节。

听到这个答复，
索尔德洛仿佛
感到惊异的人，
望着面前这人，

觉得半信半疑，
一边嘟囔着说：
"他或许是……
也许他不是……"

随后他垂下头颅，
谦卑地向前一步，
在维吉尔脚下拜倒
佩服地对他说道：

"啊，光荣的拉丁人，
你体现我们母语的功能，
你也是我们故乡的荣耀，
是什么功德或者神恩

让我得以面见你呢？
假如我配与你讲话，
那就请你告诉我，你
来自哪一层地狱吧。"

老师这样回答他说：

"我一层层走过地狱，

最后来到炼狱这里，

是靠上帝神力相助；

我不是因为做过什么，

而是因为没有做什么，[2]

失去了你期盼的

觐见上帝的机会：

你的愿望定能实现，

我与上帝相识恨晚。

地狱里有一个地方，

那里没有受罚惨状：[3]

没有人悲惨哭喊，

仅有叹息和黑暗。

我就是待在那里，

与无辜婴儿一起，

他们尚未领受洗礼，

就被死神獠牙咬死；[4]

---

2 意思恰如前面所说，"我不能升天，并非 / 我有什么罪过，/ 而只是因为我 / 没有信仰基督"。

3 指地狱里维吉尔所处的林勃层。

4 指出生不久，尚未领受洗礼、免除人类原罪之前就夭折的婴儿。

和我一起待在那里，

还有那样一些伟人，[5]

他们没有任何过错，

也不知道三种圣德，

但是他们知道并且

践行所有其他公德。

假如你知道而且愿意，

请给予我们一些指点，

让我们能够更快地

到达炼狱山的起点。"

"我没有固定地点，"[6]

索尔德洛回答道，

"我可以向山上攀，

也可以环山盘绕；

只要我能去的地方，

我都可以陪在你们

身边，给你们导向；

但你看，现在太阳

5　指耶稣基督降生以前的那些伟人，他们不知道基督教的三种圣德，即信仰、希望和仁爱，但是他们知道并践行人类社会的其他一切公德，如谨慎、公正、坚韧、节制等。

6　指索尔德洛既不属于临终忏悔的人，也不属于暴力致死的人，更不是下面说的粗心的君王，所以他不像那些人身处一定群落，待在固定地点。

已经坠向西边；

夜间不可登山，[7]

我们现在最好

找个过夜地点。

就在我们右边

有群阴魂集聚，

如果你们同意，

我领你们前去；

你们一定愿意

去和他们认识。"

维吉尔问他说：

"那是为啥？你说，

若想夜间登山，

是有人阻止呢，

还是疲乏不堪，

无力向上攀缘？"

好心的索尔德洛

在地上画一条线，

然后对老师说：

"太阳一旦落山，

---

7 这句话有双重含义：世人登山靠阳光，夜间没有日光，人们无法登山；这里的阴魂攀登炼狱山，需要靠上帝的恩泽，在没有得到上帝的恩泽之前，阴魂们不可立即登山。

就看不见这条线：
阻止阴魂登山的，
不是别的东西，
而是夜间黑暗。

黑暗削弱人的意志
让人无力向上攀爬；
但可沿着山坡环绕，
或者顺着原路向下。"

这话令老师惊诧，
于是就对他回答：
"那就领我们去吧，
看那里有何惊喜。"

粗心的君王之谷

离开那里不远，
我看见山坡上
出现凹地一片，
酷似山谷一般。

索尔德洛说道：
"我们就去那边，

那里山坡凹陷，
四面山壁环绕；

我们将在那里，
等待新的一天。"
那里有条小道，
不陡峭，不平坦；

我们顺着小道
来到凹地边沿。
那里距离谷底
深度恰好一半。

金粉、银粉、赭红、靛蓝、
铅白，还有净空的湛蓝、
纯木的浅黄和宝石的翠绿，
都不如这里花草颜色鲜艳，

恰如弱者总被强者胜出。
大自然在这里不仅绘图，
而且还将上千种芬芳
酿成世人不知的馨香。

我看见阴魂们
坐在那绿茵上，

歌唱《万福，女王》；[8]

外面看不见他们，

因凹地地势较低。

领我们去那里的

索尔德洛开口说：

"趁夕阳光线微弱，

我们暂不上那里去：

你们站在这里高处，

比在下面更能看清

他们的动作和面目。

巡视这里的君王

那个坐得最高、不跟

别人一起唱歌的人，

仿佛忘了自己本分，

他就是鲁道夫皇帝。[9]

---

8 这是一首歌颂圣母马利亚的赞美诗，作于11、12世纪，后来作为祈祷文用于宗教仪式。教皇
   格列高利九世（Gregory IX）曾明确规定，在星期五晚祷时背诵它。索尔德洛带领但丁他们
   来到这里时，天已快黑，所以这里的阴魂们正在唱这首颂歌。

9 指鲁道夫一世（1218—1291年，参见本书第六曲注26）。他在这群君王中地位最高，所以坐
   在最高处；他"忘了自己本分"，即下面说的"本来他还可以医治／意大利的致命创伤"，即
   平息意大利的内乱、恢复那里的和平，但他却没有这样做，现在沉溺于悔恨之中，不和其他
   人一起歌唱。另外，这群粗心的君王都是临死才向上帝忏悔的人，他们"忘了自己本分"还
   包括这层意思。

本来他还可以医治

意大利的致命创伤，

但他贻误时机，让

别人医治为时过迟。

另一个好似安慰他、

曾统治过波希米亚

（那里有河伏尔塔瓦

经易北河流入大海），

他就是鄂图卡二世，[10]

襁褓时期他就超越

成年儿子瓦茨拉夫

（沉溺于闲逸与女色）。

还有那个小鼻子[11]

（似乎与那面貌和善

10　鄂图卡二世（Otakar II，1230—1278年），波希米亚（Bohemia）国王，曾是德国境内势力
　　最大的伯爵，在位时期与鲁道夫一世争夺奥地利等地盘，与鲁道夫矛盾重重，战争不断。
　　现在看来，他们已冰释前嫌，一起等待进入炼狱。他的儿子瓦茨拉夫二世（Wenceslas II，
　　1271—1305年），七岁继位，由其表兄摄政，1283年亲政后，国家的实际权力则由其母的情
　　人掌控。但丁在这里哀叹其子无能，称其沉溺于闲逸与女色，还说其父很小的时候（襁褓时
　　期），就显示出超越他成年后的才能。
11　指法国国王腓力三世（1245—1285年），外号小鼻子。1285年因支持法国安茹家族对西西里
　　王位的争夺，出兵与阿拉贡国王佩德罗三世（参见本书第三曲注14）作战，结果战败，退
　　却中染病而死。当时法国的国徽是蓝地上衬托着三朵金色百合花；后文中"使百合花蒙受羞
　　耻"的意思是：他的战败使法兰西蒙受耻辱。

的人 [12] 正在亲密交谈），

在败逃的时候病死，

使百合花蒙受羞耻：

你们快看哪，前者

正挥拳捶胸，后者

托着腮，叹息不止！

他们是法国的祸水

——腓力四世 [13] 的

父亲和岳父，深知

他的生活肮脏糜烂，

内心为他感到悲哀。

还有那个身材魁梧

（他正与那个大鼻子，[14]

一起放声歌颂圣母），

12 "那面貌和善／的人"指亨利一世（Henry I），西班牙北部的纳瓦拉（Navarre）国王，法国国王腓力三世的儿子腓力四世（外号美男子，Philippe IV le Bel）的岳父。他们"正在亲密交谈"，意思是他们双双为腓力四世的行为感到悲伤：一个捶胸顿足，一个唉声叹气。

13 腓力四世，1285年其父腓力三世病故后继位。腓力四世生活糜烂，但丁非常痛恨他，所以在这里称其为"法国的祸水"。

14 "那个身材魁梧"指阿拉贡国王佩德罗三世，参见前注11或本书第三曲注14。有注释家称"他身材魁梧，长相漂亮"。1282年登上西西里王位，但丁对他评价很高，说"生前他腰系一条／代表美德的绳索（腰带）"，大概源于维拉尼的《编年史》的第七卷第一〇三章："阿拉贡国王佩德罗是一位英明的君主，武艺高强，非常勇敢、睿智，比当时在位的任何其他国王都更为基督徒所畏惧……"；"那个大鼻子"指法国国王查理一世（Charles I，1226—1285年），先后被封为安茹伯爵、普罗旺斯伯爵、那不勒斯和西西里国王。生前曾与佩德罗三世争夺西西里王位。生前他们是仇敌，但这里他们的仇恨已经冰释，一起歌颂圣母。

生前他腰系一条

代表美德的绳索；

假如在他身后就座

的小青年 [15] 继承王座

他的美德就像

《旧约》里所说的，[16]

从这缸倒到那缸，

得以代代传扬。

至于其他儿子，

就不能这么说：

贾科莫和费代里科，[17]

虽都获得王国，

却未继承美德。

因为人的美德，

是由上帝所赐，

人得向他求乞；

15　指阿方索的儿子佩德罗。阿方索是佩德罗三世的长子，1285年继承王位，1291年去世。按照
　　当时的继承法，其王位应由其长子继承，即由佩德罗三世的长孙佩德罗继承王位，但这个孙
　　子尚未成年便先于他父亲死亡。所以诗中说，假如他继承王位，佩德罗三世的美德就能传承
　　下去，可惜他过早夭折了。

16　即《旧约·耶利米书》第48章第11句："摩押自幼年以来常享安逸，如酒在渣滓上好像酒在
　　渣滓上澄清，没有从这器皿倒在那器皿里……因此，它的原味尚存，香气未变。"指美德世
　　代相传。

17　即佩德罗三世的次子贾科莫和幼子费代里科，参见本书第三曲注14。

　第七曲

不能由父传于子，

像树干生发新枝。

我的话不仅适用

这位佩德罗三世，

而且也应该适用

与他一起诵唱的

法王查理一世：

由于他的子嗣[18]，

普利亚和普罗旺斯

如今如此痛苦；

由于同样道理，

康斯坦丝比起

贝雅特里斯以及

玛格丽塔，更要

为自己丈夫骄傲。[19]

你们看哪，亨利

---

18 即查理一世的儿子查理二世（Charles II），其父死后，查理二世成为那不勒斯国王和普罗旺斯伯爵。他的统治引起了那不勒斯王国和普罗旺斯伯爵领地臣民们的普遍不满。由于当时意大利南方统称普利亚，所以后文诗中说"普利亚和普罗旺斯"。这段话的意思是：查理一世的子嗣和佩德罗三世的子嗣一样，都没有继承他们父辈的美德。

19 康斯坦丝是阿拉贡国王佩德罗三世的妻子（参见本书第三曲注14）；贝雅特里斯和玛格丽塔则分别是查理一世的原配与续弦。因为查理一世在人品和功绩上都不如佩德罗三世，所以康斯坦丝比起贝雅特里斯和玛格丽塔更有理由"为自己丈夫骄傲"。

国王[20]独坐那里，

生前生活节俭，

他的支脉中间

有个较好后裔。

这些君王中间

低处席地而坐、

仰面上看的是

侯爵古列尔莫[21]

由于他的缘故以及

亚历山德里亚战事，

蒙菲拉托和卡纳维斯[22]

两地居民为此哭泣。"

20　指英国国王亨利三世（Henry Ⅲ），1216—1272年在位。维拉尼在《编年史》第七卷第三十
　　九章中说："他是个生活朴素的人，致使贵族们认为他等于零。"索尔德洛在《悼念贵族兼诗
　　人布拉卡茨的挽歌》（参见本书第六曲注16）中也称其"庸碌怯懦"。因为他才能较低，未和
　　上面的君主坐在一起，"独坐那里"。"他的支脉中间／有个较好后裔"，指他的儿子爱德华一
　　世（Edward Ⅰ），1272—1309年在位。维拉尼在《编年史》第八卷第九十章中说：爱德华一
　　世是个"有才能的好国王，是他那个时代最英勇的君主和最明智的基督徒"。

21　指蒙菲拉托（Monferrato）侯爵古列尔莫七世（Guglielmo Ⅶ），1254—1292年在位。诗中
　　说他"低处席地而坐"，是因为他在这群君王们中间地位最低、势力最小。1290年，阿斯蒂
　　（Asti）城邦企图从他手中收复亚历山德里亚城（Alessandria），鼓励那里的市民起义，他前
　　去镇压，被市民俘虏，关在铁笼子里示众长达一年半之久，直至1292年死于笼中。

22　蒙菲拉托本来就是他的领地，但他多次为扩张自己领地与附近的城邦进行战争，卡纳维斯地
　　区（Canavese）也成了他的领地。

第八曲

听见天使翅膀
划破宁静空气，
那条可恶毒蛇
立即逃遁回避。

　　索尔德洛陪着但丁和维吉尔前往君王之谷。他们乘着夕阳的余晖，站在谷地上沿观察君王们的"动作和面目"。索尔德洛对其中的一些君王评价一番后，领着但丁他们朝君王之谷的凹地底部走去。

　　但丁看见那里的阴魂正在进行晚祷，诵唱《日没以前》，同时还看见一对天使手执"闪闪发光的断头宝剑"、身披"嫩绿颜色的绿衣"从天而降，他们是来保护这些随时都有可能受到"毒蛇"引诱而放弃进入炼狱洗涤罪过的阴魂们。但丁在这里还描述了两位天使履行守护职责的一幕——毒蛇缓缓而出，两位天使立即腾空而起，吓退毒蛇。

君王之谷里除上一曲介绍的那些地位高的君王外，还集聚了许地位较低的贵族与官员，如上一曲最后介绍的蒙菲拉托侯爵古列尔莫七世。这一曲但丁向我们重点介绍了另外两位地位较低的王公贵族：尼诺·维斯康蒂和库拉多·马拉斯皮纳。

尼诺是乌戈利诺伯爵的外孙（参见《地狱篇》第三十三曲注1），被其外祖父出卖后，流落他乡，多次到访佛罗伦萨，与但丁相识。但丁看到这位朋友死后不待在地狱而待在炼狱，感到无比欣慰。尼诺请求但丁回到人世之后，去找他的女儿乔万娜，请女儿为他祈祷，以缩短他在炼狱外围等候的时间。谈话间尼诺还提到了自己的妻子，虽然他的妻子已经改嫁，但他能理解前妻改嫁，声称："女人如失去爱抚 / 和亲近，爱情之火 / 还能够点燃多久？"这种观点虽然反映了中世纪歧视妇女的观念，但尼诺说话的语气很温和，也反映了他作为当时的骑士同情妇女的品德，所以早期注释家们都称他是个"品德高尚、性格坚毅的人"。

与尼诺待在一起的还有个名叫库拉多的伙伴：维拉弗兰卡侯爵的后裔。但丁虽然不认识他，但对他们家族慷慨大方、轻财重义和作战英勇的美誉早有耳闻。另外，库拉多还预言，此后不到七年的时间内但丁必会到访他的家乡，他的族人必定会热情接待但丁。事实上，但丁在流亡期间，于1306年，即但丁与库拉多谈话的1300年后不到七年的时间，这一预言就应验了：但丁应邀去了维拉弗兰卡侯爵的领地，并代表该家族与当地主教缔结和约。

黄昏时的祈祷

现在已是航海人
怀念亲朋的黄昏，
清晨时告别他们，
心中充满了柔情；

远处的晚祷钟声
宣布了白昼将尽，
也刺痛初登航程、
怀念故土人的心。

此时我已不再
使用耳朵聆听，[1]
而是双目凝视
另外一个魂灵：

他已站起身来，
并且将手高举，
示意其他魂灵
听他有话吩咐。

他把双手抬起，
然后合拢手掌，

1 意思是：索尔德洛不再讲话，阴魂们也唱罢《万福，女王》，沉寂下来。

眼睛望着东方，
仿佛禀告上苍：

"除你之外，我无他想。"
随即虔诚地唱起圣诗
《日没以前》[2]，声调那样
优美，令我激动不已。

其他阴魂随他一起
用优美的声音唱完
这首圣歌，眼睛却
虔诚向上盯着诸天。[3]

护卫天使

读者啊，睁大眼睛，
盯住这里的真谛，
因为真理在这里
蒙着一层薄纱巾，

2　"日没以前"原文是"Te lucis ante"，是晚祷时诵唱的一首拉丁文圣诗。传说该诗是由圣安
　　布罗斯（Saint Ambrose）创作。诗词大意是：日没后黑夜降临，魔鬼就会出现，所以他们祈
　　祷太阳即上帝，保佑他们夜里平安，不受魔鬼诱惑。
3　即但丁构思的天国的诸天，从月亮天、水星天、金星天……直至净火天。

穿透它十分容易。

我见那队高贵的

灵魂，已经沉寂，

眼睛仍望着天空，

谦卑神态，苍白面色，

仿佛还在期待什么；

我还看见两个天使

从天而降，手中执着

两柄闪闪发光的

断头宝剑[4]，身披

嫩绿颜色的绿衣，

随翅膀扇动飘逸。

一个落在上边，

距离我们不远，

一个落在对面，

与第一个相望，

因此那些君王

夹在他们中间。

---

4 "两个天使"象征上天的护佑，早期注释家们解释说，他们手中的两把宝剑象征上帝的正义
与仁慈，二者相互结合，表示正义不能没有仁慈，仁慈也不能没有正义。但这是两把"断头
宝剑"没有锋利的剑尖，因为天使在这里的任务是防卫，而不是进攻。两位天使的衣服呈嫩
绿色，因为绿色代表"希望"，让人心中的"希望"永远像新生的绿叶那样生机勃勃。

　　　　　　　第八曲

天使头发金黄，
我能清楚分辨，

但是要把目光
投到他们脸上，
你就觉得模糊，
就像耀眼之物

出现在你眼前，
你就看不清楚。
索尔德洛说道：
"他们来自圣母，

前来守护凹地，
因为有条毒蛇
很快现身这里。"
由于不知毒蛇

会从何处冒出，
我便环视四处，
吓得浑身冰凉，
紧靠老师肩膀。

尼诺·维斯康蒂

索尔德洛又说:
"现在我们下去
和君王们交谈;
见到你们下去,

他们一定惊喜。"
估计走了三步,
就已到达那里;
看见有个亡魂

仿佛想认出我,
直盯着我察看。
天色渐渐变暗,
但没暗到那般,

以致看不清楚
我们间的事物
(刚才距离较远
曾经无法分辨)。

他走向我这里,
我走向他那里:

"啊，尊贵的尼诺[5]，

看到你待在这里，

不是待在地狱里，

我感到欣喜无限！"

我们间的见面礼，

这里我暂且不谈；

且说他开口问道：

"你越过广袤海域

来到炼狱山脚，

时间有多久啦？"

于是我对他解释：

"唉，我是今天清晨

从地狱来到这里，

我还是一个活人，

来这里为寻求

灵魂能享永福。"

5　尼诺即我们在《地狱篇》第三十三曲注1中提到的尼诺·维斯康蒂（Nino Visconti），出身比萨教皇党贵族家庭，系乌戈利诺伯爵的外孙，曾任撒丁岛加鲁拉省总督（参见《地狱篇》第二十二曲注7）。1285年与其外祖父乌戈利诺共同执掌比萨政权，后被其外祖父出卖，流亡他乡。1283—1293年间，他曾多次到访佛罗伦萨，但丁和他的友谊大概是在这期间建立的。1296年，他在撒丁岛去世。早期注释家们都称他是个品德高尚、性格坚毅的人。

听到我的回答，
索尔德洛和他

仿佛感到困惑，
急忙向后退缩；[6]
前者转身向着
维吉尔，他却

转身朝向那个
坐着的阴魂说：
"起来吧，库拉多，
快来看上帝恩泽！"[7]

然后转身对我说道：
"上帝赐你特殊待遇
（他总会把原因隐去，
让我们没办法知晓），

你更应该感激上帝，
我借你的恩遇求你：
等你跨过广袤海域，
回到大海彼岸之时，

---

6 索尔德洛一直在和维吉尔交谈，而且天色已晚，没有阳光，但丁也没有身影，还不知道但丁是活人；尼诺则是刚刚听但丁说是活人。所以，他们听到但丁的回答后都感到吃惊、困惑，双双"向后退缩"。
7 指活人但丁来到炼狱。

请告诉乔万娜我女，

快去教堂为我祈祷

（无辜人在那里祈祷

上帝他一定会眷顾）。

我不相信她生母，

那个可怜的妇女，

脱下白头巾以后，[8]

仍然怀念我依旧。

她的行为很清楚：

女人如失去爱抚

和亲近，爱情之火

还能够点燃多久？

她未来的坟墓，

如用蝰蛇装饰，

还不如用公鸡

来得更加美丽。"[9]

8　尼诺死后，乔万娜的母亲贝阿特丽切·德·埃斯特（Beatrice d'Este）回到娘家，不久再婚，嫁给米兰僭主马泰奥·维斯康蒂（Matteo Visconti）的儿子加莱亚佐（Galeazzo）。当时意大利城邦规定，已婚妇女都要戴黑色头巾，寡居的妇女戴白色头巾。诗中说乔万娜的母亲"脱下白头巾以后"，意思就是她改嫁以后。所以尼诺希望乔万娜为他祈祷，并不指望前妻贝阿特丽切也为他祈祷。

9　米兰僭主维斯康蒂家族的纹章是一条蝰蛇吞噬一个萨拉森人，撒丁岛加鲁拉省的省徽是一只雄鸡。这段话的意思是：贝阿特丽切如不改嫁，用雄鸡来装饰她的坟墓比用米兰蝰蛇装饰她的坟墓会更好看一些。中世纪认为，妇女改嫁是对亡夫不忠，为人所不齿。所以，这里的另一层意思是谴责她不该改嫁。

他讲述的时候，
心中旧情点燃，[10]
在他脸上激情
也有适度浮现。

三颗星辰

我的一双眼睛
热切仰望天空，[11]
凝视那些星辰
正在缓慢转动，

犹如距离轴承
最接近的部分。
"孩子，你看什么？"
老师开口询问；

我便回答老师说：
"我看那三点星火
把南极照得通红。"
老师接着对我说：

10　指尼诺对他的前妻仍然怀有旧情，前面陈述中说到他妻子改嫁时，语气也没有那么激烈，说
　　明对她还有旧情。
11　指南极的天空，那里的星辰像靠近车轴那样，转动得比其他部分的星辰缓慢。

"今晨你所看到的
四颗星已经沉降，
它们所处的地方，
这三颗星辰升起。"[12]

天使驱逐毒蛇

老师说话的时候，
索尔德洛把老师
拉到自己身边说：
"看，那是我们仇敌。"

他还用手指一指，
让老师看向那里：
在这狭小凹地里
没有遮挡的地方，[13]

有条爬行的毒蛇
（让夏娃初尝苦果的，
也许就是这个奸邪）。
那条爬虫匍匐着

---

12 这里所谓的"三颗星辰"，或上面说的"三点星火"，是指象征"信仰""希望"和"仁爱"
的三颗星辰（参见本书第七曲注5）；"四颗星已经沉降"，则是指代表"谨慎""正义""坚
韧"和"节制"等四种基本美德的星辰（参见本书第一曲注6）。
13 说明这块凹地三面环山，仅有一面没有遮拦。

从花草间爬出，
时而抬头向后
舔舐自己背部，
就像家里牲畜

梳理自己毛皮。
我虽没有看见
天使如何飞起，
因此不能复原

当时具体情形，
但是我却看清，
他们如何履行
自己守护责任：

听见天使翅膀
划破宁静空气，
那条可恶毒蛇
立即逃遁回避；

于是两位天使
调头向上飞去，
又非常迅速地
返回到驻守地。

库拉多·马拉斯皮纳

听到尼诺呼唤

走过来的亡灵,[14]

在整个过程中,

他那一双眼睛

一直都望着我;

此时却开口说:

"但愿领你攀登

炼狱山的明灯,

能给你的意志

提供足够毅力,[15]

让你登山顺利

到达山的顶峰;

恳请你告诉我

马格拉河谷或

14　即前面提到的库拉多,全名为库拉多·马拉斯皮纳(Currado Malaspina),属马拉斯皮纳家族,是维拉弗兰卡(Villafranca)侯爵费代里科一世之子,老库拉多一世之孙。他们的领地在卢尼加纳(Lunigiana)马格拉河(Magra)河谷一带(参见《地狱篇》第二十四曲注16)。大约死于1294年。薄伽丘在其著作《十日谈》第二天第六个故事中讲述过他(参见《十日谈》第二天故事六)。

15　库拉多在提出自己请求前,先向但丁祝福,祝福他能顺利登上炼狱山顶。这里"明灯"指上帝的恩泽;攀登炼狱山不仅要有上帝的恩泽,还得有毅力,所以诗中说"能给你的意志 / 提供足够毅力"。

邻近地区的消息

（那里曾显赫一世），

库拉多是我的名字，

是那老马拉斯皮纳

一世他的后裔，

现在在此精化

对家人的爱恋。"[16]

"啊，我从未去过

你们家族的领地，"

于是我回答他说，

"但是在整个欧洲，

谁不知它的美誉？

你们家族的荣誉

使你们这些领主，

还有你们的领地，

扬名欧洲各地，

即使没去过的人，

也都有所耳闻；

---

16 "对家人的爱恋"是狭义的爱，在炼狱里需要将其精化提升为对上帝的爱。

我愿向您发誓[17]

（但愿我能如愿

登上此山顶端）：

您的尊贵后裔，

一定都会坚持

钱财、武功、美誉，

天性还有习俗

使得您的家族

独享这种家风，

坚持行走正路，

尽管邪恶首领

领人走向邪路。"

于是库拉多说：

"说得好，你去吧！[18]

太阳已在白羊座，

那畜生已经蜷缩

四蹄躺在黄道上；

但愿它这种姿势

---

17 下面这段话是但丁的誓言，或者说，但丁向库拉多保证，他的晚辈一定不会抛弃家族的传
统。"钱财、武功、美誉"，指马拉斯皮纳慷慨大方、轻财重义和作战英勇的美誉。慷慨与勇
敢是典型的骑士风度。"天性还有习俗"，指马拉斯皮纳家族的天性与传统。这里"邪恶首
领"大概是指教皇，因为但丁一再谴责教皇攫取世俗权力，贪腐成性。
18 "你去吧"的意思是：现在天快亮了，你去准备第二天登山的行程吧。

不会再重演七次；[19]

如果上帝定下的

行程不会中断的话，

你刚才表示的看法，

留给你的印象更深，[20]

胜过其他人的传闻。"

---

19 "太阳已在白羊座"，即现在是春天，参见《地狱篇》第一曲注5。中世纪的天文图上以一只
蜷蹄伏卧在黄道上的羊表示白羊座；"但愿它这种姿势／不会再重演七次"，即不会再过七年。

20 "如果上帝定下的／行程不会中断的话"，即上帝给你规定的人生行程不会中途改变的话。这
句话是库拉多的预言，意思是：如果这一行程不会中断，那么但丁不会超过七年（不会再重
演七次）就会到访库拉多的故乡。事实上，但丁在流放期间，于1306年应库拉多的堂兄弟弗
兰切斯基诺（Franceschino）侯爵之邀，到访卢尼加纳地区，并代表侯爵家族与该地区主教
安东尼奥·达·卡米拉（Antonio da Camilla）缔结和约。但丁这次访问侯爵家族及其领地，
距离与库拉多在这里的谈话仅仅过了六年，印证了诗中库拉多所说不会超过七年的预言。那
次到访，通过实地查看，马拉斯皮纳家族给但丁留下的印象比其他人的传闻留给但丁的印象
要深刻得多。

第九曲

守护入口的天使，
双脚踏着这台阶、
端坐那道仿佛是
金刚石的门槛上。

　　临近午夜时分，但丁在凹地草坪上入睡，凌晨时做了个梦：他被一只雄鹰抓起，被带到大气层之上的火焰界，烈火正烧烤着他；他被烧得疼痛难忍，于是梦境终止。醒来后他发现身边只有维吉尔陪同，索尔德洛、尼诺和库拉多都不见了。

　　维吉尔向他解释说，他熟睡的时候，圣卢齐亚来到凹地草坪，说要帮他加快攀登炼狱山的步伐，抱起他就走，一直把他抱到这里——炼狱门外；

133

圣卢齐亚指给维吉尔看过炼狱入口后，就离开了；索尔德洛、尼诺和库拉多他们都还待在那凹地里。

炼狱门口位于一块高地上，四边有山崖围着。维吉尔领着但丁走向入口处，走近之后才看清"那里有门一扇，/下有三级台阶，/台阶颜色有别；/还有一个看守，/静守炼狱门口"。那守护炼狱大门的天使看见他们后，让他们站住别动，问他们要干什么，还问他们的向导是谁。维吉尔解释说，是圣卢齐亚领他们来的，也是圣卢齐亚告诉他们这里就是炼狱入口。于是那守护天使才让他们顺着三级台阶走近他。

炼狱门口的三级台阶，象征进行忏悔的罪人必须经历的三个阶段：第一级台阶是白色大理石的，明亮得像一面镜子，象征进行忏悔的第一步——内心悔悟，即要忏悔的人首先要在内心进行反省，做到内心要像镜子那样明亮；第二级台阶石料粗糙、颜色黑紫，象征忏悔的第二步——口头忏悔，即把内省时发现的罪孽向教士进行忏悔；第三级台阶由斑岩石制作，颜色红得像鲜血一般，象征忏悔的第三步——实行补赎：忏悔的人有了内心悔悟和口头忏悔还不够，还必须以实际行动来补赎自己的罪过。

但丁登上三级台阶后，虔诚地在守护天使面前跪下，谦卑地请求天使为他打开炼狱大门，并且在自己胸前捶了三下，意思是请求天使饶恕他的三种罪过，即思想上犯的罪过、言语上犯的罪过和行为上犯的罪过。于是，天使在但丁额头上刻下七个象征七种罪孽的大写"P"字，嘱咐他进入炼狱后再把它们——洗净，还嘱咐他进门后不可回头，一定要坚持走下去。这就是进入炼狱的灵魂必须履行的入门礼仪。

然后，天使掏出两把钥匙，为但丁打开炼狱之门；但丁进入炼狱后听到的第一个声响是"上帝，我们赞美你"。这是一首通常由教士们为脱俗出家或加入修士会的人诵唱的歌曲，表示但丁从此不再像在地狱那样是个旁观者，而是作为一个忏悔者对自己的罪孽进行忏悔。

但丁的梦

提托努斯的妻子[1]已

离开丈夫那甜蜜的

怀抱，在东方阳台上

用白粉涂抹自己脸庞；[2]

她的前额闪闪发光，

是那摆成蝎子形状

的群星把她额头照亮[3]

（蝎子总是用尾钩蜇人）；

我们所在的地方，

黑夜上升的步伐

三步已经完成俩，

第三步即将落下；[4]

1　提托努斯（Tithonus）是特洛亚王子，古罗马神话中的黎明女神奥罗拉（Aurora）爱上了他，将其掳往埃塞俄比亚并与其结婚，所以这里所谓"提托努斯的妻子"就是指奥罗拉。

2　指黎明女神起床来到东方的阳台上给自己化妆。意思是：此时在意大利已是黎明，天空发白。

3　当意大利是黎明时，位于南半球的炼狱便是黄昏。黄昏时天蝎座的群星在炼狱的东方闪烁，照亮了黎明女神的前额。天蝎座之所以叫天蝎座，是因为那些星星的图案酷似一个蝎子。所以诗中又说它"总是用尾钩蜇人"。

4　前面第一段诗是说意大利的时间，第二段开始回到但丁所在的炼狱的时间，这第三段具体讲炼狱的时间。但丁在这里把夜晚的时间（下午6点至清晨6点），分成上升与下降两个阶段：上升（下午6点至午夜12点）三步，下降（午夜12点至清晨6点）三步。诗中说"黑夜上升的步伐 / 三步已经完成俩，/ 第三步即将落下"，就是说那时已是将近夜晚11—12点了。

这时我的身躯

被困乏所折服，

躺倒在绿茵之上，[5]

我们就座的地方。

清晨，当燕子[6]想起

前生遭遇而哀鸣时，

我们心灵离开肉体，

受思维的约束较少，

这时我们的梦

就有预见功能；[7]

我在梦中似乎看见

一只雄鹰翱翔蓝天，

金色羽毛，张开翅膀

正打算要向下疾降；

---

5 但丁因是活人，所以他的血肉之躯会感到疲乏；困乏使他躺倒在那凹地的绿茵上睡觉。

6 但丁这里援引了一个古希腊神话故事：雅典国王潘狄翁（Pandion）把女儿普洛克
   涅（Procne）嫁给色雷斯国王特瑞俄斯（Tereus）。一天普洛克涅想念妹妹菲罗墨拉
   （Philomela），求丈夫去雅典接妹妹来小住。特瑞俄斯是个好色之徒，看到菲罗墨拉美丽绝
   伦，顿起邪念，在回国的途中将她强奸。为了不让事情败露，他便把菲罗墨拉的舌头割下。
   菲罗墨拉不能讲话，便把自己的冤仇织在布匹上，让侍女转交给王后姐姐普洛克涅。王后为
   了给妹妹报仇，便把小王子肢解，然后放到火上烤熟给国王吃。当国王吃得津津有味时，普
   洛克涅说出了实情，特瑞俄斯便拔剑追杀普洛克涅姐妹。神祇同情这对姐妹，便把姐姐普洛
   克涅变成夜莺，把妹妹菲罗墨拉变成燕子。参见奥维德《变形记》第六章。

7 中世纪认为，清晨做的梦很灵验，具有预示未来的功能。但丁在《地狱篇》第二十六曲中也
   曾提到"凌晨的梦 / 常常能够成真"（参见《地狱篇》第二十六曲"诅咒佛罗伦萨"一节）。

我仿佛在该尼墨得斯[8]

被宙斯抓获的地方

（他离开同伴，被带往

宙斯宴请众神的殿堂）；

我在心中暗想：

"也许这只雄鹰

惯于在这里捕食，

不愿到别的地方

去捕获自己猎物。"

接下来我又好像

看见它在盘旋，

然后像道闪电

向我直扑下来

（让我胆战心寒）：

它用利爪抓着我

一直带到火焰界；[9]

8　该尼墨得斯（Ganymedes），即古希腊神话中特洛亚王特洛斯（Tros）的儿子，长相俊美，
　　宙斯看上了他。一日他同伙伴们在特洛亚附近的伊达山中打猎时，宙斯化作一只雄鹰把他掳
　　上天去做酒童，宙斯宴请众神时，命他为众神斟酒。"该尼墨得斯／被宙斯抓获的地方"，即
　　伊达山中。当然这里说的是特洛亚附近的伊达山，而非克里特岛上的伊达山，参见《地狱
　　篇》第十四曲。
9　根据当时的宇宙观，火焰界（或火焰层）位于大气层与月亮天之间。

在火焰界它和我

都被烈火烧烤着：

我被梦中烈火

烧得如此悲惨，

使得我的梦幻

只能到此中断。

一觉醒来，重新上路

我从睡梦醒来，

犹如阿喀琉斯：[10]

他在睡着的时候，

被带到斯库洛斯

（后来希腊将领又

把他从那里带走）；

母亲从喀戎[11]那里

抱着他来到此地；

他睁开惺忪睡眼，

竭力四处察看，

10　阿喀琉斯（Achilles）是古希腊神话故事中的英雄人物，参见《地狱篇》第二十六曲注8。

11　喀戎，肯陶罗斯的首领，参见《地狱篇》第十二曲注13。

不知身在何方，

我此时与他相当。

我从梦中醒来，

脸色十分苍白，

像人受惊那样，

感到浑身冰凉；

此时唯有老师

陪在我的身旁。[12]

太阳已经升起

两个小时以上。

我把脸转向大海；

"别害怕，放心吧，"

老师安慰我说道，

"我们的境况不差：

已到达炼狱入口，

你应该竭尽全力，

而不是放弃努力；

你看那就是入口，

在绝壁断裂处。

四面被绝壁围住。

就在此前不久，

拂晓到来的时候

（你还在睡梦之中），

那时来了一妇女，

跨越凹地花草丛，

'我是卢齐亚[13]圣女，'

她说道，'请你们

让我把他带走吧，

加快他登山步伐。'

索尔德洛和其他

高贵灵魂[14]都留下。

卢齐亚把你抱起，

天一亮就向上攀爬，

我在后面紧跟着她。

她把你放下之前，

用那美丽的双眼

---

13 即圣卢齐亚，参见《地狱篇》第二曲注1。

14 "其他高贵灵魂"指尼诺·维斯康蒂省督和库拉多·马拉斯皮纳侯爵。

示意我抬头观看，

那个敞开的入口；

然后她就和你的

睡意一起离开你。"

一个人满腹疑虑，

弄清真相后就会

化恐惧为欣慰，

我的心情此时

和这种人类似。

老师见我欣慰，

立即顺着山坡

向入口处走去；

我便跟随其后，

也朝入口走去。

炼狱门口的守护天使

读者啊，请看清楚，

我正提升我的主题。[15]

15　但丁正告读者，从现在起他要开始描述炼狱（即诗中说的提升他的主题），因此他会采用与
　　描述地狱不同的新的手法，希望读者不要感到惊奇。

如我采用新的技巧，
你可不要感到惊异。

我们渐渐靠近
那个敞开豁口：
刚才我们以为
它仅是个裂口；

现在我才看见，
那里有门一扇，
下有三级台阶，
台阶颜色有别；

还有一个看守，
静守炼狱门口。
靠近他仔细看，
发现他在入口

端坐台阶上面，
酷似一位法官，
容颜发光耀眼，
让我无法目视；

手中握着一把
闪闪发光宝剑，

我曾几度尝试
举目看那宝剑，

都因为它耀眼，
未能获得成功。
守门人开口说：
"站在那里别动，

你们想要干什么？
你们向导在哪里？
你们应该先想好，
进去对你们无益。"

我的老师回答说：
"有一位天国圣女，
对此地一清二楚，
刚才她对我们说，

'去吧，入口在那里。'"
于是那守护天使
彬彬有礼回答：
"但愿圣女的话

帮你们迅速进门；
现在就请你们

向我这边走来，
走到台阶前边来。"

忏悔礼仪 [16]

我们走到那里：
第一级台阶是
白色大理石的，
它那光滑表面，

仿佛镜子一面，[17]
站在上面我能
看清自己容颜；
那第二级台阶，[18]

颜色深过黑紫，
而且石料粗糙，
表面布满裂纹，
仿佛曾遭火烧；

---

16 基督教教徒一生要行七种礼仪，即洗礼、圣餐、坚信、忏悔、临终涂油、圣职和结婚。这
些魂灵进入炼狱首先要行忏悔礼。忏悔包括：内心悔悟（contritio cordis）、口头忏悔
（confessio voris）和实行补赎（satisfactio operis）。

17 这里的第一级台阶，象征忏悔的第一步——内心悔悟，即忏悔者口头忏悔前首先要反省自己
的内心深处，看清自己都有哪些罪过需要忏悔，使自己的内心如诗中说的那样，像镜子那样
纯洁清白。

18 第二级台阶象征口头忏悔，即把内省发现的罪孽向教士进行忏悔；石料粗糙、颜色黑紫和表
面布满裂纹，都表示忏悔者内心的激烈变化，"仿佛曾遭火烧"。

上面那第三级[19]

沉重而且坚实,

仿佛斑岩石质,

颜色红得好像

血管冒出的鲜血。

守护入口的天使,

双脚踏着这台阶、

端坐那道仿佛是

金刚石的门槛上。[20]

老师拉着我登上

三级台阶后,说:

"你去求他开锁,[21]

态度一定要谦卑。"

我虔诚地在圣洁

的天使脚下拜倒,

请求他大发慈悲,

---

19 第三级台阶象征实行补赎。有了内心悔悟和口头忏悔还不够,还要以实际行动来补赎自己的
罪过。台阶的石头质地坚实,颜色鲜红。"鲜红"象征上帝推动罪人补赎的爱,非常热烈;"坚
实"象征实行补赎的人意志坚定,绝不再犯。

20 "金刚石的门槛"象征守护天使的品质坚定:在判断放谁进入、不放谁进入的问题上,守护天
使需要有坚定的品质,不能掺杂个人的好恶,不能屈从于别人的胁迫,也不能收取任何贿赂。

21 原诗在这里用的是"serrame"(锁、闩),为和上句的"说"字押韵,我选用了"锁"。意
思是炼狱的门是锁着的,欲进入炼狱洗涤罪过的人首先要请求守护天使的同意,即请求天使
为他打开炼狱之门。《地狱篇》原文第八曲第126句说到地狱大门常开时,也用到"serrame"
(锁)一词,即"la qual sanza serrame ancor si trova"(那门现在仍处于没有锁的状态),不
过我采取意译手法,将其译为"现在外城敞开",参见本版《地狱篇》第八曲末尾。

为我把门打开，

并且捶胸三下。[22]

他在我的前额

用那剑锋刻下

七个大写"P"字，[23]

然后对我说道：

"等你到了里面

再把它们洗掉。"

他从衣服下面

（灰色或土色的），[24]

掏出两把钥匙：

一把金色钥匙，

一把银色的钥匙。

他为满足我所求，

先用那银色钥匙，

再用那金色钥匙，

22　"捶胸三下"表示请求饶恕他的三种罪过，即思想上犯的罪过、言语上犯的罪过和行为上犯的罪过。

23　"七个大写'P'字"，表示七种罪过。"P"是意大利文"peccato"（罪过）的第一个字母的大写。这里指的七种罪是：骄傲、嫉妒、愤怒、怠惰、贪财、贪食和贪色。

24　灰色或者土色表示谦卑，天使在这里穿的衣服也是灰色或土色的，表示他在听取犯罪的灵魂忏悔时，也要保持谦卑态度。

去开启炼狱之门。

"假如两把钥匙中，"

他对我们解释说，

"有哪一把转不动，

这条路就走不通。

金色钥匙很珍贵；

银色钥匙使用时

需要技巧和智慧，

因为银色钥匙

能够打开症结。[25]

我从彼得[26]的手里

接过两把钥匙时，

他就吩咐我说，

人若跪地求我，

宁可把门错开，

不可把门错锁。"

随后他就把那

神圣大门推开，

25 金色钥匙珍贵，因为它象征上帝授予的权威；银色钥匙象征守门天使应具备的神学修养与智慧，因为这是他了解罪人是否真心忏悔的必要条件。"能够打开症结"，即解开罪人心结，了解他是否真心忏悔。
26 指圣彼得。上帝曾把炼狱之门的钥匙交给圣彼得保管。参见《地狱篇》第十九曲注15。

并且说："进去吧！

但你们要明白：

向后张望的人

就会退出门外。"[27]

炼狱金属大门，

沉重枢轴滞涩，

转动发出巨响，

刺耳而且高昂；

塔尔佩阿宝藏[28]

守门人被拖走，

盗取洞里宝藏时，

开启大门的声响，

不比此门更响亮。

进门后我听到的

第一个声响却是

"上帝，我们赞美你"，[29]

---

27 意思是：进入炼狱洗涤罪过的人不可向后张望、不可留恋过去。如果不坚持在赎罪的道路上
    继续前进，他就会退出炼狱门外。

28 但丁这里引用了一个古罗马典故：公元前49年恺撒与庞培发生内战，恺撒占领罗马后，企图
    将保存在塔尔佩阿山崖（rocca Tarpea，位于罗马市内卡皮托利诺山下）山洞里的公共财物据
    为己有，遭到时任护民官的墨特卢斯（Mottelus）的反抗。墨特卢斯被带走后，恺撒的士兵
    打开山洞大门盗取宝藏，大门发出巨大响声。

29 《上帝，我们赞美你》（*Te Deum laudamus*）是一首拉丁文赞歌，当有人脱俗出家或加入修士
    会时，由神祇人员唱这首赞歌。但丁进入炼狱门，加入忏悔人群，听到里面的教士和着管风
    琴的伴奏声正在唱这首歌。

和着优美的乐声。
这给我的印象是，

在教堂听唱诗班
和着管风琴唱歌，
时而听见歌词，
时而听见音乐。

第十曲

那个可怜寡妇
跪在士兵中间,
仿佛正在祈求:
"请你为我申冤……"

　　炼狱本身分为七层平台,每层对应于七种罪过中的一种,与第一层对应的罪过是骄傲。

　　但丁他们进入炼狱大门后,只听得大门哐当一声关上,他们不能回头张望,便沿着山崖上一道狭窄的裂缝向上攀爬。经过四天艰苦地攀爬,才于第五天上午10点多登上第一层平台:平台一边悬空,一边紧挨山崖,中间的路面大约五米宽。

　　山崖的绝壁是白色大理石的,上面布满浮雕,雕刻着各种故事片段。这第一层的崖壁上刻着的第一幅浮雕是《圣母领报》:加百利天使下凡向

151

童贞女马利亚报喜说，上帝决定让她怀孕生子，起名耶稣，替人类赎罪。这样，亚当与夏娃被驱逐出天堂后一直被禁止入内的天国，再次对人类的灵魂开放了。马利亚听到这个消息后，谦卑地回答说："我是上帝女仆。"因为炼狱第一层对应的是骄傲罪，而骄傲的对立面是谦卑，所以犯骄傲罪者赎罪，就要对照崖壁上雕刻的浮雕检讨自己的罪孽。马利亚便是但丁让这些罪人们学习的第一个谦卑典范。

崖壁上刻着的第二幅浮雕是以色列人《迎接约柜图》：约柜是储存刻有摩西十诫的用石板制作的柜子，是以色列人最珍贵的圣器。大卫当上国王后，命人将约柜运到耶路撒冷来。约柜到达耶路撒冷那天，大卫身着祭司长衫，亲自率众迎接，还挽起衣衫与群众一起翩翩起舞。他不以国王的身份，而以祭司身份迎接约柜，虽然遭到某些人的指责，但他的这种行为恰恰表现了他在上帝面前的谦卑态度，是但丁号召大家学习的第二个谦卑典范。

第三幅浮雕讲述罗马帝国第二任皇帝图拉真的故事：图拉真领军出征，被一寡妇拦住去路，寡妇请求皇帝为她的儿子复仇。图拉真要寡妇等到他出征回来之后，寡妇不同意，并讲出一番理由，说服图拉真立即为她儿子报仇，图拉真皇帝最后答应了她的请求。一个非基督徒皇帝，能够体贴平民，也算是谦卑的品德吧。但丁将他放在这里，作为犯骄傲罪的灵魂学习的第三个典范。

那些犯骄傲罪者，生前昂首挺胸；现在他们的灵魂在炼狱第一层赎罪，却是"身负重物，/压得背弓身屈"，眼睛朝地。他们的任务就是对照着岩壁上的浮雕，反省自己生前的过错。

有趣的是，但丁称赞这里的浮雕栩栩如生，仿佛都会说话。虽然他们的言语我们的感官（听觉、嗅觉）感受不到，但我们的视觉能接收到，然后传输给我们的大脑，使我们想象出他们之间的对话，如诗中描述的那样："一种感官觉得 / 他们正在唱歌；/ 另一种却感觉 / 他们并没唱歌。/ 浮雕上还刻着 / 一缕上升青烟，/ 我的鼻子和双眼 / 也在进行着争辩：/ 鼻子说未闻其香，/ 眼睛说已见其烟。"

登上炼狱第一层

我们跨过门槛，

刚刚进入炼狱，

（人若爱之有误，

把歧路当通途，

便不会入此门），[1]

听见一声巨响，

那门随即关上；

我若回首看门，

没有任何理由。[2]

那里岩壁上面

有道狭窄裂缝，

弯弯曲曲向前；

我们置身裂缝间，

一步一步向上攀，

1　但丁认为爱是人类一切行动——善与恶、好与坏——的根源。爱可分"恰当之爱"与"不当之爱"，"不当之爱"恰恰是炼狱惩治的七种罪过的起源。关于这七种罪过参见《炼狱篇》第九曲注23。在后面的第十七曲与第十八曲中，但丁对此还有详细的说明。人的爱如果发生谬误，即有了"不当之爱"，如情欲（贪色）、物欲（贪财）等，就会把歧路当直路（通途），陷入罪恶之中不能自拔，死后便不会进入此门，即不会进入炼狱。

2　因为但丁进门之前，天使已警告过他："向后张望的人／就会退出门外。"参见本书第九曲注27。

犹如海浪袭来，
踉踉跄跄向前。

老师开口说道：
　"若在此处爬山，
需要一点技巧：
时而靠向这边，

时而靠向那边。"
这样我们的步伐
走得如此缓慢，
直至残月走到它

床前准备躺下，³
我们这才从那
石缝之间走出，
感到轻松自如。

我们来到山势
豁然开阔之处，

3　但丁进入地狱游览当天是满月（参见《地狱篇》第二十曲注24），时间是黄昏，用了24小时，
　也就是在第二天傍晚游完地狱、穿过地心向炼狱出发。但丁到达炼狱海滩是第二天清晨，走
　出岩石狭窄的缝隙大概是四天之后，就是说"满月"已经变成"残月"了。据天文学家计
　算，此时月亮消失在炼狱地平线上的时间大概是上午10点半。诗中说"残月走到它／床前准
　备躺下"，即残月隐没的时间是上午10点半，但丁他们这时才从那狭窄的石缝间走出来，"感
　到轻松自如"，不再受那狭窄的道路拘束。

我已力尽筋疲，
而且我和老师，

对于前进道路，
谁都一无所知，
便在那荒凉的
平台之上驻足：

平台一侧临空，
一侧紧挨山体，
中间那段路宽
约有三倍人体；[4]

我举目向左看，
然后再向右看，
不管向哪里看，
平台就那么宽。

谦卑的典范

在那平台上面
尚未移动脚步，

4　相当于人体身高的三倍，即五六米。

我就已经发现，

靠里边的山崖

由大理石构成，

质地洁白纯净；

上面布满浮雕，

其技艺之精巧，

让波利克里托斯

和大自然的神力，[5]

都感到惭愧无比。

昔日加百利天使

奉旨来到人世，[6]

宣布重大消息：

长期禁入的天国

重新向人类开启，

以满足人类祈愿。

这位天使的形象，

---

5 波利克里托斯（Polyclitus），古希腊著名雕刻家，活动于公元前5世纪后半叶。"大自然的神力"这里指大自然模仿上帝的理念进行创作的能力。

6 指加百利（Gabriel）天使来到人间向童贞女马利亚宣告，上帝已经决定让她怀孕生耶稣基督替人类赎罪（参见《路加福音》第1章第26—31句）；由于亚当和夏娃偷吃禁果被驱逐出天国之后，人死以后灵魂不能进入天国；人类长期祈求上帝解除这条禁令；为满足人类这一愿望，上帝决定派遣自己的儿子——圣子耶稣降临人世，替人类赎罪。

就刻在我们眼前
洁白的石壁之上，

图像栩栩欲活，
绝非无言雕塑。
人们看后会说：
它正在道"万福"，[7]

因为它的对面是
童贞圣女[8]的雕塑；
她传承上帝至爱
口中似乎也在说：

"我是上帝女仆。"
此情清晰无误，
犹如一枚印章
盖在火漆之上。

老师建议我曰
（我站在他的左侧）：
"别让你的思想
凝聚在一个地方"。

---

7 "万福"原文为拉丁文问候语"ave"，意思是"万福，你好"。这里是说，加百利在向马利亚打招呼，因为下面的诗句说对面是圣母马利亚的雕塑。

8 即马利亚。马利亚听到加百利传递的上帝的旨意，谦卑地回答说："我是上帝女仆。"马利亚这种谦卑态度是上帝至爱的具体表现，也是但丁要大家学习的第一个典范。

于是我把目光

投向老师那边，

发现马利亚后边，

刻着另一个典故；

我便从老师前面

走到那雕刻跟前，

让那个浮雕故事

展现在我的眼前：

在大理石岩壁上

雕刻着牛车一辆，

和几头拉车的牛，

载运着神圣约柜[9]

（由于它的原因，

人们不愿担任

未委派的职务）。[10]

车前有一队人，

9　约柜是储存刻有摩西十诫的用石板制作的柜子，是以色列人最珍贵的圣器。大卫做了以色
　　列国王后，命令将约柜从迦巴（Gaba）运到基色（Geth），再运往耶路撒冷。约柜装在牛车
　　上，由亚比拿达（Abinadah）的两个儿子乌撒（Oza）和亚希约（Achio）押运。运输途中，
　　因牛失蹄，约柜倾斜，乌撒赶快伸手去扶，震怒了上帝，上帝便用雷电将他劈死。因为约柜
　　只能由祭司触摸，乌撒伸手去扶，虽是好意，对约柜却是不敬的行为。后来这事被传成了人
　　不能做不属于自己分内的事情。

10　但丁举乌撒的例子是想说明，人不能超越自己本分，否则会被看成狂妄自大。

分成七个唱诗班，

触动我两种感官：[11]

一种感官觉得

他们正在唱歌；

另一种却感觉

他们并没唱歌。

浮雕上还刻着

一缕上升青烟，

我的鼻子和双眼

也在进行着争辩：

鼻子说未闻其香，

眼睛说已见其烟。

谦卑大卫国王

走在约柜前面，

挽起自己衣衫，

跳着舞蹈翩翩；

他的这种姿态，

超越君王职务，

11　即视觉和听觉，或视觉和嗅觉。下面这段诗描写那浮雕栩栩如生：视觉看见唱诗班张着嘴巴，觉得他们在唱歌；听觉未闻其声，觉得他们并未唱歌；视觉看见浮雕上青烟袅袅，嗅觉却未闻其香。

　　　　　　　　　　　　　第十曲

又与君王尊严

显得格格不入，

米甲[12]站在对面

王宫窗户后边，

怀着鄙视神情，

怒视这一场面。

我再移步向前，

走到近处去看，

米甲身后雕刻的

另一个故事片段：

罗马皇帝的美德

感动教皇格列高利

为他争取伟大胜利。[13]

我是说图拉真皇帝：

---

12 米甲（Michal），大卫的第一任妻子，看到丈夫大卫身穿祭司长袍，挽起衣襟翩翩起舞，觉得他有失君王体面，感到愤怒与悲伤。其实大卫国王身穿祭司长衫、率领欢迎队伍翩翩起舞这种谦卑行为，虽与君王的体面不符，却是但丁歌颂的第二例谦卑典范。

13 这个故事在中世纪非常流行：教皇格列高利一世（Gregory I，590—604年在位），一天经过古罗马图拉真（Trajan，罗马帝国的第二任皇帝，约公元53—117年）广场遗址时，深为这位皇帝的美德所感动：由于这位皇帝是异教徒，死后必然下地狱；格列高利就虔诚地为他祈祷，请求上帝救他，并特许他进入天国。后来他梦见天使告诉他说，上帝已经答应了他的请求，即诗中所说为图拉真争取到了"伟大胜利"，亦即把他从地狱里救出并送入天国。图拉真美德的具体表现，即他能听取平民寡妇的申诉，并为其做主（见后文的诗句）。这也是但丁歌颂的第三例谦卑典范。

一位可怜寡妇
抓住他的马缰，
泪水满脸横流，
神色十分悲伤；

众多骑兵卫士
四面围着皇帝，
高举金色鹰旗，[14]
仿佛随风飘荡。

那个可怜寡妇
跪在士兵中间，
仿佛正在祈求：
"请你为我申冤，

皇上！我的儿子
被谋害，我为此
心痛宛如刀刮。"
皇帝似乎回答：

"好吧，等我回来"。
寡妇悲痛至极，
有点迫不及待：
"你如果回不来?"

14　指罗马军队的金底黑色鹰旗帜，因为这里是雕刻，所以"仿佛随风飘荡"。

皇帝："我的继承人

会为你办这件事。"

寡妇："你如果忽视

做你该做的善事，

别人做的善事

对你会有何益？"

皇帝："现在你

放心吧，我启程

之前，一定履行

我应做的事情：

正义要求我这样做，

怜悯之心也挽留我。"

造物者创造出

能看见的言语，

我们感到新奇，

因为人间尚无。[15]

---

15 上面图拉真与寡妇之间的这段对话，实际上是不存在的。但因为浮雕故事栩栩如生，让人看
  了似乎二人之间进行了这番对话。这种看得见的言语，对上帝来说并非新鲜事物，因为上帝
  是造物者，他对任何造物都不会感到"新奇"；对我们来说，因为世上不存在"能看见"的
  言语，所以我们会感到"新奇"。

犯骄傲罪者

我正欣然欣赏
这些谦卑形象，
并因它们作者[16]
感到倍加亲切；

此时老师低语：
"你看，有好多人
向这里慢慢走来，
它们会引领我们

攀登上面的平台。"[17]
我的眼睛虽还在
流连那些雕塑，
忽听老师招呼，

急忙转过身来看他，
渴望看到新的东西。
不过，读者啊，
我可不愿意你，

---

16 指上帝。上面那些体现谦卑的人物雕像，都是上帝的作品，让但丁深感亲切。
17 炼狱本体分成七个平台，但丁他们现在待的地方是第一层平台，由下至上，上面还有六层平台。这里指第二至第七层平台。

听到上帝要求

人们如何赎罪，

就放弃良好意图；

别计较赎罪方式，

要多想最后结果，

多想严刑的期限：

最多也不会超过

最后审判那一天。[18]

我开口问："老师，

朝着我们移动的，

到底是什么东西？

我看他们不像人。"

老师则回答说：

"他们身负重物，

压得背弓身屈，

我的眼睛起初

18　但丁奉劝读者，不要因为看了炼狱中罪人为了赎罪需要经受何种惩罚，就放弃自己希望通过赎罪进入天国的良好意图。要少考虑惩罚之严厉，多考虑最后能进入天国的美好结果。再说，炼狱是为人们赎罪而设立的临时机构，最后审判之后，在世界末日来临之时，世人的灵魂要么进入天国享受永福，要么被打入地狱遭受永恒之苦，炼狱也就不复存在。

也没认出他们。[19]

但是你仔细看，

用目光去分辨，

你就能够发现

背负巨石的来人，

个个都抡拳捶胸。"

啊，傲慢的基督徒，

悲惨可怜的人们，

你们心智失明，

迈着步伐后退，

以为向前迈进。[20]

难道你们不知，

我们都是蚕蛹，[21]

即使长出翅膀，

变成只只飞蛾，

也仅有天使形状？

---

19 犯骄傲罪者，生前昂首挺胸；现在他们的灵魂为了赎罪身负重物，压得身屈背弓、眼睛朝地。所以但丁看不清他们，维吉尔起初也没认出他们。他们"个个都抡拳捶胸"，表示他们都非常后悔。

20 但丁认为，这些傲慢的基督徒被傲气冲昏头脑，"心智失明"，一味追求金钱、名利、地位，以为自己步步得逞，"向前迈进"，实则是在道德层面上后退。

21 但丁认为，人的灵魂就像幼虫、蚕蛹，脱离肉体之后变成飞蛾，徒有一对天使般的翅膀，但那绝不是天使，只是"变成飞蛾之后"（即死后），"赤身裸体"地去接受上帝审判。所谓"赤身裸体"，即生前拥有的一切钱财与权力，像我们说的"生不带来、死不带去"，这些东西对于灵魂的救赎没有任何作用。

难道你们不知，
变成飞蛾之后，
还要赤身裸体
接受上帝审判？

既然你们还是
未发育的虫体，
你们又有何物
值得飞扬跋扈？

正如人们所见，
人像柱[22]上小人
支撑屋顶重量，
看似痛苦万分。

那并非真实的痛苦，
引出人们真实感受。
看这些亡灵的情况，
也会引起这种感受。

不过，我仔细观看，
幽灵们伏地的程度

22　古代建筑中柱子的顶端雕有一个呈伏卧状的小人，称人像柱。

与他们的负重有关。

即使最能忍耐的人

背负这种负荷,

似乎也哭着说:

"再也受不了啦!"

第十一曲

这些阴魂身负重物，
为他们自己和我们，
一边前行一边祈福，
说话像那做梦的人。

但丁的这一曲用一首《主祷词》开始：崖壁上的浮雕、阴魂赎罪的情形和祷词构成了炼狱每一层的主题。这层的祷词很详尽，后面的祷词可能没这么长，但它是炼狱各层必不可少的成分。

但丁在这里给我们列举了犯骄傲罪的三种典型：

1.因出身高贵而犯骄傲罪的典型翁贝托·阿尔多布兰德斯科：翁贝托出身阿尔多布兰德斯基伯爵家庭，诗中他亲口承认"我祖上那古老的／血

169

统和崇高业绩, / 让我蛮横无比, / 轻蔑所有的人", 并且承认他在与锡耶纳的战争中"正是这个原因 / 让我最终丧命"。但丁认为我们大家都是从夏娃这同一个母亲派生来的, 应该人人平等, 翁贝托却不认同这个道理, 犯下骄傲罪, 最终"因犯骄傲的罪过, / 不得不在炼狱里 / 背负着沉重巨石, / 向我们天父赎罪, / 直到他满意为止; / 活在活人中间时, / 我没这样赎罪, 此时 / 要与死人一起补赎"。

2. 因才气和成就而犯下骄傲罪的典型奥德里西·达·古比奥: 奥德里西是博洛尼亚画派的代表人物之一, 恃才傲物, 但该画派的另一位代表人物佛朗哥·博洛涅塞很快就超过了他。所以他不无感慨地说:"啊, 靠自己才气 / 拼搏得来的虚荣, / 就像绿叶在枝头 / 滞留的时间短促, / 除非后来的时代 / 是那么庸庸碌碌!"同样的道理, 他还举证了画坛的奇马布埃和乔托, 诗坛的圭多·圭尼泽尼和圭多·卡瓦尔坎蒂: 奇马布埃与圭尼泽尼都取得了巨大声誉, 但都迅速被后继人乔托和卡瓦尔坎蒂超越。人的一生很短暂, 所获得的荣誉千年之后又会怎样呢? 所以, 但丁借奥德里西之口奉劝大家, 不要恃才傲物, 要以谦卑的态度向上帝忏悔, 以便进入炼狱, 洗涤罪过, 求得灵魂永生。

3. 因权高位重而妄自尊大的典型普罗文扎诺·萨尔瓦尼: 萨尔瓦尼曾是锡耶纳皇帝党乃至整个托斯卡纳地区皇帝党的领导人, 掌握着锡耶纳实权, 可谓权尊势重, 为人骄傲蛮横。但他在自己的荣誉达到顶峰时, 为了搭救自己的朋友出狱, 不顾羞辱, 主动到锡耶纳广场上为自己的朋友募捐。他的这一谦卑行动不仅感动了锡耶纳人为他解囊, 而且感动了上帝, 免除了他应在炼狱外围等候的时间, 让他直接进入炼狱第一层为自己生前所犯的骄傲罪赎罪。这一点也很重要: 犯骄傲罪的人, 生前如认识到自己的罪过, 而且能够做出与傲慢截然相反的谦卑行为 (如萨尔瓦尼亲赴广场向民众募捐), 即使死后没有虔诚的信徒为他祈祷, 上帝也会破例让他直接进入炼狱。

犯骄傲罪者的《主祷词》[1]

"啊，我们的天父，

你在天上不受约束，

只是把你更大的爱

布施给最初的造物；[2]

愿你的名字和力量

为一切造物所颂扬，

而且对你的仁慈

也应该表示感激；

但愿天国的宁静

也能把我们宠幸：

单靠我们的努力，

难以享受到宁静。[3]

你的那些天使

高唱赞美歌曲，

1　《我们的天父》(*Pater noster*，或曰《主祷词》)在中世纪是一种非常流行的韵文，内容选自
　　《新约》的《马太福音》与《路加福音》。但丁的这段《主祷词》意在显示犯骄傲罪者的灵魂
　　祈祷上帝时的谦卑态度。

2　即天父虽然身处天国，但天父的爱却不受地域的约束；他身处天国只是把他更大的爱施于位
　　于天国的最初造物——诸天和天使们，但他的爱同样施于一切造物，"为一切造物所颂扬"。

3　"天国的宁静"指天国和平宁静的幸福生活。要想获得这种幸福生活，犯骄傲罪者单靠自己
　　努力是不够的，还需要虔诚地向上帝祈祷。

甘心奉献自己，

我们这些罪人

应向他们学习。

求你从今往后

天天赐予饮食，⁴

没有你的恩赐，

在这艰险之地⁵

越是急于向前，

越会向后倒退。⁶

请你大发慈悲，

饶恕我们这些人，

就像我们宽容了

伤害过我们的人；⁷

对待我们的功劳

4　"饮食"在这里指精神食粮。

5　指炼狱。

6　这几句话的意思是：人要像天使那样，以上帝的意志为自己的意志。这里的阴魂，如果没有得到上帝赐予的精神食粮，即上帝的恩泽，在炼狱里仍旧一意孤行，结果会"越是急于向前，/ 越会向后倒退"。

7　进入炼狱的罪人临终向上帝忏悔时，已经原谅了他们的仇敌，即这里所说"宽容了 / 伤害过我们的人"，参见本书第五曲"暴力致死的懒汉"一节中那些遭暴力致死的阴魂们说的话。后文中，犯骄傲罪者的灵魂请求上帝原谅他们，像他们已原谅自己的仇敌那样，但也不要高看他们的这一点"功劳"，因为他们的美德还很弱小，经不起恶鬼的检验。

倒可以不必计较：

我们那好的品德

现在还很弱小，

请你暂且不要

让恶鬼来检验，

因为恶鬼仍会

引诱我们犯罪。

啊，我们的天父，

最后这条祈求[8]

并非为了我们

（我们已无需求），

而是为了后人。"

这些阴魂身负重物，

为他们自己和我们，

一边前行一边祈福，

说话像那做梦的人；

他们的苦痛不一，

个个都疲惫不堪，

8 　即不要让恶鬼来考验他们。他们已经进入炼狱了，已经没有这种必要了。然而对于那些后人，即还活在人世的那些人，还是很有必要的。

环绕第一个平台，

洗涤尘世的尘烟；[9]

如果他们在炼狱

还在为我们祈祷，

我们为什么不能

为他们行善祈祷？

我们应该帮他们

洗清尘世的污点，

让他们能轻松地

上升到天国诸天。

翁贝托·阿尔多布兰德斯科

"但愿仁慈正义上帝

尽快解除你们重负，[10]

让你们能随心所欲，

展开双翅飞向高处；

请告诉我们，哪里是

通往上一层的通道；

9　即他们在尘世所犯罪过留下的痕迹。

10　这段话是维吉尔说的，他的习惯是，询问他人之前先向那人祝福一番。

如果通道不止一条，

哪一条的坡度较小：

因为与我同行的

人带着活人躯体，

登山非如其所愿，[11]

我们爬得相当慢。"

对我老师的这番话

不知是谁做了回答；

那回答是这样说的：

"你们且跟我们一起，

顺着山崖向右前行，

你们将会看到那条

活人能攀登的路径。

若无巨石压着脖颈，

让我低垂高傲头颅，

不得不脸朝着地面，

我就会抬起头来，

看一看那个依然

活着但未说出

他姓名的来人，

以弄清我是否

认识他这个人，

并且请他可怜

我背负着重担。

我 ¹² 是意大利人，

托斯卡纳籍贯，

生父叫维列尔莫。

不知道这个名字

你们是否听说过；

我祖上那古老的

血统和崇高业绩，

让我蛮横无比，

轻蔑所有的人，

不认同我们众人

12　说话的人叫翁贝托·阿尔多布兰德斯科（Umberto Aldobrandesco），出身锡耶纳贵族阿尔
　　多布兰德斯基家族（参见本书第六曲注30），是维列尔莫·阿尔多布兰德斯科（Viglielmo
　　Aldobrandesco）伯爵的第二个儿子。维列尔莫政治上属教皇党，与锡耶纳皇帝党势力矛盾重
　　重，但与佛罗伦萨的教皇党势力很亲近。1227—1237年间，他在罗马教廷支持下，与锡耶纳
　　皇帝党势力坚持斗争了十年之久。他于1254年去世，将家产分给了两个儿子，翁贝托分得坎
　　帕尼亚蒂科城堡（castello Campagnatico）。父亲死后，翁贝托坚持执行父亲与锡耶纳敌对的
　　政策，1259年战死。这家贵族历史悠久，可追溯到8—9世纪，离但丁创作《神曲》时已有四
　　五百年的历史。犯骄傲罪的人有各种原因，翁贝托的傲慢来自其出身高贵。

出自共同母亲；[13]

正是这个原因[14]

让我最终丧命。

关于我的死因，

锡耶纳人知道，

在坎帕尼亚蒂科城堡，

那些年轻战士

也是人人皆知。

我就是翁贝托，

骄傲伤害了我，

还把我的族人

拖入这场灾祸。

因犯骄傲的罪过，

不得不在炼狱里

背负着沉重巨石，

向我们天父赎罪，

直到他满意为止；

活在活人中间时，

我没这样赎罪，此时

要与死人一起补赎。"

---

13 指夏娃。意思是：我们都是出自夏娃，都是平等的。翁贝托不认同这个观点。

14 即他那傲慢对人的态度：可以说他看不起锡耶纳人，引发了锡耶纳人与他之间的战争；也可以说，由于他看不起锡耶纳人，麻痹大意导致了战争失败。

奥德里西·达·古比奥

听他说此话的时候，
我也低下了我的头；[15]
他们中的另一个人
（并非那讲话的那人），

从重物下扭过脸，
看清并认出了我，
呼唤着我的名字，
且吃力地盯着我；

那时我腰弯背弓，
几乎与他们相同，
和他们一起走着。
于是我询问他说：

"你[16]是奥德里西吗？
你是古比奥的光荣，
是那门艺术（巴黎人
称它袖珍画）的光荣。"

---

15 表示但丁也承认自己犯有骄傲罪，与翁贝托一起低头认罪，以示忏悔。

16 即奥德里西·达·古比奥（Oderisi da Gubbio，"da Gubbio"的意思是"来自古比奥的"；古
    比奥位于佩鲁贾北边，也是翁布里亚大区著名的旅游城市）。奥德里西曾在博洛尼亚和罗马
    工作过，与其后继人博洛尼亚人佛朗哥·博洛涅塞（Franco Bolognese）一起构成博洛尼亚
    画派，但后者的名声比他大。

他回答我说："兄弟，

佛朗哥绘出的画

比我的更加艳丽；

如今光荣全归他，

只有部分属于我。

活在人世的日子

我不会这样客气，

那时候我最大的

心愿是出人头地。

由于我这种傲气，[17]

在这里受此惩罚；

若不是犯罪之时

我及时皈依上帝，

也不会待在这里。

啊，靠自己才气

拼搏得来的虚荣，

就像绿叶在枝头

滞留的时间短促，

17　奥德里西的傲气来自他自己的才气和成就，是但丁批判的另一种典型。

除非后来的时代

是那么庸庸碌碌！[18]

奇马布埃[19]曾以为

在画坛独领风骚，

现在出了个乔托，[20]

名声比他更聒噪，

令他的声誉黯然。

在诗歌方面亦然，

这个圭多夺去了

那个圭多的荣耀，[21]

兴许现已出现

另外一位诗人，

18　这几句诗的意思是：人靠自己才能出众而获得的荣誉，如画家的绘画、文学家的著作受到称赞而获得的荣誉，都是空虚而短暂的，就像枝头的绿叶，不会保留很长时间，除非相继而来的时代庸庸碌碌，没有出现更为出色的画家与作家。

19　奇马布埃（Giovanni Cimabue，1240—1302年），佛罗伦萨著名画家。他的绘画开始突破古老的拜占庭式呆板的画风，已具备一些世俗的情味，对后来佛罗伦萨画派的出现具有先导意义。他为人非常骄傲，如果有人或他自己发现他的画作有什么缺陷，他会毫不犹豫地将其毁掉，不管那幅画的市价多么昂贵。

20　乔托（Giotto di Bondone，1266—1337年），意大利文艺复兴时期著名画家、雕塑家和建筑师。他虽师从奇马布埃，但他的成就很快就超过了他师父。他的画风为文艺复兴时期的佛罗伦萨画派奠定了基础。

21　这里有两个圭多：一个是圭多·圭尼泽利（Guido Guinizelli，1235—1276年），另一个是圭多·卡瓦尔坎蒂（Guido Cavalcanti，1259—1300年，参见《地狱篇》第十曲注10）。前者是佛罗伦萨诗派"温柔新诗体"（Dolce stile nuovo）的创始人，但他留下的作品不多；后者与前者属同一诗派，但留下的作品较多，名声也比前者大。

将把他们二人
都驱逐出诗坛。[22]

尘世上的名声，
犹如一阵微风，
时而从这边吹来，
时而从那边吹来，

因为改变了方向，
名称也随之变更；
你熬到寿终正寝，
能够获得的名声，

会比你过早夭亡
时的名声更响亮。
然而千年之后
名声会是啥样？

如果与永恒相比，
千年好比一瞬间，
若如恒星的运转[23]
相比，显得更短暂。

---

22 这里显然是暗示但丁自己，不过是借奥德里西之口说出的。事实上，但丁的名声与成就显然
　　在这二人之上。圭多·卡瓦尔坎蒂和但丁都曾是温柔新诗体诗派的成员。

23 但丁在其著作《飨宴》第二篇中说，恒星每一百年才运转一度，绕行一周需要三万六千年，
　　人生与其相比简直不可思议。

　　　　　　　　　　　　　　　　　　第十一曲

普罗文扎诺·萨尔瓦尼

在我前面慢吞吞

行走的那个阴魂,[24]

曾誉满托斯卡纳,

现如今在锡耶纳

几乎无人提起他;

他曾主宰锡耶纳,

打压了佛市傲气

（那时的佛罗伦萨

无视周边小兄弟,

如今为金钱利益

行事不惜像娼妓）。[25]

你们的那些名望

来去匆匆忙忙,

就像草的颜色:

阳光赋予它绿色,

然后又使它变黄。"

24　指普罗文扎诺·萨尔瓦尼（见后注26）因为负重行走很慢。

25　指佛罗伦萨过去耀武扬威,傲视周边诸城市。随着商业资本和金融资本的发展,佛罗伦萨更
　　加看重金钱和利益。为追求金钱与利益,它不惜像娼妓那样出卖自己。

于是我对他说：

"你的至理名言，

把谦卑这个美德

种植于我的心田，

平息我心中傲气。

不过你这里说的

究竟是什么人呢?"

他说:"我说的是

普罗文扎诺·萨尔瓦尼，[26]

他之所以在这里，

因为他狂妄自大，

妄图掌控锡耶纳。

自他死了以后，

一直背负重物

待在这里行走，

不停地走下去。

---

26 普罗文扎诺·萨尔瓦尼（Provenzano Salvani, 1220—1269年），出生锡耶纳，托斯卡纳地区
皇帝党领导人。1260年萨尔瓦尼率领皇帝党军队在蒙塔培尔蒂（Montaperti）战役中击败教
皇党军队后，掌握锡耶纳大权，主张夷平佛罗伦萨；因法里纳塔反对，佛罗伦萨才得以幸免
（参见《地狱篇》第十曲注16）。历史学家维拉尼说：他在蒙塔培尔蒂得到胜利后，成为锡耶
纳的伟大人物，领导着整个（锡耶纳）城邦，全托斯卡纳的皇帝党人都视他为领袖，而他为
人骄傲专横。1269年，他在与佛罗伦萨人的战斗中被俘，不久被佛罗伦萨人斩首示众。但丁
在这里把萨尔瓦尼当作生前因权高位重而妄自尊大的典型。

在世上过于狂妄，
在这里就得这样
偿还自己罪过。”
于是我问他说：

“如果人在死前
才向上帝忏悔，
不应来到上边，
而应待在外围，

等候与他生命
一样长的时间，
除非有人为他
虔诚祈祷行善。

那么他是为啥
获准来这里的?”
奥德里西回答：
“当他活在人世

荣耀至极的日子，
不顾及个人羞耻，
自愿前往广场上，
为救他朋友募集

查理[27]国王的罚款，

令他身上的血管

每一条都在震颤。

多的话我不再说，

而且我还很清楚

我的话有些含糊；

不过，不会过多久

你的同乡会让你

明白我的意思。[28]

他的这一义举

解除了那些限制。"[29]

27　"他朋友"指锡耶纳人巴尔托洛梅奥·萨拉奇尼（Bartolomeo Saracini）。萨尔瓦尼这位朋友
　　追随康拉丁与法兰西国王查理作战，在塔利亚科佐（Tagliacozzo）战败被俘，参见《地狱
　　篇》第二十八曲注5。查理致函萨尔瓦尼索要一万金币作为搭救萨拉奇尼的赎金。萨尔瓦尼
　　不顾自己身份，亲临锡耶纳的坎波广场（Campo，举行著名的锡耶纳赛马的地方）向市民募
　　捐。他这种谦卑行为，让他本人身上的每一条血管"都在震颤"，也让锡耶纳市民感动得纷纷
　　解囊，同时也感动了上帝，特许他不用待在炼狱外围等候，可以直接进入炼狱。
28　奥德里西预言，"不会过多久"，即1302年，佛罗伦萨人会将他驱逐出佛罗伦萨，让他饱尝颠
　　沛流离之苦与向人乞讨的耻辱。
29　即对进入炼狱的人需在炼狱外围待一段时间的那些限制。

第十二曲

啊，阿拉喀涅，我见你
快变成蜘蛛一只，
俯伏在破碎织锦上，
情形是如此悲戚。

　　但丁正与奥德里西一起并排俯身前行，维吉尔突然要他直起身来行走，注意观看脚下路面上的浮雕。如果说崖壁上的浮雕是谦卑的典范、是犯骄傲罪的罪人学习的典范，那么路面上的浮雕，则是一些因犯骄傲罪而受到惩罚的"典型"、是这些正在洗涤自己骄傲罪的灵魂们的"反面教员"。

　　但丁在这里一共列举了13个"反面教员"：有来自《圣经》故事的，

如狂妄自大、藐视上帝权威被打入地狱的卢齐菲罗；有来自古代神话的，如巨人族的布里阿留斯。他们藐视宙斯的权威，攻打奥林匹斯山，被天神击毙。也有来自古代历史和传说的，如大月氏王后塔米里斯，她的儿子被波斯王居鲁士杀害，她起兵为儿子复仇。这些故事在但丁写作的时代也许很普及，但对我们现代人，尤其是对现代的东方人、中国人、非基督徒，却很陌生，所以我都给大家做了简单而必要的注释。尽管如此，读者读起来仍然会觉得枯燥。有什么办法呢？这就是但丁，这就是《神曲》，大家还是耐着性子读下去吧。

这里需要特别指出的是，原诗从第25句开始直到第60句，一共12段。它们分成3组：1.前4段以大写的"V"开头；2.接下来的4段以大写的"O"开头；3.最后4段以大写的"M"开头。这有点像我们的藏头诗，把这三个大写字母连起来就是：VOM（uomo，人），原著注释称这是"指人，骄傲而可怜的人"。我当然无法机械地把这种技巧与寓意通过中文翻译表达出来，只能把第一组4段的第一句都译成"我看见……"，把第二组4段的第一句都译成"啊，……"，把第三组4段的第一句都译成"那坚硬的地面上"。虽然这种译法却丝毫未能反映出但丁"藏头诗"的意思，不过翻译，尤其是译诗，"形似"也是一条重要的规则。我只能说，我努力了，尽力做到形似，效果如何，请大家批评。

但丁经过前二曲的负重而行、对照壁画反省和这一曲吸取地面上"反面教员"的教训，终于洗涤干净自己身上沾染的骄傲习性。这时，炼狱第一层的守护天使把他们领到通往第二层的阶梯脚下，把但丁额头上的象征骄傲罪的第一个"P"字抹去，表示他认同但丁已洗涤干净骄傲罪，答应领他攀登炼狱的第二个平台。但发现自己额头上刻着的七个"P"字仅剩下了六个，同时感到自己行走时步履轻松，他问老师维吉尔说："可有什么重物／从我身上卸去，／让我走起路来／感觉不到辛苦？"其实，那卸下去的重物就是他生前的"骄傲罪"。

值得一提的是，每层平台都有一位守护天使，其名称与该平台的罪孽恰恰相反，如这层平台是骄傲罪，骄傲的反面是谦卑，所以这位天使就叫谦卑天使。他的责任就是检验通过那一层的罪人是否洗涤干净了那种罪孽。

其他受惩罚的骄傲犯

我和那个亡灵,¹
如同拉车的牛,
并排负重而行;
一直拉到何处,

由我老师决定。
当他对我发令:
"离开他,向前行!
这里每一个人

都应尽其所能
涤罪并向前行。"
于是我直起身来,
像平时那样前行,

然而我在脑海里
依然是背弓、谦卑;
我心甘情愿地
跟着老师前行:

老师和我的步伐
都显得非常灵便。

1　指奥德里西。但丁意识到自己犯有骄傲罪,背弓身屈,像驮有重物那样,和奥德里西一同前行。

这时老师对我说：

"睁开眼睛向下看，

注意脚下的地面；
那对你会有好处，
会减轻行路辛苦。"[2]
世人在墓碑上面

雕刻着死者形象，
以示对死者怀念；
因此常常有人
站在墓碑前面，

面对着这种画面，
感动得痛哭流涕，
就像骑士用马刺
刺激了他的坐骑。

我在路面见到的，
犹如碑上的雕刻，
不过这里雕刻的
技巧比那些完美。

---

2 这里路面上也刻有各种浮雕（见后文诗句），但丁如注意路面上的浮雕，从中吸取教训，即可
减轻行路的艰辛。

我看见路面这边

雕刻着卢齐菲罗[3]

（那个最傲慢的天使），

闪电般从天上坠落；

我看见路面那边

雕刻着布里阿留斯，[4]

他已被箭矢射死，

冰冷尸体躺地面；

我看见阿波罗、

雅典娜、马尔斯，

手持武器围着宙斯，

查看巨人们的尸体；[5]

我看见巨人宁录

站在巨塔的下面，

---

3 卢齐菲罗（Lucifero，参见《地狱篇》第三十四曲注3）原是上帝的大天使，但他妄自尊大，无视上帝权威，被上帝打入地狱。后文中"闪电般从天上坠落"这句话来自《新约·路加福音》第10章第18句："耶稣对他们说：'我曾看见撒旦从天上坠落，像闪电一样。'"

4 布里阿留斯（Breareus），古希腊神话故事中的巨人，参与奥林匹斯山围攻众神的战斗，被天神射死，参见《地狱篇》第三十一曲注12。布里阿留斯之于宙斯，相当于卢齐菲罗之于上帝，也是狂妄自大的典型。

5 阿波罗（Apollo）是太阳神，雅典娜（Athena）是智慧女神，马尔斯（Mars）是战神。当巨人们攻打奥林匹斯山时，他们与天父宙斯一起战斗。战斗结束后，巨人们的尸体零星地散在山坡上，他们与宙斯一起查看。

望着傲慢的众人，

个个都显得茫然；[6]

啊，尼俄柏[7]，见你

也被刻在这路面上，

和你子女在一起，

眼神是那么悲伤！

啊，扫罗，这里你

死在自己的剑刃上

（像在基利波山自刎，[8]

那里雨露不再赏光）；[9]

啊，阿拉喀涅[10]，我见你

快变成蜘蛛一只，

6　宁录（Nimrod）试图率领示拿地的民众建造一座通天塔，被上帝制止，参见《地狱篇》第三
　　十一曲注9。但丁将他们这种行为也视为傲慢之举，所以也把他们放在这里警示这些犯骄傲
　　罪的灵魂。

7　尼俄柏（Niobe）是古希腊神话中忒拜国王安菲翁的妻子，生有七男七女，因此傲视阿波罗
　　的父母，因为他们只生有一男一女。阿波罗夫妻便将他十四个子女全部杀死。尼俄柏的故事
　　说明，古希腊人认为，狂妄自大的人很快会受到神的惩罚。

8　以色列国王扫罗（Saul），为人骄傲，不服从上帝，在基利波山（Gilboa）与腓力斯丁人作
　　战时战败受伤。为了不当俘虏，他命令部下将他杀死，部下不肯，他便自刎身亡。参见《旧
　　约·撒母耳记上》第31章第1—5句。

9　这句仿照大卫的话。扫罗死后大卫继任国王，哀悼扫罗时诅咒基利波山说："基利波山哪，
　　愿你那里没有雨露。"

10　阿拉喀涅（Arachne），古代神话传说中的吕底亚（Lydia）人，精于织布，自恃技艺超群，
　　挑战智慧女神雅典娜，雅典娜失败后把她变成蜘蛛。参见《地狱篇》第十七曲注3。

俯伏在破碎织锦上，

情形是如此悲戚。

啊，罗波安[11]，你这里

显得不是那么凶残，

而是充满恐惧，尽管

你车后已无人追赶；

那坚硬的地面上，

还刻着阿尔克迈翁[12]的像，

他正让母亲领会

那不祥首饰多么昂贵；

那坚硬的地面上，

还刻着西拿基立国王[13]

他的两个儿子在庙里

将他杀死，弃尸庙堂；

11　罗波安（Rohoboam，约公元前937—前920年），所罗门之子，犹大国的第一任国王。他担任
　　国王后，拒绝以色列人有关减轻其父时期税负的要求，致使以色列人举行起义，他便乘车逃
　　亡耶路撒冷。参见《旧约·列王纪上》第12章第1—18句。

12　阿尔克迈翁（Alcmaeon），围攻忒拜的七将之一安菲阿拉俄斯（Amphiaraus）的儿子。安菲
　　阿拉俄斯本来不愿参加攻打忒拜的战斗，躲藏了起来。后来他的妻子因收了别人一条项链，
　　说出了他藏身之地，因此他不得不去参战，在战斗中被击毙（参见《地狱篇》第二十曲注
　　4）。他出征之前嘱咐儿子阿尔克迈翁，如果他战死，儿子要为他报复其母。最后，阿尔克迈
　　翁杀死了自己母亲。

13　西拿基立，又译辛那赫里布（Sennacherib），亚述国（Assyria）国王。他发兵进攻犹大
　　国，嘲笑犹大国王希西家（Hezekiah）相信耶和华（上帝）能挽救犹大国；希西家向耶
　　和华求告，耶和华便派天使杀死西拿基立的十八余万军队。西拿基立败退到京城尼尼微
　　（Nineveh），在神庙祈祷时被两个儿子杀死。参见《旧约·列王纪下》第18、19章。

那坚硬的地面上，

还刻着塔米里斯[14]为子报仇，

她对着居鲁士的人头说：

"你嗜血，让你喝个够！"

那坚硬的地面上，

还刻着奥洛费尔内[15]已死，

亚述人慌忙逃亡，

沿途的死尸狼藉；

啊，特洛亚[16]，我看见

你化成灰烬与洞穴，

在这里被雕刻得

如此低微与谦卑！

是哪位绘画师傅，

使用画笔或铅笔

画出这样的作品

让绘画天才感到惊异？

14　塔米里斯（Thamyris），大月氏王后，她儿子被波斯王居鲁士（Cyrus）俘虏并杀害后，她起
　　兵讨伐，为儿子报仇；打败波斯军队后，她杀死很多敌军并割下居鲁士的首级，放在盛满鲜
　　血的皮囊里，然后对着皮囊说："你嗜血，让你喝个够！"参见5世纪西班牙历史学家奥罗西
　　乌斯的《异教徒历史》。

15　奥洛费尔内（Oloferne），新巴比伦国王尼布甲尼撒二世（Nebucadnetzar II）的将军，奉命
　　攻打犹大国，遇犹太美女犹滴（Yudit），将其收入帐下；犹滴趁他熟睡时割下他的首级，次
　　日将其首级悬挂在城墙上向敌军展示；亚述军队见统帅已死，慌忙逃窜，遗弃的尸体遍地。
　　参见《圣经次经·犹滴传》，可惜中文《圣经》未收录这部传记。

16　但丁这里把特洛亚城也作为骄傲的典型。它因为骄傲被希腊人焚毁，变成一片灰烬和由灰烬
　　堆积而成的洞穴，失去了傲慢的形象，变得低微谦卑。

这里死人像死人，

这里活人如活人，

即使曾亲临其境的人，

也没我俯身看得真切。

谦卑天使

啊，夏娃的后裔们哪，

抬起你们高傲的头颅，

一直向前走，不再俯首

看这条充满罪恶的路！[17]

其实我们环绕山坡，

已经走出很长一段，

我们所耗费的时间，

远超我心中的估算。[18]

这时我的老师

（他总走在前面），

开口给我解释：

"现在已经不是

17　原著注：这里说"夏娃的后裔"而不用"亚当的后裔"，是因为夏娃先于亚当不服从上帝禁
　　令、偷尝禁果，但丁将其视为犯骄傲罪的典型。"这条充满罪恶的路"，即前面描述的路面上
　　刻着那么多因犯骄傲罪而受到惩罚的通道。其实这是句反话，警告世人不要自高自大。

18　但丁因专注地看路面上的雕刻，没注意走了多远，也没注意时间过了多久。

低头走路的时候，

快抬起你的头来，

瞧那边有位天使

正要向我们走来；

此时那白昼的

第六位女侍从，

完成任务归队。[19]

你的脸和举动，

要表现出敬意，

这样他才乐意

接引我们上山；

像这样的时机，

切记，机不可失，

时不再来，切记!"

他要我抓住时机，

这已不是第一次，

这次他的告诫

又是那么明确。

19　即从太阳升起算起已过去六个小时了，现在已经是中午12点。神话故事中，代表时辰的女神
　　是太阳车的侍女，大概是每个小时一位，跟随在太阳车左右。

那美丽的造物，[20]
身着白色衣服，

正向我们走来，
容光焕发脸庞，
像是破晓星辰
闪闪烁烁发光；

他先张开双臂
然后展开双翅
邀请我们说道：
"附近就有阶梯，

便于向上攀爬，
你们快过来吧！"
对于这一邀请，
世人很少从命：[21]

世俗的人们哪，
你们生来为了
飞进天国享福，
怎能因为骄傲

20　指到来的那位天使。

21　这句话令人联想到《新约·马太福音》第22章第14句："被召的人多，选上的人少。"但丁对此感到惊异，所以后文说：世人生来是为了去天国享福的，怎么会因为骄傲而放弃进入天国呢？

放弃去天堂享永福?

他领我们走到台阶下,

用翅膀抹我额头一下,[22]

答应领我平安上路。

攀登炼狱第二层

鲁巴孔特桥[23]上方,

山上有座古教堂,[24]

高耸在城市之上,

在那有案可稽、

诚信尚存的日子,[25]

修筑了一段阶梯,

22　即抹去但丁额头上一个"P"字,表示但丁已赎清了骄傲罪。

23　佛罗伦萨阿尔诺河上的一座桥梁,在鲁巴孔特·迪·曼德拉(Rubaconte di Mandella)任佛罗伦萨最高行政长官时,于1237年开始修建,故名鲁巴孔特桥,现改称圣恩桥(alle Grazie)。

24　指佛罗伦萨市中心阿尔诺河彼岸的圣十字山(Monte alle Croci)上、始建于11世纪的圣米尼阿托(San Miniato)教堂。

25　这是一句反话,诗中的"有案可稽"指1299年发生在佛罗伦萨的一个案件:1299年5月,行政长官蒙菲奥里托·迪·科代尔达(Monfiorito di Coderda)卸任后,因徇私枉法受到拷问,承认他曾经接受伪证,宣判尼古拉·阿恰伊奥利(Niccola Acciaioli)无罪。尼古拉·阿恰伊奥利得知后非常害怕,便和他的律师阿古利奥内的巴尔多(Baldo di Aguglione)合谋,设法借出案卷,销毁相关记录。就是说,那时已不可能做到"有案可稽"。诗中的"诚信尚存"指1283年发生的另一案件:盐务长官多纳托·德伊·基亚拉蒙特西(Donato dei Chiaramontesi)利用职务之便,从政府进盐时使用标准量具,出售时改用较小的量具,即我们常说的大斗进小斗出,发财致富、谋取私利,被查出后受到严厉惩罚。就是说,那时已无诚信可言。

缓解陡峭山势；

这里也正如此：

从这层到上一层之间，

山崖坡度被阶梯减缓，

不过这里阶梯窄而且深，

通过时两边都擦着人肩。

我们转过身躯，

朝着阶梯走去，

听见歌声唱道：

"虚心的人有福了。"[26]

歌声如此美妙，

人语无法形容。

啊，这里的入口

与地狱入口不同：

这里伴着歌声进入，

那里随着哀号进去。

此时我们沿着台阶

攀登，我反而觉得，

---

26 这句来自《新约·马太福音》第5章第3句："虚心的人有福了。""虚心的人"这里指经过第
一层的洗涤，骄傲的灵魂变得谦虚、谦卑了。每当但丁和维吉尔离开一层平台时，都有天使
唱诵《圣经》中的话，表示祝福。

这比我以前走在

平川上，还要轻快。

因此我央求老师说：

"老师，请你说一说，

可有什么重物

从我身上卸去，

让我走起路来

感觉不到辛苦?"

老师回答我说道：

"等你脸上的'P'字母

一个一个都消失了，

就像这个'P'被擦掉，[27]

那时候你的双足，

就会由善愿[28]做主，

不仅不会感到辛苦，

还会把攀登当享受。"

我对这话的反应

和粗心的人相似，

他们头顶着东西，

自己却茫然无知，

直到别人提醒，

这才产生怀疑；

于是伸出手来

一摸就摸出来，

触觉帮助视觉

完成这一责任，[29]

因为这种情况

视觉无法胜任；

我像他们那样，

伸出右手手指

摸摸我的额头，

发现那位天使

刻在我额头上的

"P"字，仅剩六个了；

老师见我这样做，

在一旁微微发笑。

---

29 这一曲但丁主要强调的是视觉，即罪人通过观看崖壁和路面上的浮雕与图案进行反省。这里又提到触觉，在视觉不起作用的情况下，触觉代替了视觉。

那些灵魂中间，
我见有个盲人，
表情像在期盼；
如果有人发问：
怎么看得出来？
抬着下巴等待。

　　炼狱第二层收纳的是犯嫉妒罪者，他们在世时嫉妒成性，见不得别人的成就，所以但丁在这里把他们描述成可怜的盲人："他们的眼皮，/ 都被一根铁丝 / 穿透缝在一起""他们身上 / 穿着粗呢长衫，/ 肩膀相依相靠，/ 坐在崖壁旁边"，样子非常凄惨。

　　这第二层与第一层的景况截然不同：第一层是白色大理石的，崖壁上有浮雕，地面上有图案；而这里什么都没有，就连石料也是非常普通的青石。更重要的是，这里罪人们赎罪的方式与第一层的罪人不同：如果说第一层的罪人的灵魂是靠视觉的帮助赎罪，这层的罪人赎罪则靠听觉，因为他们的灵魂眼皮都被铁丝缝住，什么都看不见。所以，但丁他们在这里没走多远，就听见罪人们诵唱的祷词一句句传来：这些罪人诵唱的是《众圣连祷词》，先是听见他们向圣母马利亚祈祷，然后听见他们向大天使米凯勒、圣彼得祈祷，一直唱到最后——向所有的圣徒祈祷。

走在这些盲人中间，但丁深感不安，因为他能看到那些罪人，而那些罪人却不能看见他，但丁觉得这很不公平，感到于心不忍，想和他们谈谈。最后他选择了锡耶纳人萨皮娅。

萨皮娅出生锡耶纳，她的侄子萨尔瓦尼曾是锡耶纳乃至整个托斯卡纳地区皇帝党的领导人，但她嫉妒成性，态度癫狂，见不得别人取得成就。作为她行为癫狂的表现，她讲述了这样一段故事："我快到不惑之年，/ 我的同乡在科勒 / 附近与仇敌鏖战，/ 我却向上帝请愿 / 让锡耶纳人战败。/ 他们果然惨败，/ 溃不成军逃窜；/ 见他们被人追赶，/ 令我无比高兴。"足见她嫉妒成性，连自己的同乡都不放过。

另外，她不仅犯有嫉妒罪，也犯有骄傲罪：她竟敢冲着上帝叫道"我再也不怕你了！"其实骄傲与嫉妒是一枚硬币的两面：骄傲是对待自己成就的一面；嫉妒是对待别人成就的一面。它们经常是分不开的。

但是萨皮娅临死时向上帝忏悔，获得进炼狱赎罪的机会。不仅如此，还因为她的同乡佩蒂纳佑为她祈祷，使她缩短了在炼狱外围等候的时间，来到第二层赎罪。看来在赎罪的道路上，她已经有所"进步"。例如，当但丁问她"你们之中是否有 / 意大利人的灵魂"时，她则回答说："啊，我的好兄弟，/ 我们每一个人 / 都曾是那唯一 / 真城市的市民；/ 你是否是想说，/ 旅居意大利的人吧。"就是说，她在至爱——即对上帝的爱——这条道路上已经有所进步，看待别人不再从家族、地区、国家这些世俗的观点出发了。

犯嫉妒罪者

我们攀上阶梯顶端；

供人赎罪的炼狱山

在这里再次被削开，

形成了第二层平台，

和那个平台一样，

也围着山腰盘旋，

不过它绕的弯

比第一层要短。[1]

这里崖壁上面

没有那些浮雕，

这里地面上面

也未刻着图案；

崖壁显得光滑，

地面也很平坦，

岩石的色泽像

青灰色的石岩。[2]

1　炼狱山呈圆锥形，山底大，山顶小，七层平台，由下至上，一层比一层直径小。由于这第二层平台比第一层平台直径小，所以这第二层平台的弯道就比第一层的弯道要短一些。

2　炼狱第一层的石料是白色大理石的，这一层的石料是青灰色的岩石。但丁认为青灰色是嫉妒的象征，所以把这一层的崖壁和路面都安排成灰色岩石。

“如果在这里等候

来人并向他问路，”

老师他盘算着说，

“我怕会等候很久。”

于是他把目光

转而朝向太阳：

再把右脚当轴

转动身躯向右，[3]

接着他说：“啊，太阳，[4]

甜蜜而温暖的阳光！

我走上这条新路来，

是出于对你的信赖；

就让你来指引我吧，

既然这里需人领带；

你在天上发光，

温暖整个世界。

如果没有别的理由

诱惑我们走别的道，

3 　即他以右脚为轴心向右转身。

4 　“太阳”在这里象征上帝，“阳光”象征上帝的恩泽：阴魂们在炼狱赎罪，需要上帝的恩泽，
　　需要上帝的指引。

你温暖的光线应该

永远是我们的向导。"

仁爱的典范

这时我们在这里

已经走过的距离，

若拿人间标准计算，

足足有了一英里，

因为心里着急

花的时间很短；

此时我们听见

（然而却看不见），

一些讲话声音

传到我们耳边，

热情地邀请我们

去参加爱的飨宴。[5]

5　"爱的飨宴"，即以体现"爱"的典范来款待客人。"爱"是一种美德，与嫉妒恰恰相反，所以但丁在这一层用"爱"来启迪犯嫉妒罪者。

“他们没有酒了。”[6]

第一个声音传来说，

它大声反复重复着，

从我的身边掠过；

这个声音离开不远，

人们还能听得见时，

另一个声音传来说：

“我才是俄瑞斯忒斯。”[7]

这声音也向后掠过；

于是，我问老师说：

“这是什么声音？”

这时第三个声音

抢在老师之前说：

“伤害过你的人

你也应该宽恕。”

老师回答我问：

6　这句话原文是拉丁文“vinum non habent”，摘自拉丁文《新约·约翰福音》第2章第1—4句：
　　“第三日，在加利利的迦拿有娶亲的筵席，耶稣的母亲在那里。耶稣和他的门徒也被邀请去
　　赴宴。酒用尽了，耶稣的母亲对他说：‘他们没有酒了。’”然后耶稣就让水变成酒供大家喝。
　　这也是耶稣第一次显示神迹。但丁援引这个事迹作为“爱”的第一个典范。
7　俄瑞斯忒斯（Orestes），古罗马戏剧家帕库维乌斯（Marcus Pacuvius，公元前220—前130年）
　　剧作中的人物。俄瑞斯忒斯与其好友庇拉德斯（Pylades）一起为父报仇，杀死仇敌后被捕。
　　其友庇拉德斯想为朋友顶罪，说自己是俄瑞斯忒斯。俄瑞斯忒斯反驳说：“我才是俄瑞斯忒
　　斯。”但丁引用这句话，把俄瑞斯忒斯作为“爱”的第二个典范。

"这一层鞭笞的
都是嫉妒之罪，
因此皮鞭取材
都是来自仁爱；

不过，惩罚之声
语气与此相反，
你定会听到它，
抵达关隘[8]之前。

对嫉妒罪人的惩罚

不过，你应凝目
朝上方看过去，
你会发现我们
前面坐着一群人，

他们每一个人
都靠悬崖坐着。"
于是我把眼睛
睁得再大一些，

---

8   前面以"爱"的典范教育犯嫉妒罪者，但讲到对他们的惩罚时，语气就不会这样和缓。"抵达关隘之前"，即到达第二层终点、在但丁的额头上表示嫉妒罪的第二个"P"字抹去之前。

朝着前方观望，

看见这些亡灵

身上穿的服装

和青石颜色一样。

我们走近一点，

听见他们呼喊：

"啊，马利亚啊，

为我们祈祷吧！"[9]

接着呼求"米凯勒"

"圣彼得"和"所有圣者"。

我不信当今世上，

如看见下列情况，

还会有人不可怜：

我走到他们跟前，

看清楚他们痛苦，

止不住泪流满面；

我见他们身上

穿着粗呢长衫，

---

9   犯嫉妒罪的阴魂正大声诵唱《众圣连祷词》，从祈祷圣母马利亚开始，然后依次祈祷大天使
米凯勒、圣彼得，直至所有的圣徒。第一层犯骄傲罪的犯人诵唱的是《我们的天父》（见本
书第十一曲注1），犯嫉妒罪的罪人诵唱的则是《众圣连祷词》。

肩膀相依相靠，
坐在崖壁旁边：

犹如贫困盲人，
赎罪日的时候
在教堂前乞讨，
一个个垂着头

搭在前面那个
人的肩膀上面：
他们不仅用语言，
而且用这种表现，

向别人表示乞怜，
以博得他们同情。
正如太阳的光线
无益于盲人眼睛，

这里的天光同理，
也无益于我这里
所说的这些灵魂，
因为他们的眼皮，

都被一根铁丝
穿透缝在一起，

211   第十三曲

就像对付野鹰，

给它蒙上眼睛，

防止它再扑棱。[10]

走在他们当中

我心有些不忍：

我能看见他们，

他们却看不见我。

因此我转过身子，

面朝着睿智老师；

老师非常了解我，

知道我想说什么，

不等我开口提问，

他便鼓励我说道：

"说吧，话要中肯。"

维吉尔走在我右边，

那里是平台的外沿，

没有任何栏杆遮拦，

却有跌下去的危险；

10　即挣扎，扑打翅膀，不愿就范。

那些虔诚的罪犯

走在我的另一边，

他们眼睑虽缝合，

泪水照样湿脸面。

萨皮娅

我转身面向他们，

开口对他们说道：

"啊，信心满满的人，

你们一心想见到

至高无上的光辉，[11]

但愿圣恩把你们

良心上的污渍，

尽快清除完毕，

这样，记忆的长河，

就能在你们心里

清澈地畅流下去；

我会感到很欢喜，

---

11 因为犯嫉妒罪的人都是盲人，所以他们期待看见"至高无上的光辉"，即上帝之光、上帝，

而且他们信心十足。

如你们对我说出，

你们之中是否有

意大利人的灵魂，

这对他会有益处。"[12]

"啊，我的好兄弟，

我们每一个人

都曾是那唯一

真城市[13]的市民；

你是否是想说，

旅居意大利的人吧。"

我听到的这句话

似是对我的回答；

说此话的那个人

待在我前面少许，

于是我向前几步，

以便听得更清楚。

那些灵魂中间，

我见有个盲人，

12　我会把他记入我的书中，让世人看后为他祈祷。

13　"唯一真城市"指上帝的城市，天上的耶路撒冷。意思是：我们这些得救的灵魂，都是上帝
　　之城——天上的耶路撒冷——的市民，是没有国籍区别的。圣保罗曾说："我们在人世没有一
　　座城市是可以长住下去的，我们是在寻找那座未来的城市。"这里说话的灵魂是想以此纠正
　　但丁的话，因为但丁说想知道意大利人的情况。

表情像在期盼；

如果有人发问：

怎么看得出来？

抬着下巴等待。

于是我对她说：

"为了进入天国

甘心受罚的人哪，

刚才向我答话的

人，如果就是你，

请问你的名字，

包括你的籍贯。"

她回答我说道：

"我生在锡耶纳，

和这些人一道

在这里净身赎罪，

哭诉着祈求上帝，

让我们能觐见他。

我名字叫萨皮娅，[14]

14 萨皮娅，女人名字，原文是"Sapìa"，与意大利文"明智"（savio）一词属同一词根，所以诗中说："我名字叫萨皮娅，/但我并不明智。"萨皮娅于1210年生于锡耶纳，是卡斯蒂利昂切洛（Castiglioncello）僭主吉尼巴尔多·迪·萨拉齐诺（Ghinibaldo di Saracino）的妻子，锡耶纳皇帝党首领普罗文扎诺·萨尔瓦尼（参见本书第十一曲注26）的姑母。1289年去世，生平不详。

但我并不明智：

别人若遇不幸，

比起我的好运，

更能让我高兴。

为了让你相信

我并未欺骗你，

请你听我讲述

我的狂人经历：

我快到不惑之年，

我的同乡在科勒[15]

附近与仇敌鏖战，

我却向上帝请愿

让锡耶纳人战败。[16]

他们果然惨败，

溃不成军逃窜；

见他们被人追赶，

15 科勒，地名，即科勒·迪瓦尔代尔萨（Colle di Val d'Elsa），位于锡耶纳附近。1269年6月，
　　佛罗伦萨教皇党军队与锡耶纳皇帝党军队曾在此决战，结果佛罗伦萨教皇党军队获胜。锡耶
　　纳皇帝党军队统帅普罗文扎诺·萨尔瓦尼就是在这次战役中被俘，后被杀害。参见本书第
　　十一曲注26。
16 萨皮娅为什么希望自己的同乡和侄子战败，原因不详，也许这恰好说明她不明智，或者说明
　　她疯狂吧。

令我无比高兴。

仿佛乌鸫看见

晴天短暂出现，

我大胆抬起脸，

朝着上帝高喊：

'我再也不怕你了！'[17]

临终时刻来到，

才与上帝和解了；

我本来应该待在

炼狱的外围等候，

多亏那佩蒂纳佑，[18]

他在祈祷的时候，

出于仁爱提及我。

但是，你是谁呀，

17　即不再害怕上帝了。这一段诗与意大利文化有关：乌鸫是一种鸫科小鸟，在意大利托斯卡纳和伦巴第地区常见，我国南方也有。乌鸫非常怕冷，冬季常常躲在巢穴中；而意大利属地中海气候，冬季多雨，很少有晴天。14世纪意大利小说家萨凯蒂（Franco Sacchetti，约1330—1400年）在其著作《短篇小说三百篇》第149篇讲述了这样一个寓言故事：一天，天空短暂放晴，乌鸫便高兴地露出头来说："上帝，我不怕你了，因为冬天已经过去。"萨皮娅这句话说明，她不仅犯有嫉妒罪，也犯有骄傲罪，其实嫉妒与骄傲经常是分不开的。她虽犯有罪孽，却在临死前向上帝忏悔，得到上帝赦免来到炼狱。在后文我们会读到，她本应像其他临终忏悔的人一样，待在炼狱外围等待三十倍与他们生命的时间（参见本书第三曲），然而因阳间有人为她祈祷，她才得以来到这第二层赎罪。

18　即皮埃尔·佩蒂纳佑（Pier Pettinaio），锡耶纳一名制作与出售梳子的商贩，为人忠厚，虔诚行善，后加入方济各修会成为一名苦行僧，乐于助人，在锡耶纳深孚众望。1289年去世后，被追谥为圣人。从1328年起，锡耶纳人还专门为他设立了一个节日，每年都在那一天纪念他。

打听我们又为啥？

你的眼睛，我想啊，

一定没有被缝住，

而且在讲话时，

一边还在呼吸。"

"我眼睛在这里，"

于是我回答她说，

"也将会被缝住，

不过缝住的时间

不会持续得太久：

我犯嫉妒罪过，

次数并不太多；

下一层的负重

让我忧心忡忡，[19]

仿佛那种重物

压住我的双肩。"

"既然你自己认为

可能要重返下边，"

19　"下一层"即炼狱第一层，炼狱的七层平台是由下而上分布的，犯骄傲罪的人在第一层平台上背负重物赎罪。但丁认为自己更多的是犯有骄傲罪，所以第一层的那种惩罚让他"忧心忡忡"。

萨皮娅问我说，

"那么，谁领着你

来到我们中间?"

我："领我上来的

人就在我的身边，

他一直没有讲话。

我呢，还活在人间；

上帝选中的灵魂[20]哪，

如果你希望我

返回到了人世，

为你奔走效力，

那就请你明示。"

她回答我说道：

"这听起来可是

一件新奇的事，

也是上帝爱你

强有力的证据；

不过我请求你，

不时为我祈祷，

让我为此受益；

20　指萨皮娅，因为炼狱里的灵魂都是上帝挑选出来到这里来赎罪的。

另外我还想以你

至爱²¹的名义求你，

你若去托斯卡纳地区，

请去拜访我的家族，

转达我这里的情况。

你将见到那些亲人

和虚荣的锡耶纳人，²²

他们把自己的希望

寄托给塔拉莫内港，²³

这比寻找狄安娜江²⁴

还要让他们失望，

但失望最大的将

是那些海军上将。"

21 原著注："至爱"指但丁的最大追求，即进入天国，获得永生。

22 在但丁看来，锡耶纳人最爱虚荣，参见《地狱篇》第二十九曲注14。

23 塔拉莫内（Talamone）是托斯卡纳马雷马地区的一个小港，锡耶纳市政府曾想把它修建成自己对外贸易的口岸，以便与比萨、热那亚和威尼斯这些航海城邦竞争，但那里淤塞严重，交通不便，而且位于疟疾多发地带，不宜居住，建设工程终因自然条件太差而失败。

24 狄安娜江（fiume Diana），传说中的一条河流，流经锡耶纳地下。锡耶纳坐落在山丘上，居民饮水困难，山下却有许多泉眼，因此人们认为那里地下一定有条河流经那里，并给它取名叫狄安娜江。锡耶纳政府曾耗巨资寻找这条地下河，最终一无所获，遭到佛罗伦萨人耻笑。

第十四曲

他们相互依偎而坐，
在我右边议论我，
然后仰起脸面，
以便和我交谈。

　　但丁告别锡耶纳人萨皮娅后，继续向前行走，听见两个艾米利亚·罗马涅地区人的阴魂在议论他：一个是圭多·德尔·杜卡，另一个是里尼埃里·达·卡尔波利。当杜卡听说但丁来自托斯卡纳时，便开始描述阿尔诺河流域的阴暗情景：从阿尔诺河发源地法尔特罗纳山区谈起，说它流到卡森蒂诺地区，那里的居民已改变了善良的本性，见美德就躲避；然后流到阿雷佐地区，那里的居民像小狗；阿尔诺河在那里掉头向北流入佛罗伦萨，佛罗伦萨人贪婪成性，酷似豺狼；最后流到比萨并从那里流入大海，说比萨人就像狡猾的狐狸。

杜卡的话到此并未结束，他接着预见佛罗伦萨的未来：1303年，福尔切里·达·卡尔波利，即里尼埃里·达·卡尔波利的孙子，将当选为佛罗伦萨最高行政长官，代表教皇党黑党利益，对教皇党白党和皇帝党势力进行残酷镇压，闹得佛罗伦萨人心惶惶。他的这一政策使不少佛罗伦萨人丧命，他自己也落得名誉扫地。诗中说，他给佛罗伦萨造成的伤害，恐怕一千年也难以恢复。

接着他又对罗马涅地区的堕落表示惋惜：先列举了一些倍受称赞的罗马涅人先辈的名字，惋惜地问道："这些善人在哪里？"或者"另一个某某某何时能够再现？"然后他列举并谴责了一批与他同时代的人。这一段很长，列举的人名众多，也许他们当时广为人知，但对我们现代读者来说，却十分陌生。原著每个人名或地名都附有一个注释，尽管我这个版本力求减少注释的数量，可这里毫无办法，注释的数量竟多达52个。原著如此，我只能奉劝读者对这一段的人名和注释可粗略地看过去，或完全忽略不计，紧紧抓住该曲的大意读下去。

本曲最后，但丁他们走向攀登炼狱第三层的阶梯，听到空中传来两声巨大声响，即对犯嫉妒罪者的两个典型范例的惩罚：一是对因嫉妒而杀害其弟的该隐的惩罚；二是对因嫉妒其妹被天神变为石头的阿革劳罗斯的惩罚。

最后维吉尔不无警示地说："这些声音就像是／铁制成的马嚼子，／要把世人限制在／它规定的范围里。"他还奉劝人们别一味想到尘世的快乐，假如你受了魔鬼的诱惑，任何限制和劝说都不会起作用了。诗中还说，尽管上帝已向这些人显示仁爱，他们却冥顽不化，上帝不得不惩罚他们。

两个阴魂的对话

"这个人是谁呀？
在死神赋予他
飞行能力[1]之前，
就来到我们山崖，

而且他的双眼
或张开，或闭合，
都随他的心愿。"
一个灵魂如此说。

"我不知他是啥人，
只知他并非一人；
你不妨问他一问，
因为你离他最近；

你要亲切对待他，
好让他跟你讲话。"
这是俩阴魂[2]的对话，
他们相互依偎而坐，

1 世人死之后，灵魂才获得飞行能力。但丁既然是活人，怎么能来到炼狱呢？这个阴魂感到困惑。
2 这两个阴魂，一是圭多·德尔·杜卡（Guido del Duca），一是里尼埃里·达·卡尔波利（Rinieri da Calbolli）。圭多·德尔·杜卡出身艾米利亚·罗马涅地区拉文纳市（Ravenna）贵族奥奈斯蒂（Onesti）家族，在弗利市（Forlì）附近的贝尔蒂诺罗（Bertinoro）有许多地产，曾在艾米利亚·罗马涅地区许多城市担任过法官。有文献证明，他1249年时还在世。里尼埃里·达·卡尔波利，出身艾米利亚·罗马涅地区弗利市贵族保卢齐（Paolucci）家族，生活在13世纪后半叶，曾在艾米利亚·罗马涅地区许多城市担任过行政长官，1296年去世。

在我右边议论我，
然后仰起脸面，
以便和我交谈。
其中的一个 [3] 问我：

"拖着你的肉体
飞向天国的人 [4] 哪，
我们以爱的名义，
请你慰藉我们吧，

并请你告诉我们，
你的籍贯和姓名；
你蒙受到的天恩
让我们感到吃惊，

因为那种事情，
此前从未听说。"
"有条蜿蜒小河，"
于是我回答说，

"发源于法尔特罗纳，
穿越托斯卡纳中部，

流经百余英里，
仍难感到满足。[5]

正是从那条河上
我带来我的肉体，
对你说出我是谁，
也许是毫无意义，

因为我的名字
不大为人所知。"
"假如我用智力
清楚理解了你，"

先讲话的那个[6]
阴魂回答我说，
"你是说阿尔诺。"
这时另外那个[7]

问第一个人说：
"这个人为什么

5　指阿尔诺河，发源于托斯卡纳与艾米利亚地区之间的亚平宁山脉中的法尔特罗纳山峰
　　（Falterona，海拔1650米）。"流经百余英里，/ 仍难感到满足"，说它流过托斯卡纳大部分地
　　区，全程百余英里，仍然不满足，希望自己的流域更大、流程更长。但丁以此隐射佛罗伦萨
　　的霸权主义和扩张欲望。
6　指圭多。
7　指里尼埃里。

忌讳说出阿尔诺，

那是可怕的事吗?"

阿尔诺河

被问的那个[8]

这样回答说：

"这个我不好说；

不过那个名字[9]

倒是应该消失：

在它的发源地，

亚平宁山山脉

分出许多分支

（包括佩洛鲁斯）;[10]

那里水的资源

丰富，别处少见，

形成众多小溪。

8　指圭多。

9　指阿尔诺这个名字。

10　佩洛鲁斯（Pelorus），亚平宁山脉延伸到西西里岛上的部分。亿万年前，由于地壳运动，亚
平宁山脉在墨西拿海峡断开，留在西西里岛上的那部分叫作佩洛鲁斯。

阿尔诺河也像

其他河流一样，

将河水送入大海，

作为海水的补偿，

因为海水被太阳

变成雨，供溪水流淌。

就在这片谷地上 [11]

（从它源头至入海口），

人们视美德如仇敌，

看见美德就躲避，

就像躲避蛇那样，

或许因风水不祥，

或许因恶习驱使。

因此那里的百姓，

彻底改变了本性，

好像喀耳刻 [12] 曾经

饲养过他们似的。

阿尔诺河的河水，

11　指阿尔诺河河谷、阿尔诺流域。

12　喀耳刻（Circe）是古希腊神话故事中的女巫，能用巫术把人变成猪猡。参见《地狱篇》第二
　　十六曲注13。

上游水流涓滴，
流经猪猡之地¹³

（猪猡不识人类饮食，
仅以橡树之果为食）；
然后流向低处，
与一群狗¹⁴遭遇

（它们吠声很大，
能耐却不可怕），
阿尔诺不屑理它，
掉头向北流去；¹⁵

河水继续向下淌，
变得越来越宽广，¹⁶
这可恶河的两岸，
狗渐渐替换成狼；¹⁷

---

13 如前所说，阿尔诺河发源法尔特罗纳。法尔特罗纳山麓有座城堡叫波尔恰诺（Porciano），
　　其领主属圭多伯爵家族（参见《地狱篇》第三十曲注12、13）。意大利文的"Porciano"与
　　"porco（猪）"相近，所以但丁将其解释成"猪猡之地"。意思是说，阿尔诺河首先流经卡森
　　蒂诺地区。

14 "一群狗"喻指阿雷佐人。阿尔诺河流出卡森蒂诺地区后向海拔较低的阿雷佐地区流去。阿
　　雷佐人的这个诨号也许来自阿雷佐城徽上的一句格言："野猪往往会被一只不大的狗捕获。"
　　原文此处用的是"botoli"一词，指个儿小、爱叫、别无他用的一种小狗。

15 阿尔诺河并未流入阿雷佐城，而是掉头向北流入佛罗伦萨地界。

16 阿尔诺河流入佛罗伦萨境内后，与许多支流汇合，河水变丰、河面变宽。

17 "狼"在这里指佛罗伦萨人，喻指佛罗伦萨人像狼一样贪婪，千方百计地通过暴力和掠夺征
　　服他们的邻居。

最后流向洼地，[18]

发现一群狐狸，[19]

它们诡计多端，

不怕别人暗算。

福尔切里的命运

我不能因为有人[20]

在听我发表议论，

就终止我的讲话；

然而我这些议论

对那人[21]会有好处，

如果他还能记住

上帝给我的启示：

我看到你的孙子，[22]

18　阿尔诺河流过佛罗伦萨地区的锡尼亚（Signa）之后，进入一段低洼地区，然后穿过一片平原地区流入比萨（Pisa），注入第勒尼安海（Tirreno）。

19　"狐狸"指比萨人。13、14世纪有许多作家在其作品中都称比萨人狡猾得像狐狸，甚至比狐狸还狡猾，别人布下的圈套，他们都能识破。

20　指里尼埃里在听他讲话。讲话的人是圭多·德尔·杜卡。

21　指但丁。杜卡认为，他下面对佛罗伦萨未来的议论（即他的预言）是上帝对他的启示，对但丁的未来会有益处，因为但丁曾属白党。

22　"你的孙子"指里尼埃里的孙子福尔切里，即福尔切里·达·卡尔波利（Fulcieri da Calboli）。他1303年任佛罗伦萨最高行政长官，代表黑党利益，下令逮捕并审讯白党和皇帝党（Ghibellini）人士。这里称他们为"狼"，和前面的诗句一致。

变成一位猎人，

在阿尔诺两岸

搜捕那些豺狼，

令他们心惊胆战；

他待那些猎物

就像对待牲畜：

先按活的出售，[23]

然后宰杀卖肉。

许多人因此丧命；

他为此名誉扫地。

走出这座森林[24]时，

他浑身沾满血迹；

从他离开时算起，

即使再过一千载，

这座残破的森林

也难恢复原状。"

有人听说灾难，

面容就会色变，

虽然还不知道

灾难在哪出现；

23　即卖给他人做奴隶。
24　"森林"在这里的意思是狼居住的地方，指佛罗伦萨。

我见那个魂灵[25]
就是这般情形，
他倾听同伴陈述，
感到痛心与忧虑。

罗马涅的堕落

这个灵魂的谈话、
那个灵魂的神情，
让我非常想知道
他们二人的姓名，

于是向他们提问，
同时也表示恳请；
那最先讲话的人[26]
便重新开口说明：

"你是想要我同意
做你不愿做的事。[27]
既然上帝都愿意
借你显示他恩泽，

25　指里尼埃里·达·卡尔波利。
26　指圭多·德尔·杜卡。
27　这句话的意思是：但丁想让他们说出他们的姓名，而但丁自己却不愿讲出自己的姓名，即前面但丁说的"对你说出我是谁，/ 也许是毫无意义"。

我对你绝不小气：

我这就告诉你说，

我叫圭多·德尔·杜卡[28]，

我血液曾被嫉妒之火

燃烧得如此剧烈，

若看到别人欢乐，

我脸色就会变青；

我因为这一罪恶，

只能有这种后果。

人类啊，你为何

只把不容分享的

财物[29]在心中寄托？

此人是里尼埃尔，[30]

是卡尔波利家族

的瑰宝与荣誉，

后来这个家族，

没有一个后裔

继承他的品质。

---

28 见前注2。

29 "不容分享"的原文是"di consorte divieto"，这是个法律用语：按照法律规定，履行某些公务，不容许该公职人员之外的人员（如亲属）共同分享。这句话在这里的意思是：人哪，你为什么老想追求那种不能与人分享的财物呢？或者说，嫉妒成性的人，不能与人分享快乐。

30 即里尼埃里·达·卡尔波利，见前注2。

在波河与那道高山、

大海与雷诺河之间，

这个地区[31]不止

他一家的后裔，

丧失了追求真理、

树立正气的美德。

因为这片区域里

长满有毒的荆棘，

如今若要兴农事，

恐怕是为时晚矣。

阿里戈·马伊纳尔迪，[32]

利齐奥·迪·瓦尔波纳，[33]

皮埃尔·特拉韦尔萨罗，[34]

圭多·迪·卡尔皮尼亚，[35]

31　即在艾米利亚·罗马涅地区。该地区北至波河，南至亚平宁山脉，东至亚得里亚海，西至雷诺河。

32　阿里戈·马伊纳尔迪（Arrigo Mainardi），出身贝尔蒂诺罗的封建主，与圭多·德尔·杜卡是血亲，1228年还在世。早期注释家称他是个聪明能干、慷慨大方的人士。

33　利齐奥·迪·瓦尔波纳（Lizio di Valbona），是艾米利亚·罗马涅和托斯卡纳交界处亚平宁山中瓦尔波纳城堡的僭主，曾服务于佛罗伦萨市政府，也曾帮助里尼埃里·达·卡尔波利做事，1279年还在世。早期注释家称他是个聪明能干、慷慨大方的人士。

34　皮埃尔·特拉韦尔萨罗（Pier Traversaro，1145—1225年），出身拉文纳的特拉韦尔萨里（Traversari）贵族家庭，曾长期担任拉文纳的领导人。早期注释家称他是个气量宽宏、慷慨大方的人士。

35　圭多·迪·卡尔皮尼亚（Guido di Carpigna），出身蒙特菲尔特罗伯爵家庭（参见《地狱篇》第二十七曲注3），1251年任拉文纳行政长官，1283年去世。早期注释家称他"以慷慨大方胜过其他人"。

这些善人在哪里？

啊，罗马涅人哪，

难道你们变成那

可恶的败家子弟？

另一个法布罗 [36] 何时

在博洛尼亚能再现？

另一个贝纳丁 [37] 何时

在法恩扎能够重现

（他是出身卑微、

品德高贵之辈）？

假如我伤心哭泣，

恳请你 [38] 不必惊奇，

因为我此时想起

达·普拉塔，圭多、[39]

---

36 即法布罗·德伊·兰贝尔塔齐（Fabbro dei Lambertazzi），艾米利亚·罗马涅地区皇帝党首领，英明强悍的政治家和军事家，曾率领博洛尼亚人与艾米利亚·罗马涅其他城市作战并获得胜利。他领导的博洛尼亚盛极一时，1259年逝世后，博洛尼亚便走向衰败。

37 即贝纳丁·迪·佛斯科（Bernardin di Fosco），出身微贱，能力出众，1240年率领法恩扎（Faenza）人抵抗神圣罗马皇帝腓特烈二世的进犯，深受法恩扎人厚爱。1248年曾任比萨最高行政长官，1249获任锡耶纳最高行政长官。

38 指但丁。

39 即圭多·达·普拉塔（Guido da Prata），法恩扎附近的普拉塔人，生平事迹不详，当地1184年的一个文献曾提及他，1228年拉文纳的一个文献说他在拉文纳。

乌戈林·德·阿佐[40]

（他曾在罗马涅生活）、

费代里科·蒂尼奥索

以及他的那一帮人、[41]

特拉韦尔萨里家族

和阿纳斯塔吉[42]家人

（后面两家均无后嗣），

想起那些贵妇和骑士

和他们的艰辛与安逸，

这些都使我们产生

爱慕之心和侠义之风。

然而如今那里的世风

却变得如此邪恶。

啊，贝尔蒂诺罗，[43]

你为什么不消失，

既然你那里的贵族

40　乌戈林·德·阿佐（Ugolin d'Azzo），出身托斯卡纳著名贵族乌巴尔迪尼家族（参见《地狱篇》第十曲注20），但他一生大部分时间住在艾米利亚·罗马涅地区。杜卡上面列举的都是罗马涅人，唯独阿佐是托斯卡纳人，所以这里注明他长期在艾米利亚·罗马涅地区生活。

41　费代里科·蒂尼奥索（Federigo Tignoso），里米尼（Rimini）贵族，非常富有，生性好客，广交朋友，诗中所说的"他的那一帮人"，即指他的朋友们。

42　特拉韦尔萨里家族见前注34；阿纳斯塔吉（Anastagi）家族与特拉韦尔萨里家族都是拉文纳的贵族，先后在拉文纳主政，1300年后均已绝嗣。

43　即杜卡、马伊纳尔迪等贵族都是贝尔蒂诺罗人，见前注2和注32。

和许多平民，为躲避

邪恶已经逃离那里？

巴尼亚卡瓦洛[44]做得好，

不曾留下任何男丁；

卡斯特罗卡罗做得糟，

科尼奥[45]做得更糟糕，

生养子孙不辞辛劳。

帕加尼家族[46]的人

也将会做得很好，

只要他家那个恶魔

撒手离开人世，

但他们不会因此

留下美好名声。

啊，范托利尼，[47]

44　即封地在巴尼亚卡瓦洛小镇（Bagnacavallo，位于拉文纳附近）的马尔维齐尼（Malvicini）伯爵家族，1300年时，该家族已无男丁，仅剩三名妇女，被认为已经绝嗣。

45　卡斯特罗卡罗（Castrocaro）是位于弗利附近的小村镇，而科尼奥（Conio）是位于伊莫拉（Imola）附近的小村镇，这两个地方的伯爵都生养了数量不等的子嗣，品德极差。

46　"帕加尼家族"（i Pagani），即法恩扎地区的封建主，参见《地狱篇》第二十七曲注9；"他家那个恶魔"指这个家族当时的首领马基纳尔多·帕加尼·达·苏西那纳（Maghinardo Pagani da Susinana），有注释家称他的绰号叫"恶魔"。这句话的意思是：等这个恶魔死了之后，他家就会绝子绝孙。

47　"范托利尼"（Fantolini）在这里指法恩扎的贵族范托利尼家族当时的首领乌戈林·德伊·范托利尼（Ugolin de' Fantolini）。他多次参与艾米利亚·罗马涅地区的争斗，与卡波利、蒙特菲尔特罗等地的封建主有亲属关系，1278年去世，留下两个儿子，也先后于1282年和1291年去世，没有后嗣。他的两个女儿，一个嫁给了里米尼的僭主詹乔托·马拉特斯塔（Gianciotto Malatesta），成为他的后妻（参见《地狱篇》第五曲注14）。因为乌戈林没有后嗣，所以不会有人犯罪玷污他的名声。

你的名字能保住，
因为没有什么人
会走上堕落之路，
把你的名字玷污。

托斯卡纳人[48]，你走吧，
我现在真是想哭
而不是讲话，因为
讲话让我更痛苦。"

对嫉妒罪犯的惩罚

我们确信，这俩魂灵
听得见我们向前行，
他们保持沉默，证明
我们脚下的路可信。

离开他们之后，
我们单独前行，
突然有个声音，
犹如电闪雷鸣，

48　指但丁。

划破前面的天空，

传到我们耳边说：

"凡遇见我的必杀我。"[49]

这声音一掠而过，

仿佛雷电消逝，

乌云重新弥合。

当我们的听觉

不再受它折磨，[50]

喏，传来另一声响，

它响声之大就好似

继之而来的另一惊雷，

说："我是阿革劳罗斯，[51]

被变成了一块石头。"

那时，我转身向右，

朝老师移动一步，

而不是向前迈步。

49　这是该隐因嫉妒而杀死其弟亚伯，受到诅咒后对上帝说的话，（参见《旧约·创世记》第4章第14句："我必流离飘荡在地上，凡遇见我的必杀我。"）该隐和亚伯同为亚当的儿子，该隐务农，亚伯从事畜牧业，他们都以自己的产品奉献上帝。上帝偏爱亚伯的畜产品，该隐就出于嫉妒杀死了亚伯（参见《地狱篇》第三十二曲注7）。但丁援引《圣经》的这个故事，作为对犯嫉妒罪者惩罚的第一个例证。这里说话的声音之所以很大，是因为这里的阴魂都是盲人，上帝依靠声音向他们传达对他们的惩罚。

50　即不再受那震耳欲聋的声音折磨。

51　阿革劳罗斯（Aglauros），雅典国王凯克洛普斯（Cecrops）的女儿，出于嫉妒而阻止天神的使者墨丘利（Mercury）爱她妹妹赫尔斯（Herse），被天神变为石头（参见奥维德的《变形记》第二章）。但丁援引古代神话中的这个故事，作为对犯嫉妒罪者惩罚的第二个例证。

四周一片沉寂

老师给我解释：

"这些声音就像是

铁制成的马嚼子，

要把世人限制在

它规定的范围里，

如果你们咬饵上钩，

就会被古老的仇敌[52]

拉到他那一边去，

那时不论马嚼子，

还是善意的招呼，

都没有多大用处。

上天围着你们旋转，

并向你们发出呼唤，

展示它那永恒之美，

你们却紧盯着地面。

因此，洞察一切的

上帝定会惩罚你们。"

---

52 指魔鬼。

第十五曲

然后我见一群
怒火中烧的人，
正用石块击打
一个年轻的人，
口中大声呼喊：
"砸死他，砸死他！"

但丁他们离开嫉妒罪犯人，继续向上攀登。很快他们就遇到一位光彩夺目的天使，但丁感到头晕目眩。维吉尔给他解释说，那是前来引领他们上行的仁慈天使。天使高兴地给他们指出了登上第三层炼狱的阶梯。

向上攀登期间，但丁询问维吉尔：刚才圭多·德尔·杜卡说的"'不容'和'分享'，/ 这两个词是啥意思"？维吉尔解释说，如果人们追求那些"由于 / 要与其他人分享、/ 份额变小的财物",内心就无法满足,总是叹息不止;如果人们把心思放在天国上,那就没有这种担忧了,"因为天国那里说 / '我们的'人数越多,/ 每人分享的就越多,/ 天国里仁爱之火 / 会烧得更加兴旺"。但丁仍然不解,维吉尔批评他说:"现在你的思想尚 / 拘泥于俗人之道,/ 所以你就看不到 / 真理之光的光芒。"并且说:"假如我这些解释 / 未解除你的怀疑,/ 那就只好要等你 / 去见贝阿特丽切,/ 她会解除你一切 / 疑问和各种关切。"

当但丁觉得似乎理解了这两个词的含义时,他发现自己已经来到收纳犯愤怒罪灵魂的第三层炼狱。这些灵魂深陷在一片黑暗之中,象征他们活着的时候因为愤怒让他像盲人一般,看不到其他东西。愤怒的反面是温顺,所以犯愤怒罪的人应该向温顺的人学习,以洗涤他们的罪孽。

这时,《神曲》作者但丁让《神曲》人物但丁陷入一种幻境。幻境中,但丁看到了三种情景:

1.他仿佛看到一个圣殿,圣殿里坐着许多人。一个妇女站在门口,像慈母般说道:"孩子啊,为什么 / 你对我们这样做? / 你的父亲和我 / 都在伤心找你。"这是但丁列举的第一个有关"温顺"的例证,来自《圣经》:耶稣十二岁时,随父母去耶路撒冷守逾越节,回来的路上父母发现他不见了,回耶路撒冷去找他。最后在一神殿里找到了他,他正坐在教师们中间,一边听讲道,一边提问。他母亲对他说:"我儿,为什么向我们这样行呢?看哪,你父亲和我伤心来找你。"尽管母亲对他的行为不满,却未严厉谴责,说话的语气仍然温顺。

2.接着但丁说他看见第二个妇女,即雅典僭主庇西斯特拉托的妻子。她看见一个青年当街拥抱她的女儿,觉得受到羞辱,于是悲愤地要求丈夫处死那青年。然而庇西斯特拉托的回答充满仁慈之情,是但丁列举的第二个"温顺"的范例。

3.第三个幻景,也是第三个范例中,但丁看见一群愤怒的人用石头击打一个青年，口中不住地喊道："砸死他，砸死他！"这个典故来自《新约·使徒行传》：殉道者司提反被犹太教信徒与长老带到犹太教公会，指责他"践踏圣所和法律"，司提反当众反驳，导致众人愤怒，被带到城外用石头砸死。尽管如此，司提反却向上帝祈祷，"请求上帝饶恕 / 砸人者的罪孽"，仁爱之心跃然纸上。

最后，但丁苏醒过来，发现这些幻景并不存在，但他的罪孽却真实存在。维吉尔鼓励他要向上帝敞开心扉，抓紧时机洗涤罪孽。

仁慈天使

从白昼开始时起

至第三时结束[1]时

这段时间那星球[2]

（它像顽皮的孩子）

已运行一段时间；

现在[3]太阳至午夜

所要运行的时间，

与前面时间一般：

那里是晚祷时间

这里恰好是半夜。[4]

太阳的光线此时

正朝着我们照射：

我们环绕炼狱山

已经走了那么远，

---

1 指日课第三时结束，即上午9点（参见《地狱篇》第三十四曲注17）。白昼开始的时间是上午
   6点，至日课第三时9点结束，太阳已运行了3个小时。

2 指太阳。"它像顽皮的孩子"，指太阳在云彩间时隐时现，像个捉迷藏的孩子。

3 前面说的都是阳间意大利的时间，这里转而说炼狱的时间：如果耶路撒冷是上午9点（太阳
   从日出到9点已经运行了3个小时），炼狱就是夜晚9点，因为耶路撒冷与炼狱是对跖地。按照
   但丁的说法，意大利位于耶路撒冷以西45度，相差3个小时，就是说，炼狱晚9点时，相等于
   意大利的黄昏；"现在太阳至午夜"，是指炼狱的时间，即从晚上9点到午夜还差3个小时。所
   以诗中说，太阳还要运行3个小时才能到半夜，就是说时间与前面已经用去的时间一般。

4 "那里是晚祷时间"，指炼狱是晚祷时间（下午3点起），即耶路撒冷是凌晨3点，意大利比耶路
   撒冷晚3个小时，是夜里12点，所以诗中说"这里恰好是半夜"。

现在正好面朝西。
我觉得我的双眼

比刚才更难睁开，
这让我感到奇怪；
于是我把双手
举到我的眉头，

为我眼睛遮拦
那过强的光线。
犹如光线射向
水面或者镜面，

就会朝相反的
方向反射出去，
反射角度等于
它射入的角度。

这已为人的经验
和光学理论检验；
也好像那抛物线，
石子上升的距离

等于坠落的距离。
此时我的感觉是：

　　　　　　　　第十五曲

反射过来的光线
照射着我的双眼，

不得不避开它。
"亲爱的老师啊，"
我问老师说道，
"那是什么光啊？

我在它的面前
无法把眼睛睁开，
它似乎正朝着
我们这边走过来。"

老师回答我说：
"假如那缕光芒，
让你头晕目眩，
你不必感到心慌；

那是一位使者，
来领人们上行。
不久你会觉得，
见到这些使者

不再感到难受，
相反，天性使你
感到极大惊喜。"
来到他的面前时，

他指着阶梯一道

对我们温柔说道:

"你们从这儿进去!"

那道阶梯远不如

前面两道陡峭。

沿着那条阶梯,

我们向上攀登;

刚刚离开那里

就听后面唱道:

"怜恤者有福了!"[5]

"战胜嫉妒者啊,

你们就享乐吧!"[6]

嫉妒与仁慈

我和我的老师

单独向上走去;

5　这句话的原文是拉丁文"Beati misericordes！"来自拉丁文《圣经》,意思是"怜恤者有福了",参见《新约·马太福音》第5章第7句:"怜恤的人有福了,因为他必蒙怜恤。"天使唱出这句话是因为,按照托马斯·阿奎那《神学大全》的解释,"嫉妒者为他人之福而悲哀,怜悯者为他人之祸而悲哀",参见托马斯·阿奎那的《神学大全》第1卷第2章。也就是说"嫉妒"的反面是"怜悯",犯嫉妒罪者应该向善怜悯的人学习。

6　这句话来自《新约·马太福音》第5章第12句:"应当欢喜快乐,因为你们在天上的赏赐是大的。"但丁对这句话稍微做了点修改。

我边走边想着
这些话的益处。

因此我问老师说:
"那个罗马涅人说的
'不容'还有'分享',⁷
这两个词是啥意思?"

于是老师说道:
"他⁸已经明白了
他的最大罪过,
明白那个罪过

给他带来的伤害;
他谴责那个罪过,
想让人免受其害,
你不必感到奇怪。

因为你们的欲望,
如指向那些由于
要与其他人分享、
份额变小的财物,

7　见本书第十四曲"罗马涅的堕落"一节圭多·德尔·杜卡说的:"人类啊,你为何 / 只把不容
分享的 / 财物在心中寄托?"并参见该曲注29。
8　指圭多,见前注7。

嫉妒就会拉风箱，

令你们叹息不止。[9]

假如你们的欲望

受上帝大爱启迪

改变成指向天国，

那你们心中也就

不会有那种担忧；

因为天国那里说

'我们的'人数越多，

每人分享的就越多，

天国里仁爱之火

会烧得更加兴旺。"

于是我对老师说：

"刚才我听你说，

疑问就有许多，

现在我倒觉得

疑团变得更多：

如果一份财物

9　这几句诗的意思是：你们贪图物质财富，而参与分享这些财物的人越多，每个人得到的份额
　　就越少，大家就会相互嫉妒起来，每个人都想分享或得到他人享有的部分，嫉妒之心就会像
　　拉风箱那样，给你们鼓风打气，令你们叹息不止。

要由多人来分享，
每人分到的财物，

怎么做才会比
少数人分享时，
得到的还要多?"
老师回答我说：

"现在你的思想尚
拘泥于俗人之道，
所以你就看不到
真理之光的光芒；

天上的财富无限，
不能以言语相传，
属于那些仁慈者，
就像太阳仅照射

能反光的物体，
发射多少热量，
回收多少热量。
仁爱也是这样，

它越是向外扩张，
能量越相应增长；
天上施爱者越多，
得到的爱就越多，

像镜子反光那样。

假如我这些解释

未解除你的怀疑，

那就只好要等你

去见贝阿特丽切，

她会解除你一切

疑问和各种关切。

不过你必须努力

清除这五个伤痕，[10]

像清除那俩伤痕，

不过这要你经历

痛苦悔悟与赎罪。"

神秘的幻觉

当我正要说出

"我已感到满足"，

---

10 "伤痕"指但丁进入炼狱时，把门的天使在他额头上刻下的七个"P"字。前面已经清除了两个，还剩下五个有待清除。这也意味着但丁额头上的第二个"P"字已经清除，不过诗中未说明。第二层的守护天使是仁慈天使，刚才仁慈天使领他们走到通往第三层平台的阶梯，让他们"从这儿进去"，说明天使已认同但丁洗涤干净自己身上的嫉妒罪，给他抹去了第二个"P"字。

这时我才发现

已来到另一环；[11]

我的眼睛很好奇，

急于观察新东西，

这话就暂未说出。

在那里，我仿佛

突然陷入梦幻，

令我无比陶然：

恍惚看见一圣殿

许多人待在里面，

一位妇人像慈母，

站在神殿入口说：

"孩子啊，为什么

你对我们这样做？

你的父亲和我

都在伤心找你。"[12]

11　即来到另一层炼狱，来到炼狱收纳犯愤怒罪灵魂的第三层。愤怒的对立面是温顺，所以下面
　　列举的例证都与"温顺"有关。

12　这是但丁列举的第一个有关"温顺"的例证，来自《圣经》：耶稣十二岁时，随父母去耶路
　　撒冷守逾越节，回来的路上父母发现他不见了，回耶路撒冷去找他。最后在一神殿里找到了
　　他，他正坐在教师们中间，一边听讲道，一边提问。他母亲对他说："我儿，为什么向我们
　　这样行呢？看哪，你父亲和我伤心来找你。"（参见《新约·路加福音》第2章第48句）尽管
　　母亲对他的行为不满，却未严厉谴责，说话的语气仍然温顺。这是但丁列举的第一个"温
　　顺"的典型。

她的话音刚落，

幻景立即消失。

接着，我的面前

另一女子[13]出现，

悲愤挤出的泪水

把她的面颊湿遍。

她好像在这样说：

"你是雅典的君主

啊，庇西斯特拉托

（有神祇曾为争夺

这座城市的名字，

在这里发生争执；[14]

各种学问也曾经

在这里大放光明），

有人搂抱你公主

你应惩罚那双手。"

---

13 指雅典僭主庇西斯特拉托（Pisistratus，公元前560—前527年）的妻子。她看见一个青年当街拥抱她的女儿，觉得受到羞辱，于是悲愤地要求丈夫处死那青年。然而庇西斯特拉托却回答说："如果我们杀死爱我们的人，对恨我们的人我们该怎么办呢？"庇西斯特拉托的回答充满仁慈之情，是但丁列举的第二个"温顺"的范例。

14 这里有个神话故事：智慧女神雅典娜和海神波塞冬（Poseidon）曾为雅典城的命名发生激烈争吵，都要以自己名字称呼这座城市，相互争执不下，最后天神们裁决：谁能送给人类最有用的礼物，就以谁的名字作为该城的名字。波塞冬用三叉戟往岩石上一戳，就冒出海水来；雅典娜用矛戳地，就长出一棵橄榄树来。天神们认为，橄榄树对人类更有用，应该以雅典娜的名字为该城命名。这就是雅典城名称的由来。参见奥维德的《变形记》第六章。

温和善良的君主
心平气和地答复：

"假如爱我们的人
受到我们的惩罚，
那么恨我们的人，
我们该怎么办他？"

然后我见一群
怒火中烧的人，
正用石块击打
一个年轻的人，[15]

口中大声呼喊：
"砸死他，砸死他！"
我见他躬身趴地
（死亡已经压倒他），

但是他的眼睛
一直望着天际，
仿佛透过眼睛
痛苦祈祷上帝，

15　这是但丁援引的第三个范例，来自《新约·使徒行传》第6章与第7章：早期传道并殉道的司
　　提反（Stephen）被犹太教信徒与长老带到犹太教公会，指责他"践踏圣所和法律"，司提反
　　当众反驳，导致众人愤怒，被带到城外用石头砸死。他不仅不反抗，还向上帝祈祷饶恕这些
　　人的罪行。

请求上帝饶恕
砸人者的罪孽。
此时他的脸上
充满怜悯神色。

但丁苏醒

当我的灵魂醒来，
回到这现实世界，
这时我才明白
我的罪孽尚在。

老师看得出来，
我的举动有如
人从梦中醒来，
于是问我说道：

"你是怎么啦？
身子站不住，
眼睛睁不开，
走路晃悠悠，

好像一醉汉，
是睡意犹酣？"

我回答他说道：

"老师啊，向导，

如果你想知道，

我就如实奉告：

我走路不稳当

因看见了幻象。"

老师听后说道：

"即使你的脸上

戴上面具百张，

对我你也休想

掩盖你的心思，

不论它们多微细；

你见到的幻象

是让你敞开心房，

向永恒泉源

那宁静的水，[16]

16　这里使用"宁静的水"与前注15中提到的"导致众人愤怒"中的"愤怒"恰恰相反。如
　　果"愤怒"是火，熄灭火的就是水。"永恒泉源"这一典故出自《新约·约翰福音》第4章
　　第14句："人若喝我所赐的水，就永远不渴。我所赐的水要在他里头成为泉源，直涌到永
　　生。""永恒泉源／那宁静的水"也表示上帝，所以，"向永恒泉源／那宁静的水，／敞开你的
　　心扉"，也就是向上帝敞开你的心扉。

敞开你的心扉。
刚才我询问你

'怎么啦'，并非因为
没看见有人倒地，
不知是什么原因，
才提出这个问题；

我问你的目的
是要给你鼓励，
给你的脚打气；
你就像那懒汉，

苏醒过来以后，
不知把握时机
使用他的双足，
需要这种鼓励。"

晚祷这段时间
我们都在赶路，
顶着日暮余晖，
朝着远方举目。

这时有片黑烟，
像那夜幕一般，

257　　　　　　　　　　　　　　　　第十五曲

朝着我们逼近，
吞噬周围空间，

令我们迅速丧失
视力和清新空气。

第十六曲

我可以随你而行，
但不能超越界限；
这浓雾影响视线，
让我们不能相见，
可借助听觉实现
我们之间的联系。

　　炼狱第三层收纳的是犯愤怒罪者的灵魂，他们被一片烟雾笼罩着，相
互看不见。维吉尔靠近但丁，让但丁扶着他的肩膀，像盲人那样跟随着他
前行。但丁听见三个阴魂唱着同一个祈祷词，祈求上帝之子耶稣赐给他们
宁静与仁慈。这是这层炼狱罪人诵唱的祷词，因为他们都犯了愤怒罪，而
愤怒的反面就是怜悯与宁静。但丁询问维吉尔："这些祈祷的人／都是这里

罪人?"得到的答复是肯定的。

这时一个灵魂——马尔科·隆巴尔多——虽然看不见但丁,但从但丁的话语判断但丁是个活人,便好奇地发问说:"请问你是谁呀?"维吉尔让但丁自己来回答他的问题,并顺便问问他,沿这条路向前走能否到达炼狱第四层。由此开始了但丁与马尔科·隆巴尔多之间一大段带有浓厚政治取向和道德取向的对话。

马尔科·隆巴尔多的生平不详,早期注释家们也只是说,他曾在宫廷任职、学识渊博、品德高尚、热爱自由、慷慨大方、傲视权贵,敢于揭露他们的罪孽。可以说他的性格在许多方面都与但丁相似,所以但丁在这里选择他作为自己的代言人,借他之口阐述自己的政治观与道德观,谴责当时人世上存在的各种腐败现象。

马尔科的讲话内容包括三个方面:

1.当时的世界腐败不堪,美德绝迹。究其原因,人们的看法不同:有人认为原因在天,即人的行为完全受星辰运动的影响。也有人认为原因在人间,即上帝既然赋予人类辨别善恶的智慧和选择善恶的权力,面对星辰的影响就应自己去识别与选择。如果你选择了恶,就应承担邪恶行为的后果,所以说原因在人间。如果你在进行选择时遇到困难,那就看你的修炼了。最后马尔科得出结论:"人们偏离正道,/原因要在你们/自己身上寻找。"为证明他这一结论,他说,灵魂诞生时天真幼稚,仅受"好恶"这种初始的情感驱使,喜欢那些能使它快乐的事情。当它初尝到欢乐幸福的滋味后,就会受其影响,这个时候如果引导不力,就会形成习惯。

2.面对美德绝迹、人心不古这种社会现象,怎么办呢?马尔科开出的良方是:要有法律,并且要有人去执行法律。古罗马能够造就一个美好世界,靠的是那里两个向大家指路的太阳:一是皇帝,一是教皇。现在皇帝缺位,教皇统揽宗教和世俗两种权力,已经陷入泥潭,不仅玷污了他自身,而且辜负了他应尽的责任。

3.为证实这一结论，马尔科讲述了意大利北方伦巴第地区的情况：皇权被替代以前，那里崇尚勇武与礼仪的现象还很常见，现在那里却是恶人横行无阻——尽管那里还有个别老人怀念旧时代、谴责年轻一代。

但丁完全同意他的看法，希望他再继续说下去。但是，他们已经走到烟雾笼罩地区的边界，即第三层炼狱的边沿了。马尔科·隆巴尔多不能再向前走，因为他一开始就说过"我可以随你而行，/ 但不能超越界限"，于是转身回头走去。

愤怒罪人之环

这片昏暗的空间，
像地狱、像夜晚，
没有星辰的夜晚，
遮挡我们的双眼，

比乌云笼罩时
还要更加密实，
然而它却不会
刺激我们感官，

让眼睛睁不开；[1]
此时我的老师，
睿智可靠向导，
朝我走了过来，

让我扶着他肩，
就像盲人行路，
跟在向导后面，
以免迷失道路，

或者撞上他物，
让他受到伤害，

1　即昏暗不像强光那样刺激感官，仅让眼睛睁不开。

甚至一命呜呼。

我就像那盲人，

跟随在老师后面，

穿越这污浊空间，

一边倾听老师说：

"注意，紧跟着我。"

我听见多人在祈祷，

为宁静与仁慈祈祷，

祈求上帝那只羔羊[2]

把他们的罪孽除掉。

他们的祷词都以

"上帝的羔羊"开始，

来源于同一祷词，

遵循着同一韵律，[3]

听起来很押韵。

我向老师提问：

2　"上帝那只羔羊"指耶稣。

3　这里有三个灵魂在祈祷，诵唱着做弥撒时诵唱的祷词《上帝的羔羊》，来源于《新约·约翰福音》第1章第29句："看哪，神的羔羊，除去世人罪孽的。"祷词全文如下："除去世人罪孽的上帝的羔羊，怜悯我们吧！除去世人罪孽的上帝的羔羊，怜悯我们吧！除去世人罪孽的上帝的羔羊，赐给我们宁静吧！"每句祷词的开头都含有"上帝的羔羊"这个词。但是但丁在这里对这个祷词进行了简化，只提到罪人们祈求的"怜悯"与"宁静"。这也是这层炼狱罪人的祷词，因为他们都犯了愤怒罪，而愤怒的反面就是怜悯与宁静。

"这些祈祷的人

都是这里罪人？"

老师回答说道：

"对，你猜对了，

他们犯了愤怒罪，

正松开愤怒结子。"[4]

马尔科·隆巴尔多

"请问你是谁呀？"

一个声音这样问，

"你能割裂浓烟，[5]

并在议论我们；

从你的言语来看，

你好像还是活人，

用时辰计算时间。"[6]

于是老师对我说：

---

4 "愤怒结子"是个隐喻，比拟愤怒像绳子一样捆绑着犯愤怒罪的人。他们在炼狱第三层赎罪，
   就是要松开与解除捆绑着他们的绳子。

5 魂灵是不占空间的，但丁是活人，占有一定空间，所以诗中说"割裂"这片烟雾密布的空间。

6 但丁在前一曲的谈话中提到的日课"第三时""晚祷"等（参见《地狱篇》第三十四曲注
   17），是天主教会划分时间的办法，给这个灵魂的印象是他还活在人世。古代中国人把一天
   的时间分成十二个时辰，与教士们计算时间的方法有异曲同工之妙，所以这里译成"用时辰
   计算时间"。另外，死人是不划分时间的，对他们来说时间并不流逝，这也使那个灵魂觉得
   但丁是活人。

"你来回答他吧，
顺便问他一下，
从这里向上攀，
能否到达上边。"

我说："啊，灵魂哪，
你在这里进行洗涤，
是想变得干净以后
去见缔造你的上帝；

你如果能伴我而行，
定会听到奇特事情。"
那灵魂回答我说：
"我可以随你而行，

但不能超越界限；[7]
这浓雾影响视线，
让我们不能相见，
可借助听觉实现

我们之间的联系。"
于是我就开口说：
"我带着这副躯体
（愿死神让我摆脱），[8]

7　即不能越过这片烟雾笼罩的地域，不能走出这层炼狱。
8　意思是：人只有死了，灵魂才能摆脱肉体。

朝着天国攀登，

穿过整个地狱，

到达这层炼狱。

既然我已沐浴

在上帝的恩泽里，

而且他还要让我

不以寻常的方式 9

去游览他的天国，

那就请你不必隐讳，

告诉我，你生前是谁，

告诉我，去那个关口 10

走这条路是否对头；

你的回答将成为

我们前行的向导。"

"我生在伦巴第，" 11

于是他回答说道，

9 　即让但丁活着的时候就去游天国。

10 　即从炼狱第三层到第四层之间的关隘、关口。

11 　当时伦巴第大区的名称常常被用来泛指意大利北方。

"名字叫马尔科，[12]

生前我深谙世事，

也深爱那些美德

（但现在世人可惜

已经背弃了它们）；

沿此路径直向前，"

然后他又补充说，

"就能抵达上一环，

不过我请求你，

一旦到了上天，

请你不要忘记

为我祈祷进言。"

道德与政治败坏的原因

于是我对他说道：

"我向你发誓担保，

一定会为你祈祷；

不过我有一疑问，

12　即马尔科·隆巴尔多（Marco Lombardo），生平事迹不详，大概生活在13世纪后半叶。早期
　　注释家、小说家和历史学家一致认为，他曾在宫廷任职，学识渊博、品德高尚、热爱自由、
　　慷慨大方、傲视权贵，敢于揭露他们的罪孽。在许多方面，马尔科·隆巴尔多的性格都与但
　　丁相似。所以但丁在这里选择他作为自己的代言人，借他之口阐述自己的政治观与道德观。

如不能弄清楚它，

心就像是要爆裂：

这疑问原本简单，

现如今加倍难解：

你在这里说的话

和他别处说的话，[13]

加在一起可证实

我担心的事属实。

世界像你说的，

美德已绝了迹，

世界现在处处

充满邪恶踪迹。

这是什么原因，

请你向我指出；

我想知道原因，

好向他人阐述，

因为有人认为

原因来自上天，

13　指圭多·德尔·杜卡在本书第十四曲"阿尔诺河"一节说的，现人们已经"改变了本性"，
而"视美德如仇敌"，/看见美德就躲避"。

但也有人认为
原因来自人间。"[14]

"哎！"他说到这里
发出一声叹息，
抒发心中悲戚，
然后接着说道：

"世人是蒙昧的，
兄弟呀，你也是
从他们中来的。
你们这些世人，

总要把一切过错
的原因归咎于天，
仿佛人们的行动
取决星辰的运转；

如果真是如此，
你们就否认了
人的自由意志，[15]
因善而受奖励，

---

14 "有人认为／原因来自上天"，即来自天上星辰对人类行为的影响，像杜卡说的"因风水不
祥"；"但也有人认为／原因来自人间"，像杜卡说的"因恶习驱使"。这两句话都是圭多·德
尔·杜卡在本书第十四曲"阿尔诺河"一节说的。

15 "自由意志"的原文是"libero arbitrio"，是个哲学概念，托马斯·阿奎那在其著作《神学大
全》中、但丁在其著作《飨宴》和《帝制论》中都使用过。意思是：人有自由意志，有对善
恶进行判断与选择的能力，不能把一切罪过归咎于天。

因恶而受惩罚，

公正就没啥作用。[16]

上天赋予你们

内心最初的冲动[17]

（不是说一切冲动，

即使是一切冲动），

你们还有选择权，

自由选择恶与善。

如果自由意志

在与上天初搏时，

遇到一些困难，

那就要靠修炼

去战胜那些困难。[18]

尽管你们有自由，

但同时你们要受

更大的力量[19]约束，

16　人的行为如果都由上天决定，也就否认人有自由选择与判断的权力，那么善与恶既然都由天而定，上帝对人们奖善惩恶，就没有依据了，就说不上是行使公正权力的行为了。

17　"最初的冲动"指人在情感方面的冲动，如喜好、厌恶等。

18　即使人的一切冲动——包括善与恶两个方面——都是来自上天，那也不能完全按照这些冲动去做。因为人还有理性，还有自由意志，应该择善而行；在进行选择时，或者说在行动之前与上天赋予的"冲动"搏斗时，如果遇到困难，就要靠个人的修炼了。

19　"更大的力量"指上帝，在影响人们行为方面，上帝的力量比星辰还要大。

受完美本性²⁰约束；

这种力量和本性

锤炼你们的心灵，

不受星辰的约束。

因此我可以说，

人们偏离正道，

原因要在你们

自己身上寻找；

现在我就向你

证明这一事实：

灵魂诞生之前，

上帝手中把玩；

离开他手出世，

灵魂天真幼稚，

会说笑会撒娇，

世事一无所知，

仅受好恶²¹驱使，

一心一意追求

令它欢乐之事；

初尝幸福滋味，

---

20 指经过修炼后的人的本性。

21 "好"，喜好；"恶"，厌恶。

第十六曲

就会受其感染，

如果引导不力，

或者劝阻迟缓，

就会养成习惯，

贪图那种幸福；

因此需用法规

对它[22]进行约束，

还需一位君主，

辨认真理之城

城中那座高塔。[23]

法律是存在的，[24]

由谁来执行它？

现在没有人哪![25]

在前面领路的

牧师，他能反刍，

但是没有分蹄。[26]

---

22 指灵魂。

23 "君主"这里指但丁在《君主论》中说的"理想的皇帝"，但丁认为皇帝的职责是主持正义，帮助人们实现并享受现世幸福；"真理之城／城中那座高塔"指上帝之城中的塔楼。中世纪塔楼是每个城市最高的建筑，像灯塔那样给人指示方向。因此，"真理之城／城中那座高塔"的作用就是指引人们走向"正义"，皇帝应该善于辨认与把握这个方向。

24 指罗马皇帝查士丁尼制定法典《查士丁尼法典》，参见本书第六曲注20。

25 没有这样一个皇帝，没有这样一个君主。

26 "领路的／牧师"指教皇卜尼法斯八世（参见《地狱篇》第十九曲注6）；"他能反刍"指教皇能对《圣经》进行反复推敲，做出正确解释；"没有分蹄"指教皇没有区分宗教事务与世俗事务的能力，不能把二者分开。

因此，世人看见
他们领路人贪图
某种财物，自己
就追求那种财物，

不再有其他追求。
现在你已看清楚，
领路人的恶行
就是犯罪缘由，

不是因为你们
本性已经变质。
罗马²⁷曾经造就
一个美好人世，

那里通常存在
两个太阳引路：
一是世俗之路，
一是上帝之路。

如今一个太阳
灭掉另一太阳，
宝剑加上牧杖
构成统一权杖；

27　指古代罗马曾统一地中海沿岸国家，造就了一个美好的世界，当时人世出现了空前的和平局面。

这种一统局面
必然导致混乱，
因为二者之间
彼此无所畏惧。[28]

你如果不信我的，
请你从麦穗想起：
欲认知每种植物
必须从种子开始。[29]

阿迪杰河与波河
灌溉的那个地方，
也就是常说的
意大利的北方，

腓特烈遭反对之前，
崇武尚礼行为常见；[30]
如今那里，不论是谁，
凡是没脸与好人见面

---

28 "两个太阳"指皇帝与教皇。如果教皇的权力（牧杖）与皇帝的权力（宝剑）统一在一个人身上，那就会造成混乱，因为在这种情况下，皇帝的权力与教皇的权力就不能相互制约。当时意大利的现实是：从腓特烈二世逝世到亨利七世当选神圣罗马帝国皇帝，中间这段时间神圣罗马帝国一直是大空位；时任罗马教皇卜尼法斯八世，以帝国皇位虚悬为借口，自称皇帝的代理人，行使皇帝权力，企图实现政教合一，建立神权统治。
29 这句话源自《新约·路加福音》第6章第43—44句："因为，没有好树结坏果子，也没有坏树结好果子。凡树木看果子，就可以认出它来。"
30 指神圣罗马帝国皇帝腓特烈二世的皇权还未遭到罗马教皇和当地教皇党的反对；"崇武尚礼行为常见"即崇尚勇武与礼仪的骑士精神，还经常能够看到。或者说，那时在意大利北方伦巴第地区，人心不古的现象还不存在。

或交谈的恶汉，

都可放心行走。

诚然那里还有

三位老迈智叟，

谴责时代变迁，

他们还都觉得

上帝接引他们

进入天国太晚。[31]

他们的名字是：

库拉多·达·帕拉佐、[32]

盖拉尔多·达·卡米诺、[33]

圭多·达·卡斯泰洛[34]

（法国人称呼他

伦巴第的憨子，

---

31 即他们看不惯当时的世风，希望上帝早日召唤他们进入天国。

32 库拉多·达·帕拉佐（Currado da Palazzo），布雷西亚（Brescia）帕拉佐伯爵家族中的库拉多三世，当地教皇党首领，曾在伦巴第地区多地担任行政长官。早期注释家称赞他"为人慷慨大方，具备骑士美德"。

33 盖拉尔多·达·卡米诺（Gherardo da Camino），帕多瓦市民，生于1240年，曾任贝鲁诺（Belluno）和费尔特雷（Feltre）军政长官。1283年起担任特雷维索（Treviso）军政首领，直至1306年去世。在政治方面他曾借助皇帝党的力量，也曾参与对佛罗伦萨教皇党领袖多纳蒂的迫害。尽管如此，但丁在《飨宴》中仍称赞他是"真正高贵的人的典范"。

34 圭多·达·卡斯泰洛（Guido da Castello），1235年生于雷焦·艾米利亚，属于罗贝尔蒂家族在卡斯泰洛的分支。1315年还在世。但丁对他很敬重，称他品德高尚。《最佳评注》说他慷慨大方，对途经那里的法国骑士以礼相待，并馈赠他们马匹、武器和金钱。他慷慨豪爽的行为在法国广为人知，那些骑士称呼他为"老实憨厚的伦巴第人"。

这个称呼对他

更要广为人知）。

现在你可断言，

罗马教廷因为

合署两种权限，

已经陷入泥潭，

玷污了它本身

和它负的责任。”

“马尔科啊，”我道，

“你的论证很好；

现在我已明白了

为啥利未的子孙

不能有继承权了。[35]

但是，盖拉尔多，

你称他是智叟，

代表了老一辈，

谴责野蛮后代，

他究竟是谁呢？”

35　利未（Livi）是族长雅各的第三个儿子，以色列人在士师时代确定，祭司一职基本上都由利未的子孙担任，但他们不可有产业、不可有继承权，以防止他们有产业后因为俗事而荒废他们的神职。

"你说的这番话，"
于是他回答我说，
"要么我没听明白，
要么你让我多说；

既然你讲的是
托斯卡纳方言，
你对盖拉尔多
咋能一无所知；[36]

换个说法我不知
怎么说出他姓氏，
只好告诉你，他的
女儿名字叫盖娅。

我不能再向前走了，
愿上帝与你们同在。
你看光线透过烟雾
使得天空开始发白，

---

36 既然但丁是托斯卡纳人，他怎么对盖拉尔多一无所知呢？既不知道他的姓氏，也不知道他曾
参与迫害佛罗伦萨教皇党领袖科尔索·多纳蒂，马尔科因此感到奇怪。只好说出他女儿盖娅
的名字，以唤起但丁对他的记忆。盖娅（Gaia）生活腐败，在伦巴第乃至整个意大利可谓臭
名昭著，被称为"快乐而轻浮的女人"，据说她曾对其弟说："给我找一些年轻的恋人吧，我
会给你找上一些漂亮的姑娘。"

天使就在前面，
我要回头走了，
不能和他碰面。"
说罢他就转身，

不再听我讲话。

第十七曲

然后另一形象，
突然从天而降，
落入我的想象：
他吊在十字架上……
他的周围站着
亚哈随鲁国王、
以斯帖王后及
正直的末底改……

但丁离开浓雾笼罩的区域，离开那些犯愤怒罪的犯人，这时已是日薄西山，群星在天边开始闪耀的时候。但丁突然陷入梦幻境界：他在幻境中看到三位因愤怒而受到惩罚的人（如同在前几层平台一样，但丁离开之前总要和那里的灵魂一起观看受到相应处罚的范例）：1.普洛克涅，为给妹妹报仇，愤怒杀死儿子，被丈夫追杀，神祇保护她，把她变成小鸟；2.波斯国重臣哈曼，权尊势重，臣民见了他都要行跪拜礼，唯独犹太人末底改不跪拜他，他愤怒之下要杀死末底改，结果自己反被吊死；3.拉维尼娅的母亲因担心失去她，愤然自杀，结果让自己女儿痛哭流涕。

宁静天使前来，一股非常强烈的光线照射但丁的眼睛，但丁从幻境中醒来。天使无私地给他们指出攀登第四层炼狱的阶梯。他们乘着落日的余晖开始向上攀爬。刚刚攀上第一级阶梯，但丁就觉得天使扇动翅膀，把他额头上的第三个"P"字抹掉了，就是说但丁已经把自己身上的愤怒罪洗涤干净了。

当但丁和维吉尔登上最后一级阶梯时，夜幕已经降临。他们不能再爬山了，但丁也觉得自己腿脚无力，维吉尔决定在那里休息，等待天亮和日出。利用这段休息时间，维吉尔给但丁介绍炼狱的结构和炼狱里罪人的分布情况，像他在《地狱篇》第十一曲利用在教皇阿纳斯塔修斯二世坟墓旁休息的时间给但丁介绍地狱内城的结构和阴魂分布的情况那样。不过，地狱内城的结构和阴魂分布的依据是阴魂所犯的罪行，而这里的依据却是爱。

按照维吉尔的解释，万物都有爱。他还将爱分成"先天的爱"，即上帝赋予人类的爱，以及"后天的爱"，或称"有选择的爱"，即由人的意志选择并确定的爱。先天的爱是不会犯错误的，而后天的爱却不然：因选择爱的对象失误，或因爱的力度过强或过弱，都会产生过错。因此他得出结论："爱在你们身上／促生一切美德，／也促生一切应该／受到惩罚的罪孽。"

后天的爱会犯什么错误呢？维吉尔回答说，"错爱他同类之罪"。基督教把人类的主要过错归纳为七类：骄傲、嫉妒、愤怒、怠惰、贪财、贪食、贪色；而这些罪过的起因就是错爱，而错爱的根源是因为上帝在创造人（即亚当）时，用的是地上的泥土，即人的躯体本身就不纯净。但丁就是按照这一理论，把炼狱的本体分为七层，自下而上排列。前面这三种过错，即维吉尔这里提到的骄傲、嫉妒和愤怒这三种表现形式，要在炼狱下面的一、二、三层洗涤。如果人生前追求首善的行动不力或行动过缓，那就是犯了怠惰罪，灵魂要在这第四层洗涤。至于另外的三层收纳什么罪人的灵魂，维吉尔卖了个关子，不往下讲了，让但丁自己先去想想。

受惩罚的愤怒罪犯

读者啊，你记住，
如果你在山中，
浓雾把你罩住，
那你就像鼹鼠，[1]

看东西很模糊；
如果潮湿浓雾
开始逐渐消散，
太阳像个光盘，

日光微弱无力；
现在太阳重现，
已是日薄西山，
你可轻易想见，

太阳是什么模样。
于是我放开脚步，
跟上那老师步履，
肩并肩走出烟雾，

沐浴在夕阳中间；
那一片浓密雾气

1　古代欧洲人认为，鼹鼠眼睛上有层薄膜，看不清楚东西。现在意大利人仍然相信这一看法。

已经是退至海边。

啊，想象的能力，

有时候你却能够
使我们神驰物外，
即使在我们四周
有千只喇叭齐鸣，

我们也觉察不到。
如果感官不给力
那是谁在推动你?
推动你的只能是

那天上形成的光，
它出于自身意愿，
或者受上帝派遣，
来推动你的想象。[2]

一个恶妇形象[3]
现于我的想象

2　根据亚里士多德的说法，想象力是灵魂的内在官能之一。这种官能接收各种外在官能（听
　　觉、视觉、触觉、嗅觉等）提供的材料，并将其储存起来。但是，如果感官不给力，不向想
　　象力提供材料，想象力就无法工作。新柏拉图主义则认为，在幻象或幻境中，想象力可以由
　　上帝激发。但丁受这种观点影响，认为当人们"神驰物外"时，即在幻境中，是"天上形成
　　的光"出于自愿或受上帝派遣，来激发人的想象力。
3　指雅典国王潘狄翁的女儿普洛克涅，为给妹妹报仇，杀死儿子给丈夫吃。丈夫发现后追杀她
　　们姐妹，神祇保护她，把她变成喜欢唱歌的夜莺。参见本书第九曲注6。这是但丁看到的第
　　一个被处罚的愤怒罪人的幻象。

第十七曲

（她已变成夜莺

特别喜欢歌唱）；

此时我的想象

完全集中于她，

一切外界形象

都不能吸引它。[4]

然后另一形象，[5]

突然从天而降，

落入我的想象：

他吊在十字架上，

神色轻蔑邪恶，

至死都是那样。

他的周围站着

亚哈随鲁国王、

以斯帖王后及

正直的末底改

---

4 "它"指"我的想象"。

5 指波斯国王亚哈随鲁（Ahasuerus）的重臣哈曼（Haman），他的地位在一切臣仆之上，臣仆
   们见了他都要跪拜。犹太人末底改（Mordecai）不肯跪拜，哈曼大怒，请求国王下令杀死末
   底改和所有犹太人。国王应允，哈曼便造了个五丈高的木架（但丁在此改为十字架），准备
   吊死末底改。当时末底改的养女以斯帖（Esther）是王后，劝国王改变主意，结果哈曼和他
   的十个儿子都被吊死在为末底改预备的木架上。参见《旧约·以斯帖记》第3—7章。这是但
   丁看到的第二个被处罚的愤怒罪人的幻象。

（后者始终都是

言行保持一致）；

当这个幻象

像气泡那样，

自己突然破灭，

外边水皮消失，

此时一少女形象[6]

在我想象中浮现，

她边痛哭边说道：

"你为何要寻短见？

不想失去女儿吧？

我的王后母亲啊！

我为他痛苦之前，

先要为你哀悼啊。"

6　指拉蒂努斯国王的女儿拉维尼娅（Lavinia）。她已许配给邻邦鲁图利斯的王子图尔罗，但后来国王又要把她许配给埃涅阿斯，遭王后阿玛塔（Amata）反对。图尔罗因此与埃涅阿斯结下仇恨，前来与埃涅阿斯决斗。决斗中王后误以为图尔罗被杀，就愤懑地自寻短见，上吊自杀。拉维尼娅见母后自杀，哭着询问母后为啥要自杀。事见维吉尔《埃涅阿斯纪》卷十二。这是但丁看到的第三个被处罚的愤怒罪人的幻象。

宁静天使

当外来的光线
突然照射那双
闭合着的睡眼，
就会惊破梦幻；

梦幻消失之前
还会缠绵不断；[7]
同样，一束强光[8]
照到我的脸上，

那时我的幻象
瞬间就被驱散，
不过这束光线
强烈非同一般。

当我转过身去，
欲知身在何处；
一个声音说道：
"你们从这儿上去。"

7　意思是：梦幻不会立即消失，还会缠绵一段时间。
8　指守护在第三层至第四层阶梯旁的另一位天使，即小标题说的宁静天使，发射出来的强烈光
　　线。宁静天使是守护收纳愤怒罪人的第三层炼狱的天使。

这个声音使我
打消别的想法，
让我只想知道
谁在同我讲话；

若不能与他交谈，
我无法平息心愿。
但是面朝太阳，
由于阳光耀眼，

我们无法看清；
这时我的视力
仿佛作用消失。
"他是那位天使，"

老师对我说道，
"来给我们指路，
但他不要我们
对他提出请求，

还用自身光芒
把他自己裹住。
他待我们犹如
世人对待相助：

助人无须请求，

如果等待请求，

就是拒绝帮助。

现在我们就来

按照他的要求，

调整我们步伐，

乘着天还未黑，

继续向上攀爬，

因为天黑之后，

太阳再现之前，

按照这里习惯，

我们不能登山。"⁹

老师话音刚落，

我便和他一起

迈开我们步伐

走向那个阶梯。

我刚登上第一级，

就感到我的身旁

9　"按照这里习惯，/ 我们不能登山"，参见本书第七曲"维吉尔和索尔德洛"一节及该曲注7。

似有翅膀在扇动，

微风吹到我脸上，[10]

还听见有人说：

"使人和睦的人

有福了！因为他们

已无邪恶的愤恨。"[11]

夜幕降临之前，

夕阳余晖渐远，

天空四面八方

已是星光闪闪。

"啊，我的脚力啊，

为什么你已消失?"

我暗自思忖，因为

我感到腿脚无力。[12]

---

10 意思是：但丁已洗净愤怒罪，这里的天使像第一层的天使那样扇动翅膀，把但丁额头上另一
   个 "P" 字抹掉了。

11 "使人和睦的人 / 有福了"，原文是拉丁文 "Beati pacifici"，出自《新约·马太福音》第5章
   第9句："使人和睦的人有福了，因为他们必称为神的儿子。"后面半句是但丁做了修改。因
   为但丁把愤怒分为 "正义的愤怒"，即因为热爱善和正义而产生的愤怒，以及 "邪恶的愤
   怒"，即违背理性的犯罪的愤怒。"已无邪恶的愤恨"的意思是说，炼狱第三层里的罪人此时
   已经洗涤干净他们犯下的愤怒罪，应该享福了。

12 夜间不能登山，夜晚腿脚乏力，看来都是炼狱里的规则。

关于爱和炼狱结构

我们来到阶梯
不能再上之地，
于是止步不前，
犹如航船抵岸。

我凝聚着精神
侧耳细听一听，
想看在这一层
有无新的声音。

然后转向老师，
向他这样提问：
"和蔼可亲老师，
这一层的罪人

洗涤什么罪过？
请你给我说说；
我们虽伫立不前，
你可别缄口不言。"

老师回答我说：
"爱善热情不足，

就是所谓怠惰，

就在这层弥补：[13]

生前划桨过缓，

这里再来一番。

你若想领会更深，

就应该聚精会神

仔细听我解释，[14]

这样你才能够，

在滞留时间里

得到一些教益。"

"不论是造物主，

孩子，"他接着解释，

"还是他所造之物，

爱都不会缺失，

不论是先天的爱，

还是那后天的爱，[15]

---

13 即这层洗涤的罪过是"怠惰罪"。怠惰就是对善、对上帝缺乏应有的热情；怠惰罪人要在这一层通过飞速奔跑的方式赎罪（参见本书第十八曲）。例如懒惰的船员生前不用力划桨而耽误了时间，在这里要重新划、努力划，把耽误的时间弥补回来。

14 下面维吉尔要分析炼狱本身的七层结构是按什么标准划分的。维吉尔在《地狱篇》第十一曲曾利用在教皇阿纳斯塔修斯二世（Anastasius II）坟墓旁小憩的时间，给但丁介绍了地狱内城的结构和阴魂分布的情况；现在要利用天黑不能登山、不得不在这里停留的时间，给但丁介绍炼狱的结构和罪人的分布情况。

15 "先天的爱"（amore naturale），指上帝赋予的本能的爱；"后天的爱"（amore d'animo），或称"有选择的爱"（amore d'elezione），是由人的意志选择确定的爱。

这一点你很清楚；
先天的爱没错误，

后天的爱，因为
爱的对象选错、
爱的力度过强
或者力度过弱，

便会产生过错。
当爱指向首善，
或者指向次善 [16]
但能节制自我，

它便不会变成
罪恶贪欲诱因；
如果对象选错，
或者爱之过弱，

或者爱之过度，
这时被造之物 [17]
就会悖逆造物主。
由此你就会明白，

16　这里"首善"指上帝，"次善"指人间的财富或享受。
17　这里主要是指人。人在这种情况下就会违背上帝将爱赋予人的初衷。

爱在你们身上

促生一切美德，

也促生一切应该

受到惩罚的罪孽。

既然万物的爱

不会不爱自己，

万物也就不会

憎恨它们自己；

既然任何被造物

都不可能离开那

创造它的造物主，

不是一个自在物，[18]

被造物也就不会

仇恨它的造物主。

如果我这样分类

算得上正确无误，

那么还剩下的

问题只有一个：

错爱他同类之罪

（萌生这种错爱的

18　即它不是一个自生自在的东西。

是亚当泥制躯体。）[19]
它的表现形式
概括起来有三：
希望出人头地，

极力贬低他人，
一心渴望他人
从高位跌下去；[20]
担心他人高就，

自己失去恩宠、
权力、荣誉、光荣，
终日忧心忡忡，
期盼他人遭殃；[21]

自觉受到侮辱，
因此勃然大怒，
渴望进行报复，
准备加害他人。[22]

这些错爱形式，
在炼狱下面的

19　参见《旧约·创世记》第2章第7句："耶和华神用地上的尘土造人，将生气吹在他鼻孔里，他就成了有灵的活人，名叫亚当。"就是说亚当的躯体是用泥土制作的。

20　指骄傲罪。

21　指嫉妒罪。

22　指愤怒罪。

一、二、三层洗涤。[23]

现在我要让你

了解另一错爱：

追求善的力度

过弱或者过度，

导致这种错爱。

人们追求首善，

因它让人坦然，

成了共同追求

（首善乃是何物，

人心不能释然）；

若爱首善不力，

或者行动迟缓，[24]

就在这层洗涤，

但要首先悔悟。

再说还有次善，

不会给人幸福

（即真正的幸福）；

23　骄傲、嫉妒、愤怒这三种形式的错爱，在炼狱一、二、三层洗涤。因炼狱七层自下而上分布，所以这里说"炼狱下面的 / 一、二、三层"。

24　爱首善不力或行动过缓是懒惰的表现，犯了怠惰罪。犯怠惰罪的灵魂要在这层（即第四层）赎罪。

它没有首善本质，
不来自首善的根，
也不来自它果实。
人若在其中沉溺，

就要到上面三层²⁵
去接受相应惩罚。
这里我暂且不讲
它们的分类方法，

为的是让你自己
去探索这个谜底。"

25　即上面的五、六、七层。

我想，这些魂灵
在这里奔跑拥挤，
是受良好的愿望
和正当的爱驱使。

维吉尔接着上一曲的话题，继续解释他对爱的看法：爱如何促生人的一切行动，包括善行与恶行？

首先，他解释说，爱是人心灵的一种天生倾向，对于能够取悦于它的事物，它都会施于爱，这就是先天的爱。而且，爱的这种冲动永远不会停止，直至爱与其所爱之物相互结合在一起。就是说，爱是一种天生的冲动，必然会施于令心灵感到喜悦的事物。这样一来但丁就更加感到困惑："如果我们的爱 / 缘自身外之物，/ 灵魂被动接受，/ 那么爱对爱错 / 不算它的功过。"意思是，爱对所爱之物是不会进行选择的，因此爱就没有善与恶的区别，不应受到奖赏或谴责。

维吉尔不同意这种看法，对但丁说："现在你可以看出 / 那些人出错之处：/ 他们赞美一切爱 / 却不考虑所爱物。"维吉尔认为，上帝已赋予人的灵魂自由意志，即赋予人的灵魂自由选择的权力，所以人们还应该辨别先天的爱是向善还是向恶，应该奖赏向善的爱，谴责向恶的爱。正是因为如此，"后来有学者 / 推理十分透彻，/ 看到自由选择，/ 创立了伦理学，/ 把它传给后世"，即指导人类行为的《伦理学》。

此时夜色已深，维吉尔不再讲话，但丁也昏昏欲睡，突然一队阴魂奔跑过来。这是一群生前犯怠惰罪的犯人，他们不停地快速奔跑着，要以这种强烈的热情来弥补他们生前因热情不足而犯下的过错：疏忽或者延误。他们一边奔跑，一边大声呼喊着勤快的典范来鼓励自己，因为勤快是怠惰的对立面，怠惰的人应该向勤快的人学习。但丁在这里列举了两个勤快的典范：一是圣母马利亚，她听说自己的亲戚伊丽莎白怀孕了，立即跑到伊丽莎白家去帮忙；二是恺撒，他"为了征服莱里达，/ ……先把马赛打下，/ 随即兵发西班牙"。

接着维吉尔问那些犯怠惰罪者：但丁要到第四层炼狱去，怎么走才最近？其中一个阴魂，即维罗纳圣泽诺修道院原住持盖拉尔多，不仅回答了维吉尔的问题，而且还谴责了维罗纳僭主阿尔贝托·德拉·斯卡拉滥用职权，把自己的私生子强加给圣泽诺修道院做住持。

最后，但丁又借跑在这群灵魂最后面的两个阴魂之口，列举了两个因怠惰罪受到惩罚的典型：1.以色列人过了红海以后，因害怕旅途劳累，不肯继续跟随摩西前往上帝赐给他们定居的地方——约旦，除迦勒和约书亚二人外，其他人都死于荒野；2."不愿与埃涅阿斯 / 坚持到底的人士，/ 虽然避免了劳累，/ 却终生碌碌无为。"

这群灵魂远去之后，但丁脑海里又产生了一个新想法，然后一个想法牵出另一个想法，思绪连绵不断。最后，但丁感到累了，闭上眼睛入睡。

再说爱

学识渊博的老师
打住自己的论述，
紧盯着我的眼睛，
看我是否已满足；

新的渴望正激励我，
尽管我保持着沉默，
我在心里却这样说：
　"我是否已问得太多，

让他有些讨厌我？"
老师他识广见多，
看出我欲言又止，
鼓励我大胆地说。

因此我说："老师呀，
在你光辉照耀下，
我的思想更活跃，
对你的那些见解

理解得更加深刻。
不过，亲爱的老师，

爱咋促生善与恶，[1]

请你给我再解释。”

于是老师对我说：

“用你的理解能力、

锐利目光看着我，

你就明白为什么

盲人不能当向导。[2]

心灵天生倾向爱，

对取悦它的事物，

它会立刻施于爱。[3]

你们的认知能力，

从现实事物那里

获得事物的形象，

并通过你们想象

把这个形象展开，

让心灵去关注它；[4]

---

1 指上一曲维吉尔说的"爱在你们身上／促生一切美德，／也促生一切应该／受到惩罚的罪孽"，
参见本书第十七曲"关于爱和炼狱结构"一节。

2 "盲人"指那些看不清"真理"的人；"盲人不能当向导"这话源于《新约·马太福音》第15
章第14句："他们是瞎眼领路的，若是瞎子领瞎子，两个人都要掉在坑里。"

3 按照维吉尔的说法，亦即但丁的观点，人的心灵天生就有爱的倾向，一遇到令他喜欢的事或
人，人就会去爱它。参见本书第十六曲"道德与政治败坏的原因"一节：灵魂刚出生之时，
"仅受好恶驱使，／一心一意追求／令它欢乐之事"。

4 人通过感官与想象获得对现实事物的形象，并把这一形象在心灵中展开，让心灵关注它。这
是爱产生的第一步。

如果随关注而来
的是对它的倾向，

那么这就是爱，
是先天那种爱，[5]
它通过这一现实
与心灵结合一起。

然后，被俘心灵
一直想着那种爱，
这种精神活动
不会静止下来

（正如火在燃烧时，
火苗总朝向上界，[6]
因为只有在那里
火才能永不熄灭），

除非被俘的心灵
进入它所爱之物，

5 关注之后随之而来的如果是对它的倾向，这是第二步，爱就产生了，不过这是那种天生的爱。
6 "上界"指火焰界或火焰带。按照但丁的构思，火焰带位于大气层与月亮天之间。但丁在
   《飨宴》第四篇中写道："每一事物……都有其特殊的爱。正如简单的物体本身具有天生对自己
   的地区的爱一样，……火具有对上方那个沿着月亮天圆圈（指火焰界）的爱，因此它总是向上
   升。"火焰界里的火是经久不息的。

得到了应有享受，
这种活动才结束。[7]

现在你可以看出
那些人出错之处：
他们赞美一切爱
却不考虑所爱物。

爱的本质是好的，
爱的产物[8]却未必，
犹如火漆是好的
印记未必都清晰。"

爱与自由意志

我回答他说：
"你的话和我
潜心的领悟，
让我弄清楚

爱产生的过程，
但是这样一来

7　爱与所爱之物相结合，这是爱的第三步，也是爱产生与形成过程的最后一步。
8　"爱的本质"指爱的倾向，天生的爱；"爱的产物"指与具体事物或人结合后的具体的爱。

我的困惑更甚：
如果我们的爱

缘自身外之物，
灵魂被动接受，
那么爱对爱错
不算它的功过。"[9]

于是他对我解释：
"我给你讲的道理
属理性这个领域，
信仰方面的道理

要找贝阿特丽切。[10]
每种实体形式
（它与实体分离，
又与其结合一起，）[11]

都具有特殊能力，
没发生作用之时，

9　既然人的心灵天生就有爱的倾向，一遇到令他喜欢的事或人，人就会去爱它，参见前注3。
　　也就是说，我们的爱缘自身外之物，心灵只是被动地、不加区别地接受它，那么爱对了或者
　　爱错了，就不能算是心灵的功劳或过错了。
10　《神曲》中维吉尔代表理性和哲学，贝阿特丽切代表信仰和神学；所以诗中说："我给你讲的
　　道理 / 属理性这个领域， / 信仰方面的道理 / 要找贝阿特丽切。"
11　"实体形式"是中世纪经院哲学的术语。"实体"指作为个体而实际存在的事物，"形式"指
　　那种事物的实质，对于人来说就是人的灵魂。"它与实体分离"，对于人来说，灵魂与肉体是
　　分离的，是分别存在的，又结合在一起。

它是感觉不到的，
要靠效果观察它；

犹如树木的生死
要靠绿叶来判断。
所以，人类不知，
这种特殊的能力

（即基本理性原理
和对事物的喜好），
究竟来自哪里？
来自你们自己！

犹如蜜蜂本身
就有酿蜜潜能。
这种原始意念 [12]
不必进行褒贬，

为使一切意念
符合原始意念，
那个特殊能力
会给你们建议：

12　"原始意念"指第十七曲说的"先天的爱"，是上帝赋予的，无善恶之分，无须褒贬。

是接受还是拒绝。[13]

这就是那项原则，

根据它来辨别，

你们接受的爱

是善还是恶，

决定对你们

赞扬或谴责。

后来有学者[14]

推理十分透彻，

看到自由选择，

创立了伦理学，

把它传给后世。

因此，我们承认，

任何一种爱在

你们心中点燃，

不论是好是坏，

都是出于必然，

识别它的权力

---

13 即供人选择，也就是说，人有自由选择权，参见本书第十六曲注15与注18。

14 指一些古代的哲学家，如亚里士多德，注意到人有自由选择的权力，对自己的选择负有道义
  方面的责任，所以创立了伦理学并传给后世。

乃在你们自身。

这一高贵能力，

贝阿特丽切称它

自由选择的权力，

她若跟你谈起它

你要记住这名词。

怠惰罪犯人

现在快到半夜，

月亮刚刚出现，

形状像个木桶，

其中有火点燃；[15]

它让我们觉得

星辰变得疏远。

月亮运转的方向

与诸天方向相反，[16]

此刻月亮的位置，

恰如罗马人看见

---

15 即月亮显得大而明亮，周围的星星显得小而远。

16 指月亮周月运转（corso mensile）的方向，即月亮绕地球公转的方向，是由西向东，诸天运
转的方向则是由东向西。但是月亮周日运转（corso diurno）的方向，即它自转的方向，则与
诸天相同，也是由东向西。

太阳向科西嘉和

撒丁坠落时一般。[17]

那位高贵灵魂

（皮埃托拉因为他，

比曼托瓦任何村庄

名气都要更大），[18]

已经卸下我给他

加上的一切负担：[19]

我已接受了他那

浅显易懂的回答。

现在的我就像

昏昏欲睡的人，

显得迷迷茫茫。

但是这种状况

很快就被打破：

一群人从我们

17　这节诗的意思是：月亮那天夜里位于太阳11月的时候所在的位置。据专家计算，但丁于1300年
　　4月8日开始他的梦幻之旅，当时太阳在白羊宫，月亮在天秤宫；现在过去五天了，月亮抵达
　　人马宫，太阳也应该在人马宫。诗中说"罗马人看见 / 太阳向科西嘉和 / 撒丁坠落时一般"，
　　实际上罗马人是看不见这两个岛屿的，但是就纬度来说，太阳在这个方位沉没时是11月底，
　　也就是说太阳也处于人马宫了。
18　"那位高贵灵魂"指维吉尔，他出生在曼托瓦皮埃托拉村，给该村带来声誉，所以诗中说它
　　"比曼托瓦任何村庄 / 名气都要更大"。
19　即向他提的问题。

身后奔跑过来，

仿佛一群忒拜人：

他们有求于巴库斯[20]时

就在伊斯梅努斯河

与阿索浦斯河[21]岸边

夜晚举行长跑赛事。

我想，这些魂灵

在这里奔跑拥挤，

是受良好的愿望

和正当的爱驱使。

因为他们奔跑着，

很快就赶上我们，

跑在前面的两个

边哭边大声嚷着：

"马利亚急急忙忙

已跑进山里去啦。"[22]

20　巴库斯（Baccus）是古罗马神话中的酒神，相当于古希腊神话中的狄俄尼索斯（Dionysus），
　　传说狄俄尼索斯生于忒拜，是忒拜的保护神。

21　伊斯梅努斯河（Ismenus）与阿索浦斯河（Asopus）是古希腊维奥蒂亚（Boeotia）地区的两
　　条河流，前者从忒拜城中穿过，后者从郊区流过。古忒拜人祈雨时，就在这两条河边举行长
　　跑赛事，参赛者众多，其拥挤的情形跟但丁这里看到的情形类似。

22　这个典故来自《新约·路加福音》第1章第30—39句：天使告诉马利亚说，她将怀孕生耶稣；
　　还说她的亲戚伊丽莎白也怀了孕。为了在伊丽莎白分娩时帮助她，马利亚急忙出发去山里，
　　来到犹大的一座城市，进了撒迦利亚的家，向伊丽莎白问安。怠惰的反面是勤快，犯怠惰罪
　　者要向勤快的人学习。马利亚就是但丁列举的勤快美德的第一个典范。

"为了征服莱里达

恺撒先把马赛打下，

随即兵发西班牙。"[23]

后面的人齐声喊叫：

"快，别因缺乏爱

把时间都浪费掉，

要通过一心向善，

让神恩重新显现。"

"啊，灵魂们哪，"

这是老师在说话，

"你们现在的热情，

也许已能够弥补，

你们因热情不足

犯下的疏忽、延误。

这个人他是活人，

我不能欺骗你们，

他等待太阳攀升，

好继续向上攀登。

---

[23] 这是但丁列举的勤快美德的第二个典范，来自古罗马史：恺撒追击庞培，进攻西班牙边境城市莱里达（Lérida），必须经过法国城市马赛（Marseille），所以先要打下马赛，然后马不停蹄兵发莱里达。

因此请告诉我们，

要去最近的关隘，

从哪里走才最快。"

一灵魂告诉我们：

"跟着我们走吧，

准能走到关隘；

我们疾行赎罪，

不能停止下来，

如果你们认为

我们这是无礼，

就请你们谅解。

生前我曾经是

维罗纳圣泽诺

修道院的住持，[24]

当时那一带是

由红胡子统治，

---

24 据近代注释家们考证，这位住持应该是盖拉尔多二世（Gherardo II），死于1187年，生平事
迹不详。他生活的时代恰逢神圣罗马皇帝腓特烈一世在位（1152—1190年）。腓特烈一世外
号红胡子（Barbarossa），1162年围攻米兰，破城之后下令把它彻底摧毁，所以诗中说："现
如今米兰人／还在说他残酷。"但丁之所以把这位住持作为怠惰罪人的代表放在这里，是因
为当时修道院住持大多都很肥胖，行为懒惰；另外也许因为，维罗纳民众传说中说，有一位
知名的修道院住持犯有怠惰罪。

现如今米兰人

还在说他残酷。

还有这么一个人，[25]

一只脚已入坟墓，

他不久就要为

那修道院受苦，

为他权势凄楚：

他把牧师职务

授予自己儿子，

那个身残心坏

的私生的儿子。"

我不知道后来

他说了些什么，

还是已经沉默，

因为他已跑得

离开我们很远。

25　指维罗纳僭主阿尔贝托·德拉·斯卡拉（Alberto della Scala），1301年9月才去世。所以诗中
　　说他"一只脚已入坟墓"。他利用权势把自己的私生子朱塞佩（Giuseppe）强加给这个修道
　　院做住持，而这个儿子身残（是个跛子）、心坏（贪婪、凶残），而且是个私生子，不配做
　　牧师，所以他死后将会因为他给这个修道院造成的伤害到地狱或炼狱赎罪，要为他滥用职权
　　而感到凄楚。

但他的这些话，

我不仅能领会，

而且乐意牢记。

我的那位老师，

随时给我帮助，

这时给我下令：

"你快转过身去，

看那两个魂灵，

他们正跑过来，

不住谴责惰怠。"

他们跑在后面，

不停地在叫喊：

"海为他们分开，

他们才走过来，

等到他们死后

约旦见其后代。"[26]

"不愿与埃涅阿斯

坚持到底的人士，

26　这是但丁列举的第一个因犯怠惰罪而受到惩罚的典型，来自《旧约·民数记》第14章第1—
　　39句：以色列人逃离埃及，法老率军追杀；上帝让红海海水分开，让他们平安过去；但他
　　们过了红海以后，因担心旅途劳累，不肯继续跟随摩西前往上帝赐给他们定居的地方——约
　　旦，这些以色列人，除迦勒和约书亚二人外，都死于荒野。

虽然避免了劳累，
却终生碌碌无为。"[27]

但丁沉睡

当那些阴魂们
远远离开我们，
我无法看到时，
这时我的心里

有一新想法诞生，
继而由它又衍生
许多不同的想法；
我就从一个想法

转到另一个想法，
脑海里浮想联翩；
最后我合上双眼，
遐想变成了梦幻。

---

27 这是但丁列举的第二个因犯怠惰罪而受到惩罚的典型，来自维吉尔的《埃涅阿斯纪》：一些特洛亚人随埃涅阿斯及其父亲在海上航行，历经千辛万苦到达西西里之后，不愿随其继续前往神意指定的意大利半岛，留在西西里享受平庸的生活，终生碌碌无为。

第十九曲

我已双膝跪地，
想跟教皇说话，
尚未开口之时，
他凭听觉知悉
我的恭敬动作……
"兄弟，"他回答说，
"直起身，站起来！
不要一错再错……"

这一曲以但丁的梦开始。但丁在《神曲》中做过三次梦：第一次是从炼狱外围进入炼狱本部时（参见《炼狱篇》第九曲）；这里是第二次做梦；第三次则是在他进入炼狱山顶的地上乐园时做的。三次做梦都是在清晨，因为中世纪时人们认为，凌晨做的梦很灵验，具有预示未来的功能（参见本书第九曲注7）。

但丁在梦中看见一个丑陋且有残疾的女人。当但丁目视着她时，但丁的目光像阳光温暖僵尸那样，使这个女人肢体变得活泛，面色变得红润，舌头变得灵便。那女人自称海妖，开始唱起歌来。她的歌声如此优美，让但丁感到陶然，不能自持。这时天上下来一位圣女，严厉谴责维吉尔不去揭露海妖代表的世俗"幸福"，容忍但丁沉溺其中。于是圣女撕开海妖腐臭的内脏，把但丁从梦中惊醒。

但丁醒来之后，与维吉尔一起继续向上攀登。这时勤奋（即怠惰的反面）天使给他们指点登上第五层炼狱的必经之路，并且把但丁额头上的第四个"P"字抹去，表明但丁已经洗涤干净自己身上的怠惰罪。

但丁登上第五层炼狱。这里收纳的是生前犯有贪婪罪过的灵魂，他们已经知道自己生前犯什么罪、应该接受什么惩罚、如何赎罪。但丁在这层阴魂中遇到了阿德里安五世教皇。阿德里安五世所犯的贪婪罪，不是一般的贪财、贪食、贪色，而是贪权。他从一个普通教士一直爬到教皇的高位，足以证明他贪权的罪孽多么深重。不过他担任教皇仅仅38天，而且很快就体会到，人即使到了不可能再向上荣升的地位——教皇，贪婪之心也不会平静，所以他决定向上帝忏悔，最终获选来到炼狱赎罪。看来他在炼狱哭泣赎罪，已经初见成效：当但丁知道他是教皇，双膝跪地与他谈话时，他称呼但丁为"兄弟"，认为他和但丁是平等的，都是上帝的"仆人"，并请求但丁对他免去那些世俗的礼数："兄弟，"他回答说，/"直起身，站起来！/不要一错再错，/我和你，还包括/这里其他的人，/都是上帝仆人。"

虽然但丁这里说的阿德里安五世担任教皇后的思想变化没有任何史料佐证，但民间传说和一些小说故事中却存在教皇忏悔的形象，也许阿德里安五世在这里仅仅代表着但丁和人们的一种良好愿望吧。

但丁的梦

每天那段时间，[1]
当白昼的热量
已被土星抵消，[2]
或被地球吸光，

不能温暖月光：
这时沙占卜家
看到大吉之象
黎明现于东方。[3]

这时一个姑娘，
苍白、口吃、眼斜，
手足都有残缺，
进入我的梦乡。

我定睛注视着她，
犹如太阳使她那，
僵硬的肢体舒展，
我的目光也使她

1　即凌晨，黎明前的那段时间。

2　古代直至中世纪，欧洲人都认为土星是"寒星"，发射冷气。当它夜晚出现在地平线上时，
　　也能抵消"白昼的热量"。

3　"沙占卜家"，即在沙盘上画图从事占卜的人；"大吉之象"，即由八个点构成的这样一种图
　　案：前面六个点排列成长方形，另外两个点像尾巴一样跟随其后，犹如双鱼星座。"黎明现
　　于东方"，即这种"大吉之象"在黎明时分出现在东方；但丁构思的冥界之旅发生在春分，
　　而双鱼星座春分时正好在黎明时分出现在东方地平线上。

舌头变得灵便，

随后，须臾之间

她身子挺直了，

而且她的脸面，

像爱需要的那样，

苍白被血色涂上。

既然舌头已灵便，

便开始放声歌唱，

那歌声如此美妙，

即使我不愿听她，

也难以不关注她。

那歌喉这样唱道：

"我是温柔的海妖，[4]

能够把海员迷倒，

我的歌声很美妙，

海员们乐于听到！

我迷住了尤利西斯，[5]

让他不再忙于赶路；

---

4 海妖（Sirens），又译"塞壬"，古代神话故事中的海妖，上身是美女，下身是鸟（或鱼），共
  有六个，居住在墨西拿海峡附近，专门以其美妙的歌喉迷惑海员，令其偏离航向或遭到毁灭。
5 注释家们说，但丁这句诗与荷马的《奥德修纪》原著不符，可能他把海妖与魔女喀耳刻（参
  见《地狱篇》第二十六曲注13，或本书第十四曲注12）混淆了。

和我在一起的人，

很少有人想离去；

我让他们挺满意！"

她的嘴尚未闭上，

一圣女⁶殷勤形象

就出现在我身旁，

让海妖不知所措。

圣女愤怒地询问：

　"维吉尔啊，维吉尔，

这妖精是什么人？"

维吉尔朝着

圣女走过去，

眼睛一直盯着

这位圣洁圣女；

圣女撕破妖怪衣裳，

让我看海妖的内脏，

那里面冒出的臭气

却把我逐出了梦乡。

6　这位圣女是谁，注释家们众说不一，有说是圣母马利亚的，有说是圣卢齐亚的，也有说是贝阿特丽切的。她究竟是谁，并不重要。重要的是她来自天上，她要求代表理性的维吉尔揭露海妖罪恶的面貌，让但丁免受其蛊惑。

勤奋天使

我眨了眨双眼；
老师说（声调和蔼）：
"我已喊你三遍！
站起来，走过来，

我们该去寻找那
让你上去的关隘。"
我立即站起身来；
圣山的各层平台[7]

到处已洒满阳光
（太阳已高高升起），
我们背朝着太阳，
继续奔炼狱山上。

虽跟在老师身后，
但我却低垂着头，
犹如人心事重重，
背弯得像半拉桥拱。

忽然听见有人说：
"你们赶快走过来，

7　指炼狱山的七层平台。

可以从这里通过。"
那声音温柔和蔼，

在阳世从未听过。
跟我们说话的人，
像天鹅张着双翅，
从空中指点我们，

让我们从两边
坚硬岩石中间，
通过并向上攀。
然后他扇一扇

那双天鹅般翅膀，
让风吹到我脸上，[8]
宣布"你们有福了，
因为你们会欢笑。"[9]

释梦

当我们二人都登上
比天使略高的地方，

我老师才开口问道：

“你为啥总看着地上？”

于是我回答他说：

“那梦幻[10]纠缠着我，

我心中疑虑多多，

走路时无法自持。”

老师说：“你看到的

那个古老的女巫，[11]

上面的罪人[12]赎罪，

就因为她的缘故；

你看到人类如何

摆脱了妖孽诱惑。[13]

你应感到满意；

赶快脚踏实地，

快把你的目光

投向永恒之王，[14]

他正旋转星球

展示天国之福。”

---

10 指但丁在梦中看到的海妖。

11 “古老的女巫”指自古以来引诱男性的女人。

12 指上面三层的罪人，犯贪财、贪食、贪色的罪人。

13 指上面说的，人要依靠理性和伦理学摆脱各种诱惑。

14 指上帝，即上帝正展示天国之福来吸引但丁。

如猎鹰听到命令，

先看看自己双足，

然后才纵身飞起，

向空中猎物扑去。[15]

我此时就好似

猎鹰扑向猎物，

沿着岩间那阶梯

直奔环路开始处。[16]

贪婪罪犯人

当我走出关隘口，

来到五层平台上，

看见那里人哭泣，

面朝下趴在地上。

"我的灵魂贴在地上，"[17]

我听到他们在祈祷，

15　但丁以现实生活中的材料描述他当时的心情。在现实生活中，当猎鹰听到主人的命令时，会先观察一下自己的双足是否还被捆绑着，如果已被松开，便立即飞向猎物。

16　即第五层炼狱的环形平台开始的地方，入口的地方。

17　这句话的原文是拉丁文"Adhaesit pavimento anima mea"，来自拉丁文《旧约·诗篇》第119章，中文《圣经》译为"我的性命几乎归于尘土，求你照你的话将我救活"（参见中文《旧约·诗篇》第119章第25句）。犯贪婪罪的罪人生前贪图尘世的财富，现在趴在地上背诵这句祷词进行忏悔，一边大声叹息着，叹息声音之大，几乎掩盖了他们的祈祷声。

叹息之声如此高昂，

祷词让人很难听到。

"上帝筛选的人[18]哪，"

老师对他们说道，

"愿正义和希望让

你们的痛苦减少，

请你们指给我们，

向上攀登的阶梯。"

一个声音回答说：

"如果你们在这里

不必脸朝下趴着，

想尽快找到通道，

那你们就沿着这

山崖的外侧通过。"[19]

那个答话的灵魂

就在前面不远处；

---

18 指进入炼狱洗涤罪过的灵魂，因为他们都是通过上帝筛选出来的。他们已向上帝忏悔，即他
    们已认识到在这里接受惩罚是罪有应得，是上帝的正义之举，而且他们都满怀希望，希望洗
    涤罪过之后升入天国，享受永福。正是这种认识和对永福的期盼，让他们觉得受苦的感觉不
    那么强烈。
19 这里的灵魂都脸朝下趴着，不可能看见但丁他们。他们听见维吉尔问路，猜想他们是新来的
    灵魂，或者是已经洗净贪婪要罪向上走的灵魂，于是告诉维吉尔说，他们可以沿着山崖的外侧
    通过。这个信息但丁是第一次提到：进入炼狱的灵魂来到某一平台时，如果生前未犯过应该在
    那个平台洗涤的罪，就可以自由穿越该平台继续前行，穿越的方法就是顺着山崖的外侧通过。

我觉得他的回答

有些隐情未说出。

我望着老师眼睛，

老师会意并且以

喜悦的眼神示意，

同意我请求的事。[20]

阿德里安五世

既然我现在可以

按自己意愿行事，

我便靠近那个人，

他的话令我注意。

于是我对他说：

"愿你修成正果，

如未修成正果，

不能面见上帝；

请你暂停修炼，

与我交谈交谈。

告诉我你的姓名，

为什么脊背朝天。

---

20 但丁觉得那个阴魂言犹未尽，想和他谈谈；维吉尔看出了他的心思，同意他与那个灵魂谈谈。

要不要我在尘世

为您做一点啥事?"

他回答我说道:

"你一定会知道,

上天为什么要

我们脊背朝它,

但是你应知晓,

我生前曾是那

圣彼得的继任。[21]

在塞斯特里和

基亚瓦里[22]之间,

有条美丽小河

奔腾流入海里;

我家族的封号

来自那个采邑。

月余的时间里,

---

21 即罗马教皇阿德里安五世(Adrian V),俗名奥托波诺·德伊·菲耶斯基(Ottobono dei
Fieschi),属热那亚拉瓦尼亚(Lavagna)伯爵家族。1276年7月11日当选教皇,8月18日在维
泰博(Viterbo)去世,在任仅38天。但丁在诗中有关阿德里安五世的贪婪及其在位期间的思
想转变的说法,无任何历史文献证明。一些但丁学学者认为,他把阿德里安五世与阿德里安
四世(Adrian IV,1154—1159年在位)混淆了。

22 塞斯特里——即塞斯特里莱万泰(Sestri Levante)——和基亚瓦里(Chiavari)是热那亚海
湾东部沿海的两座城市。从这两座城市间流入热那亚海湾的小河,叫拉瓦尼亚河,入海口附
近有个小镇叫拉瓦尼亚。那里曾是拉瓦尼亚伯爵家族的采邑。

我就感到大法衣[23]
的责任多么重大
（如果你未必愿意
以污泥去玷污它），

其他的一切责任
与这个责任相比，
就像鸿毛那样轻。
呜呼！我悔之晚矣！

不过，从我当选
教皇那一天起，
我就发现尘世
生活虚伪不堪。

我看到，即使是
身处高位，不会
再向上荣升之时，
人心仍不能平静，

因此我心中才燃起
对这里生活的向往。[24]
直到那个时候为止，
我的灵魂远离上帝、

---

23 指教皇的法衣，教皇职务。
24 即心甘情愿来到炼狱洗涤自己罪过。

贪婪成性、可怜兮兮，

正如你所见到的，

被罚在这里赎罪。

贪婪的后果如何，

这里悔过的罪人

以其行动告诉你：

我们这里受的惩罚，

比其他各层都严厉；

由于我们生前

眼不看着天上，

却紧盯着尘世

上的事物不放，

因此上帝罚我们

在这里眼睛朝地；

由于染上贪婪欲，

我们不去做善事，

为此上帝在这里

把我们手脚捆住，

并让我们的身子

动弹不得趴在地。

上帝让我们
这样趴多久，
我们就趴多久，
一直到他满足。"

我已双膝跪地，
想跟教皇说话，
尚未开口之时，
他凭听觉知悉

我的恭敬动作，
于是他问我说：
"什么原因使你
这样躬身跪地？"

于是我回答说：
"因为您的尊严；
我若站着交谈，
良心会谴责我。"

"兄弟，"他回答说，
"直起身，站起来！
不要一错再错，
我和你，还包括

这里其他的人，

都是上帝仆人。[25]

如果你能领悟

引自《圣经》话语：

‘没有婚姻关系。’[26]

那你就会清楚

我这话的意思；

现在你可离去，

因为我不愿意

你再留在这里：

你在这里滞留

会影响我哭泣，

正如你所说的，

哭泣能够使我

<hr />

25　基督教中信徒互称兄弟，并且认为大家都是上帝的仆人。阿德里安五世临终幡然醒悟，所以他这里称但丁为"兄弟"。有关"仆人"之说，可参见《新约·启示录》第19章第10句。圣约翰要跪拜天使时，天使对他说："千万不可！我和你，并你那些为耶稣做见证的弟兄同是做仆人的。你要敬拜神。"

26　"没有婚姻关系"，原文是拉丁文"Neque nubent"，这里属意译。《新约·马太福音》第22章第22—30句讲述了撒都该人（Sadducces）的一个故事：有一家兄弟七人，老大娶了妻子，死了，没有孩子，其妻改嫁老二；老二死了，没有孩子，其妻跟了老三；如此这般，直至老七死去。最后那妇人也死了。于是撒都该人问耶稣："当复活的时候，她是七个人中哪一个人的妻子呢？"耶稣回答说："你们错了，因为不明《圣经》，也不晓得神的大能。当复活的时候，人也不娶，也不嫁，乃像天上的使者一样。"这里将"Neque nubent"译为"人也不娶也不嫁"，就是说人们生前的婚姻关系不复存在。更重要的是，阿德里安五世这里想说，他死后他那至尊的权位就像人的婚姻关系那样，也不复存在了，希望但丁跟他说话时，免了那些礼数。

获得圆满结果。

阳间我的亲戚

只有一个侄女

取名叫阿拉贾[27]

如果家族恶习

没有影响到她

她的本性善良，

我可以托付她。"

27　全名阿拉贾·德伊·菲耶斯基（Alaggia dei Fieschi）是阿德里安五世的弟弟尼科洛·德伊·菲耶斯基（Niccolò dei Fieschi）的女儿、莫罗埃洛·马拉斯皮纳侯爵之妻。根据佛罗伦萨无名氏的注释，她品德高尚、为人善良、经常布施，并虔诚地为其伯父的亡灵祈祷。

第二十曲

我们迈着碎步
缓慢向前移动，
因为我得倾听
罪人哭泣悲恸⋯⋯

　　但丁与维吉尔紧贴着崖壁缓慢地向前移动，当心别踩着地上躺着的阴魂。他们听见阴魂们诵唱清贫与慷慨的典范：第一个典范是圣母马利亚，她分娩耶稣时条件那样艰苦，把婴儿放在马槽里；第二个典范是古罗马大将法布里齐奥，他在与敌人谈判时拒收敌人贿赂，以保全清廉的美德；第三个是米拉城的主教圣尼古拉，他慷慨大方的馈赠挽救了三位少女沦为娼妓的命运。

　　阴魂诵唱的声音有大有小，但丁只能听清他附近的一个灵魂的声音。于是但丁想认识一下那个人，便向他走去，询问他是什么人。那人回答他说："阳世我的名字 / 叫作于格·卡佩, / 而我后裔的名字 / 叫作腓力或路易, / 近期统治法兰西。"于格·卡佩是但丁在《炼狱篇》里塑造的悔悟了的君王形象。他是法兰西王朝的实际奠基人。该王朝从987—1328年经历了14个国王，除于格·卡佩、其子罗伯特、其孙亨利之外，其他国王均称为腓力或路易。

于格·卡佩，首先介绍了他的出身（出身贫寒），然后说："我的这些后裔, / 虽然价值低微, / 但也未做坏事, / 直到普罗旺斯 / 那个巨大嫁妆 / 夺去他们廉耻。"意思是，他们做的坏事都是路易九世以后的事，那以后他们才"依靠欺诈或武力, / 开始豪夺巧取"。他们都做了哪些坏事？

卡佩接着痛斥路易九世以后他的子孙犯下的欺诈罪和贪婪罪，例如安茹伯爵查理一世，他杀死了与其家族争夺西西里王位的康拉丁，毒死了托马斯·阿奎那；腓力四世的弟弟查理·德·瓦洛瓦在佛罗伦萨借调解黑、白二党纠纷之名，暗中支持黑党，排挤白党人士并趁机敛财；查理二世，为了钱财把自己年轻女儿贝雅特丽齐嫁给年迈的费拉拉侯爵埃斯特家族的阿佐八世。讲到这里卡佩感叹地说："贪婪哪，你俘虏 / 了我整个家族, / 连自己的骨肉 / 都能置于不顾, / 你还想下一步 / 怎么伤害我们？"

卡佩家族的最大罪恶莫过于腓力四世逮捕教皇卜尼法斯八世，对其进行折磨，并私自吞占圣殿骑士团的财产。最后卡佩实在忍无可忍，呼吁说："啊，上帝我主, / 何时我才能够 / 看见你的报复, / 平息你的愤怒？"

第五层的阴魂，白天要对照清贫与慷慨大方的典范反省自己的罪孽（卡佩在这里反省了家族的罪孽），晚上则要反复诵唱那些因贪婪而受到上帝惩罚的范例。但丁在这里迅速而简要的提到皮格马利翁、弥达斯、亚干和撒非喇等七个犯人的犯罪事实，这里不再赘述。

最后，当但丁和维吉尔离开这层阴魂前进时，但丁突然感到强烈地震听到诵唱《荣耀颂》的歌声。究竟发生了什么，但丁不解；由于要急着赶路，也不敢询问维吉尔，陷入苦闷之中。

对贪婪的谴责

善意不应该与
更善之意为敌；[1]
为了让他满意，
我便违背心意，

将我之意收起，
似用海绵吸水，
未吸满就拿起。
我离教皇而去；

老师紧挨崖壁，
选择空的地方，[2]
一步一步前移，
仿佛在城墙上

紧贴雉堞[3]行走。
因为这些罪犯
躺在地上哭泣，
靠近外沿那边；

---

1 但丁想继续和安德雷阿五世交谈，这里称"善意"；后者则想接着忏悔，以实现他早日升入
 天国的愿望，这个愿望比但丁的目的更高尚，所以这里称"更善之意"。这两种意愿是不应
 该相互为敌的，尤其是前者不能与后者争斗、敌对。
2 赎罪的灵魂都躺在靠近崖壁的地方，所以维吉尔要向前走动，就要选择没有阴魂躺着的空的
 地方落步。
3 雉堞，古代城墙上修筑的矮而短的墙，守城的人可借以掩护自己。中世纪的欧洲，在雉堞后
 面修有一条狭窄的通道，供哨兵巡逻用，故称"巡逻道"（cammini di ronda）。

他们要用泪水

一滴滴去洗净

世上处处盛行

的那贪婪罪行。

古老的母狼[4]啊，

你应受到诅咒！

你祸害人类之多，

胜于其他的野兽，

因为你的贪婪，

像个无底深渊，

永远无法填满。

苍天啊！人们

似乎相信，世事变迁

都由星辰旋转所致；

何时猎犬出现，

把这母狼驱赶？[5]

4　"母狼"象征贪婪，包括贪财、贪色、贪权，见《地狱篇》第一曲注7，是人类最容易犯且犯得最多的罪行。

5　但丁在《地狱篇》第一曲结尾就预言，猎犬将降临人世驱逐母狼。参见《地狱篇》第一曲"预言猎犬降临"一节和该曲注14。

清贫与慷慨的典范

我们迈着碎步

缓慢向前移动，

因为我得倾听

罪人哭泣悲恸；

突然听到一声

"慈悲的马利亚！"

像个分娩妇人

临盆时的呼叫。[6]

那声音接着说：

"看你多么贫寒，

你在马厩分娩，

置子马槽里面。"

随后，我又听见：

"法布里齐奥勇敢，

你宁愿清贫有德，

也不要巨额财产

---

6 《圣经》中多处提到产妇分娩时向圣母马利亚呼救，直到但丁生活的时代，产妇在痛苦之中
向圣母呼救还很盛行。《新约·路加福音》第2章第6—7句说："马利亚的产期到了，就生了
头胎的儿子，用布包起来，放在马槽里，因为客店里没有地方。"这是但丁列举的第一个体
现清贫美德的典范。贪财的反面是不重视财物，看不清财物，或曰清贫。所以但丁在这里要
求犯贪婪罪的人，向清贫的人学习。

带来巨大罪愆。"[7]

这些称赞语言

让我满心喜欢，

于是我走向前，

想去认识一下

说此话的那位。

他在继续讲话，

正讲述尼古拉：[8]

主教为人慷慨，

馈赠三位少女，

为让她们青春

走上贞洁之路。

---

7 法布里齐奥，即古罗马将领卢西努斯·法布里齐乌斯（Gaius Fabricius Luscinus），曾任罗马
   执政官。公元前284年伊庇鲁斯（Epirus）人入侵意大利，在同其国王皮鲁斯（Pyrrhus）谈
   判交换战俘时，皮鲁斯企图以巨额财物诱惑他，遭其拒绝。维吉尔在《埃涅阿斯纪》中称他
   为"掌握大权而两袖清风的法布里齐乌斯"，但丁在《帝制论》也对其大加称赞。这是但丁
   列举的第二个清贫美德的典范。

8 尼古拉，即小亚细亚南部吕西亚地区（Lycia）米拉城（Myra）的主教圣尼古拉（Saint
   Nicholas），生活在4世纪君士坦丁大帝时代，东正教和罗马天主教都非常尊敬他，封他为圣
   徒，后来许多地方都把他作为圣诞老人的原型，深受人们尤其是儿童们的喜爱。有关他的传
   说很多，这里援引的是其中之一：尼古拉听说同城的一个贫穷绅士有三个女儿待嫁，但他迫
   于贫困想让她们出卖肉体赚取嫁妆，尼古拉就决定帮助她们。一晚，他将一袋钱币投进那绅
   士家，绅士用那些钱为大女儿添置嫁妆，将大女儿嫁出；然后，尼古拉又两次投钱给那绅
   士，为另外两个女儿置办嫁妆。这样尼古拉便使那三个少女免于做娼妓的命运，过上了体面
   的生活。这是但丁列举的第三个有关慷慨大方的典范。贪财的人必吝啬，慷慨大方是吝啬的
   反面，也是吝啬者应该学习的对象。

于格·卡佩

我说："啊，灵魂哪，
这些都是善举！
我咋听见你一人
在此赞颂善举？

告诉我，你是谁。
当我回到人世
了却短暂人生，
一定要报偿你。"

于是他回答说：[9]
"我这就告诉你，
目的不是为了
得到世人慰藉，

而是因为你已
获得上帝恩准，
带着活人肉体
来到这里赎罪。

9 讲话的人是于格·卡佩（Hugh Capet，约938—996年），法国卡佩王朝的奠基人。公元956年
   继承其父大于格的公爵称号，978—986年间与德意志皇帝奥托二世和奥地利皇帝奥托三世结
   盟，反对加洛林王朝国王罗泰尔。987年罗泰尔逝世，因无后嗣，卡佩在教俗权贵的支持下
   被选为国王，从而建立了卡佩王朝，加洛林王国也改称法兰西王国，从987—1328年经历了
   14个国王，除于格·卡佩、其子罗伯特、其孙亨利之外，其他国王均称为腓力或路易。

我是恶树根基；

恶树阴影笼罩

整个基督大地。

恶树上绝不会

采到好的果实。

但是，如果布鲁日、

杜埃、里尔和根特，

它们力所能及，

必将报仇雪耻；[10]

我也会向上帝

请求实施此事。

阳世我的名字

叫作于格·卡佩，

而我后裔的名字

叫作腓力或路易，

近期统治法兰西。

10　布鲁日（Bruges）、杜埃（Douai）、里尔（Lille）和根特（Ghent），是佛兰德地区（Flanders）
（参见《地狱篇》第十五曲注1）的几个城市。杜埃和里尔现属法国，布鲁日和根特现属比
利时。1297—1304年间，卡佩王朝的国王腓力四世（1285—1314年在位，参见本书第七曲
注12、注13）为占领佛兰德地区，与佛兰德公爵作战，将佛兰德公爵围困在根特的堡垒中。
腓力四世许诺给予佛兰德公爵自由诱使其投降，公爵投降后，腓力四世背信弃义，将公爵及
其儿子带到巴黎囚禁起来，引起佛兰德地区人民反抗，1302年7月大败腓力四世的法军。腓
力四世占领佛兰德地区不久就遭到惨败，是上帝对他贪婪和背信弃义行为的惩罚，像卡佩在
诗中说的："我也会向上帝／请求实施此事。"但丁游历冥界是1300年，此事却发生在1302年，
因为但丁认为死人的灵魂有预见未来的能力，所以这是卡佩对其后裔腓力四世未来命运的预测。

我的父亲曾是

巴黎一个屠夫；[11]

当先朝的君主

全都相继去世，[12]

后嗣仅剩一人，

出家做了僧人。

这时候我才发现，

管理王朝的权柄

聚集在我手里；

我从新的领地

获得更多权力，

外加众多好友

鼎力相助支持，

使那无主王冠

加在我儿头上，

诸王由他而始。[13]

11　于格·卡佩的父亲大于格（见前注9）已经是位公爵，不过当时有误传认为他是个屠夫。维
　　拉尼在《编年史》第四卷第四章中也提到过卡佩的父亲是巴黎的一个屠夫。

12　即加洛林王朝的君主一个个相继去世。至于后文中"后嗣仅剩一人，/ 出家做了僧人"，也是
　　传说，与史实不符。事实是：加洛林王朝的最后一个君王去世的时候，于格·卡佩已经是宫
　　相和君主最亲近的顾问，实际上掌控着王朝的权柄。

13　这段话的意思是：由于他大权在握，而且权力越来越大，在众多朋友支持下，那个无人继承
　　的王冠，便落到他的儿子罗伯特头上了，即罗伯特做了国王，后来的诸多国王，都从罗伯特
　　算起。这也与历史不符。事实是于格·卡佩在教俗权贵支持下已经当上了国王。参见前注9。

我的这些后裔，

虽然价值低微，

但也未做坏事，

直到普罗旺斯

那个巨大嫁妆[14]

夺去他们廉耻；

从那以后他们才

依靠欺诈或武力，

开始豪夺巧取，

然后变本加厉，

夺取庞迪耶、诺曼底

以及加斯科涅。[15]

查理来到意大利，

出于同样的道理，

---

14 "普罗旺斯／那个巨大嫁妆"，指1245年法国国王路易九世的弟弟安茹伯爵查理一世和普罗旺斯伯爵雷蒙·贝朗热（Raymond Bérenger）的嗣女贝雅特丽齐结婚，普罗旺斯作为巨大的嫁妆变为法国王室的领地，一直为安茹家族所有。"夺去他们廉耻"，意思是使他们恬不知耻，而在此之前他们并非那样，像诗中说的那样：他们"虽然价值低微，／但也未做坏事"。

15 庞迪耶（Ponthieu）、诺曼底（Normandie）和加斯科涅（Gascogne）均为英国金雀花王朝在法国国土上的领地，先后被卡佩王朝夺去。不过，卡佩王朝夺取这些领地的时间，与但丁说的时间也不符。

杀死年少康拉丁，[16]

然后害死托马斯。[17]

我看得很清楚：

时间不会太久，

另外一个查理

将离开法兰西，

让世人更好地认识

他自己及他的后裔。[18]

---

16 "查理"在这里指法国安茹伯爵查理一世（见前注14）。1265年他应教皇克雷芒四世（Clement IV）邀请，率军南下意大利，欲从曼弗雷迪手中夺取西西里王位，建立安茹王朝。1266年曼弗雷迪战死，查理登上西西里王位；西西里臣民不堪查理统治，意大利各地的皇帝党人也不甘心失败，要求曼弗雷迪之侄康拉丁夺回本应属于他的王位。1267年康拉丁率军从德国南下意大利，1268年在塔利亚科佐战役中被俘，后被带至那不勒斯斩首，年方16岁。参见《地狱篇》第二十八曲注4、注5。

17 "托马斯"在这里指中世纪著名哲学家和神学家托马斯·阿奎那。1274年1月，他奉教皇格列高利十世（Gregory X）之命，从那不勒斯出发前往法国里昂参加会议，行至那不勒斯与罗马之间的海滨城市泰拉齐纳（Terracina），在一修道院中暴病而死。传说是查理命医生在药物中下毒害死了阿奎那，因为阿奎那家族反对查理。"出于同样的道理"，即像上一段说的"变本加厉"。

18 "另外一个查理"，指法国国王腓力四世的弟弟查理·德·瓦洛瓦（Charles de Valois）。1301年查理应卜尼法斯八世之邀来那不勒斯协助查理二世夺回西西里王位（西西里人民晚祷起义后，王位落入阿拉贡国王之手）。到达罗马后，卜尼法斯派他先去佛罗伦萨调解黑、白两党的争端，他暗中帮助黑党战胜白党，致使但丁和其他一些白党人士被罚款或驱逐出境。1302年4月，瓦洛瓦离开佛罗伦萨，前去协助查理二世夺回西西里王位，结果失败。他的这些作为让人们更清楚地认识到他自己及其家族的丑恶本质。前面卡佩讲的是1300年前卡佩王朝的罪行，这里开始讲述其1300年后的罪行。诗中用"我看得很清楚"，表示这里说的也是他的预言。

他出来时带兵很少，

武器是犹大的长矛。[19]

他把长矛对准

佛罗伦萨一戳，

捅破它的肚皮；

这样做的结果，

不是赢得了疆土，

而是罪恶和耻辱；

如果他置若罔闻，

会陷得越来越深。

我看得非常清楚，

还有另一个查理，[20]

曾经做过俘虏，

要嫁自己闺女，

---

19 瓦洛瓦离开法国时仅带了五百骑兵，原诗中说他"未带兵器"（senz'arme），与事实不符，
这里改译为"带兵很少"，即以整体代替部分，以士兵代替武器，这样译也是为了与下句
"长矛"押韵。"犹大的长矛"隐喻犹大出卖耶稣时靠的是阴谋诡计，意思是他依靠的不是武
装力量，而是阴谋诡计。

20 这里指查理二世。1282年西西里落入阿拉贡国王之手后，他父亲查理一世企图夺回西西里岛
（参见前注16、注18），把海军舰队交给他儿子查理二世统帅。1284年6月，查理二世在阿
拉贡舰队交战时被俘，被送往西西里囚禁。查理一世死后，他才被放出来继承王位。1305
年，他把自己年轻女儿贝雅特丽齐嫁给费拉拉侯爵埃斯特家族的阿佐八世（参见本书第五曲
注7）为妻。迪诺·康帕尼（D. Campagni）在《当代大事记》里写道：阿佐八世为了娶得王
室的公主，宁可少要陪嫁，还给了岳丈一大笔钱，并将摩德纳和雷焦送给新娘。因此，这桩
婚姻等于一笔交易。

就像那些海盗

贩卖自己女俘，

通过议价售出。

贪婪哪，你俘虏

了我整个家族，

连自己的骨肉

都能置于不顾，

你还想下一步

怎么伤害我们？

我看得很清楚，

接下来的罪过

必将空前绝后：

百合花军旗

进入阿纳尼，

基督的代理

被收监入狱。[21]

21　指1303年9月8日，法国国王腓力四世派兵到卜尼法斯八世的家乡阿纳尼（Anagni，位于罗马东南约50公里），把卜尼法斯教皇逮捕。事件的起因是：腓力四世推行对外扩张政策，经常用兵，感到财政困难，开始向教会领地征税，引起与罗马教廷的冲突。1303年4月13日，卜尼法斯八世宣布开除腓力四世教籍；腓力四世则于6月10日召集主教会议，决定废黜教皇，并派亲信去罗马宣布这一决定。9月7日，法王使者联合卜尼法斯的反对派沙拉·科隆纳（Sciarra Colonna，参见《地狱篇》第二十七曲注14）带一批人马进入阿纳尼，逮捕了卜尼法斯八世。

我看得很清楚：

基督再次受辱，

饮用胆汁和醋，

然后与俩强盗

活活地被钉死。[22]

我看得很清楚：

新彼拉多[23]多么残酷，

这些罪过不满足，

没等教皇的指令，

就把圣殿骑士会

的一切财富吞并，

显示他贪婪成性。[24]

啊，上帝我主，

何时我才能够

---

22 这段话源自《新约·马太福音》和《新约·马可福音》，描述耶稣遇难的情形：古罗马巡抚彼拉多（Pilate）的士兵把耶稣带进衙门，脱光他的衣服，百般戏弄他。士兵们还拿来用胆汁泡的酒给他喝（参见《马太福音》第27章第34句："兵丁拿苦胆调和的酒给耶稣喝。"），他不喝就将他钉在十字架上。他快要断气的时候，"有个人跑过去，把海绒蘸满了醋，绑在苇子上，送给他喝。"（见《马可福音》第15章第36句）《马太福音》第27章第38句还说："当时，有两个强盗和他同钉十字架，一个在右边，一个在左边。"

23 指腓力四世。

24 "圣殿骑士会"（Ordine dei Cavalieri del Tempio）于1119年在耶路撒冷成立，直接受教皇领导，在欧洲各地都有分会。几次十字军东征过程中，圣殿骑士会掠夺并积累了大量财富。腓力四世未经教皇授意就侵占了位于法国各地的圣殿骑士会的财产。

看见你的报复，

平息你的愤怒？

　

我刚才讲述的

马利亚的事迹，

你要让我给你

再做一些解释；[25]

　

这与我们白天

应做的事对应，

等到黑夜降临，

应做相反事情：[26]

　

我们反复唱诵

那皮格马利翁[27]

因受贪欲驱遣，

变成一杀人犯；

25　指前面但丁听到一个声音赞颂圣母马利亚清贫、赞颂古罗马将领法布里齐奥清贫、赞颂米拉城的主教圣尼古拉慷慨施救（参见前注6、注7、注8）后，要求卡佩说明为什么只有他一人在那里赞颂这些美德。

26　卡佩的意思是：白天他们颂扬清贫的典范，晚上则要诵唱因贪婪而受惩罚的反面教员。

27　皮格马利翁（Pygmalion）是腓尼基城市推罗（Tyre，或译提尔）国王，为获得其妹妹狄多（参见《地狱篇》第五曲注7）丈夫的财物，不顾亲情将其妹夫杀死；其妹夫托梦给狄多，揭露皮格马利翁的罪行，并把自己藏匿金银财宝的地方告诉她，劝她赶快逃离推罗。狄多挖出财宝，逃至突尼斯建立了迦太基城。皮格马利翁贪财的欲望落空，落下一个叛徒、强盗和杀人犯的罪名。事见维吉尔的《埃涅阿斯纪》卷一。这是但丁列举的第一个因贪婪罪受到上帝惩罚的典范。

还有那弥达斯，[28]

情况也很悲惨，

因为贪得无厌，

永远贻笑人间。

然后大家回忆

亚干多么顽劣，

违禁盗窃那战利品

遭约书亚愤怒谴责。[29]

接下来我们指控

撒非喇及其丈夫；[30]

---

28 弥达斯（Midas）是弗里吉亚（Phrygia）国王，据奥维德在《变形记》中的记述：酒神的义
   父被捕后曾受到弥达斯的厚待，酒神为答谢他，许诺赐给他一特权。他对酒神说："请你答
   应我，凡是我的身体所触到的东西都能变成黄金。"酒神答应了他的请求，让他有了点金术。
   结果，他的食物和饮料经他手一触摸就变成了金块或金水，害得他无东西吃喝，饥渴难忍，
   不得不再次请求酒神收回这一特权。弥达斯因为贪得无厌提出的请求，让他陷入饥渴难忍、
   快要饿死的境地，成了人们的笑柄。这是但丁列举的第二个因贪婪罪受到上帝惩罚的典范。
   参见奥维德《变形记》第十一章。
29 这个典故来自《旧约·约书亚记》第6章、第7章：摩西死后，约书亚（Joshua）担任以色列
   人领袖，率领以色列人渡过约旦河，并攻陷耶利哥城。攻城之前约书亚就吩咐以色列人：破
   城之后，一切战利品都要放进耶和华上帝的库中，任何人不得拿走。大家都遵照约书亚的吩
   咐办，唯有亚干（Acan）受贪欲驱使，拿走了一些金银和衣服。由于亚干的这一顽劣行为，
   上帝降罪于以色列人。于是，约书亚愤怒地命令大家用石头将亚干砸死。这是但丁列举的第
   三个因贪婪罪受到上帝惩罚的典范。
30 撒非喇（Sappira）知道丈夫亚拿尼亚（Ananias）出卖田产后未将全部所得存放在公共的钱
   柜里，私留了一部分。使徒彼得问他是否全部交公了，他回答。于是彼得指出，他这是在
   欺骗圣灵，他便倒地而死。三小时后撒非喇来到彼得跟前，彼得问她：你们卖田地的价银，
   就是这些吗？她说，就这些。于是，她也和她丈夫一样倒地毙命。这是但丁列举的第四例因
   贪婪罪受到上帝惩罚的典范。参见《新约·使徒行传》第5章第1—10句。

赫利奥多鲁斯被踢[31]

我们却要称赞讲述；

波吕墨斯托尔杀死

那波利多鲁斯，[32]

谴责之声响彻

炼狱整个山体；

最后，这里人嚷道：

'克拉苏[33]，告诉我们

金子是什么味道？

你知道金子味道。'

有人讲话声音高，

有人讲话声音小，

全凭他们对那事的

兴趣，是大还是小。

31　赫利奥多鲁斯（Heliodorus）为叙利亚国王塞琉古四世（Seleucus IV）的财政大臣，奉命去掠夺耶路撒冷圣殿中的财宝。他一进圣殿，就有一位身穿金甲的勇士冲到他跟前，那勇士的马便用蹄子踢他。他昏倒在地，随从们赶快把他抬出去了。这是但丁列举的第五个因贪婪罪受到上帝惩罚的典范。参见《玛喀比传》第三章（中文版《圣经》未收录）。

32　波吕墨斯托尔（Polymestor）是色雷斯国王，特洛亚与希腊交战时，王后赫库巴（Hecuba）将年幼王子波利多鲁斯（Polydorus）寄养在他那里，并送去大批金银财宝。特洛亚战败后，他为占有特洛亚王子的财宝将其杀死（参见《地狱篇》第三十曲注2或奥维德的《变形记》第十三章）。

33　克拉苏（Marcus Licinius Crassus，公元前112—前33年），古罗马统帅、大奴隶主，曾与庞培、恺撒组成反对元老院的贵族同盟，史称"前三头"。公元前54年出任叙利亚总督，同年率军与安息人作战，战败被杀。死后，安息国王命人拿金水灌进他口中，并戏谑地说："你渴望得到黄金，那你就喝金水吧！"诗中说他"你知道金子味道"，即来源于此。以上三位是但丁列举的另外一些因贪婪罪受到上帝惩罚的典范。

白天我们谈话时，

附近并非我一人，

他们讲话声音低

你没能听到他们。"³⁴

地震与《荣耀颂》

我们已离开他，

并且想方设法

沿着狭窄路径，

尽力向前行进；

突然我感觉到

山体开始震颤，

好像山就要倒塌，

吓得我毛骨悚然，

酷似那死刑犯

听说要赴刑场；

勒托为了生养

天穹的俩亮眼，

---

34 这两节诗是卡佩对但丁所提问题的回答，参见前注25。

定居德洛以前，

德洛肯定也没

如此剧烈震颤。[35]

接着我们四面

响起一片欢呼，

吓得老师迅速

向我身边靠近，

说："你别担心，

有我领着你呢。"

"荣耀归于上帝！"[36]

众人齐声赞颂。

他们这句祷词，

是我从靠近我的

灵魂那里听清的。

我们呆呆站立，

心里肃然起敬，

---

35 德洛（Delos）是爱琴海基克拉泽斯群岛（Cyclades）中的一个小岛，传说是海神用神力使
它从海浪中涌现出来的，漂浮不定。女神勒托（Leto）与宙斯相爱怀孕，为躲避天后尤诺的
嫉妒，逃到德洛岛上，岛才稳定下来。勒托在岛上生下了太阳神阿波罗和女神阿耳忒弥斯
（Artemis，罗马人把她与狩猎女神狄安娜视为同一人），但丁因为他们是兄妹，在诗中把她
和阿波罗说成是"天穹的俩亮眼"，即太阳与月亮。
36 这是耶稣降生时天使们唱的赞美上帝的歌曲《荣耀颂》的第一句话，拉丁文原文是"Gloria
in excelis Deo"，参见《新约·路加福音》第2章第14句："在至高之处荣耀归于神！在地上
平安归于他所喜悦的人！"

恰如那些牧羊人，

从地震开始时起，

直至那歌声唱毕。[37]

然后我们才开始

重走神圣之路，[38]

当心不要踩着

地上躺的洗涤者，

他们又开始啼哭。

如果我记忆不错，

这次我的求知欲

比历次都要强烈：

我急于想搞清楚

究竟发生了什么；

因为要急忙赶路

不敢向老师求助，

靠自己的力量嘛

---

37 耶稣诞生时，当时待在田野里放牧的牧羊人，从感到地震、听到歌声开始，直至歌声结束，
    都感到茫然、不知所措。参见《新约·路加福音》第2章有关耶稣降生的描述。但丁在下一
    曲将告诉我们，地震象征一个灵魂从炼狱之苦中解脱出来，其他灵魂都来给他道喜，齐声诵
    唱这首赞美上帝的歌曲。但丁在《地狱篇》也多次提到，耶稣降生时发生地震，造成地狱结
    构多处倒塌。
38 即赎罪之路。

看不清其中缘由。

胆怯叠加上无力，

让我满怀心事

惴惴向前移步。

第二十一曲

因为我的诗歌，
非常优美动听，
正是罗马给我
戴上诗人桂冠；
阳世现在仍然
以斯塔提乌斯称我。

但丁欲知刚刚发生地震和赞歌四起的原因，这一愿望很快就得到了满足：一个灵魂突然出现在他和维吉尔的身后，并向他解释说，这里发生地震与世上发生地震的原因不一样。世上发生地震，是因为地下的地气上升，如果地气弱缓，突破地壳后就形成风，如果地气强烈，突破地壳后就产生地震。（当然这是亚里士多德的物理学对地震的解释，在但丁那个时代还很盛行。）而炼狱里地震发生的原因则是：一个在炼狱洗涤罪孽的灵魂，觉得自己的罪孽已经洗净，也就是说当他觉得自己能够自由行动、随意改变自己的姿势和所处的位置时，他就会开始向天国行进。这时，炼狱里就会发生地震，其他灵魂都会为他感到高兴，一起唱起颂歌，表示祝贺。

这个灵魂就是古罗马诗人斯塔提乌斯。在1世纪60年代，斯塔提乌斯就已经非常出名，但是他还没有信奉基督教，因为那时基督教还处于秘密传播时期，还在受到罗马帝国当局的迫害。后来斯塔提乌斯成了基督教的秘密信徒，但丁在下一曲会讲到。

然后，斯塔提乌斯列举了他创作的两部叙事诗，《忒拜战纪》和《阿喀琉斯纪》。他还说，他创作这两部诗都是受维吉尔《埃涅阿斯纪》的影响，因此他对维吉尔非常崇拜，简直崇拜得是五体投地。接下来的那些话，中肯而且生动，非常感人。

当斯塔提乌斯赞美维吉尔时，维吉尔不想让但丁告诉斯塔提乌斯他就是维吉尔，示意但丁"你且不要吭声"，但丁"微微一笑"应允。然而，斯塔提乌斯的灵魂却希望知道但丁为什么笑而不答，希望但丁开口讲话。这时但丁觉得左右为难：是应维吉尔要求"缄口不言"呢，还是应斯塔提乌斯要求"开口畅言"？

最后，维吉尔鼓励但丁把真实情况告诉斯塔提乌斯。当但丁说，这位领着他向上攀登的诗人就是斯塔提乌斯仰慕已久的维吉尔时，就出现了下面的一幕：斯塔提乌斯五体投地拜倒在维吉尔脚下。

但是维吉尔却告诉他说："兄弟，不可如此！"因为"你是一个阴魂，/我也是个阴魂，/我们都没形体"。斯塔提乌斯回答说："现在你该明白，/我对你的爱戴／该有多么深了，/以致我都忘了／我们没有形体，/把灵魂看成了／有形状的肉体。"

斯塔提乌斯与维吉尔的对话，到此尚未结束。更精彩的部分，请看下文分解。

突然出现的灵魂

除非能够喝到

撒玛利亚妇人

祈求耶稣得到

的水[1]，我绝不能

摆脱口渴的折磨；

我跟在老师身后，

沿着那条拥挤的路

前行，并对那遭受

惩处的人表示同情。

突然，在我们身后

走来一个魂灵，

就像路加说的：

耶稣突然显现

在俩行人中间

（此时他已复活，

走到墓穴外边）。[2]

1　这个典故来自《新约·约翰福音》第4章第6—15句：耶稣来到撒玛利亚（Samaria）距离雅
　　各井很近的地方，见一撒玛利亚妇女来打水，耶稣向她要水喝，还说可以给人活水，人若喝
　　了那活水就永远不渴了。"祈求耶稣得到 / 的水"，就是指这个典故。另外，"口渴"在这里
　　指但丁求知的欲望，即上一曲结尾说的"我急于想搞清楚 / 究竟发生了什么"。所以但丁接
　　下来说，他跟在老师身后赶路，看到那些躺在地上接受惩罚的阴魂，还要为他们感到痛心。
2　这个典故来自《新约·路加福音》第24章第13—34句，那里描述以马忤斯人看见耶稣复活。

我们当心脚下，

没有注意到他；

所以他先开口：

"我的兄弟们哪，

愿上帝赐予你们平安。"[3]

我们转身迅疾，

维吉尔以相同的语句

向他还礼致意，

然后老师向他祝福：

"愿上帝赐予你永福，

那正确无误法官

判处我永驻地狱。"[4]

我们继续向前走

那个灵魂接着问：

"那是为什么？如果

上帝不允许你们

3　这是基督复活后对使徒们说的一句问候语，见《新约·路加福音》第24章第36句："耶稣亲
　　自站在他们当中，说：'愿你们平安。'"这个突然出现的灵魂，即斯塔提乌斯，借用这句话
　　向但丁他们问候。斯塔提乌斯（Publius Papinus Statius，约45—96年），古罗马著名诗人，
　　曾做过古罗马皇帝图密善（Titus Flavius Domitianus，51—96年）的宫廷诗人。他的主要作
　　品有三：《忒拜战纪》，根据古希腊神话"七将攻忒拜"的传说而作，共十二卷，近万字；《阿
　　喀琉斯纪》，歌颂《荷马史诗》中的英雄阿喀琉斯的生平与事迹，现仅存第一卷和第二卷的
　　一半，有人认为他尚未写完这部书就逝世了；还有一部《诗草集》。他的作品，尤其是他的
　　叙事诗，受维吉尔的影响很大。

4　上帝判处维吉尔永远待在地狱，即困在地狱林勃层，见《地狱篇》第四曲"古代伟大诗人"
　　一节。尽管如此，维吉尔仍希望上帝能赐福给这个灵魂，让他进入天国享受永福。

进入天堂，是谁

引领你们爬阶梯，

一直攀登到这里?"

我的老师解释说:

"如果你仔细瞧瞧，

此人额头上天使

留下的那些记号，

你自然就会知道，

他注定会与善人[5]

一起进入天国的。

由于日夜纺纱的

克洛托[6]为他纺的

生命线尚未纺完，

他的灵魂（你我的

姐妹）若要登天，

就不能没人陪伴，

因为他看事物

与我们不一般，

5　即在人世行善、现在在炼狱悔罪修炼的人。
6　克洛托是古希腊神话中掌握每个人生命的三位女神之一，参见《地狱篇》第三十三曲注20。
　　一个生命出生后，克洛托的任务是为他纺出一定数量的线，第二个女神把那线缠绕在纺锤
　　上，等第三个女神把线剪断时，此人的生命就结束了。这里说克洛托还没纺完但丁的生命
　　线，就是说但丁还是个活人。

为此我从林勃[7]
调来与他为伴；

我要领着他
继续走向前，
直至我的学识[8]
还能领他向前。

但是请你奉告，
如果你已知道，
为啥刚才这山
发生激烈震颤？

为啥山上山下
发出呼喊一片？"
老师这一提问，
犹如穿针引线，

体现我的心愿，
而且非常准确，
会让我疑问有解，
让口渴有所舒缓。

7　即地狱的前厅林勃层。
8　前面说过，维吉尔代表哲学与理智，所以这句话的意思是：维吉尔以理智作为向导，能领但
　　丁走多远就走多远。

地震与唱颂歌的原因

那灵魂开始解释：
"在这座炼狱山里
发生的任何事情，
都不会没有规定，

或者违背常理。
尘世一切变迁
这里不会出现；
如果发生变迁，

仅限上天自己
在自己范围内，
出于自身原因
而产生出现的。

因此在三级台阶
以上的这个地方，[9]
不会降下阳世的
雨、雹、雪、露、霜，

乌云不论浓淡，
包括雷鸣闪电、

9　指炼狱本身，从进入炼狱门口那三级台阶（参见本书第九曲"炼狱门口的守护天使"一节）
　　以后的炼狱山上。

　　　　　　　　　　　　第二十一曲

太阳面对着彩虹，

这里都不会出现；

干燥地气[10]向上泛，

不会越过我说的

那三级台阶上面

坐着的彼得代理；[11]

在那台阶以下

地气诱发震颤，

不论强度多大，

上面都无震感，

因为什么缘故，

我却说不清楚。

这里发生地震，

源于这里有人

觉得罪孽洗净，

于是站起身来，

---

10 根据亚里士多德的物理学，地球上出现的种种自然现象都与地下的气体有关：潮湿的地气向
上泛，会引起雨、雪、雹、露。干燥的地气向上泛，如果稀薄就引起风；如果浓重，潜藏在
地下时是风，冲出地面后就是地震。

11 指守护炼狱之门的天使，他从圣彼得手中接过管理炼狱门的两把钥匙，代理圣彼得管理炼狱
门。参见本书第九曲注26或《地狱篇》第十九曲注15。

要往天国行进，

欢呼随之而来。

灵魂是否纯净，

唯有意愿证明：

随意变更姿势，

或者变更位置；[12]

灵魂一旦领悟，

就会想到升天；

灵魂本性向善，[13]

但它的对立面

阻止它这么干，

就像人在生前，

这个相对意志

让他犯下罪愆，

上帝对他制裁

在这里经受磨难。

---

12 "变更姿势"即改变坐姿或卧姿（如贪婪罪人不再趴着，而是站起身来）；"变更位置"，离开
他们所在的炼狱平台上升，向天国行进。

13 根据托马斯·阿奎那在《神学大全》中的解释，人的意志分为绝对意志和相对意志。绝对意
志是向善的，但相对意志则把坏的事物当作好的事物而倾向它，导致人们犯罪。诗中说"灵
魂本性向善"，就是指这种绝对意志；"它的对立面"就是指"相对意志"。

我在这里赎罪

已经有五百余年，¹⁴

现在我才发现，

有了自由意志，

不受恶念羁绊，

迈向天国门槛。¹⁵

因此你感到地震，

听见那些灵魂们

赞颂的歌声遍山。

我的主啊，但愿

你尽早送大家升天。"

越是口渴，畅饮越觉

快活，他的这番语言

让我岂止受益匪浅。

---

14 前面说过，讲话的灵魂是斯塔提乌斯，死于公元96年。从那时算起，至1300年但丁他们在这
里见到他，已有一千二百余年。如像他这里所说"在这里赎罪／已经五百余年"，在本书第
二十二曲他又说"绕着炼狱／第四层行走，／时间足足有／四百年之久"（参见该曲"皈依基
督教"一节），加在一起就是九百年，剩下的三百年应该是他在炼狱外围或第一、二、三层
平台上逗留的时间。

15 即斯塔提乌斯此时感到自己已洗净罪孽，可以并开始向天国迈进。

斯塔提乌斯

睿智老师说道：

"现在我全明白，

什么束缚你们，

如何将它解开，

为何山体震颤，

为何高歌同欢。

现在请让我们

知道你是何人，

为何你在这里

趴了这么多年，

我想从你回答里

弄清楚这些问题。"

那个灵魂回答说：

"当英勇的提图斯[16]

在天主的帮助下，

为基督蒙难报复时，

16　即古罗马皇帝提图斯·弗拉维乌斯·维斯帕西亚努斯（Titus Flavius Vespasianus）之子提图斯（Titus Favius Sabinus Vespasianus），67年在其父麾下任犹太地区军团司令，68年罗马皇帝尼禄（Nero）死后，他协助父亲取得皇位。随后他父亲派他指挥对犹太人的战争。据说他在那次战争中杀死100多万犹太人，并将耶路撒冷夷为平地。79年他父亲死后，他继承皇位，81年去世。但丁认为他这是替天行道，对害死耶稣的犹太人进行报复。

　　　　　　　第二十一曲

我在人世荣誉

不朽而且辉煌，

但是那个时候

我还没有信仰。[17]

我虽是图卢兹人，[18]

却受到罗马欢迎，

因为我的诗歌，

非常优美动听，

正是罗马给我

戴上诗人桂冠；

阳世现在仍然

以斯塔提乌斯称我：

我先歌颂忒拜战事，

然后歌颂阿喀琉斯，[19]

第二支歌尚未完成，

我就倒下辞别人世。

17　斯塔提乌斯认为，1世纪60年代他达到了荣誉的顶峰，但那时候他还没有信仰基督教。那个
　　时代，基督教还处于秘密传播、受罗马当局迫害的时代。

18　其实斯塔提乌斯不是图卢兹人，而是那不勒斯人，但丁把他与另一个出生在法国图卢兹的修
　　辞学家斯塔提乌斯（Lucius Statius）弄混了。

19　指他的作品《忒拜战纪》和《阿喀琉斯纪》，参见前注3。

我写诗的灵感

来自神圣火焰，[20]

一千多位诗人

也是被它点燃。

我在这里指的

是《埃涅阿斯纪》，

在创作诗歌时，

它是我的生母，

也是我的奶娘；

没有它做榜样，

我在诗歌殿堂

哪有如此声望。[21]

假如维吉尔在世，

我能和他在一起，

我宁愿超越期限

在这里多留一年。"[22]

---

20 "神圣火焰"指维吉尔的《埃涅阿斯纪》。下面的"一千多"是个泛指数目，即"很多"诗人
    和他们的作品。

21 斯塔提乌斯非常尊重维吉尔，非常看重《埃涅阿斯纪》。在结束《忒拜战纪》时他叮嘱自己
    的作品，这样写道："你不要试图达到《埃涅阿斯纪》的神圣水平，要跟在它的后面，保持
    一定距离，永远崇拜它留下的足迹。"（见《忒拜战纪》第十二章）

22 这节诗的意思是：斯塔提乌斯刚刚获准离开炼狱，升入天国，他宁可在这里再待上一年。当
    然这是不可能的，因为维吉尔死于公元前19年，斯塔提乌斯生于公元45年，二者生命相差64
    年。不过这是斯塔提乌斯的心愿，表达了他对维吉尔的崇拜。

斯塔提乌斯与维吉尔

听罢他这席话，
维吉尔转身向我
他虽沉默不语，
却仿佛在对我说：

"你且不要吭声。"
但是意志的能力
并不能事事如意，
因为微笑或哭泣

全凭当时情感，
感情越是真实，
意志越难支配。
我以神情传意，

微微一笑作答。
因此那个魂灵
也就不再讲话，
望着我的眼睛，

因为此时眼睛
最能表达感情；

"愿你顺利结束
你这艰难旅途，"[23]

那灵魂对我说，
"你可否告诉我，
刚才你的面容
为何露出笑容?"

现在我真难办，
真是左右为难：
我是缄口不语，
还是开口畅言?

我正在唉声叹气，
老师理会我心意，
于是他给我鼓励：
"你说吧，别害怕!

把他询问的事情
直截了当告诉他。"
我："古老的灵魂哪，[24]
你对我面部表情

也许会感到惊异；
但我告诉你的事
你会感到更惊奇：
这位是我的老师

（他领着我向上攀缘），
维吉尔是他的名号，
你从他那儿汲取了
歌唱人和神的灵感。

你对他的赞颂
引起我的笑容；
假如你仍不信，
想找其他原因，

那就请你放弃
不实际的想法。"
听罢我的解释，
他就双膝跪地，

拥抱老师的脚。
老师对他说道：
"你是一个阴魂，
我也是个阴魂，

我们都没形体；
兄弟，不可如此！”
那个魂灵站起，
一边回应老师：

“现在你该明白，
我对你的爱戴
该有多么深了，
以至我都忘了

我们没有形体，
把灵魂看成了
有形状的肉体。”

他们在前面行走，
我跟在他们身后，
静听他们交谈，
令我受益匪浅。

维吉尔与斯塔提乌斯相互认出来以后，两位诗人继续行进，但丁跟在他们身后聆听他们的谈论，觉得受益匪浅。

维吉尔觉得奇怪，斯塔提乌斯是个充满智慧的诗人，生前怎么会犯贪财罪呢？斯塔提乌斯则首先说明，他犯的不是吝啬罪而是挥霍罪，而吝啬与挥霍都属于贪婪罪（这里指贪财），是错误对待自己财富的两个极端，其性质是一样的，所以也要与吝啬罪人在同一个地方赎罪。斯塔提乌斯还告诉维吉尔，他是读了维吉尔诗中的"时代不断循环，/ 公正原始时代 / 又要重新回来，/ 一个新的后生 / 正从天上下来"，才意识到自己犯了挥霍罪，而且进行了忏悔。

维吉尔还问他，他在写《忒拜战纪》时是否还没有信奉基督教，并且告诉他说："你如果不信基督，/ 单凭积德行善，/ 灵魂不得升天。"斯塔提乌斯回答说，其实那时他已经领受了洗礼，成了基督徒，不过由于害怕，还不敢公开承认自己的身份，仅仅算个隐秘的信徒。恰恰由于他不敢承认自己的身份，亦即信奉基督的热情不够，他才在收纳怠惰罪人的第四层待了四百年。

斯塔提乌斯还进一步对维吉尔说："因你我成为诗人，/ 因你我信奉基督。"进而斯塔提乌斯要求维吉尔告诉他，那些同他一样受主管诗歌的第九位缪斯克利娥哺育的诗人朋友，除他的好友尤维纳利斯之外，其他人都待在哪里，是否下了地狱，又在哪一层受苦。

为此维吉尔向他介绍了同他一起待在林勃层的其他一些诗人，如古罗马讽刺诗人佩尔西乌斯、古希腊悲剧诗人欧里庇得斯、安梯丰、阿迦同等等。接着维吉尔还介绍了同在林勃层的斯塔提乌斯笔下的人物，如德伊皮勒、安提戈涅、阿尔吉娅和伊斯梅涅等，以及古希腊神话故事指的其他一些女英雄。

最后他们一起来到第六层的平台，由于地势平坦而且开阔，他们终于停止交谈，开始向四周张望。一棵云杉长在通道中央，阻拦了他们去路。那云杉树形奇怪，像是倒栽着，上面结满果子，发出诱人香气。他们走近那云杉，但是，这时一个声音说："别想以此为餐。"接着这个神秘声音列举了五个节制饮食的典范，让身处第六层的贪食饕餮犯人学习对照。第一个典范就是不顾及自己口福的圣母玛利亚，第二个典范是从不饮酒的古罗马妇女，第三个典范是拒绝御膳的但以理，第四个典范是以橡实、溪水充饥的原始时代的古人类，最后一个是施洗者约翰，他在荒漠传道时以蝗虫、野蜜果腹。

斯塔提乌斯的罪孽

那位抹去我脸上
另一"P"字的天使，
指出第六层道路，
在我们身后消逝；

他宣布，渴望正义
的人们哪，有福了
他的话以sitiunt结束
别的词都省略了。[1]

我沿此通道前行，
比以前走得轻盈，
跟随两位健步的
诗人[2]，毫不吃力。

此时维吉尔说道：
"由美德点燃的爱，

1　"sitiunt"是拉丁文，意思是"渴"。天使在宣读这句祝福时，省略了别的词汇，仅说出这个
　　"渴"字。其实这句祝词出自《新约·马太福音》第5章第6句，中文《圣经》译为"饥渴慕
　　义的人有福了"。贪婪的人企图把属于他人的东西据为己有，而"慕义的人"即盼望正义的
　　人，则希望人人平等地享有财物。慕义的人也代表在第五层炼狱洗涤干净贪婪罪的灵魂，
　　包括但丁，所以天使又在但丁额头上抹去一个"P"字。顺便说一下，这句祝词也包含了贪
　　食罪犯人，即祝词中的"饥"字，也许正是这个原因天使在说出这句祝词时，"别的词都省
　　略了"。
2　指维吉尔和斯塔提乌斯。

只要它火焰外露，

总引起他人的爱。³

自从尤维纳利斯⁴

来到我们林勃层，

你对我的情谊

已经为我所知，

因此我已经与你

建立起深厚友谊，

超越未曾谋面人之间

能够建立的任何情感，

以至我愿与你

多待一些时间，

与你同走这段路，

觉得时间有点短。

不过，请告诉我

（作为你的朋友，

3　但丁在《地狱篇》第五曲"弗兰切斯卡·达·里米尼"一节说"爱，它也不会轻饶／被爱者
不予回报"，就是说爱必然会引起回报。不过那里讲的是情欲之爱、罪恶之爱，这里讲的则
是精神之爱、美德之爱。

4　尤维纳利斯（Decimus Junius Juvenalis，约60—140年），古罗马著名讽刺诗人。他与斯塔提
乌斯是同时代的人，特别欣赏后者的《忒拜战纪》。诗中的意思是：尤维纳利斯进入地狱后
也被安置在林勃层，与维吉尔等诗人在一起，曾向维吉尔介绍过斯塔提乌斯对维吉尔的崇拜
之情。

我若大胆直言，
请你谅解朋友；

同时我也请你
与我坦诚相待），
贪婪它怎么会
进入你的脑海

（而你勤奋好学，
智慧充满大脑）?"
斯塔提乌斯听了，
先是微微一笑，

然后回答说道：
"你的这番语言，
充满对我的爱，
彰显亲密无间。

但是有些事情，
真实原因隐晦，
显得似是而非，
令人产生怀疑。

你提出的问题
让我确信无疑：

由于我待在这里，

便以为我活着时

一定贪得无厌。

现在我告诉你，

贪财这种罪孽

与我相距甚远；

我因为挥霍无度

已受五百年惩罚。⁵

你有感人性可恶

在诗中某处疾呼：

'贪婪黄金该诅咒，

刺激凡人的贪欲，

什么罪恶干不出？'⁶

看到你的这句话

并且受它启迪，

纠正我的罪孽，

5　按照亚里士多德的《伦理学》，每一种美德都是在两种极端罪过中求取中庸，这里说的是贪
　　婪。贪婪的两种极端表现，一是吝啬，一是挥霍无度，它们之间的中庸之道就是有节制的使
　　用钱财。但丁在《地狱篇》第七曲里，就把犯吝啬罪和挥霍罪的罪人分成两队，沿着相反方
　　向滚动重物互撞（参见《地狱篇》第七曲"吝啬者与挥霍者"一节）。斯塔提乌斯在这里说
　　"贪财这种罪孽／与我相距甚远"，就是说，他犯的不是吝啬罪，而是"挥霍无度"，所以在
　　第五层赎罪，已经五百余年。

6　引自维吉尔《埃涅阿斯纪》卷三。

否则现在我会

滚动重物赎罪。[7]

于是我就发现

我手张得太开，

花钱花得太快，

忏悔这一罪愆

以及其他罪愆。

多少无知罪犯，

不知挥霍是罪，

生前不去忏悔，

直至临死之时，

最后审判之日

从坟墓里爬起，

必将剃成光头！[8]

我还要告诉你，

任何罪过及其

7　即待在地狱第四层，参见《地狱篇》第七曲"吝啬者与挥霍者"一节。

8　指犯挥霍浪费罪者在最后审判之日从坟墓中爬起来时要剃成光头，表示他们已经一贫如洗。
　　参见《地狱篇》第七曲注9。

相互对立的罪过，

都在这儿一起赎罪。⁹

因此，我虽待在

吝啬罪犯们中间，

与他们一起赎罪，

犯的罪孽却相反。"

皈依基督教

然后维吉尔说：

"当你歌唱那场

战事，给约卡斯塔¹⁰

带来双重悲伤，

9　根据亚里士多德的《伦理学》，美德是两种极端罪过中间的中庸之道，例如贪财与挥霍，就是在对待财富问题上的两个极端，都不能正确对待自己的财富，参见前注5。因此，但丁曾把这两个极端的罪犯都放在地狱第四层受罚，在这里又把他们放在一起赎罪。就是说，待在炼狱第五层赎罪的，不仅有犯贪财罪者，也有犯挥霍罪者。斯塔提乌斯承认，自己因犯了挥霍罪，才在这里与贪财罪人一起赎罪。

10　约卡斯塔（Jocasta）是古希腊神话故事中的人物，忒拜王的妻子，生有一个儿子叫俄狄浦斯（Oedipus），父亲从小就将他寄于别处抚养。俄狄浦斯长大后，在不知情的情况下杀死自己父亲，做了忒拜王，并娶了自己母亲为妻，生下两个儿子——厄特俄克勒斯（Eteocles）和他弟弟波吕尼刻斯（Polynices），参见《地狱篇》第二十六曲注5；以及两个女儿：安提戈涅（Antigone）和伊斯梅涅（Ismene）。后来兄弟二人争夺王位，互相残杀，同归于尽。约卡斯塔的"双重悲伤"指的是：与儿子乱伦结婚；两个儿子互相残杀，同归于尽。

因为你那时还让

克利娥[11]为你伴唱，

可见你尚非信徒；

你如果不信基督，

单凭积德行善，

灵魂不得升天。

你若真是这样，

你靠什么太阳，

或者什么烛光，

为你驱逐黑暗，

让你追随那位

渔夫[12]扬起风帆?"

斯塔提乌斯说：

"是你先引领我

走进帕尔纳索斯，

喝山洞里的泉水；[13]

11 克利娥（Clio）是九位缪斯中主管史诗和历史的女神。

12 "那位渔夫"指圣彼得，跟随耶稣之前他叫西门彼得，是渔夫，参见《新约·马太福音》第4章第18句："耶稣在海边行走，看见弟兄二人，就是那你称呼彼得的西门和他的兄弟安德烈，在海里撒网。他们本是打鱼的。"

13 帕尔纳索斯（Parnasus）是希腊福基斯州境内的一座山峰，在古希腊神话中它是阿波罗和九位缪斯居住的地方。传说帕尔纳索斯山有圣泉，喝那里的泉水可使诗人产生灵感。总之，这句诗的意思是：是你引领我走上诗歌创作之路。

是你先启发我

走到上帝身边。

你曾这样写道：

'时代不断循环，

公正原始时代

又要重新回来，

一个新的后生

正从天上下来。' [14]

你就像夜间领路，

在前面执着火炬，

为后人照亮道路，

对自己却无好处。

因你我成为诗人，

因你我信奉基督，

为让你看清这草图，

我动手把颜色涂就：[15]

---

14 这几句诗出自维吉尔《牧歌集》第五首。原诗是恭维罗马帝国第一任皇帝奥古斯都的，第三
   句"一个新的后生／正从天上下来"，指的是当时罗马执政官的儿子。但是在基督教兴起的
   初期，不少意大利人牵强附会地认为那是指耶稣即将降临。
15 这两句诗借用的是绘画技法（先绘制草图再涂颜色），意思是：为了向你说明我刚才说的意
   思（草图），下面我详细说明（涂色）。

永恒王国的使者 [16]

已将真正的信仰，

传播到整个世界；

上面引用的绝唱， [17]

与传教者们所言，

意思上完全一样，

因此我形成习惯，

经常把他们拜访。

后来我慢慢觉得，

他们是那样圣洁：

图密善 [18] 迫害他们时，

他们流泪我也哭泣；

我活在人世上时，

经常给他们帮助；

我认为他们正直，

其余的教派可耻。

尚未写到希腊人

抵达忒拜河之时， [19]

---

16 指上帝的使徒。

17 指上面引用的维吉尔的诗。

18 图密善，罗马帝国皇帝，81—96年在位，曾对早期基督教实行迫害镇压政策。

19 指斯塔提乌斯那时已经开始创作《忒拜战纪》，"尚未写到希腊人 / 抵达忒拜河之时"，即还
未写到该书的第十一章。

我就领受了洗礼，
但由于恐惧心理，

做了秘密基督徒，
表面上还有继续
装成一个异教徒，
就因为我这怠惰，[20]

我绕着炼狱
第四层行走，
时间足足有
四百年之久。

有关林勃层的信息

既然你已拉开
我眼前的帷幔，
它曾妨碍了我
看见众多至善，

现在我们登山，
还有不少时间，

20　指斯塔提乌斯既然入了教，却不敢承认自己的身份，即信教不够热忱，属怠惰罪，应该在第
　　四层赎罪。正是由于这个原因，他在第四层待了四百年。

请你在此期间

和我仔细谈谈，

那些古代人物，

像泰伦提乌斯、[21]

凯基利乌斯，还有

普劳图斯[22]、瓦留斯，[23]

他们现在何处？

请你还告诉我，

他们是否入地狱，

在哪层服刑受苦？"

老师回答他说：

"他们同佩尔西乌斯，[24]

同我，还有许多

其他人，都和那个

希腊人[25]待在一起

（缪斯女神哺育他

21　泰伦提乌斯（Publius Terentius，约公元前190—前158年），古罗马喜剧作家，我们在《地狱篇》第十八曲注16中曾提及他的剧本《阉奴》（Eunuchs）。

22　凯基利乌斯（Caecilius Statius，公元前220—前166年）和普劳图斯（Titus Maccius Plautus，约公元前254—前184年），他们都是古罗马时代的喜剧作家。

23　瓦留斯（Lucius Varius Rufus，公元前74—前14年），古罗马诗人，曾与维吉尔是好朋友。

24　佩尔西乌斯（Aulus Persius Flaccus，34—62年），古罗马讽刺诗人。

25　即荷马。

比哺育他人更卖力），

同处地狱林勃层；

我们经常还谈起

我们乳母居住的

那座大山²⁶。那里

还有欧里庇得斯、²⁷

安梯丰、阿迦同、²⁸

西摩尼得斯²⁹，以及

其他一些希腊的

戴过桂冠的诗人。

那里还有一些

你笔下的人物：

德伊皮勒³⁰、安提戈涅、³¹

阿尔吉娅³²和伊斯梅涅³³

---

26 "我们乳母"指九位缪斯；"那座大山"即帕尔纳索斯山，参见前注13。这里的意思是：我们经常在一起谈论诗歌。

27 欧里庇得斯（Euripides，约公元前485—前405年），古希腊三大悲剧诗人之一，对古罗马以及后来的欧洲戏剧影响很大。

28 安梯丰（Antiphon，公元前4世纪）、阿迦同（Agathon，约公元前448—前402年），都是古希腊著名的悲剧作家。

29 西摩尼得斯（Simonides，约公元前556—前468年），古希腊抒情诗人。

30 德伊皮勒（Deiphyle）是攻打忒拜的七将之一提德乌斯的妻子。

31 安提戈涅是俄狄浦斯的女儿，见前注10。

32 阿尔吉娅（Argia）是德伊皮勒的妹妹。

33 伊斯梅涅也是俄狄浦斯的女儿，安提戈涅的妹妹，见前注10。她见证了自己的姐姐和未婚夫被处死，所以诗中说她"和生前一样凄凉"。

（仍和生前一样凄凉）；

那里有许普西皮勒女王[34]

（她曾引领希腊战士

去兰吉亚山泉饮水）；

那里还有戴伊达米娅

及其姐妹[35]，忒提斯[36]

和提瑞西阿斯之女，[37]

这些女眷都在那里。"

炼狱第六层倒栽着的树

两位诗人都已缄口，

正专注地观察四周：

他们已经爬完阶梯，

到达这层开阔之地；

34　许普西皮勒（Hypsipyle），利姆诺斯岛（Lemnos）女王。伊阿宋（Jason）曾诱骗了她，让她怀孕，后来将她抛弃（参见《地狱篇》第十八曲注11）。她后来被强盗抢走，卖给奈迈阿（Nemea）王利库耳戈斯（Lycurgus）当女奴。国王命她照看小王子。一天，她带着小王子在森林里散步，攻打忒拜的士兵路过那里，找不到水喝，请她帮忙找水，她便撇下王子，领着那些希腊人去兰吉亚山泉喝水。她离开之后，小王子被蛇咬死了，利库耳戈斯悲伤得要处死许普西皮勒。

35　戴伊达米娅（Deidamia），斯库洛斯岛国王的女儿；"及其姐妹"指公主的侍女。

36　忒提斯（Thetis），阿喀琉斯的母亲。忒提斯把儿子阿喀琉斯寄养到斯库洛斯岛上，整天与戴伊达米娅公主及其侍女厮混，长大后二人相爱。参见《地狱篇》第二十六曲注8。

37　"提瑞西阿斯（Tiresias）之女"即曼托（Manto），但丁在《地狱篇》里对其有专门记述，参见《地狱篇》第二十曲。所以原书注释家们认为，维吉尔这里说曼托也在林勃层里是但丁记忆有误。

白昼的四个使女，[38]
她们已落在后面，
第五个手把车辕
让日车驶向上面。

这时我老师开口：
"我们应转身向右，
沿着山崖的边缘，
像往常绕山行走。"

炼狱的这个习惯
为我们领路指点，
斯塔提乌斯首肯，[39]
令我们放心向前。

他们在前面行走，
我跟在他们身后，
静听他们交谈，
令我受益匪浅。

---

38 "白昼的四个使女"参见本书第十二曲注19。这里的意思是：最初的四个时辰已经过去，现在是第五位时辰使女轮值驾辕，让日车继续向上行走，时间大约是上午10—11点之间。太阳的运行轨迹像条抛物线，早晨6点至中午12点是向上的，12点之后就向下行，所以这里说"让日车驶向上面"。

39 斯塔提乌斯已经洗净罪孽，获准升天，既然他也同意，说明但丁他们的选择无误，更加坚定了他们这样向前走的决心。

他们那亲切交谈，
突然被通道中间
出现一棵树打断，
树上的果实累累，

散发着迷人香气；
不过它树形奇异，
像棵倒栽的云杉，
树干越朝下越细。

为啥它长成这样，
不让人攀爬，我想。
靠山崖的那一边，
一股泉水从上边

向下飘洒，洒在
云杉枝叶上边。
两位诗人走到
云杉树的跟前，

这时树叶中间
有个声音叫喊：
"别想以此为餐。"[40]
接着它又叫喊：

---

40 意思是：你们别想吃这棵树上的果实。

"马利亚只想把

婚宴办得体面,

不考虑自己嘴巴[41]

(现在她那张嘴巴

正在替你们解释);[42]

古罗马的妇女们

满足于饮用清水;[43]

但以理拒绝御赐,[44]

为的是获得知识。

黄金时代[45]多美丽,

那时人若饿了,

就吃一些橡实,

渴了以溪水解渴。

在沙漠里施洗者[46]

---

41 这句话源自《新约·约翰福音》第2章第1—6句:在迦拿的婚亲筵席上,马利亚操心的是使筵席体面、周全,宾客高兴。当供客人的酒没有了时,她忙让人去准备,而不考虑满足自己的口福。这是但丁列举的第一个节制饮食的范例,仍以圣母马利亚为例。

42 指马利亚仍在为人类向上帝求情、解释。

43 这是但丁列举的第二个节制饮食的范例,以古罗马妇女仅喝清水为例。

44 这是但丁列举的第三个节制饮食的范例:巴比伦王征服耶路撒冷后,命人挑选了但以理(Daniel)等四名以色列少年做自己的侍从,把御膳用的饮食赐给他们,可但以理立志不以王膳和王的酒玷污自己。为了奖励他,上帝在各种学问上赐给他们聪明知识。参见《旧约·但以理书》第1章第1—20句。

45 第四个节制饮食的典范是传说中的黄金时代,即原始时代(参见《地狱篇》第十四曲注16)。

46 第五个范例是施洗者约翰,他在荒漠中传道,"以野蜜、蝗虫果腹",参见《新约·马太福音》第3章第4句:"这约翰身穿骆驼毛的衣服,腰束皮带,吃的是蝗虫、野蜜。"

以野蜜、蝗虫果腹。

因此他们的荣誉

伟大而且光荣，

像《福音书》所示。"

第二十三曲

请你如实告我，
你那两位朋友，
在此做你向导，
他们是什么人，
你可千万不要
不和我谈他们！

　　但丁他们来到炼狱第六层。在第六层洗涤罪过的是生前贪食者的灵魂，他们望着长在路中间的那棵外形奇怪的树，渴望吃到树上的果子、喝到飘洒在树叶和果实上的泉水，但是他们既吃不到果实也喝不到泉水，永远被饥渴折磨，变得骨瘦如柴，眼窝深陷。他们受到的惩罚是，忍受饥渴，沿第六层环道奔走，每当走到那棵树下，想吃想喝的欲望就变得高涨起来。

但丁正在纳闷："果实与水引起的欲望／能让人变成这个模样?"这时有个阴魂跟他打招呼,那人的模样让但丁认不出他是谁,但是他讲话的声音却让但丁准确无误地判断出他就是弗雷塞。

弗雷塞是但丁的朋友,也是他的远亲。他们年轻时曾以十四行诗的诗歌形式斗过诗,相互讽刺戏谑对方的缺点,但丁在那些诗中就指责过弗雷塞贪食。但丁记得很清楚,弗雷塞逝世不足五年,按炼狱里的惯例"阴魂应该在外围等候与其在阳间作孽相等的时间",因此但丁觉得奇怪,他怎么会这么快就来到第六层赎罪来了呢?

弗雷塞给但丁的解释是,因为他的妻子奈拉虔诚地为他祈祷。借赞扬自己妻子的机会,弗雷塞还抨击了佛罗伦萨妇女穿着暴露,有伤风化,预言她们在不久的将来就会受到严厉惩罚。前面讲过,中世纪的人相信死人有预见未来的能力,但是弗雷塞在这里的预言却未能兑现。

弗雷塞见到但丁这位老朋友,也很想知道但丁怎么带着活人躯体就来炼狱赎罪,很想知道陪伴他一起来到这里的另外两个阴魂是谁。(其实他一认出但丁,就提出了这个问题,但是但丁想首先了解他的情况,然后再回答他的问题。)弗雷塞说明自己情况后,再次向但丁提出上述问题,而且说不仅他对此感兴趣,那里其他的灵魂都对此感兴趣。

于是但丁简要地向弗雷塞介绍了他是什么时候怎么在维吉尔的帮助下开始冥界之旅、怎么穿过地狱来到炼狱直至来到这一层的。正要开始介绍斯塔提乌斯时,这一曲戛然而止,让我们期待下一曲吧。

贪食者

我紧盯着那些树叶，
仿佛是个为了消遣
荒废时光的猎鸟者；
老师像父亲般亲切，

此时他对我说道：
"孩子，你快过来！
我们的时间有限，
应妥善加以安排。"

我立即转过身来，
同时还步伐加快，
向两位诗人靠近；
他们正谈得起劲，

听得我也不觉累。
突然听见有个声音
正在啼哭与诵吟
"Labia mea, Domine"。[1]

---

1 这句话是拉丁文，来自拉丁文版《旧约·诗篇》第50章第17句，中文版《旧约·诗篇》第51章
第15句："主啊，求你使我的嘴唇张开。"犯贪食罪的灵魂赎罪时之所以唱这句词，是因为他
们生前过分关心吃喝，即把注意力放在"嘴"上，现在他们希望上帝把他们的嘴唇打开，以
便赞美、歌颂上帝。其实这句话的下半句就是"我的口便传扬赞美你的话"。

人听了那声音，
既悲痛又高兴。[2]
我听后问老师；
"那是什么声音？"

"是群阴魂走来，"
老师给我解释，
"正在偿还欠债，[3]
哭求上帝赦罪。"

他们像朝圣的人，
沿途都陷入沉思，
即使撞上陌生人，
也不会出于好奇

停下来与其攀谈；
我们身后的阴魂，
步伐比我们频繁，
也像朝圣者那般，

沉默潜心往前赶，
超越我们的瞬间，

惊奇望我们一眼。

他们的眼窝深陷、

眼珠昏暗、面无血色，

浑身瘦得皮包骨骼。

我不信厄里西克同[4]

曾经受罚终生饥渴，

也没成这样干枯。

我心里自言自语：

"他们就像提图斯

攻占耶路撒冷时，

那里人如玛利亚，

把自己幼子吞食！"[5]

他们的眼窝像那

钻石脱落的戒指。

谁能在他们脸上

认出"OMO"一词来，

4　厄里西克同（Erysichthon）是忒萨利亚王子，曾砍倒古罗马神话中的五谷女神克瑞斯
　　（Ceres，相当于古希腊神话中的得墨忒尔，Demeter）的一棵神树，被罚终生忍受饥饿。后
　　来他饿得要命，吃掉全部家产，还把独生女儿变卖换取食物，最后只好吃自己的肉。参见奥
　　维德《变形记》第八章。

5　70年提图斯（参见本书第二十一曲注16）攻占耶路撒冷期间，城中粮绝，居民饥饿难忍，有
　　个叫玛利亚的妇女杀死自己的幼儿充饥。参见犹太历史学家约瑟夫斯（Flavius Josephus，约
　　37—100年）《犹太战争》第六卷第三章。

一定能看清其中

哥特体字母"M"来。[6]

如果不知原因，

谁可能会相信，

果实与水[7]引起的欲望

能让人变成这个模样？

但丁与弗雷塞

我正潜心思索：

他们这样挨饿，

变得骨瘦如柴、

皮肤干裂惨白……

突然有个灵魂，

从那深陷的眼窝

把目光投向我，

并且紧紧盯着我，

随后大声叫嚷：

"这是什么恩典

降到我的身上？"

单看他的脸庞

无法把他认出，

但是他的声音，

却明显暴露无误

那已毁坏的面目。

就凭这点光芒，[8]

把我智慧点亮，

唤醒我的记忆，

认出他弗雷塞。[9]

他央求我说道：

"你别光注意到

8　指那阴魂讲话的声音。

9　弗雷塞（Forese di Simone Donati），出身佛罗萨多纳蒂家族，生平事迹不详，但丁说他非
　常贪食。其兄科尔索·多纳蒂（Corso Donati）曾是佛罗伦萨黑党领袖。但丁在《地狱篇》
　曾提到过这个家族。弗雷塞是但丁的朋友，也算是远亲，因为但丁的妻子也出身多纳蒂家
　族。二人曾以十四行诗斗诗，相互讽刺戏谑。这事发生在1290—1296年弗雷塞逝世前，即但
　丁在道德上和思想上误入歧途的时期。这场青年时期的争斗就是两位旧友在此亲切相见的历
　史背景。

我的惨白皮肤，
处处鳞屑遍布，

也不要在意我
骨肉如此消瘦；
请你如实告我，
你那两位朋友，

在此做你向导，
他们是什么人，
你可千万不要
不和我谈他们!"

我回答他说道：
"你去世时我曾
前去悲伤哀悼；
现在你的面貌

怎么变成这样，
让我更加悲伤；
看在上帝面上，
现在请你告我，

什么东西让你
瘦成这般模样；

我感到惊奇时，
请你不要勉强

让我回答问题：
因为人若存疑，
讲话心存芥蒂，
回答难免不实。"

于是他做出解释：
"上帝的那种神力，
降临到我们身后
那棵树及山泉的

泉水之中，使我
变成这般光景
（这里所有魂灵
边哭泣边诵吟，

都因生前过度
放纵贪食之欲，
所以才在这里，
通过忍受渴饥，

让自己变圣洁）：
那棵树的果实

散发出的香气，

还有飘洒泉水

落在绿叶上面，

散发出的馨香，

这些气味一起

点燃贪食欲望；

我们待在这里，

环绕山体行走，

回回经过这里，

都吃此树苦头。[10]

我这里说是苦，

其实它却是乐：

因为我们渴求

回回走近此树，

是受基督启迪，

他在蒙难之时

高兴说出'以利'。"[11]

于是我对他说：

10　都要闻到此树果实和山泉的香味，重新点燃贪食欲望，饥渴不止，让人变得越来越消瘦。

11　"以利"原文是"Eli"。耶稣被钉上十字架的时候，大声喊着："以利，以利，拉马撒巴各大尼？（Eli, Eli, Lammasabachtani？）"，意思是："我的神，我的神，为什么离弃我？"参见《新约·马太福音》第27章第46句。

“啊，弗雷塞啊，

从你抛开人世，

追求美好生活，[12]

直到来到此地，

至今五年时光

尚未完全流逝；

你作孽的能力

已经完全消失，

你与上帝会面

尚需一些时间，

是谁在这期间

曾经给你帮助，

让你来到这上边？

我以为你在下边，

在那里要用时间

补偿你作孽期限。”[13]

于是他回答说：

“给我提供帮助、

---

12 “追求美好生活”，即向往天国的永福。

13 但丁以为弗雷塞应该待在炼狱外围，而且在那里待的时间——按照前面的说法——应该与他生前犯罪的时间相等。但是他死后不到五年，但丁就在第六层这里见到了他，因此感到奇怪。

让我迅速攀升

来到这层受苦，

是我妻子奈拉；

她以流泪不止，

还有虔诚祈祷

以及唉声叹气，

把我从山下部

一直拉到这层，

没到其他各层

承受那些痛苦。

我可怜的遗孀，

我生前的至爱，

她越是孤单地行善，[14]

越能得到上帝喜爱：

因为撒丁岛上

巴尔巴贾[15]地区，

---

14 指奈拉在丈夫死后，忠贞不贰，坚持虔诚地为丈夫的灵魂祈祷，这在当时佛罗伦萨妇女中很罕见。

15 巴尔巴贾（Barbagia），撒丁岛中部山区，那里居民6世纪才皈依基督教，在但丁生活的时期那里还保留着一些野蛮人的习俗，如妇女生活放荡，衣着暴露，喜欢袒胸露乳。但丁在后文中把佛罗伦萨比作新的巴尔巴贾，一方面因为但丁认为大部分佛罗伦萨人还保留着菲埃索勒人粗野而死硬的山民气质（参见《地狱篇》第十五曲注10），一方面也因为"barbagia"（巴尔巴贾）一词与"barbarie"（野蛮，未开化）一词相似。

它那里的妇女

生活无比放荡，

我把我的奈拉

留在佛罗伦萨，

新的巴尔巴贾，

亲爱的兄弟呀，

你要我说什么？

一个新的时刻

已经在我眼前，

离现在已不远，

届时布道台上

将会发声禁止

佛罗伦萨妇女，

袒胸露乳、无耻

外出上街行走。[16]

自古至今哪有

教会或者市府，

制定颁布法律

---

16 这是弗雷塞的预言。但注释家们对此看法不一：有说佛罗伦萨后来并未颁布禁止妇女穿着过
于袒露的法律；有说是指1310年佛罗伦萨某主教颁布的禁止妇女穿着裙摆拖地的长裙的禁令。

　　　　　　　　　　　　　　　第二十三曲

要求野蛮妇女，

或萨拉森[17]妇女，

外出上街之时

需把身体掩蔽？

假若这些无耻妇女，

知道上天不久将来

为她们预备的惩处，

她们定会嚎叫起来；

如果我的预见

没有出现误判，

靠安眠曲睡眠

的那些婴幼儿，

两颊长出胡须之前，

她们就会肝肠寸断。[18]

啊，我的好兄弟呀，

现在对我别再隐瞒！

你看，不只是我，

还有这些魂灵，

---

17 萨拉森人（Saracen），中世纪对阿拉伯人的称呼，带有贬义。

18 因为这是弗雷塞的预言，所以诗中说，那些现在还是婴幼儿的妇女，长大成人后就会感到羞
愧，痛苦得"肝肠寸断"。

我们都惊奇地
望着你的阴影。"[19]

于是我回答他说：
"现在你如果回忆，
当初你怎么待我、
我又是怎么待你，

至今这些记忆
让我感到羞耻；[20]
前面那位诗人[21]
让我回心转意，

就在几天以前
带我离开人间。
我还记得那天，"
我指着太阳说，

"它妹妹向你们
展现一张圆脸。[22]
是他带领着我
和这真实躯干，

19 大家都很关心但丁这个活人（因为活人才有阴影）怎么来到了炼狱。
20 指他们生前斗诗的经历，参见前注9。
21 指维吉尔。
22 "它妹妹"指太阳的妹妹月亮。另外，在但丁于1300年误入密林那天，当晚是满月，即阴历十五。参见《地狱篇》第二十曲注24。

穿越黑暗王国；[23]
再以他的扶持
领我环绕此山，
攀爬来到这里；

你们正在此地
矫正你们罪孽。
他说，他会陪伴我
去见贝阿特丽切；

那个时刻来临时
他就将与我告辞。
这位就是维吉尔，
他就是这么说的。

至于那个灵魂，
他是另外一人：
刚才你们王国
各层发生颤震，

就是为了让他
离此前往天国。"

23　即地狱。

第二十四曲

瘦骨嶙峋的灵魂们，
发现我怎么是活人，
抬起那深陷的眼窝，
异常惊奇地望着我。

　　但丁与弗雷塞继续边走边交谈。但丁问弗雷塞他的妹妹皮卡尔达现在何处；弗雷塞告诉但丁说，他那美丽而贤惠的妹妹已经修得正果，现在天国享受永福。但丁又问弗雷塞，这里的阴魂中还有谁值得他特别留意。于是弗雷塞给他列举了许多人的姓名，如托斯卡纳诗派的代表人物博纳准塔·达·卢卡、教皇马丁四世、老贵族乌巴尔迪诺·德拉·皮拉、大主教卜尼法斯·德伊·菲耶斯基和弗利贵族马尔凯塞·德利·阿尔戈利奥西，他们都因为犯了贪食罪，在这里忍饥挨饿，瘦得皮包骨头。

最后但丁选定与诗人博纳准塔·达·卢卡交谈。博纳准塔曾与温柔新诗体那一派就如何写诗的问题进行过论战，现在见到但丁终于反悔，明白了西西里诗派和托斯卡纳诗派之所以不能达到温柔新诗体的高度，是因为"你们随爱神口授，/我们却不这么做"；而且博纳准塔对自己的这一结论非常满足，还说"谁想进一步探求，/不会有别的结果"。

另外，博纳准塔预言但丁将被驱逐出佛罗伦萨，流放期间将会去到卢卡，在那里会受到一个名叫珍图卡的女子的热情款待。他还进一步预言，造成这一悲剧的罪魁祸首、他的胞兄科尔索·多纳蒂，不久将会受到应有的惩罚。

弗雷塞离开他们之后，但丁看到第二棵树。这棵树与第一棵树一样，"树叶颜色鲜艳，/树上果实累累"；树下的情形也与第一棵树下完全一样："人们举着双手，/朝着大树呼喊"，却听不清他们喊些什么。但丁觉得，那仿佛是一群痴迷的少年，白白在那里表述他们诉求，但是大树却不理睬他们，最后他们怏怏离去。看来第六层地狱里每隔一段路程就有一棵这样的树，折磨着这里的亡灵，让他们的贪食欲望变得越来越高涨、越来越难以抑制。

那些阴魂离开后，但丁与维吉尔、斯塔提乌斯走近大树。这时有个声音提醒他们，不要靠近大树，要他们赶快离开。但丁他们紧紧靠拢，正要离开时，那个声音继续提醒他们：首先"必须记住，/那些云彩孕育、/该诅咒的怪物"，即半人半马的怪兽肯陶罗斯，它们在胞兄的婚宴上吃饱喝足后，因酒乱性，要非礼新娘和其他女性，被雅典王忒修士击杀；其次，"还要记住/那些以色列人，/他们喝水之时/显得软弱无比"，亦即他们贪图吃喝，未能表现出一个战士应该具有的忍饥挨饿的精神，以至他们的首领不带他们前去参战。这是但丁在这一层列举的两个受到惩罚的贪食罪犯人的典范。

最后，但丁他们见到节制有度天使。天使对但丁洗涤干净贪食罪表示满意，抹去了但丁额头上的第六个"P"字，并为他们指出了通向第七层平台的路，祝福他们能够正确对待自己那天生的对美味的爱好，能够做到"所求有度"、节制有度。

但丁与弗雷塞（续）

谈话未使脚步放缓，
赶路没使谈话放慢，
我们边谈话边行走，
就好像在顺风行舟；

瘦骨嶙峋的灵魂们，
发现我怎么是活人，
抬起那深陷的眼窝，
异常惊奇地望着我。

我继续我的话说：
"他原本可以快些，
却因为陪伴我们，
才这样走得慢些。

但是请你告诉我，
皮卡尔达[1]在哪里，
假如你知道此事；
另外请你告诉我，

这些凝视着我的
阴魂当中，有哪位

---

1 皮卡尔达（Piccarda），弗雷塞的妹妹，但丁将在天国月亮天见到她。

值得我特别留意。”

"我妹妹贤惠美丽,

她是更加美丽,
还是更加贤惠,
我自己都不知。”
他先这么说道,

然后又做补充,
"她已戴上花冠,[2]
胜利登上高耸
的奥林匹斯山。

这里并不禁止
对人指名道姓,
因为饥渴导致
我们失去原形。”

他指着其中一个:
"他就是博纳准塔,

2　"花冠"在这里是"奖励"的意思,即皮卡尔达已经修成正果,得到了上帝的奖赏;"胜利登上高耸 / 的奥林匹斯山",即进入天国。奥林匹斯山是古希腊神话神祇待的地方,但丁在这里借用来代表天国。

来自卢卡那个；[3]
他那边的那个，[4]

面目更加消瘦，
曾在图尔任职，
生前他曾拥有
整个基督教会，

现在通过禁食，
为他曾经贪食
博尔塞纳鳗鱼
和维纳扎美酒

这一罪过赎罪。"
他还向我逐一
指出多人名字；
他们似乎乐意

3　即博纳准塔·达·卢卡（Bonagiunta da Lucca），意大利13世纪诗人，大约于1220年出生在
　　卢卡，1296年还在世。他的诗歌模仿西西里诗派，算是托斯纳卡诗派的代表人物之一，但他
　　反对以圭多·圭尼泽利（参见本书第十一曲注21）和圭多·卡瓦尔坎蒂为代表的温柔新诗体
　　派（参见《地狱篇》第十曲注10）。但丁也曾是温柔新诗体这一派的重要代表。
4　指教皇马丁四世（Martin IV），俗名西蒙·德·布里（Simon de Brie），约1210年生于法国
　　布里（Brie），曾任图尔（Tours）圣马丁教堂的司库。1281—1285年任教皇。马丁四世以饕
　　餮贪食称著，维拉尼在《编年史》第七卷中说：关于他贪食之说，见于民间传说故事，据
　　说，他最喜欢博尔塞纳湖（Bolsena，位于拉齐奥地区维泰博以北）盛产的鳗鱼。他命人将
　　那里的鳗鱼放在维纳扎（Vernazza，位于力古里亚海岸拉斯佩齐亚附近）产的葡萄酒中浸泡
　　以后食用。

被他提起姓名：

我未看见有谁

露出不悦反应。

我见到皮拉的

乌巴尔迪诺⁵及

主教卜尼法斯⁶

（后者信众颇多），

饿得空咬牙齿。

我看到马尔凯塞，⁷

他曾畅饮在弗利，

从来未这样饥渴，

也未感到过满意。

5 "皮拉的/乌巴尔迪诺"，即乌巴尔迪诺·德拉·皮拉（Ubaldino della Pila）。乌巴尔迪诺家
   族是个很有权势的家族，有个支系的城堡叫皮拉，为与其他支系区别，故称这个支系为皮拉
   的乌巴尔迪诺。关于这个家族但丁在《地狱篇》和《炼狱篇》多处提及，这里说的乌巴尔迪
   诺就是《地狱篇》第三十三曲提到的比萨大主教鲁杰里（Ruggieri degli Ubaldini，参见《地
   狱篇》第三十三曲注1）的父亲。
6 这里的卜尼法斯不是教皇卜尼法斯八世，其全名为卜尼法斯·德伊·菲耶斯基（Bonifazio
   dei Fieschi），出生在热那亚，曾任拉文纳大主教，那个教区很大，包括罗马涅地区全部和艾
   米利亚地区一部分，所以诗中说他的"信众颇多"。
7 指马尔凯塞·德利·阿尔戈利奥西（Marchese degli Argogliosi），弗利的贵族，1296年曾任
   法恩扎行政官，是个有名的酒徒。

博纳准塔和温柔新诗体

有时面对二人，

需先看后决定，

究竟应该对谁

怀有更大尊敬；

我对卢卡那人[8]

就是这样判断，

因为我觉得他

对我更怀好感。

他正在喃喃自语；

我听他似乎说出

"珍图卡"，却不知

他指的究竟是谁；

他发声的那个部位，

就是忍受饥渴的嘴。

"亡魂哪，"我对他说，

"看来你充满诚意，

要与我进行攀谈；

我请你发音清晰，

8　即博纳准塔·达·卢卡。

让我明白你所说的，

通过交谈互递信息。”

于是他开口说道：

"那姑娘[9]已在人世，

尚未戴妇女头巾，[10]

她将会使你欢喜

我们的那个城市，

别信那流言蜚语[11]。

我对你的预言是：

你定会到那里去。

倘若你对此预言

还存有什么疑虑，

将来的事实会

给你解释清楚。

---

9   即上面说的"珍图卡"（Gentucca），此人到底是谁，注释家们莫衷一是。博纳准塔·达·卢卡的预言，很可能是指但丁从1302年被流放的期间，在卢卡曾爱上的那个贵妇人珍图卡。

10   "尚未戴妇女头巾"，即还是少女。佛罗伦萨城邦当时规定，妇女要戴头巾，已婚妇女戴黑色头巾，寡妇戴白色头巾（参见本书第八曲注8），未婚少女不戴妇女头巾。这句话的意思是：1300年但丁游历冥界时，珍图卡还是少女。

11   当时托斯卡纳各城市的居民，囿于狭隘的地方主义，爱说别的城市坏话。关于卢卡，但丁曾借第八层地狱第五囊里执法的恶鬼说：那里"人人都是贪官污吏；/ 只要你肯行贿，/ '不行'变成'可以'"。参见《地狱篇》第二十一曲"贪官污吏的恶囊"一节。

但是请告诉我，

这里我是否已

见到那位诗人，

他以这一首诗

《懂得爱的女士》,[12]

开创新的诗体。"

我便对他解释:

"我是这种诗人:

爱神给我灵感时，

我把它记录下来，

然后按爱神口授

再如实呈现出来。"

"啊，兄弟呀，"他道，

"现在我终于明白了，

我、那位公证人、[13]

圭托内，达不到

---

12 这是但丁的诗集《新生》(*Vita nuova*) 中歌颂贝阿特丽切的那首诗的第一句，也可以说是这首诗歌的标题，在当时相当有名。据但丁自己在《新生》中称它"颇在人们中间传诵"，以至人们对他怀有"过高的希望"（参见《新生》第二十章）。

13 "公证人"指雅各布·达·伦蒂尼(Iacopo da Lentini)，约1250年逝世，是西西里诗派的代表人物；"圭托内"即圭托内·达·阿雷佐(Guittone d'Arezzo)，1294年死于佛罗伦萨，是托斯卡纳诗派的代表人物之一。西西里诗派和托斯卡纳诗派都是温柔新诗体诗派之前的派别，对后者的形成产生过巨大影响。

温柔新诗体高度，

究竟是什么缘故；

现在我已看清楚，

你们随爱神口授，

我们却不这么做；¹⁴

谁想进一步探求，

不会有别的结果。"

他说罢感到满足。

科尔索·多纳蒂的下场

越冬时的大雁

聚集尼罗河畔，

有时排成一队，

急急忙忙飞离；

这里所有亡灵，

也像候鸟那样，

排成一字队形，

离去匆匆忙忙：

---

14 博纳准塔认为，他所代表的托斯卡纳诗派与但丁等代表的温柔新诗体派，差别就在于"你们随爱神口授，/ 我们却不这么做"，即你们抒写真实的爱情感受，而我们却"不这么做"，却模仿普罗旺斯诗歌的风格。而且他还认为：如果"谁想进一步探求 / 不会有别的结果"，即不会得出与上面结论不同的结论，所以他"感到满足"。

由于骨瘦如柴，
也因赎罪心切，
步伐迈得很快
急于迅速离开。

其中就有一位，
奔跑喘息劳累，
于是缓步而行，
直至喘息暂定，

任凭同伴超越；
他就是弗雷塞，
宁愿留在后面
继续与我交谈。

"什么时候，"他道，
"我们才能重逢？"
我回答他说道：
"这我也不知道，

谁知我在阳间
还能活上多久，
我想重逢时间
不会那样迅速，

因为重新返回这里，

不取决于我的意志：

我生长的那个地方，

善行一天一天沦丧，

必将走向悲惨灭亡。”

他说："你放心去吧，

因为我见那个罪魁，[15]

已捆绑于驴的尾巴

拖往万劫不复山谷。[16]

那个畜生越走越疾，

每一步都加快速度，

最后给他致命一踢，

扔下他伤残躯体。"

然后他仰面朝天，

15　指弗雷塞的胞兄科尔索·多纳蒂（参见本书第二十三曲注9），约1250年出生，是佛罗伦萨黑
　　党领袖。但丁认为他是佛罗伦萨灾难的祸首：1300年5月，佛罗伦萨两大敌对家族（多纳蒂
　　家族与切尔奇家族）发生流血冲突，但丁当选行政官后建议把两党首领统统流放，以稳定社
　　会秩序。于是科尔索逃往罗马，祈求教皇卜尼法斯八世干涉。1301年，卜尼法斯教皇派法国
　　国王腓力四世的弟弟查理·德·瓦洛瓦去佛罗伦萨调解黑、白两党的争端，暗中帮助黑党战
　　胜白党，致使但丁和其他一些白党人士被罚款或驱逐出境（参见本书第二十曲注18）。此后
　　几年，科尔索成了佛罗伦萨的实际主宰，他不断施展阴谋，时而讨好民众，时而与皇帝党勾
　　结，引起了许多同党对手的怀疑。最后，大家联合起来于1308年10月指控他犯有叛国罪，并
　　以共和国政府的名义判处他死刑处死。这是弗雷塞对科尔索的预言。
16　即拖往地狱。

继续对我解释说：

"不会过多长时间，

你就会明白此事，
此时我不能给你
讲得再清楚一些。
现在你留在这里；

在这个王国里
时间非常宝贵，
与你肩并肩行走，
我已受巨大损失。"

骑兵作战之时，
有时个别骑士
突然冲出队伍，
那是为了争取

率先交锋荣誉；
这位同伴[17]如是，
迈开阔步离去，
撇下我和老师。[18]

---

17 指一直与但丁一起并肩行走、交谈的弗雷塞。
18 这里老师是复数，指维吉尔和斯塔提乌斯。

第二棵树

他虽离我们远去，
我眼睛却尾随他，
而我的心思依旧
思索着他的话语；

我们刚拐过弯，
就见另一棵树
出现在我眼前；
树叶颜色鲜艳，

树上果实累累，
在那树的下面，
人们举着双手，
朝着大树呼喊，

不知喊些什么，
仿佛是群少年，
祈愿未获满足，
继续在那叫喊；

那被祈求的人
却不理睬他们，
反而把他们
索要的东西，

高高举起

且不藏匿，

让他们的欲望

变得高涨难抑。

后来他们好似

已经不再痴迷，

纷纷离开那里；

于是我和老师

来到大树跟前，

它拒绝了少年，

尽管他们百般

祈求，痛哭流泪。

被惩罚的贪食者

"你们快走过去，

不要靠近这里！

山顶上边有棵树，[19]

夏娃偷食它果实，

---

19 "上边"指炼狱山顶上的伊甸园，"有棵树"指当初亚当和夏娃曾偷食树上禁果的那棵树，参
见本书第三十二曲注10。

这棵树是由

那棵树所出。"

有个声音这样说,

我不知是谁说出。

于是斯塔提乌斯、

维吉尔,还有我,

相互靠拢在一起,

向前行,紧靠崖壁。

那声音接着说:

"你们必须记住,

那些云彩孕育、

该诅咒的怪物,[20]

它们吃饱喝足,

挺起肥厚胸脯

与特修斯搏斗;

你们还要记住

20　指半人半马的怪物肯陶罗斯(Centaurs),参见《地狱篇》第十二曲注12。据古希腊神话传
说,它们是忒萨利亚王伊克西翁(Ixion)与涅菲勒(Nephele,希腊语,意思是"云")所
生,所以诗中说它们是"云彩孕育"。伊克西翁之子结婚时,邀请众亲友吃酒,肯陶罗
斯们也去了。它们吃饱喝足之后,要非礼新娘和在场的女子;新郎的好友雅典王忒修斯
(Theseus,参见《地狱篇》第九曲注9)挺身而出,与它们搏斗,并将大部分肯陶罗斯杀死。
关于这场搏斗,奥维德在《变形记》第十二章中有详细描述。这是但丁列举的第一例被惩罚
的贪食者。

那些以色列人，[21]

他们喝水之时

显得软弱无比，

基甸讨伐米甸人

不带他们前往。"

我们就是这样，

行走贴近山崖，

耳听罪人受罚。

节制有度天使

此后通道变宽，

我们三人走散，

大家沉思不语，

走了千步有余。

"你们剩下三个，

都在想些什么？"

21　这是但丁列举的第二例被惩罚的贪食者，来自《旧约·士师记》第7章第2—7句：以色列士
　　师基甸（Gideon）率领以色列人去抵抗来犯的米甸（Midian）人，耶和华对他说：你带的人
　　过多，"你要带他们下到水旁，我好在那里为你试试他们"。那些以色列人来到水旁，耶和
　　华让他们喝水，然后将他们分成两队：用舌头舔水的站一队，跪着喝水的另站一队。然后对
　　基甸说："我要用这舔水的三百人拯救你们，将米甸人交到你手中。"诗中所说的"他们喝水
　　之时／显得软弱无比"的人，指那些跪着喝水的人，他们跪着喝水，而且毫无节制，喝得很
　　多，说明他们缺乏军人应有的忍耐饥渴的素质，不适宜带去和米甸人作战。

有个声音突然
把我们思绪打断；

令我颤抖一下，
就像胆怯小马
突然受到惊吓。
我便抬起头来

看是谁在讲话；
我看见的人哪，
红彤彤亮闪闪，
精神如此焕发，

胜过熔炉里的
玻璃或者铁器。
他说："你们若是
继续向上攀爬，

就得在此转向；
祈求永福的人
都从这里向上。"
他那光辉形象

让我无法睁眼，
于是我便躲在

两位老师后面，
跟着他们向前，

就像盲人一个，
行走听人劝诫。
五月微风吹起，
预示拂晓在即，

微风饱含花香，
还有青草味道。
此时我就感到，
一丝微风吹到

我的额头之上，[22]
而且我还闻到，
扇动着的翅膀
带来天国芬芳；

我听见有人说道：
"这样的人有福了，
他们受天恩启迪，
让对美味的爱好

---

22 指天使扇动翅膀又抹去了但丁额头上一个"P"字，宣示但丁已洗涤干净自己身上的贪食罪孽。

不激起过度食欲，

满足于所求有度！"[23]

23　这里"有福了"的人与《新约·马太福音》第5章第6句讲的"饥渴慕义的人有福了"所指的是一类人（参见本书第二十二曲注1），即犯贪食罪的犯人。这些犯人虽然爱好美味，但已能够控制自己，做到"所求有度"。但丁这里也没有直接引用《圣经》原文，而用意大利语写出来。意思是：人的口腹之欲是与生俱来的，但不能过度贪求犯下贪食罪。现在这些曾犯下贪食罪的灵魂，受到圣恩启迪已经能够节制饮食，所求有度。

第二十五曲

我们就是如此
进入狭窄路径，
由于通道狭窄，
只好鱼贯而行。

　　但丁他们在节制有度天使指引下，鱼贯而行，进入通向第七层炼狱的狭窄通道。大家急急忙忙赶路，但丁心里却有个问题一直难以释怀。他想问，又怕影响大家赶路。维吉尔看出了他的心思，鼓励他把问题提出来。于是他问："无须进食的人／怎么会消瘦呢？"就是说：炼狱里的这些亡灵，不像活人那样需要进食，他们怎么会消瘦呢？广义地说，这个问题还涉及：炼狱和地狱里的惩罚都是物质性的，而亡灵们则是精神性的，物质性的惩罚怎么会对精神性的对象起作用呢？

维吉尔从理性的角度举了两个物质世界的例子给但丁解释。但他觉得自己的解释说服力不足，便邀请斯塔提乌斯来现身说法，再从神学角度给但丁做出解释。因为，维吉尔觉得，既然斯塔提乌斯已经洗涤干净自己的罪孽，获准升入天国，他的切身经历和体会或许对但丁更有裨益。

接下来就是斯塔提乌斯的大段解释，即但丁借斯塔提乌斯之口，阐述当时神学和生物学对人的生命与灵魂的生成与发展过程的基本观点。主要分为两个部分：

1.人的肉体与灵魂的形成：男性血液的一部分留在心脏里面，变成精液并获得构成人体的新的能力，它从心脏流向男性生殖器，然后滴入女性的生殖器中，并与女性的血液结合。男性的精液先使女性的血液凝固，再赋予这一凝固物以生命，此时这个凝固物既有生命也有感觉，男性的精液变成了这个凝固物的灵魂，但这时的灵魂类还是植物灵魂。男性精液的作用并未就此止步，它那"构成肌体的能力"会继续起作用，让这个凝固物生长出人类的大脑和各种感官。这时，原始动力，即上帝，就会降临于这个大自然创造的"精美艺术"品，"并且向它注入／充满活力灵气"，即赋予它富有思维能力的理性灵魂。"于是这一灵气，／把那里发现的／活动因素吸收、／汇入自身实体，／形成单一灵魂：／具有生命、感觉、／自省能力的灵魂。"这就是斯塔提乌斯介绍的人类从胚胎到具有智力与灵魂的人的整个形成过程。

2.人的灵魂这种非物质的东西，为什么会像人的肉体那种物质，会变得消瘦，而且"能说会笑，／能流泪能叹气"呢？斯塔提乌斯继续解释说：人死以后灵魂离开肉体，同时带走了人活着时具有的人性能力和神性能力。所谓"人性能力"指植物性能力和感知能力，因为人已死亡，灵魂离开肉体后，这两种能力失去了其生前所依托的感官，变成"潜在的"能力；而"神性能力"指上帝赋予人的理性能力，即记忆、智力和意志，这些能力由于不再受制于肉体，会变得更加活跃。

斯塔提乌斯还给我们解释，人死后灵魂为什么会呈现出和人体原来形状一样的虚幻的形体呢？他还是从灵魂的"构成能力"说起：亡灵到达指定位置（即地狱或炼狱的某一层）后，向四周的空气辐射，辐射的力度和方式参照活着时的躯体；四周的空气发生反射，就形成了与原来躯体一样但是空虚的形体，原来那些器官也有了形体，如是亡魂就"能说会笑，/ 能流泪能叹气"了，灵魂也就会变消瘦了。

最后，但丁他们来到收纳贪色罪犯人的第七层平台。这里的情景引起但丁注意：崖壁上向外，即向通道上喷射烈火，通道外沿自下而上吹着劲风，迫使烈火远离外侧，这样通道外侧就形成了一条狭窄的地带。但丁他们沿着这条狭窄地带鱼贯前行。但丁既要担心通道内侧的危险，怕被烈火烧着，又要担心通道外侧的危险，怕踏空跌下山涧。

这里的阴魂，一边诵唱警诫淫欲的歌曲，一边呼喊着贞洁美德者的名字，以这种方式赎罪。

但丁的疑问

现在向上攀登

已经刻不容缓；

因为太阳已经

离开了子午圈，

让位给金牛座，

所以黑夜也已

离开了子午圈，

让位给天蝎座。[1]

人受形势所迫，

急急忙忙赶路，

不论发生什么，

都不停住脚步；

我们就是如此

进入狭窄路径，[2]

由于通道狭窄，

只好鱼贯而行。

---

1 但丁开始冥界之旅时，太阳在白羊座（参见《地狱篇》第一曲"三只猛兽"一节）；"太阳已经 / 离开了子午圈，/ 让位给金牛座"，即位于白羊座的太阳已经西斜，进入其后的金牛座，时间大概已经是下午2点了；与太阳相对应的黑夜也已从天秤座移至天蝎座。

2 直通往第七层炼狱的通道。

犹如幼鹳那样，

没有勇气离巢，

频频抬起翅膀，

然后垂下翅膀；

此时我的心里

就像幼鹳这样，

先燃起后熄灭

我那提问欲望；

这种行为酷似

有人欲言又止。

亲若慈父老师，

尽管迈步迅疾，

却未不管我，

而是对我说：

　"讲话就像射箭，

既然弓已拉满，

就该放箭啦，

有啥快说吧！"

我便放下心来，

开始张口说话：

"无须进食的人

怎么会消瘦呢?"[3]

老师回答我问:

"墨勒阿格洛斯[4]

随着一块木头

燃烧而尽死去,

你若记得此事,

疑问不难消除;

如果你再想想,

你们一举一动,

镜子里的形象

就会随之而动,

这样一来,你那

难以解决的问题,

---

3 意思是:炼狱里的这些亡灵不像活人那样需要进食,他们怎么会消瘦呢?

4 墨勒阿格洛斯(Meleagros)是卡利敦(Calydon)国王俄纽斯(Oeneus)和王后阿尔泰亚 (Althaea)的儿子。他出生后不久,古希腊神话中掌握人命运的三女神之一的阿特罗波斯 (Atropos,参见本书第二十一曲注6和《地狱篇》第三十三曲注20)把一根木头扔在燃烧的 灶火上说,这根木头能烧多久,他就能活多久。他母亲阿尔泰亚便把那根木头从火中取出并 藏匿起来,希望以此延长儿子的生命。后来,卡利敦国有头野猪祸害百姓,墨勒阿格洛斯便 邀请希腊各国英雄前来会猎。阿尔卡迪亚公主阿塔兰塔(Atalanta)也来参加会猎,墨勒阿 格洛斯爱上了她,他便把杀死的野猪猪头送给公主。两位舅舅不愿意,他便一怒之下杀死了 舅舅。母亲知道后决定为弟弟报仇,便把那根木头拿出来烧掉。等那根木头烧尽时,墨勒阿 格洛斯也在痛苦中毙命(参见奥维德《变形记》第八章)。

就变得十分容易。

但是，为让你的

求知欲感到满意，

斯塔提乌斯在此，

我呼吁并恳请他

来为你医治心疾。"[5]

斯塔提乌斯的教训

"如果当着你面

由我诠释神意，"

斯塔提乌斯说，

"那我只能说是

恭敬不如从命吧。"

于是他开始释疑：

"假如我的话，孩子，

你能听进并留意，

5　"心疾"指但丁因心存疑虑而感到伤心。维吉尔在《神曲》里作为理性的代表，为解除但丁
的疑问，已从理性的角度举出了前面两个例证，但仍觉得不够，拟请斯塔提乌斯再从神学的
角度给但丁解释一下。因为维吉尔觉得，既然斯塔提乌斯已经洗涤干净自己的罪孽，获准升
入天国，他的切身经历与体会或许更能给但丁释疑。

它们定能解释

你提出的问题。

完美血液[6]没有

全被血管吸收，

如同残茶剩饭，

留在心脏里面，

具备构成能力：[7]

构成人类肢体；

那曾被吸收的

部分，在血管里

形成营养，滋补

已形成的肢体。

它在心脏里面

经进一步提炼，

然后流向下面，

流到那个地方，[8]

6　从这句开始，斯塔提乌斯用了很长篇幅回答但丁的问题。他根据当时流行的神学和医学观点，首先从人的生殖过程讲起，然后才讲灵魂的形成。所谓"完美血液"，指食物经过消化作用而变成的纯净的血液，它一部分作为父体的养分被父体吸收，一部分留在心脏里。

7　指留在心脏中的那部分完美血液变成了精子、精液；所谓"构成能力"（virtute formatima），即精子具备构成（或形成）人的肢体的能力。

8　指男性生殖器。

那地方的名字

最好不要说出；

最后从那滴入

天生的小容器。[9]

两种血液[10]在那里

相互交融在一起，

一种完全被动，[11]

一种积极主动，[12]

因为后者是从

完美地方析出；

它与前者相遇，

便开始起作用：

先要使其凝固，

然后再将生命

赋予凝固之物。

那个主动之物

9　指女性生殖器。

10　指男性与女性的血液。

11　指女性的血液，月经。

12　指男性的精液。托马斯·阿奎那在《神学大全》第一卷中说："正如那位哲学家（指亚里士多德）所说，在通过性交生殖的动物方面，主动力在男性的精液，但胚胎物质是由女性提供的"；又说："在生殖中，行为有主动与被动之分。因此，全部主动力在男性方面，被动力在女性方面"（见《神学大全》第三章）。

转化成为灵魂，

类似植物灵魂，

二者之间差异

仅仅在于这里：

前者尚在发展，

后者已经靠岸。[13]

此后人的灵魂

会有许多演变：[14]

先是类似海绵，

能够感知、动弹，

然后作为种子

发展各种感官。

啊，亲爱的孩子，

源于男子心脏的、

构成肌体的能力，

现在已全面展开。

但是它是如何

变成俗人一个，

---

13 意思是：精液已转化成人的灵魂；人的灵魂此时犹如植物的灵魂（anima vegetativa），不过人的灵魂还处于发展之中，而植物的灵魂"已经靠岸"，已经完成其全部发展过程。

14 人类的灵魂还会继续发展，先经过类似海绵的阶段（中世纪认为海绵是最低级的动物，能够运动，也有感觉，介于植物与动物之间），然后精液的主动力像植物的种子那样再给人类灵魂传输各种感觉能力，形成各种感官。

你还没看清楚；

这是难题一个，

它曾经使一个

比你聪明的智者，

陷入理论过失：

未把可能心智

与灵魂分开，

因他未看见

与这种心智

对应的器官。[15]

敞开你的胸怀

迎接真理前来；[16]

而且我还告诉你，

待大脑在胚胎里

---

15 这里指阿拉伯哲学家阿威罗伊（Averroís, 1126—1198年，参见《地狱篇》第四曲注41），他在给亚里士多德的《论灵魂》一书作注的时候做出的错误解释。亚里士多德学派把人的心智区分为活动心智（intelletto agente o attivo）和可能心智（intelletto possibile o passivo）。前者通过抽象作用使感官提供给我们的种种个别印象形成概念，从而使我们获得感性认识；后者使我们获得理性认识。阿威罗伊由于没有看到人身上有与可能心智相对应的器官，例如与视觉对应的是眼睛、与听觉对应的是耳朵，所以他认为那是一种独特的、超验的普遍性智力（intelligenza universale）。这种智力在人活着的时候，为一切个人的灵魂所共有，但又与之相互分离；人一死亡，可能心智就不复存在。因此，阿威罗伊认为：人根本没有所谓不灭的个人灵魂。这种说法受到经院哲学家，尤其是托马斯·阿奎那的批判，因为否认个人灵魂不灭，就是否认死后善人得福、恶人受惩的教义。

16 意思是：大胆接受我这里给你讲授的真理吧。

形成并且到达

完美无缺境地，

原始动力[17]就会

欣然惠顾于它，

欣赏大自然的

这一精美艺术，

并且向它注入

充满活力灵气；[18]

于是这一灵气，

把那里发现的

活动因素吸收、

汇入自身实体，

形成单一灵魂：

具有生命、感觉、

自省能力的灵魂。[19]

为使你对我这则

17　指上帝。

18　指富有思维能力的理性灵魂。等人的胚胎的脑组织形成之后，上帝就会惠顾于它，给"这一精美艺术（品）"赋予理性灵魂。

19　这段话的意思是：理性灵魂把它在胚胎中发现的先变成植物性灵魂，然后使其变成感性灵魂的"活动因素"（或曰"构成能力"），与自身结合起来，变成一个单一的灵魂，一个具有生命、感觉和自省能力的人类的灵魂。至此，斯塔提乌斯介绍了人类从胚胎到具有智力与灵魂的人的整个形成过程，其理论依据主要是托马斯·阿奎那的《神学大全》和当时生物科学的一些成果。

解释，不感到惊奇，

请你想想太阳热量，

一旦被葡萄汁液吸收，

它就会变成美味佳酿。

缥缈的躯体

当生命结束时，

灵魂脱离肉体，

带走潜在的人性

能力[20]和神性能力：

人性各种官能

全都哑然无声；

三种神性能力：

记忆、智力、意志，

变得更加活跃。

灵魂不会歇脚，[21]

20　"人性能力"指植物性能力和感知能力，因为人已死亡，灵魂离开肉体后，这两种能力失去了其生前所依托的感官，所以这里称其为"潜在的"；"神性能力"指上帝赋予人的理性能力，即记忆、智力和意志，这些能力由于不再受制于肉体，会变得更加活跃。

21　脱离肉体的灵魂不会就此止步，而会降落到进入地狱的冥河岸边（如被罚进入地狱，参见《地狱篇》第三曲"冥河与卡隆"一节）或台伯河岸边（如被判进入炼狱，参见本书第二曲"卡塞拉"一节和该曲注14）；"那里他会知道，/ 该向何处前往"，即到了冥河或台伯河口后，灵魂们就知道应去地狱第几层服刑，或去炼狱第几层洗涤罪孽。

而会神奇地
自行降落到,

两道河流中的
一道河的岸上;
那里他会知道
该向何处前往。

到达指定位置,
于是构成能力[22]
便向四周辐射,
辐射力度、方式

参照活时躯体;
空气包含水汽,
受到光线照射,
便会发生反射,

变得五彩缤纷;
灵魂周围空气
也有这种能力,
反射出的形体

---

22 "构成能力"参见前注7。

酷似它所在的

原来那具肉体；

这个新的形体，

跟随灵魂移动，

就像火舌那样，

随着火焰转移。

由于灵魂有了

这个虚幻形体，

所以称作幽灵；

虽说是个幽灵，

却有各种感官，

乃至视觉器官。

有了这些器官

我们能说会笑，

能流泪能叹气，

这些你都见到；

按照欲望、情感刺激，

幽灵呈现不同外貌，

你之所以感到惊奇，[23]

原因应该就在这里。"

23　即前面但丁提的问题："无须进食的人／怎么会消瘦呢?"

贪色者

我们来到炼狱
最后一层平台，
转身向右走去；
这里令人关注

另外一种可怕情景：
平台崖壁烈火喷射，
平台外沿劲风上吹，
迫使火焰离开外侧；

因此我们只能
沿着平台外侧，
向前鱼贯而行；
我既担心内侧，

怕被烈火烧着，
又要担心外侧，
踏空山涧坠落。
此时老师则说：

"我们在此走路
必须管好双目，
因为稍有疏忽，
就会迈错脚步。"

这时我听见，

烈火的中间

响起歌声一片：

"无上仁慈的主。"[24]

歌声吸引了我，

令我注目烈火：

看见那些魂灵

正在火中穿行；

因此我需兼顾：

时而观察他们，

时而留意脚步。

待那歌声结束，

他们齐声高呼：

"我还没有出阁！"[25]

随后他们重复

吟唱那首赞歌；

歌声刚一结束，

他们再次高呼：

24 "无上仁慈的主"，原文是拉丁文 "Summae Deus clementiae"。这是天主教会周六早课时唱的一首拉丁文赞美诗的第一句。该赞美诗的主题是警诫淫欲。这也是犯贪色罪灵魂们唱的祷词。

25 这句话的原文是拉丁文 "Virum non cognosco"（我没有出嫁），源自《新约·马太福音》第1章第34句：大天使加百利告诉马利亚，说她要怀孕生子；马利亚回答他说："我没有出嫁，怎么有这事呢？"但丁提及马利亚，是把她作为贞洁美德的第一个典范。

"狄安娜固守森林，

把中了维纳斯毒

的赫丽丝[26]驱逐。"
然后他们重唱
前面那首歌曲，
接着大声颂扬

那些贞洁夫妇们：
他们严格遵守
婚姻、美德要求。
我敢相信，他们

经受火烧期间，
一边咏唱赞歌，
一边颂扬典范，
洗涤他们罪愆，

只有这种疗法
和这样的菜肴[27]
才能使他们的
创伤得到治疗。

26　赫丽丝（Helice）是古希腊神话故事中著名的贞洁女子卡利斯忒（Callisto）的别名，她发誓
　　终身不嫁。狩猎女神狄安娜（参见本书第二十曲注35），为保持自己的贞洁，与其他具有相
　　同想法的仙女们一起住在森林里，其中就有赫丽丝。后来宙斯爱上了赫丽丝，使她怀孕生
　　子，狄安娜就把她驱逐出去了，以免自己居住的地方受到玷污。诗中说赫丽丝"中了维纳斯
　　毒"，指她犯了色情罪，丧失了贞洁。狄安娜就是但丁列举的贞洁美德的第二个典范。参见
　　奥维德《变形记》第二章对这个故事的描述。
27　"这种疗法"指以火煅烧；"这样的菜肴"指给他们提供的贞洁典范。

第二十六曲

我们沿着外沿
鱼贯而行之时，
我那老师仁慈，
常常给我提示……

炼狱第七层收纳的是犯贪色者的灵魂。他们分成两队：犯邪淫罪的为一队，犯鸡奸罪者为另一队。他们都在烈火中行进，但方向相反。

第一队的阴魂看见但丁的身躯像一堵墙那样遮挡阳光，其中有个亡魂——即温柔新诗体的创始人圭多·圭尼泽利——便问他为什么能够逃脱死神的罗网，活着就来冥界游历。但丁正要回答他的问题时，另一队阴魂迎面走来，吸引了他的注意力，令他"住口侧目观看"，"见这群阴魂 / 和原来的阴魂，/相互迎面奔跑，/热情亲吻拥抱"，并且用日常生活中常见的事例形容他们，"酷似褐色蚂蚁/相互碰头致意，/也许它们这是/询问路况安危"。欢乐相见之后，两队阴魂又分开向前赶路，口中呼喊着不同的被上帝惩罚的典范警示自己：鸡奸者呼喊着"所多玛和蛾摩拉"这两座因其居民犯鸡奸罪被上帝用神火焚毁的城市；犯邪淫罪者则呼喊克里特岛王后帕西淮，那个因钻进木制母牛肚里与公牛交媾、生下半人半牛怪物米诺陶洛斯而被上帝惩罚的女人。

这些亡魂都离开之后，圭尼泽利走近但丁，脸上显现出要倾听他答复的神情。但丁觉得责无旁贷，便回答他说："因为有一位圣女/为我求得恩准，/带着我的肉体/来到冥界游历。"然后但丁就问他："请你们告诉我，/你们是什么人？/朝相反方向走的，/他们又是什么人？"他向但丁说明，他们犯的是邪淫罪，而朝相反方向走的人犯了鸡奸罪。

当但丁听到那人自报姓名说出他就是新诗体之父圭多·圭尼泽利时，但丁真想跑过去向他表示敬意，却因为那里烈火熊熊，没敢贸然跑过去，仅向他发誓说要为他服务效劳，还赞扬他的诗作。圭尼泽利面对但丁的赞许，表现得非常谦逊，认为与他一起的许多诗人都比自己优秀，并向他介绍普罗旺斯诗人丹尼尔。最后，他请求但丁到达天国见到耶稣基督时，别忘了为他诵唱《我们的天父》。但该祷词很长（见本书第十一曲第一节）、内容很多，所以圭尼泽利希望但丁仅为他们诵唱与他们的罪孽有关的部分。

最后，但丁与普罗旺斯诗人阿尔诺·丹尼尔见面，并进行了简单交谈：但丁向丹尼尔表示非常希望结识他，丹尼尔则非常谦卑地回答了但丁的问题。之后，他向但丁介绍了他在炼狱洗涤罪孽的情景："我哭泣、我歌唱、/反省过去的荒唐，/看到久盼的理想/已经近在咫尺。"丹尼尔说罢就又投入到烈火中，燃烧自己、洗涤罪孽。

两队贪色者的队伍

我们沿着外沿
鱼贯而行之时，
我那老师仁慈，
常常给我提示：

"当心通道两边；
记住我的警示，
对你时时有益。"
此时太阳偏西，

照射我们右肩；[1]
由于阳光照射，
天空蔚蓝颜色
已经转为白色。

我身躯的投影，
使得崖壁火焰
变得更加明显；[2]
我见那些幽灵

---

1 第二十四曲快结束时，节制有度天使提醒但丁他们转身。按照注释家们推算，那时将近下午四五点，但丁他们顺着平台外沿向南行走，夕阳几乎平射在他们右肩上。

2 当日光照射到火焰上时，火焰的红色似乎有些减退；但是，如果有什么东西遮住阳光时（这里指但丁的影子），火焰的红色就会变得明显起来。这一迹象虽小，却引起那里亡灵们的注意。

对此倍加注意，

成为他们谈论

我的原因之一；

他们相互议论：

　　"那个人的躯体

不像虚幻形体。"[3]

于是他们当中

有人向我挪动，

　　不过小心翼翼，

注意不能脱离

燃烧他们的烈火。

其中一个对我说：

　　"喂，走在最后的人，

你不是行动迟缓，

我看是出于恭敬，

才走在他们后边；

　　请你回答我这个

遭受烈火与饥渴

折磨的贪色罪人，

你的答复对我们

3　不是幽灵的那种虚幻形体，指但丁的躯体可以隔断阳光。

都会非常必要，
因为我们大家
渴望你的回答，
胜过埃塞俄比亚

和印度的居民 4
对凉水的渴求。
恳请你告诉我们，
你咋能像墙一堵

遮挡住那阳光，
你怎么能逃脱
死神那张罗网。"
我的注意力若

不是受制于另外
一件新奇的事情，
我对他的问题
本来可以澄清：

此时火焰中间
另一队人出现，
这种情况令我
住口侧目观看；

4　指那些生活在像埃塞俄比亚和印度那些炎热国家的居民渴望喝到凉水。

我见这群阴魂

和原来的阴魂，

相互迎面奔跑，

热情亲吻拥抱；[5]

仿佛他们对这

短暂问候局面，

感到十分喜悦，

久久不愿停歇；

酷似褐色蚂蚁

相互碰头致意，

也许它们这是

询问路况安危。

友好问候结束，

迈步行走之前，

大家大声高呼；

新来的人高喊：

---

5   新来这群阴魂是犯鸡奸罪者的灵魂，原来那群阴魂是犯邪淫罪者的灵魂。对这两种犯人，地
     狱与炼狱的惩罚方式不同：在地狱里犯鸡奸罪者被罚在第七层第三环受火雨浇淋（参见《地
     狱篇》第十五曲"鸡奸罪人"一节），而犯邪淫罪者则被罚在第二层被狂飙刮来刮去（参见
     《地狱篇》第五曲"邪淫之辈"一节）；在炼狱里他们则同处第七层相向而行，被烈火燃烧，
     在烈火中洗涤自己的过失。"亲吻拥抱"是古代基督徒见面时的一种习俗。

"所多玛和蛾摩拉。"[6]

原来的人则高呼：

"女王钻入木牛肚，

吸引公牛泄淫欲。"[7]

然后这些阴魂，

就像两队灰鹤：

一队飞往黎菲山，[8]

去躲避烈日照射；

一队躲避严寒，

飞往沙漠地带。[9]

一拨阴魂走过去，

一拨阴魂走过来，

一边流着眼泪水，

一边唱着赞美诗，

6　"所多玛（Soddoma）和蛾摩拉（Gomorrah）"是巴勒斯坦的两座古城，由于那里居民犯鸡奸
　　罪，被上帝用天火烧毁（参见《旧约·创世记》第18章和第19章）。新来的阴魂曾犯鸡奸罪，
　　他们高呼这两个受到惩罚城市的名字，来警示自己。关于所多玛还可参见《地狱篇》第十一
　　曲注11。
7　克里特岛王后帕西淮（Pasiphae）钻进木制的母牛肚子里，吸引公牛来交配，结果生出了半
　　人半牛的怪物米诺陶洛斯。参见《地狱篇》第十二曲注3。原来的阴魂都犯有邪淫罪，所以
　　他们呼喊帕西淮的名字警示自己。
8　黎菲山（i monti Rife），古代欧洲人认为黎菲山脉位于欧洲东北部，那里气候严寒，山顶终
　　年积雪，具体位置不详。
9　指非洲的沙漠地区。

并且重呼那些

最适宜的范例。[10]

刚才求我的魂灵，

重新又向我靠近，

脸上露出的神情，

表明要侧耳细听。

他们欲知的事，

我已领会两次，[11]

现在我来回答：

　"啊，诸位灵魂哪，

你们早晚都会

获得天国之福；

我在人生半途，[12]

带着鲜活躯体，

来到了你们这里；

我从这里向上去，

10　"赞美诗"指第二十五曲末尾这些阴魂唱的赞美诗《无上仁慈的主》，见本书第二十五曲
　　注24；"最适宜的范例"，指这些阴魂按照他们各自犯的罪孽，重复适合他们情况的范例，参
　　见前注6和注7。

11　指这些阴魂想知道但丁是否是活人。他们已经两次表示出这个愿望，第一次是那些犯鸡奸罪
　　的犯人到来之前，有一个阴魂以大家的名义表达了这一愿望，见前面"我们大家／渴望你的
　　回答"；现在是第二次，因为他们"脸上露出的神情，／表明要侧耳细听"。

12　"人生半途"指《地狱篇》第一曲的第一句"人生半征程，／迷路陷密林"。

使生活不再盲目，[13]
因为有一位圣女

为我求得恩准，
带着我的肉体
来到冥界游历；
但愿你们心意

早日得以实现
让那最宽阔的、
充满爱的天国，
成你们居住地。

请你们告诉我，
你们是什么人？
朝相反方向走的，
他们又是什么人？

让我把你们名字
写进我记事本里。"
他们听了这番话，
个个都感到惊异，

13　这句话的意思是：我从炼狱这里向上攀登，为的是洗涤自己罪孽，使今后的生活不再被那些
　　模糊看法遮挡住自己的视力。

就像一个乡巴佬，
土头土脑进城来，
初见城里的一切，
惊奇得目瞪口呆。

不过，他们随即
不再感到吃惊，
因为高尚的心灵
惊异能迅疾平抑。

先前向我提问的
那个魂灵又说道：
"你真的有福了！
因为你是为了

死后灵魂升天，
才来我们地盘，
吸取我们经验。
那些行进方向

与我们相反的人，
他们犯下的罪孽
就是恺撒的过错：
他就因为那罪孽，

班师凯旋的时候，

人们称呼他王后。[14]

所以离去的时候，

正如你刚才听到，

他们高呼'所多玛'，

对自己进行责骂，

让烈火烧掉罪孽；

我们所犯的罪孽

在于性的诉求：

我们没有遵守

人的理智、法度，

却像那些牲畜

屈从性欲冲击，

犯下奇耻大辱。[15]

我们离开的时候，

呼喊那女人名字[16]

14 指恺撒犯有鸡奸罪。传说恺撒年轻时曾与比希尼亚（Bithynia，位于小亚细亚）国王尼科
    墨得斯（Nicomedes）有同性恋关系。在恺撒征服高卢凯旋的仪式上，士兵们利用在这种
    场合可对统帅说风凉话的机会，唱道："恺撒征服高卢人，尼科墨得斯征服恺撒；瞧！征服
    高卢的恺撒现在凯旋，征服恺撒的尼科墨得斯不凯旋。"参见1世纪历史学家苏埃托尼乌斯
    （Suetonius）的《恺撒传》。
15 即邪淫罪。
16 即克里特岛王后帕西淮，参见前注7。

（她钻进木牛肚里，
让木牛替她自己），
以此来羞辱自己，
让烈火烧尽羞耻。

圭多·圭尼泽利

现在你已经知道
我们的罪行劣迹，
如果你还想知道
我们大家的名字，

我可没有时间，
而且说不清楚。
至于我的名字，
可以让你满足：

我的姓名就是
圭多·圭尼泽利；[17]
我能在此净罪，
那是因为临死

17　圭多·圭尼泽利，13世纪博洛尼亚著名诗人，写了许多爱情诗歌，是温柔新诗体的创始人，
　　参见本书第十一曲注21。

及时反省悔悟。"

我和那些比我

更优秀的诗人,

称他新诗之父,

因为在他之前,

我们见所未见,

那种爱情诗歌

温柔优雅欢乐。

听到诗人的名字,

我想起许普西皮勒

她的那两个儿子:

利库耳戈斯悲切

处死他们母亲时,

她这两个儿子

勇敢赶到刑场,

搭救他们的亲娘;[18]

但是我却没有

像他们那样做,

仅仅无言无语

站在那里思索,

由于烈火缘故，

未敢向他迈步；

深思熟虑之后

决定为他服务，

并且信誓旦旦，

以便他相信我。

于是他对我说：

"我听你的誓言，

讲得非常清楚，

就算忘川河 ¹⁹ 水，

既不能将它清除，

也不能使它模糊。

假如你的誓言

是你真实心愿，

那就请你说明，

你以神情、语言，

向我表示爱戴，

出于什么缘故。"

---

19 "忘川河"即勒特河（Lethe），见《地狱篇》第十四曲注26。在古代神话里，灵魂喝了忘川河的河水，便会忘记生前的一切。但丁将忘川河安排在炼狱山顶上，灵魂进入天堂前都要到那里去洗涤，后面我们将在第三十一曲看到但丁对忘川河的具体描述。

于是我回答说：

"您的优美诗句，

尽管是些手抄，
都是奇珍异宝，
只要人们坚持
使用俗语写诗。"

他指着前边那位，
继续回答我说：
"兄弟呀，瞧这位，
他使用俗语创作，

是位优秀的大师，[20]
他的爱情诗歌及
传奇小说，超越
其他所有的作者，

让那些蠢材认为，
利穆日的那一位[21]

---

20 指12世纪后半叶普罗旺斯著名诗人阿尔诺·丹尼尔（Arnaut Daniel），出生在法国佩里高尔郡（Perigord），生平事迹不详。他的文艺创作全盛时期在1180—1210年间，但丁在《论俗语》第二卷中提到并赞美过他。

21 "利穆日的那一位"，指另一位普罗旺斯诗人吉罗·德·博尔奈尔（Giraut de Bornelh），生于利穆桑郡（Limosin）首府利穆日附近。但丁在《论俗语》中把他视为写正义的代表作家，把丹尼尔视为写爱情的代表作家。圭尼泽利也许是因为自己是写爱情诗歌的诗人，才更看重丹尼尔，不太喜欢博尔奈尔。

比他更加优秀;

他们不听艺术

和理智的声音,

仅凭传言判断,

却不看重事实;

许多前辈此前,

评价圭托内[22]的

方法也是如此:

大家口口相传,

都是对他称赞,

直到正确评论

获得多数承认。

既然你已获准

前往天国访问

(那里基督仿佛

修道院的住持),[23]

就请你在那里

为我诵唱'天父',[24]

---

22 圭托内,托斯卡纳诗派的代表人物,参见本书第二十四曲注13。但丁在《论俗语》中多次批评他"用词粗俗",所以这段话的意思是:人们当初对圭托内的评价与事实不符。

23 有注释家认为:天国仿佛是修道院,基督仿佛是修道院的住持。

24 即诵唱主祷词《我们的天父》,该祷词很长(见本书第十一曲第一节)、内容很多,所以圭尼泽利希望但丁仅为他们诵唱与他们的罪孽有关的部分。

只需念诵这里

需要的那部分，

因为我们在这里

不会再度去犯罪。"

为给别人腾地，

说完这番话后，

他就在火中消逝，

似鱼儿潜入水底。

阿尔诺·丹尼尔

我稍向前移步，

靠近所指人物，[25]

并且向他表述，

我在自己心中，

已为他的名字

腾好一个角落，

欢迎他的光临。

他坦然开口说：

25　即丹尼尔，刚才圭尼泽利曾指给但丁看。

"承蒙阁下垂问，
在下感到高兴，
我不能也不愿
对您隐瞒姓名；

鄙人就是阿尔诺，
我哭泣、我歌唱，
反省过去的荒唐，
看到久盼的理想

已经近在咫尺。
神力指引着您
一直向上攀登，
现在我恳求您，

看在神力份上，
记住我的悲痛！"
说罢这番话后，
他就钻进火中，

继续进行净化。

第二十七曲

一位美丽少妇，
田野采花漫步，
边唱歌边诉说：
"不论谁来问我，
我都会告诉他，
我名字叫利亚，
挥动纤手采花，
编织美丽花冠……"

　　但丁告别普罗旺斯诗人丹尼尔，继续向上攀登，来到地上乐园——伊甸园旁边。按照但丁的设想，伊甸园四周围着一道火墙，要进入伊甸园的人必须首先穿越这道火墙。这时火墙边出现了第七层炼狱的守护天使，告诉他们说："如果不先被火烧，/ 就不能向上攀升"，并呼吁他们"快进火中去吧"，还说，火墙对面有天使唱歌，指引他们前进。

但丁犹豫不决。维吉尔告诉他说，穿越火墙也是上帝设置的另一种惩罚，而且向他保证，那火不会伤人。但丁不信，维吉尔让他用衣襟去试试，他不肯。最后，维吉尔只好拿贝阿特丽切说事："贝阿特丽切和你／仅剩这一墙之隔"，你还在等什么呢？这时但丁想起皮拉摩斯和西斯贝的故事，固执的态度开始软化。

维吉尔率先投入火中，斯塔提乌斯也紧随其后投入火中，最后但丁才投入。他们三人在火墙那边的那个天使的歌声引领下，最终走出火墙，来到攀登伊甸园的地方。

此时天色已晚。因为在炼狱里夜晚不能登山，他们便各自选了一级台阶作为自己的床铺，准备在那里过夜。

他们过夜的地方，四处山崖阻拦，但丁只能看见头顶上的一线天。他望着天上因黑暗变得又大又亮的星辰，思绪联翩，慢慢进入梦乡。在梦中，但丁见到"一位美丽少妇，／田野采花漫步"：这位少妇就是利亚。利亚是拉班的长女，雅各的第一任妻子，其实她并不美丽；她的妹妹拉结长得非常美丽，是雅各的第二任妻子。这两位女子在基督教历史中非常重要：基督教神学家们以利亚代表行动生活，以拉结代表冥想生活，所以但丁在诗中借利亚的口说："静观使她满足，／动手让我满足。"但丁在这里梦见利亚意味着他已通过自己的努力得到了人世最大的幸福：进入地上乐园——伊甸园。因为凌晨的梦能预知未来，但丁此时在梦中见到的利亚，代表他即将在地上乐园——伊甸园遇到的女性马泰尔达，而拉结则代表即将与他见面的贝阿特丽切。

因此，当他从梦中醒来的时候，维吉尔就告诉他说，他已经接近可以采摘"甜蜜的果实"的地方。但丁感到无比高兴，仿佛心生双翅，飞快地登上最后几级台阶，来到一处绿草成茵、繁花似锦的地方，那里就是伊甸园。

维吉尔在《神曲》中的任务就是陪伴但丁游历地狱与炼狱，现在他们已到达炼狱山顶的伊甸园，知道自己的任务已经完成，便开始与但丁告别，告诉他说："我用智慧，／还有各种技巧，／把你领到这里；／现在你可把喜好／当作自己的向导：／因你已经历／炼狱的洗涤。"意思是说，但丁已经变成一个纯洁、正直的人，不会再受那些邪念的引诱，完全可以按照自己的意志行事。最后，他还嘱咐但丁在那里等候贝阿特丽切前来与他相会，把引导但丁的任务交给了这位圣女。

贞洁天使

当太阳把晨曦

投射到造物主

流血的地方 [1] 时，

埃布罗 [2] 则处于

天秤星座下方，

而恒河的波浪

被晌午的阳光

渐渐晒得发烫。[3]

白昼就在此时

开始渐渐消散，[4]

上帝的守护天使 [5]

出现在我们面前。

---

1 "造物主 / 流血的地方"指耶路撒冷。基督教的上帝是三位一体的神，即圣父、圣子、圣灵。圣子即耶稣，所以这里的"造物主"指耶稣；他"流血的地方"指耶路撒冷，因为耶稣在耶路撒冷被钉死在十字架上。这句话的意思是：当耶路撒冷是早晨6点时。

2 即埃布罗河（Ebro River），位于西班牙北部，这里指西班牙。

3 当耶路撒冷是早晨6点时，位于其西边90度的西班牙（直布罗陀海峡、埃布罗河）是午夜，即位于天秤星座的下方，而位于其东边90度的印度恒河是中午12点，所以日光把恒河水晒得灼热。但丁在《炼狱篇》已多次使用这种方法来描述时间，参见前面的第二曲、第三曲和第四曲等。

4 由于炼狱与耶路撒冷是对跖地，耶路撒冷是上午6点，炼狱就是下午6点。上一曲开始，但丁提到"此时太阳偏西，/ 照射我们右肩"（参见本书第二十六曲"两队贪色者的队伍"一节和该曲注1），那时炼狱是下午4点、5点左右，此时已到6点了，白昼"开始渐渐消散"。

5 即炼狱第七层的守护天使——贞洁天使。

他在火焰外边，

和颜悦色说道：

"心灵纯净的人哪，

现在你们有福了！"[6]

他的声音洪亮，

远超我们活人。

接着他又说道：

"神圣的灵魂们，

如果不先被火烧，

就不能向上攀升，[7]

快进火中去吧，

追逐远处歌声。"

我们走近他时，

他的这番警示，

吓得我脸色苍白，

如同墓中的僵尸。

6　这句话来自拉丁文《新约·马太福音》第5章第8句："Beati mundo corde！"（"心灵纯净的人有福了！"）中文《圣经》译为："清心的人有福了。"炼狱里的亡魂到达这里，说明他们已经把自己身上包括贪色罪在内的一切罪孽都洗涤干净了，变成了"心灵纯净的人""清心的人"，因此守护炼狱第七层的天使这样向他们祝福。

7　但丁按照早期神学家的看法，设想地上乐园（伊甸园）四周被火墙围绕，要进入伊甸园必先穿越火墙，所以第七层这位守护天使要他们投入到火中去。"追逐远处歌声"，即火墙那边还有一位天使，他会为但丁他们唱歌，以歌声指引但丁他们前进。

火墙

我双手交叉着
探身向前观火，
脑海里想象着
受火刑的罪孽。

这时两位老师，
和善转身向我；
维吉尔对我说
"啊，亲爱的孩子，

这是一种惩处，
不会把人烧死，
你切记住，记住！
我曾经安全地

带你骑上格里昂，[8]
现在我们已身抵
靠近上帝的地方，
你想我能坑害你？

你应该深信无疑，
即使在这片火里

8　维吉尔曾带着但丁骑在格里昂背上，从第七层地狱下到第八层地狱。参见《地狱篇》第十七曲"骑在格里昂背上下到第八层地狱"一节及该曲注1。

待上整整一千年，
这火也不会使你

失去一根发丝。
如果你还以为
我是在欺骗你，
那你就去试试，

把衣襟放进火里，
亲自去体验一下；
现在你应该抛弃
那些胆怯的想法，

转过身，走过来，
放心地走进去！"
我却违背常理，
站着不肯进去。

老师见我继续
站着不肯进入，
面带不悦地说：
"孩子啊，你斟酌，

贝阿特丽切和你
仅剩这一墙之隔。"

恰如皮拉摩斯临死

听到西斯贝的名字，

便张开眼睛看她，

树上的桑葚顿时

就变成鲜红颜色。[9]

我的态度也如此：

听到我在思想里

时时念叨的名字，

态度就开始软化。

于是我转向老师，

只见他摇头说道：

"怎么？我们难道

宁愿待在这边了？"

他冲我微微一笑，

仿佛大人用苹果

让顽童听话那般；

9　皮拉摩斯（Pyramus）和少女西斯贝（Thisbe）的爱情故事，见奥维德的《变形记》第四章：皮拉摩斯与西斯贝的爱情遭到双方父母反对，他们约定夜晚到城外一棵桑树下相会。西斯贝先到达那里，忽然一头狮子闯来，吓跑了西斯贝，西斯贝慌忙奔逃之中落下了自己的头巾。那头狮子刚吃过一头牛，用那头擦嘴，在头巾上留下斑斑血迹。皮拉摩斯来到桑树下时没看见西斯贝，却看见她那沾满血迹的头巾，绝望中拔剑自刎，流出的鲜血浸染了地下的桑树根。西斯贝再回到桑树下时，发现皮拉摩斯生命垂危，便呼唤他的名字说："皮拉摩斯，回答我啊！我是你最亲爱的西斯贝呀！"皮拉摩斯睁开眼睛看她，此时桑树上的桑葚，由于树根吸收了皮拉摩斯的血，已变成了血红颜色。

然后就当着我面，

投入到火墙中间，

并邀请斯塔提乌斯

随他一起跳进火焰

（斯塔提乌斯一直是

走在我和他的中间）。

我刚跳进火里时，

真想立刻把自己

挪到沸腾玻璃里，

让自己凉快一点，

因为这里火的

热度无与伦比。[10]

我那慈父般的

老师，为鼓励我，

一边向前迈步，

一边还念叨着

圣女贝阿特丽切，

口中滔滔不绝：

10　即但丁以为，沸腾的玻璃比这火墙的温度也许还要低一些。

“我仿佛已看清

她的那双眼睛。”

我们向前行进时，

远处歌声在引领；[11]

我们追着歌声，

最终走出火焰，

到达登山地点。

那里一个光团

里面传出声音说：

　　“我父赐福的人哪，

你们赶快过来吧！”[12]

我无法睁眼看它，

因为光线耀眼。

　　“太阳正在离开，”

那声音继续说，

　　“黑夜即将到来，

你们切莫停下，

而要加快步伐，

11　这就是前面说的、守护伊甸园的天使在唱歌，指引但丁他们前进。参见前注7。

12　这句话的原文是拉丁文"Venite, benedicti Patris mei"，来自拉丁文《新约·马太福音》第25章
　　第34句，是耶稣在最后审判日时对那些将要得救的灵魂说的话，意思是："你们那些被我父赐
　　福的人，赶快过来吧！"中文《圣经》译为："你们这蒙我父赐福的，可来承受那创世以来为你
　　们所预备的国。"

趁着西方天空

尚未完全黑下。”¹³

黄昏、但丁的梦

我正沿着岩石间

陡峭山路向上攀，

低矮太阳的光线

被我隔断在后边。¹⁴

攀登台阶数步，

西边太阳已没，

我和我的老师

发现身影消失。

广袤无垠地平线

变成浑然一色前，

黑夜尚未占据

宇宙各个领域，

我们各自已选出

一级台阶做床铺，

13　因为天黑以后就不能登山了。参见本书第七曲注7及原诗句“夜间不可登山”。

14　这节诗的意思是说：但丁他们面朝东方，沿着陡峭的山道登山；垂暮的阳光从西边照射过
　　来，被但丁的躯体阻隔在身后。

由于此山的性质，[15]
我们登山的能力

和乐趣都被夺去。
就好像一群山羊
伏卧山顶在反刍，
此前它们在山上

蹦跳着寻找食物，
而现在艳阳高照，
静卧阴凉之处，
由牧羊人守护

（他们倚在牧杖上
让山羊安静反刍）；
也好像牧人露宿
在野外空旷地方，

守着羊群安睡，
自己彻夜不眠，
防备凶猛野兽
来把羊群驱散。

15　即前面说的"夜间不可登山"，见前注13。

当时我们三人
正是这般模样，
他们像牧羊人，
我却像头山羊。

我们这边那边
都由山崖遮拦：
我只能够看见
头顶天空一线，

那上面的星星，
比起它们平常，
显得又大又亮。
望着那些星星，

我陷入了沉思，
渐渐坠入梦境。[16]
此时梦能预知
要发生的事情。

我想，这个时候
启明星从东边
照射着炼狱山；
我在梦中看见

---

16 这是但丁第三次黎明的时候做梦。第一次发生在《炼狱篇》第九曲，第二次发生在《炼狱篇》第十九曲，这是第三次。

一位美丽少妇，

田野采花漫步，

边唱歌边诉说：

"不论谁来问我，

我都会告诉他，

我名字叫利亚，[17]

挥动纤手采花，

编织美丽花冠；

我这样打扮自己，

看镜子沾沾自喜；

拉结是我的妹子，

整天坐在镜子前

欣赏那美丽双目，

如同我扮靓自己。

静观使她满足，

动手让我满足。"[18]

利亚（Leah），拉班的长女，雅各的第一任妻子；拉结（Rachel），拉班的次女，雅各的第二任妻子。基督教神学家们以利亚代表行动生活（vita attiva），以拉结代表冥想生活（vita contemplativa）。参见《地狱篇》第二曲注10。

18　"静观使她满足，/ 动手让我满足"，意思是拉结喜欢冥想生活，利亚喜欢行动生活。冥想生活是达到通往天国永恒幸福的途径，而行动生活是通往现世幸福的途径。因为凌晨的梦能预知未来，但丁此时在梦中见到的利亚，代表他即将在地上乐园——伊甸园遇到的女性马泰尔达，而拉结则代表即将与他见面的贝阿特丽切。

神曲·炼狱篇　　　　478

登上伊甸园告别维吉尔

太阳升起之前，
晨曦照亮天际，
这给游子带来
无比大的欢喜：

夜晚他投宿时，
总是期盼天明；
黑暗四散逃离，
带走我的梦境。

于是我便起身，
看见老师已起。
"世人千方百计
在枝蔓间寻觅

那甜蜜的果实，
今天它将可以
使你饥渴终止。"[19]
这些话是老师

19　这段话来自古罗马哲学家波伊提乌（Boethius，480？—524年）的《哲学的慰藉》第三卷：
　　"世人都为各种心事所苦，这些心事的由来固然不同，但都力图达到同一目的，即幸福的目
　　的。""甜蜜的果实"，指以伊甸园为代表的人间幸福；"使你饥渴终止"，即满足你的愿望。

送给我的礼物，[20]
没有任何礼物
让我如此喜欢。
我登顶的意愿，

一个接着一个
在我心中涌现，
以至我迈步前，
觉得我的双肩

已经长出翅膀，
登山时就好像
展开双翅飞翔。
我们迅速攀爬

整个陡峭阶梯，
到达最后一级。
我的老师此时
紧紧盯住我说：

"孩子，暂时的
和永远的惩处，[21]

---

20 指但丁即将进入伊甸园，维吉尔即将与他告别，这是维吉尔对他的祝福，仿佛就是老师给他
的临别赠礼。
21 "暂时的惩处"指炼狱里的惩罚；"永远的惩处"指地狱里的惩罚。

你都已经目睹，
现在你已身处

这样一个地方，
这里我靠自己
无法辨明方向。[22]
但是我用智慧，

还有各种技巧，
把你领到这里；
现在你可把喜好
当作自己的向导：

因你已经历
炼狱的洗涤。[23]
看哪，这里的阳光
已照射在你额头上；

看哪，这些嫩草、
鲜花、棵棵树苗，
都靠自己的力量
在这里茁壮成长。

---

22 指维吉尔觉得自己的任务即将完成，依靠自己的哲学思想已经无法再给但丁任何指导了，也就是说，到了应该向贝阿特丽切"转交"但丁的地方和时候了。

23 意思是：你已经历了炼狱的洗礼，现在你的爱好已经是纯洁向善的了。

你可以席地而坐，

也可在其中漫步，

等候那双美目[24]

前来与你会聚。

那双美丽眼睛

曾经含着泪水，

求我前来助你。

现在你的意志

健全、自由、正直，

别再等我讲话，

也别等我提示，

照你意愿行事，

可别故态重犯：[25]

为此我把冠冕[26]

戴在你的头上，

让你自作主张。"

24　"那双美目"，指贝阿特丽切的眼睛，亦指贝阿特丽切本人。

25　意思是别像以前那样，事事听从我的意见，等候我的提醒。

26　"冠冕"的意大利文是"corona"（皇冠、王冠）和"mitrio"（教皇的法冠），这里并无实际
意义，维吉尔只是借用这两个词表示，但丁已是一个"健全、自由、正直"的人，以后的任
何行动都可以自己做主了。

第二十八曲

我在林中漫步，
深入密林已远，
已经无法看见，
我从何处进入……

　　但丁来到地上乐园——伊甸园，开始欣赏那里的美景：那里森林浓密，微风拂面，小鸟欢歌，一条清澈的小溪穿林而过，河边鲜花盛开，恰如古代和中世纪诗人们幻想与描述的人间乐园。

　　正当但丁在其中悠闲散步、欣赏美景之时，看见河对岸走来一位美丽的夫人——马泰尔达。虽然但丁始终没有说出她的名字，但她的形象、她的举动，都说明她象征着人类的顶尖幸福——亚当尚未驱逐出伊甸园时人在那里享受到的幸福生活。但丁赋予她的任务是，带领来到伊甸园的亡灵们完成他们进入天国前必先完成的礼仪：先饮忘川河的河水，忘却生前的一切记忆；再饮欧诺埃河的河水，恢复对生前所有善行的记忆。

但丁看到那里微风吹拂，树枝间发出的声响令他想起他流放拉文纳期间的一段往事：他在海边松林中散步时，曾听见过西洛可风吹来时松林发出的声响。另外，他还想起斯塔提乌斯在前面第二十一曲中对他说的"在三级台阶／以上的这个地方，／不会降下阳世的／雨、雹、雪、露、霜"，感到疑惑不解，便向马泰尔达请教。

马泰尔达首先肯定了斯塔提乌斯的观点，说炼狱山高高耸入蓝天，使它"从入口处起／就已经屏蔽／了那些麻烦"，即上面说的阳世的自然现象：雨、雹、雪、露、霜。但是，"在这儿屏蔽的空间，／大气随诸天旋转，／除非在某个地方／被某种障碍隔断"。伊甸园就处于被隔断的地方，随着天体转动的空气吹在枝叶上，发出了那种令但丁对自己新建立的信心产生怀疑的声响。马泰尔达并不满足于简单地回答但丁的问题，还进一步解释说：伊甸园由于自己的特性，树木靠自身力量生长，而且树种繁多，可谓应有尽有，有些树种凡间见所未见。那里的风裹着那些树的种子，把它们带到人间，所以人间亦有未经播种而生长的植物。

接着她又说到那里的河："你面前这条小溪／不是一般的河流：／它的水量多寡／不靠雨水增减；／它发源的山泉／水量恒定不变：／泉里的泉水，／按上帝意志，／流出去多少，／就补充多少。"此后，她进一步介绍了忘川河与欧诺埃河的特性："泉水流出山泉，／分别流向两边；／向这边流的溪水，／能消除罪人记忆，／名字叫作忘川河；／向那边流的溪水，／却能让罪人恢复／对其善行的回忆，／名字叫作欧诺埃。"

最后，马泰尔达对但丁说："尽管你的请求／已经得到满足，／我不必再向你／讲述别的东西，／但是我仍然愿意／送你一条结束语，／即使这最后话语／已超出你的问题，／你也应该重视。"

马泰尔达向但丁补充的是：伊甸园正是古代那些诗人歌颂并梦寐以求的人间乐园。维吉尔和斯塔提乌斯听了，也微笑表示认同。

伊甸园的森林

这片浓密的圣林，[1]
由于晨曦的作用，
色泽通透而温柔，
我急不可待，匆匆

离开平台崖边，
取道芳香田园，
前往森林里面
和四周去勘察。

一股温柔微风，
徐徐抚我额前，
给人感觉就像
平时和风扑面。

因此那些枝叶，
随着微风飘荡，
都向一处倾斜，
亦即朝向西方；[2]

1　但丁之所以将这片森林称为"圣林"，因为它是上帝专为人类创造的住处。
2　原著注：太阳出来的时候，炼狱山的影子投向西方，但丁感到脸上的微风也由东向西吹，所以枝叶飘荡、倾斜的方向，也是向西。

炼狱山的山影

也正投向那里。

虽然枝叶倾斜，

树干依然笔直，

因此并未影响

树上鸟儿歌唱。

相反，它们在树间

欢快地跳跃、歌唱，

迎接初升的太阳；

树叶沙沙的声响

甘为鸟儿们伴唱，

就像埃俄罗斯释放

出西洛可风[3]之时，

基亚西海边上，

松树林树枝间

发出的那种声响。

3　埃俄罗斯（Aeolus）是古希腊神话故事中的风神，他把各种风关在一个山洞里，随意放出其
中的一种。西洛可（Scirocco）是由撒哈拉沙漠刮向意大利的热风。基亚西（Chiassi）是拉
文纳东南郊的一个古港，现已废弃，尚存一古罗马时期的古堡遗迹。那里海滩上有一大片松
林，绵延数公里，但丁流放期间曾在拉文纳居住，常去那里散步，肯定在那里听见过西洛可
风刮来时那片松树林发出的声响。薄伽丘在《十日谈》第五天第八个故事中也曾提到过这个
地方。

马泰尔达

我在林中漫步，
深入密林已远，
已经无法看见，
我从何处进入；

忽见一条小溪
拦住我的去路，
水面微波涟漪，
岸边青草弯曲；

人间一切溪流，
尽管清澈见底，
与这小溪相比，
总有一些杂质；

此溪处于密林，
日夜不见光线，
环境虽然阴暗，
溪水清澈依然。

我在河边止步，
眼睛望着对岸，
欣赏那里枝蔓
已被鲜花堆满。

那里一位美女 [4]

形只影单出现，

仿佛一件奇迹

人前突然显现，

让人忘却此前

其他一切思念；

她迈着缓缓步伐，

边歌唱、边采花；

途经的小路边

处处鲜花呈现。

"喂，美丽的女士，

我若相信容颜

（它是心灵体现），"

我开口对她说，

"我看爱的射线，

已经把你温暖；

4　即小标题中说的马泰尔达（Matelda），这一曲中一直未提她的名字，直到《炼狱篇》最后一
　　曲，即第三十三曲，但丁才说出这个名字。她在伊甸园中的任务是：先带领进入伊甸园的魂
　　灵去忘川河洗涤，然后再带领他们去欧诺埃河（Eunoè）喝水，以最终完成他们在炼狱里的
　　净罪过程，准备进入天国。在下面的几曲中，我们都会看到她伴随着但丁他们，但都不会提
　　到她的名字。

请你迈步向前，

靠近对面河岸，

这样我就可以

听清你的歌词。

你让我想起

普罗塞皮娜，5

她母亲失去她、

她失去青春时，

她在什么地方，

长的什么模样。"

她像一位妇女，

正在翩翩起舞，

脚掌紧贴地面，

双足相互并拢，

迈着细碎步伐，

飘然向我靠拢，

脚踏红黄鲜花，

双眸低垂向下，

5　普罗塞皮娜（Proserpina，参见《地狱篇》第九曲注7）是古罗马神话中的众神之王朱庇特（Jupiter，相当于古希腊神话中的宙斯）和地母克瑞斯的女儿。"她母亲失去她、/ 她失去青春时"，指她被冥王掳去。奥维德在《变形记》第五章中记述了这个神话故事：一天，她在西西里中部恩纳城（Enna）外的森林中采花玩耍，冥王普鲁托路过那里，一眼就爱上了她，立刻将其抢走，并娶其为妻。

她就像那含羞
垂下眼睛处女；

她来到我的对面，
以满足我的心愿：
离我如此之近，
令我现在完全

听清她甜美歌声，
连同那歌词含义；
一踏上河边那
溪水润湿草地，

她就惠然抬起
那双明亮眼睛；
我不信维纳斯
被儿子误伤时，[6]

爱神那双美眼
会比这双明眸
显得更加靓倩。
美女伫立河岸，

6　这个情节参见奥维德《变形记》第十章：爱神维纳斯的儿子丘比特（Cupid）与其母拥抱亲
　　吻时，背上背的箭误伤了维纳斯。

手中鲜花把玩。

那片高地[7]之上，

鲜花无须种植

依靠自力生长。

小溪把我和她

隔开三步距离，

而薛西斯跨越的

赫勒斯滂海峡，

至今还制约着

人间一切傲慢；[8]

因塞斯托斯和

阿拜多斯[9]之间，

海水异常湍急，

因此利安得[10]仇恨

7　指炼狱山顶的伊甸园。原著还注：这片高地保存着上帝赋予原始土地的特性——一切植物都
　　会自己生长出来。参见前一曲即第二十七曲最后一节"登上伊甸园、告别维吉尔"中的诗
　　句："看哪，这些嫩草、/鲜花、棵棵树苗，/都靠自己的力量/在这里茁壮成长。"

8　古代波斯国王薛西斯一世（Xerxes I，公元前486—前465年在位），公元前480年曾率海陆大
　　军渡过赫勒斯滂海峡（Hellespontus），即今达达尼尔海峡，进攻希腊。他的海军在达达尼尔
　　海峡全军覆没，薛西斯被迫停止进攻，返回波斯。薛西斯的傲慢行为以失败而告终，成为人
　　们的笑柄，至今制约着人们这种傲慢狂妄的行为：贸然越过该海峡。

9　塞斯托斯（Sestos）在色雷斯，阿拜多斯（Abydos）在小亚细亚，中间隔着赫勒斯滂海峡。

10　利安得（Leander）的故事来自奥维德的《烈女志》（Heroides）：阿拜多斯城美少年利安得爱
　　上了塞斯托斯城维纳斯女神庙的女祭司海洛（Hero）。他每天泅水渡过赫勒斯滂海峡与海洛
　　相会，海洛则站在高塔上举着火炬为他引路。一天夜晚风雨交加，火炬熄灭了，利安得溺水
　　而死。诗中说他"仇恨/赫勒斯滂海峡，/比我的仇恨更深"，指但丁因那三步之遥的距离不
　　能与那美女携手相见而怀恨那条小溪，而利安得对赫勒斯滂海峡的仇恨，比但丁对这条小溪
　　的仇恨更深。

赫勒斯滂海峡，

比我的仇恨更深。

此时她开口说道：

"这里曾经被选为

人类栖居的穴巢，

我却在这里欢笑；

你们是初来乍到，

一定会感到惊异，

并产生一些问题，

不过，《诗篇》里的

Delectasti [11] 一词，

能解答你们疑问。

你既然在我跟前，

又率先向我提问，

你若想知道别的，

就索性一并说出，

11　但丁这里指的是拉丁文《旧约·诗篇》第91章第5句中包含"delectasti"一词的那句话，
　　"delectasti"一词的意思是"你使我高兴"。与其相对应的那句话是中文《旧约·诗篇》第92
　　章第4句："因为你耶和华借着你的作为叫我高兴，我要因你手的工作欢呼。"联系到前面几
　　句诗，我们可以这样理解：伊甸园曾经是上帝为人类创造的栖居地，因亚当和夏娃偷吃禁果
　　被逐出伊甸园，他们的罪过也连累了整个人类，你怎么会在这里欢笑呢？马泰尔达回答说，
　　"你们是初来乍到，/一定会感到惊异，/并产生一些问题"，不过中文《诗篇》第92章那句话
　　能解答你们的疑问。那句话是说，耶和华即上帝创造了伊甸园，上帝的这一创作让马泰尔达
　　感到高兴，她正在为上帝的这一创造欢呼呢！

我准备回答一切，

直到你感到满足。"

伊甸园的风与水

我说："这里的流水

以及森林的声音，

破坏我新的信心，

我听说过的东西

与这里情形不符。"[12]

她："为解除你怀疑，

我这就告诉你，

令你惊奇的事

怎么也会在这里

因特殊原因发生；

上帝按自己意志，

最初把人塑造成

善良而且向善的，

并且把这个地方

12 但丁在第二十一曲听斯塔提乌斯说过："在三级台阶 / 以上的这个地方，/ 不会降下阳世的 / 雨、雹、雪、露、霜。"（参见本书第二十一曲 "地震与唱颂歌的原因" 一节）可是到了这里，"流水 / 以及森林的声音，/ 破坏我新的信心"，破坏了但丁听了斯塔提乌斯的解释而新建立起来的信心，即这里也有亚里士多德所说的阳世的各种自然现象，雨、雹、雪、露和霜。

预留给人，作为他

永享安宁的保障。

由于他的过失，

把诚实的欢笑

和欢快的游戏，

换成劳苦、泪水，[13]

因此他在这里

待的时间不久。

河流和大地

散发的气体，

在阳光作用下

不断向上攀升，

为使上升气体

和在地下发生

的种种混乱，

不会给伊甸园

带来任何麻烦，

炼狱这座山

13　"诚实的欢笑 / 和欢快的游戏"指伊甸园里的幸福生活；"换成劳苦、泪水"指亚当被逐出伊甸园后过的悲惨生活。

才高耸入天，

从入口处起

就已经屏蔽

了那些麻烦。[14]

在这儿屏蔽的空间，

大气随诸天[15]旋转，

除非在某个地方

被某种障碍隔断。

炼狱山顶伊甸园

沐浴在这空气间，

空气的旋转运动

让浓密森林震颤，

发出你说的声响；

被风吹拂的林木，

把自己繁衍力量[16]

托付给流动气流，

气流携带种子

撒播到各处去；

---

14 至此，马泰尔达的解释与斯塔提乌斯的解释完全一致。随后，她话锋一转，解释伊甸园里产生风的特殊原因。

15 指但丁设计的由月亮天到水晶天构成的天国，这九重天都不停地在旋转，这种旋转运动遇上炼狱山这个障碍，便产生了风，致使森林发出沙沙的声响。

16 即种子。

种子落在哪里，
便随自身品质

和当地的气候，
长成各种树木。
听到这番话后，
你就不会再有

令你奇怪的事，
假如你再听说
世上有啥植物，
未经人们撒播

就在那里生长。
我还要告诉你，
你所在的地方
充满各种种子，

有些种子能结出
阳世没有的果实。
你面前这条小溪
不是一般的河流：

它的水量多寡
不靠雨水增减；

它发源的山泉

水量恒定不变：

泉里的泉水，

按上帝意志，

流出去多少，

就补充多少。

泉水流出山泉，

分别流向两边；

向这边流的溪水，

能消除罪人记忆，

名字叫作忘川河；

向那边流的溪水，

却能让罪人恢复

对其善行的回忆，

名字叫作欧诺埃；[17]

不过，罪人应该

---

17 欧诺埃河是但丁虚构的，用两个希腊词素eu（好、善）和nous（心、记忆）构成，意思是"记忆善行"。但丁在诗中赋予这条河水的作用就是：亡灵喝了忘川河的河水，忘却对生前一切事情的记忆之后，再喝欧诺埃河的水，恢复对自己生前做的一切善事的回忆，这样他才能体会到欧诺埃河水的味道超过其他河水，包括忘川河河水。因为人对善行的记忆感到的快乐，是与忘掉罪过的快乐无法比拟的。

先喝忘川河的水，
再喝欧诺埃的水，

这样欧诺埃河水，
才能发挥它效力，
罪人因此才知道
此水超群的味道。

伊甸园与黄金时代

尽管你的请求
已经得到满足，
我不必再向你
讲述别的东西，

但是我仍然愿意
送你一条结束语，
即使这最后话语
已超出你的问题，

你也应该重视。
那些在作品里，
歌颂黄金时代
及其幸福状态

的古代诗人，他们

在帕尔纳索斯山[18]上，

也许曾经梦见过

伊甸园这个地方。

人类始祖当初

在这里的时候，

曾经天真纯朴；

这里百果常有，

一年如春四季；

这河中的流水，

如众诗人说的

恰似甘美仙露。"[19]

这时我向后转身，

转向那两位诗人，[20]

见他们微笑听取

最后那一段诗句。

然后我又转身，

面朝美丽夫人。

18　帕尔纳索斯山，即缪斯居住的山，参见本书第二十二曲注13。

19　参见奥维德的《变形记》第一章："溪中流的是乳汁和甘美仙露。"

20　指维吉尔和斯塔提乌斯。

第二十九曲

在这光彩夺目
（如同我的描写）、
美丽天穹下面，
二十四位老者，
头戴百合花冠，
两个两个一排，
口中唱着歌曲，
迎着我们走来……

　　但丁他们和马泰尔达沿着忘川河两岸逆流而上，未走出百步就看见空中出现一道"强烈而且耀眼"的光芒，但丁怀疑那是一道闪电，但又不像，因为"闪电瞬间来去，／然而这道光芒／却在林间驻留，／而且越来越亮"。同时他还听见"空中回荡／一种优美旋律"。但丁不禁开始谴责夏娃，因为夏娃"不愿安分守礼"，不遵守上帝的规定，私尝禁果，被上帝驱逐出伊甸园，让人类的后裔，包括但丁在内，不能再在这美丽的地上乐园生活。

但丁他们向前走了不远，就看见一队象征性的队列，像宗教节日时那样正在列队游行。走在队伍最前面的是象征上帝七灵或七种恩赐的七个烛台，它们发出的光不仅照亮了密林的各个角落，而且在空中划出七道彩带，如同太阳的彩虹和月亮的月晕。

但丁正观赏这奇异景象时，马泰尔达谴责他说："为啥你只盯着／前面明亮火光，／而不关注后面／紧跟随的是谁？"但丁这才发现，后面"还有一群人士"，"紧跟烛光向前，／他们身着白衣，／白得世上罕见"，并且"头戴百合花冠"。他们是象征《旧约》二十四卷书的二十四位长老，他们身穿白衣，头戴百合花冠，象征他们对教义和基督的信仰纯净。

二十四位长老走过去后，接着走来的是象征《新约》中四"福音书"的四只奇异动物，"它们头顶上面／戴着绿叶花环；／它们肩膀上面／长着六只翅膀；／浑身羽毛两面／处处长满眼睛"。这四只动物中间有一辆两轮彩车，由狮身鹰头鹰翼的怪兽格里芳拉着。彩车在这里象征基督教会，两个轮子象征《旧约》和《新约》，格里芳象征耶稣基督，即耶稣依靠《新约》与《旧约》，带领基督教会前进。

彩车的右边有象征三圣德的三位仙女翩翩起舞，左边是象征四枢德的四位仙女欢乐歌舞。彩车的后面一共跟着七位长者：前面两位，一位象征圣路加，一位象征圣保罗；中间的四位，象征圣彼得、圣约翰、圣雅各和圣犹大；最后一位，象征《新约》最后一卷《启示录》。他们也是白衣白衫，与前面的二十四位长老衣着一样，但是他们头上戴的却是由鲜红玫瑰编成的、象征爱的花冠。

这就是这支象征性的队列的全部组成及其游行过程。当这支队伍的末尾，即那辆两轮彩车，走到但丁他们河对岸时，一声惊雷响起，队伍戛然而止。

《炼狱篇》第二十九曲，也就到此结束。

象征性的游行队列

那位美丽少妇，

话音刚刚落下，

便像热恋少女

边走边唱歌曲：

"得遮盖其罪的，

这人是有福的！"[1]

她像林中的仙女，

林荫中独自漫步：[2]

有的迎着太阳，

有的躲避日光，

逆着流水方向，

姗姗走向上游。

我在河的这边，

依照她的碎步，

随她走向上游；

我们沿着两岸，

1　这句歌词来自拉丁文《旧约·诗篇》第31章第1句、中文《旧约·诗篇》第32章第1句："得赦免其过、遮盖其罪的，这人是有福的。"但丁对其略加修改，改成如上译。
2　马泰尔达像林中的仙女们那样在林中漫步，下面的一节描写仙女们在林中漫步的情况。

尚未迈出百步，
就见此河两岸
陡然转了个弯，
使得我的脸面

重新朝向东边。[3]
又没走出多远，
她便对我说道：
"兄弟，你听，你瞧！"

这时一道光芒，
强烈而且耀眼，
照亮密林各处；
是否是道闪电？

令我心生疑惑：
闪电瞬间来去，
然而这道光芒
却在林间驻留，

而且越来越亮。
"这是什么东西？"
我心中这样想。
此时空中回荡

3　原著注：但丁进入伊甸园时面向东方，后来被由南向北流的忘川河拦住去路，便沿河逆流而
　　行，即向南走，现在河水转了个九十度的急弯，他前进的方向也就重新朝向东边了。

一种优美旋律，

令我感到愤怒，

不禁谴责夏娃：

此处一切造物，

包括星辰、大地，

都要顺应上帝，⁴

她是唯一妇女，

而且刚被造出，

竟敢违背上帝，

不愿安分守礼。

她若安分守礼，

虔诚顺应上帝，

我早就该感受到

不可名状的幸福，

而且享受的时间

一定会更加长久。

当我全神贯注

初尝永恒之福，

4　指伊甸园的一切造物都应该遵守上帝的规定，然而夏娃却不遵守上帝的规定，致使人类的祖
　　先亚当和她一起被赶出伊甸园，让她们的后裔，包括但丁，不能进入伊甸园，因此但丁不禁
　　对夏娃感到愤慨。

而且还渴望着

获得更大欢乐，[5]

这时我们前面，

青翠枝蔓之下，

歌声清晰可辨，

空气红似火焰。

七个烛台

啊，神圣的缪斯，

为了创作诗歌，

我曾夜不成寐，

忍受寒冷、饥渴，

根据这个理由

我要索取报酬：

请你，埃利孔山哪

为我倾倒泉水吧；[6]

5 原著注：但丁希望还能在那里见到贝阿特丽切。

6 埃利孔山（Helicon），在雅典以北的维奥蒂亚地区，传说是九位缪斯居住的地方。那里有两
眼山泉，其泉水能够使诗人产生灵感。有注释家认为但丁在这里把埃利孔山与帕尔纳索斯山
混淆了，因为维吉尔在《埃涅阿斯纪》中也说埃利孔山是缪斯的居住地。

乌拉尼亚[7]，请你

与姐妹们一起，

助我一臂之力，

把世外的东西

变成我的诗篇。

又前行了不远，

仿佛看见七株

金黄色的大树：[8]

我们与树之间

相隔距离很远，

感官产生误判；

当我走到跟前，

那些共同对象[9]

才因距离缩短，

不再蒙骗感官，

展现它们原状。

7　乌拉尼亚（Urania），九位缪斯之一，主管天上的事物。但丁接下来要写天国，所以特别期
　　待乌拉尼亚的帮助，把"世外的东西"即天上的事物，变成但丁的诗篇。

8　即七个大烛台。由于但丁离它们距离很远，看不清楚，误认为它们是"七株／金黄色的大树"。

9　所谓"共同对象"（原文obietto comune，这里指前面说的七个大烛台），是经院哲学的一个
　　专有名词。根据亚里士多德的理论，"独特感知对象"指由单一感官感知的对象，例如光、
　　色，都是由视觉感知的，这种对象不会欺骗感官；而"共同感知对象"，例如运动、形状，
　　是视觉和触觉都能感知到的，这种共同感知的对象会欺骗感官。参见亚里士多德的《论灵
　　魂》第二卷和但丁的《飨宴》第三篇。

此时感知能力

（专为我们思考

提供必要材料），

终于分辨清晰：

那是七个烛台；[10]

并从那优美的

歌声中，听出来

"和散那"[11]一词。

在美丽灯具上方

放射着一片光芒，

比满月时的月亮

午夜晴空时还亮。

我满怀惊异地

转身回看老师，

他眼中充满惊异，

不亚于我的目光。

---

10 "七个烛台"源于《新约·启示录》第1章第12句："我转过身来，要看是谁发声与我说话。既转过身来，就看见七个金灯台。"这七个烛台，有说是象征罗马帝国亚细亚行省（今土耳其）境内七个地方的教会，即以弗所（Ephesus）、士每拿（Smyrna）、别迦摩（Bergamum）、推雅推喇（Thyatira）、撒狄（Sardis）、非拉铁非（Philadelphia）和老底嘉（Laodicea）的；也有说是象征上帝的七灵或七种恩赐，但丁同意这后一种看法，参见后注14。

11 "和散那"（hosanna），希伯来语，是求救的呼声，意思是"拯救我们"。它原是犹太教的用语，后成了基督教在礼拜仪式中的用语。参见《新约·马太福音》第21章中第9句："前行后随的众人喊着说：'和散那归于大卫的子孙！奉主名来的，是应当称颂的！高高在上和散那！'"

于是我又转身

看那高大形象，[12]

它们缓慢移向

我们，仿佛新娘。

二十四位长老

那位美丽少妇

此时对我叫嚷：

"为啥你只盯着

前面明亮火光，

而不关注后面

紧跟随的是谁？"

于是我见后面

还有一群人士，

仿佛跟随向导，

紧跟烛光向前，

他们身着白衣，

白得世上罕见。

12　指那七个高大的烛台，像出嫁时的新娘那样，因不舍而缓慢地离开娘家。

那片明亮烛光

照亮左边河水，[13]

我若侧目观看，

它就像面镜子，

映出我的半身。

我在这侧岸边

走近一个地点，

它与对面河岸

仅有一河之隔，

于是停住脚步，

以便让我看得

更加清楚一些。

我见那些烛光

缓缓移动不息，

仿佛挥动画笔

涂抹后面空气；

因此那里天空

呈现七条彩带，[14]

---

13 但丁、维吉尔和斯塔提乌斯正沿忘川河向东逆流而行，以七个大烛台为先导的游行队列在河
对岸，即在他们左边，所以这里说"那片明亮烛光，/照亮左边河水"。

14 指那七个烛台发射的烛光向后飘荡，呈现出七条彩色的光带。它们象征圣灵（即上帝）的七
种恩赐（i sette doni dello Spirito Santo）：智慧、聪明、谋略、能力、知识、虔诚、敬畏上
帝。参见但丁的《飨宴》第四篇。

如同太阳的弓、

德丽娅的腰带。[15]

它们也像旌旗，

朝着后面招展，

拖曳出的距离

超出我的目力；

最外两面旌旗

中间相隔距离，

根据我的估计，

足有十步[16]之遥。

在这光彩夺目

（如同我的描写）、

美丽天穹下面，

二十四位老者，[17]

头戴百合花冠，

两个两个一排，

15　"太阳的弓"指由于阳光照射而形成的彩虹；德丽娅（Delia）即月亮女神狄安娜（参见本书第二十曲注35），据传说，狄安娜出生在爱琴海的德洛小岛，所以又名德丽娅。"德丽娅的腰带"指月亮的月晕。

16　原著注："十步"这里象征上帝在西奈山上向摩西宣布的"十诫"，见《旧约·出埃及记》第20章第3—17句。人们只有遵守十诫，才能得到圣灵的七种恩赐。

17　指前面说的那群身穿白衣的人士，这里明确他们的数目是二十四位，源自《新约·启示录》第4章第4句："宝座的周围，又有二十四个座位，其上坐着二十四位长老，身穿白衣，头上戴着金冠冕。"不过，但丁在诗中说他们"头戴百合花冠"。"二十四位老者"在这里象征《旧约》的二十四部书，也有说象征《旧约》中的十二位族长和《新约》中的十二位使徒。

口中唱着歌曲，

迎着我们走来：

"亚当女儿当中

数你最为有福，

但愿你的倩容

蒙受天恩永驻。"[18]

凯旋车与格里芳

这些精选长老，

踏着对面河边

的鲜花与嫩草，

一排一排向前；

然后四个动物[19]

紧随他们出现

（犹如天上星座

一个一个出现）：

18　这段祝福词显然是但丁根据《新约·路加福音》第1章第28—46句加百利天使与马利亚说的对话改编的，原话是："你在妇女中是有福的。"但丁将"在妇女中"改为"亚当女儿当中"，而且在后面还加上了一句祝福："但愿你的倩容／蒙受天恩永驻。"

19　"四个动物"的形象来自《新约·启示录》第4章第6—8句："宝座和宝座周围有四个活物，前后遍体都长满了眼睛。第一个活物像狮子，第二个像牛犊，第三个脸面像人，第四个像飞鹰。四个活物各有六个翅膀，遍体内外都满了眼睛。"它们象征《新约》中的四《福音书》：狮子象征《马可福音》，牛犊象征《路加福音》，脸面像人的动物象征《马太福音》，飞鹰象征《约翰福音》。

它们头顶上面

戴着绿叶花环；

它们肩膀上面

长着六只翅膀；

浑身羽毛两面

处处长满眼睛，

阿尔戈斯[20]活着时，

就是这种眼睛。

读者啊，我不想

再费笔墨描述

这些动物形状，

因为其他景象

令我就此搁笔；

你去读《以西结》，[21]

他曾这样描写：

它们来自寒地，

---

20 阿尔戈斯（Argos）是古希腊神话故事中的百眼巨人。宙斯爱上妻子赫拉（Hera，即古罗马神话中的朱诺，参见《地狱篇》第三十曲注1）的首席女祭司伊俄（Io），担心妻子嫉妒，为保护伊俄便将她变成一头白色小母牛；赫拉不放心，便派阿尔戈斯监视伊俄，宙斯则派麦丘利（Mercurius）杀死了阿尔戈斯。之后，赫拉便取下阿尔戈斯的眼睛，镶嵌在自己的爱鸟孔雀的羽毛上。

21 即《旧约·以西结书》，书中第1章第4—6句写道："我观看，见狂风从北方刮来，随着有一朵包括闪烁火的大云，……又其中显出四个活物的形象来。他们的形状是这样的：有人的形象，各有四个脸面，四个翅膀。"

伴随狂风、云团

和闪烁的烈火；

你在他书中所见，

和它们在此一般，

唯有翅膀数量，

约翰与我相同，

与《以西结》不同。[22]

它们中间有辆

两轮凯旋彩车，[23]

套在那格里芳[24]

的脖子上拉着；

它把两只翅膀

向上高高展开，

把那六条彩带

三个三个分开，

对其毫无伤害。

---

22 圣约翰在《启示录》中说那四个动物各有六只翅膀，与但丁的描述相同，而以西结则说它们
  各有四只翅膀。

23 "凯旋彩车"在这里象征基督教会；两个轮子象征基督教的权威与根基，即《旧约》与《新
  约》。

24 格里芳（Griffin），狮身鹰头鹰翼的怪兽，此处象征耶稣基督，象征基督牵引着象征教会的
  车前进。

双翅一直向上，

抵达的地方

目力所不及；

它那鸟形肢体，

部分呈金黄色，

部分红白相间。

如此美丽彩车

罗马见所未见：

阿非利加努斯，[25]

抑或奥古斯都，

他们凯旋乘坐的

都没有如此华丽；

即使日神的车辇，[26]

与其相比也寒酸

（宙斯应大地求告，

义愤地将其焚烧）。

25　"阿非利加努斯"（Africanus）指古罗马统帅西庇阿（Publius Cornelius Scipio，公元前234—前183年）。他曾率军与迦太基军队作战，数度占领迦太基，公元前202年打败迦太基统帅汉尼拔（Hannibal），使迦太基被迫求和，因此确立了罗马在地中海的霸主地位。次年，西庇阿回到罗马，罗马人举行凯旋仪式欢迎他，并授予他"阿非利加努斯"的光荣称号。"奥古斯都"（参见《地狱篇》第一曲注11），即罗马帝国第一任皇帝屋大维（Gaius Julius Caesar Octavinus）的尊号。他对外征战回国时，罗马人也曾为他举行过凯旋仪式，参见维吉尔的《埃涅阿斯纪》卷八。

26　指太阳车。太阳神的儿子法厄同独自驾驶太阳车在天空游玩，由于他不善驾驭，拉车的天马失控，太阳车脱离自己轨道，不是驶得太低，几乎把大地烧毁，就是驶得太高，引起天火。最后宙斯只好用雷电击毙了法厄同，烧毁太阳车。参见《地狱篇》第十七曲注15。

七位仙女和七位长者

凯旋车的右轮边，
三位仙女[27]围成圈，
婆娑起舞向前行。
其中一位红艳艳，

若在火中难分出；
另外一位的肌肤，
还有她那副骨骼，
都呈翡翠的颜色；

第三位肌肤颜色
像是刚降下的雪。
她们跳舞的时候，
由白色仙女牵头，

有时也由红色的
仙女带领，但是
前者以她的歌曲，
协调大家的舞步。

---

27 "三位仙女"分别代表基督教神学中的三圣德：爱德（carità）、望德（speranza）、信德（fede）。它们各有不同的颜色，爱德呈火红色，象征热烈；望德即希望，呈翡翠绿色，象征成长、兴旺；信德呈白色，象征纯洁。在这三圣德中，望德是信德和爱德的结果，所以她们的舞蹈都由后二者带领；爱德又是其中最重要的，所以由爱德调节她们舞蹈的节奏。参见《新约·哥林多前书》第13章第13句："如今常存的有信、有望、有爱；这三样，其中最大的是爱。"

凯旋车左轮旁，

另有四位仙女，[28]

身穿鲜红服装，

在那欢乐歌舞；

领舞的那位仙女

头上长着三只目。[29]

我看见上述队伍

后面跟着两长者，

他们服饰不同

但是仪态相同：

威严而且庄重。

他们中的一位，[30]

像是属于尊贵的

希波克拉底[31]家族

（大自然哺育了他，

为其珍爱的动物）；

---

28 这"四位仙女"象征行动生活的四枢德，即义（Giustizia）、勇（Fortezza）、智（Prudenza）
和节（Temperanza）。她们身穿鲜红服装，因为红色象征爱，见前注27，爱是这四德的根基，
没有爱就不可能有这四种德。

29 头上长着三只眼睛的仙女是这四位仙女中象征"智"的仙女。意大利文的"智"
（prudenza），意思是"谨慎、慎重"。但丁在《飨宴》第四篇中说，智德有三只眼睛，因为
它要"对过去见到的事记得准确，对现在的事知道得很清楚，对未来的事有预见"；另外他
还指出，智是"各种德行的指导者"。所以诗中说她是领舞者。

30 即圣路加，圣保罗在《新约·歌罗西书》第4章第14句中称呼路加为"所亲爱的医生路加"。

31 医学之父希波克拉底（Hippocrates），参见《地狱篇》第四曲注40。"其珍爱的动物"指"人
类"，意思是：大自然为人类哺育了医学之父希波克拉底。

另一位[32]显示出

另有一番关注：

手握明亮宝剑，

站在溪流对面，

令我心惊胆战。

然后我又看见

其他长者四位，[33]

服饰、神态谦卑。

一位独行长者，[34]

走在队伍后面，

他虽还在梦中

睿智并未衰减。

七位长者的衣衫

与第一拨相符合，

但他们戴的花冠，

用的不是白百合，[35]

---

32 指圣保罗。圣保罗的传统形象是手持宝剑。但丁说他"另有一番关注"，意思是：他不像医
生那样为人治病，关注人的肉体；他手中的宝剑，是上帝的"道"，他关注的是人的灵魂。

33 指圣彼得、圣约翰、圣雅各和圣犹大。新约中有关他们的四部书：《彼得书》《约翰书》《雅
各书》和《犹大书》，篇幅都很短，所以但丁这里说他们"服饰、神态谦卑"。

34 最后这位长者象征《启示录》，因为它是《新约》中的最后一卷，并且与前面各卷不同，所
以诗中说他是"独行长者，/ 走在队伍后面"。另外，《启示录》中讲述的异象，都是圣约翰
在拔摩岛（Patmos）上"被圣灵感动"、在梦幻中的所见，所以诗中说"他虽还在梦中"。
尽管如此，他的"睿智并未衰减"、还很清楚。

35 见前注17。

而是用的红玫瑰
和其他红花编织：
稍远处的人会说
他们额头着了火。

彩车到达对面时，
忽听见一声霹雳，
这些高贵的人们
似乎被禁令制止，

在原地停住脚步，
队伍前面的旗帜
与他们一起停住。

519

第三十曲

这片云彩中间，
有位庄严圣女
出现在我面前：
白色面纱上边
缠着橄榄枝蔓，
绿色披风下面，
身穿火红长衫。

当象征教会的彩车停下来后，二十四位长老中象征《旧约·雅歌》的那位长老唱起《雅歌》第4章中的一句："来吧，我的新娘，/ 我们离开黎巴嫩！"这里的"新娘"原指基督教会，但丁却借来指贝阿特丽切。同时从彩车上飞起上百个天使，并把手中的鲜花抛向四周天空，表示对贝阿特丽切的欢迎。

这时晨曦染红了东方天空，冉冉升起的太阳被一层薄雾遮盖，阳光显得非常柔和，但丁可以长时间地观赏它。贝阿特丽切脸上蒙着白色面纱，头上缠着橄榄树枝叶编织的花环，身穿红色长衫，出现在彩车旁边。由于天使们抛撒的鲜花形成一片花海，但丁一时还无法看清并确认那就是贝阿特丽切，但她已散发出一种神秘的力量，顿时让但丁感到"我心已经许久／未因她而震颤，／现在她一出现，／我就感觉玩完。／尽管眼睛尚未／将她完全看清，／她就散发出来／一种神秘力量"，一种神秘的来自旧爱的吸引力。

但丁此时"好像是一个孩子／害怕或者伤心时，／奔向妈妈去求助"，他像往常那样转身向维吉尔求助时，发现维吉尔已悄然离开了他们。尽管伊甸园的美景令但丁感到高兴，但老师的离去却仍然使他伤心不已。

贝阿特丽切劝他不要为维吉尔离去而伤心流泪，倒是应该为自己的过失流泪。因为但丁虽然已经抵达伊甸园，贝阿特丽切却仍然害怕他尚未完全洗净自己的罪孽，于是对但丁严加谴责，痛陈但丁在她故去后背弃她而"追求伪善假象"。天使们看不过去了，出来为但丁辩解。贝阿特丽切坦言相告："我更关心的是，／让那啼哭的人（指但丁）／理解我的心意，／让他所受鞭笞／与他的罪孽相等。"她还进一步解释说，但丁诞生时的星辰赋予了但丁才华，而且圣恩已降临于他，他只要志趣良好，必然会获得非凡的果实。

"但是一块土地，／具有良好质地，／如果播下劣种／或者弃之不理，／就会野草成片，／变成荒芜之地。"所以，贝阿特丽切要特别关心他：年轻时，自己曾以美丽的容颜引导他走正路，可去世后她发现但丁变了。贝阿特丽切想方设法引导他，但都无济于事，最后只好亲自到地狱林勃层去请求维吉尔领他游历地狱，看那些罪人受苦的惨状，然后再领他攀登炼狱山，洗涤自己罪过，最后到达炼狱山顶的伊甸园。

现在他即将渡过忘川河，喝忘川河的河水，忘却生前的一切记忆。贝阿特丽切犹豫了，但丁他真的付出了足够的泪水、洗涤干净自己的罪孽了吗？让他这样渡过忘川河，是否破坏了上帝那崇高的谕旨呢？

贝阿特丽切现身

净火天的北斗星，[1]

像圣恩那样永驻，

除非罪过蒙住眼睛，

任何东西也遮不住，

它在那里提醒人

记住自己的责任，

如同地上的北斗

指引航船进港口。

凯旋彩车停住时，

那些位于那怪鸟

和烛台间的先知，

转身朝向其目标，

象征教会的彩车。[2]

其中一位好像是

1　但丁设计的天国，最高一层天称净火天；净火天的"北斗星"指上帝的七种恩赐，参见本书第二十九曲注14。上帝恩赐是人们永远都看得见的，除非被罪过蒙住了眼睛，才看不见。但丁接着说，这个北斗星在这里的目的是提醒人们记住自己的责任，如同地上的北斗星是给人们指引航向的。

2　"凯旋彩车停住时"，指上一曲最后几句诗说的："彩车到达对面时，/ 忽听见一声霹雳，/ 这些高贵的人们 / 似乎被禁令制止，/ 在原地停住脚步，/ 队伍前面的旗帜 / 与他们一起停住。""怪鸟"指格里芳，见上一曲注24；"先知"指那二十四位长老；"转身朝向其目标"，即他们转身朝向彩车，而彩车在这里代表教会，就是说，他们的目标是创建并推广基督教会。

上天派来的天使，

他接连唱了三次：

"来吧，我的新娘，

我们离开黎巴嫩!"[3]

其他人[4]都跟着唱。

恰如有福的人们，

听到那最后号令，

立即从墓中跃起，

用刚恢复的声音

表达自己的欢喜，

高呼"哈利路亚"，[5]

一百来位永生

的使者和天使，[6]

随着那位歌声

3　"其中一位好像是／上天派来的天使"，指二十四位长老中象征《旧约·雅歌》的长老。他
　　唱的是拉丁文《雅歌》第4章第8句："Veni de Libano, sponsa mea, veni de Libano." 对应中文
　　《旧约·雅歌》第4章第8句："我的新妇，求你与我一同离开黎巴嫩。" 基督教的传统认为，
　　教会就是基督的新娘，但这里"新娘"代表贝阿特丽切，因为但丁在《飨宴》第二篇中曾
　　说：《雅歌》中的"新娘"象征神学，而贝阿特丽切在《神曲》中象征神学。
4　"其他人"指其他二十三位长老。
5　这是指世界末日来临时，天使吹起号角召唤一切亡灵去接受基督的最后审判。那时亡灵们
　　（诗中称"有福的人们"）都要回到自己的墓穴，与自己的尸体重新结合，再去接受基督的最
　　后判决：下地狱还是去炼狱。亡灵们与自己尸体结合后，就用那刚刚恢复的嗓音高呼"哈利
　　路亚"，表达自己的喜悦。"哈利路亚"（hallelujah）是希伯来文的音译，意思是：赞美耶和
　　华，赞美上帝。原是犹太教的用语，后成为早期基督教在礼拜仪式中的用语。
6　"一百来位永生／的使者和天使"指一大群传递上帝指示的使者和天使，并非是确切数字。

向彩车上方飞腾，

口中还不住地称：

"来者应当称颂！"[7]

并向四周天空

抛撒手中鲜花，

"快把我那满把

的百合花播撒！"[8]

我见东方苍穹

已被晨曦染红，

剩余部分天穹，

则是万里晴空。

初升太阳脸上

蒙着一层薄雾，

这样它的阳光

显得相当柔和，

能够长久仰望；

---

7 这句的原文是：Benedictus qui venis (in nomine Domini). 意思是"奉主名来的，是应当称颂的"，见《新约·马太福音》第21章第9句（参见本书第二十九曲注11）。圣马太原来指的是耶稣，但丁这里借用这句话，指的却是贝阿特丽切。

8 这句话引自维吉尔的《埃涅阿斯纪》卷六第883句，是埃涅阿斯的父亲安喀塞斯（Anchises，参见《地狱篇》第一曲注13），在冥界见到奥古斯都的外甥马塞卢斯时赞美马塞卢斯的话，但丁断章取义，借用过来描写天使们撒花欢迎贝阿特丽切的情形。

天使撒的鲜花
形成一片云彩，
慢慢向下飘落，
落在彩车内外；

这片云彩中间，
有位庄严圣女 [9]
出现在我面前：
白色面纱上边

缠着橄榄枝蔓，
绿色披风下面，
身穿火红长衫。
我心已经许久

未因她而震颤，
现在她一出现，
我就感觉玩完。
尽管眼睛尚未

将她完全看清，
她就散发出来
一种神秘力量
（显然来自旧爱）。

9　指贝阿特丽切。

维吉尔消逝

当我尚未过完
童年时代[10]之前，
她那高贵力量
就将我心刺穿。

我转身朝着老师，
好像是一个孩子
害怕或者伤心时，
奔向妈妈去求助，

我对维吉尔说：
"我身上的血液
无一滴不颤抖，
我已经能辨别

这是旧情征兆。"
维吉尔已走了；
维吉尔亲若慈父，
为了使灵魂得救，

10　1274年但丁第一次遇到贝阿特丽切时年仅九岁。

我把自己托付他。[11]

虽然我已经看见

我们古老的母亲[12]

失去的这伊甸园，

这种幸福的快感，

也不能阻止我那

露水洗净的面颜[13]

重新又变得凄惨。

贝阿特丽切谴责但丁

"但丁啊，你且不要

为维吉尔离去啼哭，

暂不要，倒是应为

你的过失而啼哭。"

她像一位海军上将，

舰首舰尾来回行走，

11 参见《地狱篇》第二曲末尾"但丁恢复坦然心情"一节："现在我们走吧，/ 你是向导、主
    人"，即但丁把自己托付给维吉尔。

12 指夏娃。

13 参见本书第一曲末尾"谦卑的炼狱仪式"一节："我明白他的用意，/ 便把泪痕斑斑的 / 面颊
    伸到他跟前，/ 让他清洗我容颜。"这段话的意思是：尽管但丁来到伊甸园，见到那里的美景，
    感到无比幸福，但是失去维吉尔又使他泪流满面。

视察舰船上船员们

在如何履行其职守，

并鼓励他们士气；

听见呼唤我名字

（这已是万不得已），[14]

我转过身去以后，

看见对岸河边

彩车左轮旁边，

一位圣女显现

（因为天使撒花，

刚被花海遮掩），

看见她把视线

投向河的这边，

投到我的身上。

虽然她头上戴的

密涅瓦[15]树叶编的

14　原著注：但丁在《飨宴》第一篇中写过"某些人谈起自身似乎是不妥的"（说出自己的名字当然就更不妥了），这"对修辞学家来说"是明确禁止的。但丁在这里为《炼狱篇》中出现自己的名字道歉。然而贝阿特丽切在这里直呼但丁的名字，一是强调她的谴责是对但丁说的，二是表示她与但丁关系亲密。

15　密涅瓦（Minerva），古罗马神话中的女神，相当于古希腊神话中的雅典娜，传说橄榄树是她创造的，她以自己的名字给该树命名。所以诗中说的"密涅瓦树"即橄榄树。

花环，树叶垂下
不允许看清楚她，

她那高贵举止
却像女王一般，
讲起话来总喜欢
激烈的话留后边：

"你朝这儿仔细看！
我是贝阿特丽切，
你咋来到此山巅？
只有洗净了罪孽、

准备进入天国的
灵魂才能来这里，
难道你一无所知？"
我感到无比羞愧，

便把双眼低垂，
望着忘川河水，
看到身影以后，
又把目光转移，

投向河边草坪。
她对我很严厉，

像母亲对孩子：
因为声色俱厉

表示良苦用意。
她的话音刚落，
天使们又唱起
"主啊，我投靠你"，[16]

但是仅仅唱至
"pedes meos" 为止。
意大利的脊梁——
亚平宁[17]高山上

生长着的木材，
已被积雪覆盖，
东北寒风吹来
树上面的积雪，

冻成坚实冰块，
待到沙漠地带
热风一旦吹来，
坚冰开始滴水，

---

16 此句来自拉丁文《旧约·诗篇》第30章第1句，原文是："In te, Domine, speravi." 对应中文《旧约·诗篇》第31章第1句："耶和华呀，我投靠你。" 下面的 "pedes meos"（我的脚）这个词语在拉丁文该诗第9句末尾（"你使我的脚站在开阔之处"——中文版）。从开头的"我投靠你"到"我的脚"中间一大段内容但丁都省略了。

17 亚平宁山脉从北向南穿过意大利半岛中央，但丁把它比拟为意大利的脊梁。

仿佛蜡烛点燃，
蜡泪尚未流淌；
我的情形同样，
天使唱歌之前

（他们歌曲旋律，
跟随诸天运转），
我既没有啼哭，
也未放声哀叹；

但是，当我听见，
天使优美歌声
对我表示哀怜，
仿佛为我申辩：

"圣女啊，你为啥
这样残忍对他?"
我心中形成的
那层冰块融化，

化成叹息、泪水，
从我憋闷的胸中
冲出嘴巴和眼睛。
她一直纹丝不动

站在彩车的左边，

向那些慈悲天使

说出下面这番话：

　"你们在天上轮值，

世人的一切言行

（无论梦中或夜晚），

逃不过你们眼睛；

所以，我这里坦言：

我更关心的是，

让那啼哭的人 [18]

理解我的心意，

让他所受鞭笞

与他的罪孽相等；

每个人出生之时，

上天安排一星辰 [19]

陪他一起度终生，

而且会把恩泽

降于他的身躯，

18　指但丁。

19　但丁诞生时太阳在双子星座，据占星家的说法，双子星座的人生来就有文学天才，参见《地狱篇》第十五曲注8和第二十六曲注1。

仿佛高空水汽化雨

我们视力无法涉猎。

此人年轻之时，

具备这种气质，

凡属良好志趣，

必获非凡果实。

但是一块土地，

具有良好质地，

如果播下劣种

或者弃之不理，

就会野草成片，

变成荒芜之地。

我曾用我的容颜，

支持他一段时间，[20]

向他展示我那

年轻秀丽双眼，

带领他与我一起

走正道一直向前。

---

20 原著注：但丁在自己作品《新生》中记述，从1274年初次见到贝阿特丽切到1290年她去世，
在这16年间，"每逢她出现在什么地方时，我都由于希望得到她非凡的招呼而感到自己没有
任何敌人，不仅如此，我心中还燃起博爱的火焰，让我原谅一切得罪过我的人"。可见那段
时间贝阿特丽切对但丁的影响很大，成了但丁精神上的支柱。

当我迈入人生

第二道门槛时，

我离开了人世，[21]

他就把我舍弃，

倾心于其他人。

当我离开肉体

进入精神世界，

昔日我的美丽，

还有我的美德，

也都有增无减，

然而在他眼里，

我却不如从前

那样可喜可爱；

他便掉转脚步，

走上错误道路，

追求伪善假象，

那些形象不会

让他如愿以偿。

21　1290年贝阿特丽切去世，年仅25岁。按照但丁在《飨宴》第四篇中的说法，人生的第一时期
　　为青春期，持续到25岁，之后就进入成人期。就是说，当贝阿特丽切去世时，她刚刚进入成
　　人期。

祈求上帝的启示，

对他也无济于事：[22]

我曾托梦给他，

或以其他方式，

试图将他召回，

他都置之不理。

他已堕落到

如此的地步，

一切拯救办法，

效力都已不足，

除了将他送往

地狱看人受苦。

为此我去探访

亡魂入狱之处，[23]

哭求那位诗人

领他游历地府，

直至攀登至此。

如果他不付出

22　指贝阿特丽切也曾祈求上帝启示，并以托梦或其他方式告知但丁，试图挽救他，但他都置之不理。关于贝阿特丽切给但丁托梦之事，但丁在《新生》和《飨宴》中都曾提及。

23　指贝阿特丽切探访亡魂进入地狱的地方，即地狱前厅或林勃层，并祈求维吉尔陪同但丁游览地狱与炼狱，参见《地狱篇》第二曲"维吉尔的劝说和贝阿特丽切的帮助"一节。

眼泪洗涤罪孽，

让他轻易穿越

忘川，并且尝到

此水那样的饮料，

上帝崇高的谕旨

就会因此被破坏。"[24]

24　即让但丁轻而易举地穿过忘川河并喝到忘川河水，那就是破坏上帝的谕旨。

（她）待在我上面，
并且说："拉住我，
拉住我！"她把我
投入忘川河里面，
让河水淹至咽喉；
然后拽着我的手，
擦着河面移动着，
轻快如一叶小舟。

　　上一曲的后半段主要是写贝阿特丽切的谴责，但那还是间接的谴责，是贝阿特丽切回答天使们为但丁做的辩解，所以这一曲开头但丁就说："她的话旁敲侧击，/ 已使我感到尖刻。"现在贝阿特丽切话锋一转，直接质问但丁"你说，你说说，/ 我的那些话 / 是否符合实际"，并要求但丁对那些指责进行忏悔。

但丁听到贝阿特丽切的质询，感到害怕与慌乱，一时回答不上来的时候，贝阿特丽切又关心地问他"你对我的爱恋 / 促你去爱至善…… / 追求至善的时候，/ 你遇到什么铁索，/ 又遇到什么壕沟，/ 迫使你放弃求索"，并且追问："其他那些伪善 / 向你都显示出 / 什么便利、好处，/ 诱使你去追求？"

但丁痛心而坦率地承认："您的容颜一隐没，/ 眼前的那些事物 / 以其伪善的面目，/ 吸引我走错了路。"贝阿特丽切对但丁坦白承认错误的态度表示赞赏，并且告诉他说，在人世的法庭上罪人坦白承认自己错误，会作为法官判刑的依据，但是在天上，它却会减轻对罪人的惩罚。

贝阿特丽切又以雏鸟与成年的鸟为例，鼓励但丁不要害怕犯错误，重要的是不能不吸取教训，再"一次次遭受重创"，要求但丁抬起"那长须的下巴，/ 再回头看看往事"，意思是：你现在已经成年，应以一个成年人的标准回顾往事，那样你就会感到更加痛心与羞愧。的确如此，当但丁抬起头看清贝阿特丽切时，"悔恨就像荨麻 / 刺痛犹如针扎，…… / 我心中的愧疚 / 令我十分痛苦，/ 最后轰然跌倒"。

但丁晕倒了，当他清醒过来时，他发现马泰尔达正拖着他渡过忘川河，快到达彼岸时，马泰尔达把他的头按进河水里，迫使他喝了几口忘川河水，然后把他拉上彼岸，投入到仙女们舞蹈的圈子里。先是象征四枢德的仙女把但丁带到贝阿特丽切附近，再由象征三圣德的仙女请求贝阿特丽切向但丁展示她的第二种美——她的嘴巴。在但丁看来，贝阿特丽切的美体现在她脸上，眼睛是第一体现，嘴是第二体现。

但丁已经见识了贝阿特丽切那双绿宝石般的眼睛，正是由于那双眼睛射出的箭，但丁才爱上了她。那么，贝阿特丽切的第二种美是什么呢？那就是贝阿特丽切美丽的容颜反射的永恒光辉，即上帝的光辉。田德望先生对这句诗的解释非常正确："这种反射的光辉就是她的口浮泛着的微笑之美……"（这种"美"妙不可言，译者觉得，我们看达·芬奇的《蒙娜丽莎》肖像画时，仿佛对此有所领会。）因此但丁怀疑，那些在帕尔纳索斯山上创作诗歌的诗人，或者喝了那里山泉的水有了灵感准备创作的诗人，他们能够真实地描述待在伊甸园这个特殊地方的贝阿特丽切的"美"吗？他们会不会觉得心有余而力不足呢？

贝阿特丽切的谴责与但丁的忏悔

她的话旁敲侧击，
已使我感到尖刻；
接着她毫不掩饰
针对我进行指责：

"啊，站在忘川
河那边的人哪，
你说，你说说，
我说的那些话

是否符合实际；
你对那些罪孽
应该进行忏悔。"
她的那些指责

让我感到惶恐，
声音刚刚颤动，
尚未进入口中，
嘴唇就已闭合。

她耐心等待片刻，
然后又催促我说：
"你在想什么？
赶快回答我！

难道这是由于

你痛苦的记忆

未被河水洗去?"

慌乱以及恐惧

在我心中集聚,

从我口中挤出

一个模糊"是"字,

不过这得借助

眼睛才听得出。[1]

犹如引弓射箭,

用力超过极限,

把弓或弦拉断,

箭中靶的力量

反而有些衰减;

我的情况同样,

沉重心情使然,

突然痛哭流涕,

哭声也被哽噎

于它出口之处。[2]

于是她对我曰:

1　因为声音太小而且模糊,单凭耳朵无法听清,必须借助眼睛,即看着对方的嘴,才能辨别清楚。

2　即哭声被咽喉与口腔哽噎、阻塞。

"你对我的爱恋

促你去爱至善

（至善不会让你，

追求其他东西），

追求至善的时候，

你遇到什么铁索，

又遇到什么壕沟，³

迫使你放弃求索。

其他那些伪善

向你都显示出

什么便利、好处，

诱使你去追求?"

我先是痛苦叹息，

再勉强回答问题，

话音如此之低，

仿佛含在口里。

我哭泣着对她说：

"您的容颜一隐没，⁴

眼前的那些事物

以其伪善的面目，

吸引我走错了路。"
她："假如你不说出，
或否认你的错误，
你犯的罪孽同样

会被那法官察觉：
这里法官是上苍，
熟知人间的一切！
但是在我们天上，

犯人坦白的事，
仿佛就是砂轮
能把刀刃磨钝。[5]
但是，为了让你

现在就对自己
罪孽感到羞愧，
让你将来面对
海妖[6]的歌声时，

---

5 意思是：在地上的法庭里，犯人的供认会成为法官判刑的证据，但是在天上犯人的忏悔与供
   认，却像砂轮对着刀刃旋转打磨那样，只会把刀刃打磨得更钝，也就是说，会减轻执法的严
   厉性。
6 海妖以其美妙的歌喉迷惑海员，令其偏离航向或遭到毁灭。参见本书第十九曲注4。这里的
   "海妖的歌声"当然是指一切伪善的引诱。

变得更加坚强，

请你暂停啼哭，

听我接着解释，

这样你才清楚，

我那被埋肉体，

本来应该领你

走上相反道路：

自然或者艺术

从未像我的躯体

（现在已埋在土里），

曾经向你展示过

那么愉悦的东西；

如果我的死亡，

让你失去世上

最完美的东西，

当今你们世上

还有什么东西，

对你有吸引力？[7]

7　贝阿特丽切认为自己曾是世上最完美的形体，她死亡之后再没有女性能够吸引但丁了；她的死给世上虚妄的东西"袭击"但丁提供了机会。贝阿特丽切认为，但丁"被虚妄东西／第一次刺伤以后"，本应该吸取教训，追随她向上飞升，即像她那样摆脱虚妄形体，达到精神美、灵魂美的境界，然而但丁却没有像她想象的那样做。

当你被虚妄东西
第一次刺伤以后，

你就应该随我
一起飞升向上。
你看现在的我
形体已非虚妄。

你不应该让少女，
或其他虚妄事物，
引诱你向下飞翔，[8]
一次次遭受重创。

新生幼小鸟儿，
需受几次考验，
羽毛丰满鸟儿，
不惧张网射箭。"[9]

8　"向下飞翔"与前文的"飞升向上"恰恰相反：贝阿特丽切引导但丁向上飞升，其他虚妄事
　　物则引导但丁"向下飞翔"，那就会导致但丁因贝阿特丽切死亡遭受第一次打击后，再一次
　　次遭受打击。

9　这节诗的意思是：雏鸟没有经验，需要经受几次危险或伤害之后，才会变得谨慎起来；而羽
　　毛丰满的成年鸟儿，有经验，不惧怕猎人张网或射箭捕捉它们。

悔罪与昏厥

恰如孩子犯了错，
低下头保持沉默，
一边聆听斥责，
一边忏悔过错；

那时我就这个样。
于是她便接着说：
"既然你听我训斥，
感觉到有些难过，

现在我请你抬起
你那长须的下巴，
再回头看看往事，
你就会痛心有加。"

不论劲风来自
北方或者南方，
连根拔起栎树时，
风所遇到的抵抗，

远不如贝阿特丽切
让我抬起下巴时，
她所遇到的阻力；
她用词十分尖刻，

借"长须的下巴"
来指我的脸面。
我一抬起脸来，
视觉就已发现，

那些撒花天使
撒花已经停止；
我那双眼畏怯，
瞥见贝阿特丽切

侧身望着那身兼
两种属性的怪兽。[10]
尽管她面纱罩头，
而且身处河那边，

但是在我的眼里，
她美丽胜过往昔，
更胜过她在世时
其他美女的姿容。

悔恨就像荨麻[11]
刺痛犹如针扎，
一切事物当中，
令我入迷离她

10　指格里芳。它狮身鹰首，兼有狮子与苍鹰两种动物的属性。
11　荨麻类植物，叶和茎上长有细毛，皮肤接触时会有刺痛的感觉。

的事物，现在是
我最大的仇敌。
我心中的愧疚
令我十分痛苦，

最后轰然跌倒；[12]
后来我的情况，
只有那令我感到
内疚的圣女知道。

浸入忘川河

后来，当我恢复了
对外界的知觉时，
我发现那位独自
出现在密林里的

贵妇[13]待在我上面，
并且说："拉住我，
拉住我！"她把我
投入忘川河里面，

12　晕倒、昏厥。
13　指马泰尔达。

让河水淹至咽喉；

然后拽着我的手，

擦着河面移动着，

轻快如一叶小舟。

当我靠近幸福的

忘川河水彼岸时，

听见有人温柔地

唱着"用水洒我"。[14]

我现在已记不住

那首歌曲的歌词，

更无法将其记叙。

那位美丽的贵妇，

张开她那两臂，

抱住我的头颅，

然后再把我头

按进河水中去，

让我不得不喝

几口忘川河水；

14 这句歌词原文是"Asperges me"，来自拉丁文《旧约·诗篇》第50章第9句，对应中文《旧约·诗篇》第51章第7句"求你洗涤我"。基督教会举行忏悔仪式时，教士向已忏悔的教徒洒圣水，就念这句诗。

随后把我拉出，

浑身湿漉漉的，

投入四位仙女¹⁵

舞蹈圈子当中，

她们每人都用

手臂把我护住。

"在这里我们是女仙，

在天上我们是星辰，

贝阿特丽切下凡之前，

我们被安排做她丫鬟。

我们将会把你

带到她的跟前，

车那边的三位，¹⁶

将会使你双眼

变得更加明亮，

让你能够欣赏

贝阿特丽切眼里

那喜悦的目光。"

15　即前面第二十九曲中说的象征义、勇、智、节四枢德的仙女，参见本书第二十九曲注28。
　　"她们每人都用 / 手臂把我护住"，有注释家解释：义德的手臂防备不义，勇德的手臂防备怯
　　懦，智德的手臂防备愚蠢，节德的手臂防备贪欲、淫欲。

16　指彩车另一边的象征信、望、爱三圣德的仙女，参见本书第二十九曲注27。

她们这样唱着歌；

接着领我向前行

来到格里芳附近，

贝阿特丽切已经

转身面朝我们。

她们鼓励我道：

"你一定要看个饱：

我们已把你带到

那宝石眼睛[17]跟前，

爱神当初从那里

发射过他的武器。"[18]

千种炙热的意愿

迫使我的目光

投向那双明眸，

她却一直凝望

那怪兽的脊梁。

那个双性怪兽

映在明眸里面，[19]

17　指贝阿特丽切那绿宝石般的眼睛。

18　爱神的武器即箭。根据古罗马神话，爱神维纳斯的儿子丘比特以箭伤人，射中了谁，谁的心中就会产生爱情。参见本书第二十八曲注6。

19　在贝阿特丽切明亮的眼里。

如同太阳照在
一面镜子里面，

忽而呈这种形状，
忽而呈那种形状。
读者啊，你试想，
当我看到此物

自身并未改变，
然而它的形态
却在不停变换，
我岂能不奇怪？

贝阿特丽切的真容

此时我的心灵
充满了惊与喜，
当我品尝那吃了
还想吃的食物[20]时，

另外那三位仙女，
显示出更高仪态，

---

20 指但丁正凝望贝阿特丽切的明眸，既高兴又不满足，看了还想看。

一边唱着歌曲，

一边向我走来。

"贝阿特丽切啊，

转过你的明眸，"

这是她们歌词，

"转过你的明眸，

看看你那信徒，

为了前来见你，

他已行走良久！

请应我们所求，

让他看你的嘴巴；

你面纱下的嘴巴，

是你美德的另外

一种具体体现哪。"[21]

啊，您美丽的容颜，

像闪光的镜子一面，

反射着永恒的光辉；[22]

当你在这天地合一[23]

21　但丁在《飨宴》第三篇中写道："灵魂在面部起作用主要是在两个地方，……即在眼和口。"就是说，贝阿特丽切的美体现在她脸上，眼睛是第一体现，前面已讲过，嘴是第二体现。

22　贝阿特丽切脸上反射的"永恒的光辉"，即上帝的光辉，就是上面说的贝阿特丽切"美德的另外／一种具体体现"。

23　指伊甸园那里的天和地相互配合展现贝阿特丽切的美丽。

的伊甸园解开面纱，

那些在帕尔纳索斯

山荫下边的诗人们，

不论呕心沥血写诗，

或者喝了山泉的水，[24]

已经准备好写诗，

若要把你真实描绘，

他们是不是显得

心有余而力不足呢？

第三十二曲

随后在我眼前
出现一个娼妇，
稳坐彩车上面……
我见她的身边
站着一位巨人，
时而与其亲吻，
巨人仿佛是看守，
防人把娼妇掠走。

　　但丁目不转睛地望着光辉的贝阿特丽切，仿佛看太阳似的瞬间失明。待他恢复视力后，发现那支游行队伍正掉头向回走："恰如部队一支，/ 为了自身防护，/ 凭借盾牌掩护 / 循序进行撤退，/ 先让队旗转弯，/ 然后才是大队。"等大部队走过去后，彩车也开始掉头，但丁、斯塔提乌斯和马泰尔达，都跟在彩车后面行进。

"走约三箭之地"，彩车停下，贝阿特丽切下车，在一个光秃秃的大树下坐下，那七位仙女也围坐在她身旁。面对这棵分辨善恶的树，大家异口同声地谴责亚当，因为他和夏娃偷食禁果被驱逐出伊甸园，也使人类犯下"原罪"，破坏了上帝与人类之间的和谐关系；格里芳对待此树则是另一种态度，它不仅不啄食此树，还把彩车拉到树下，并用那光秃秃的枝杈把彩车固定在树干上，重建了人与神的关系。因此，这棵象征上帝禁令与正义的知善恶树，重新发芽结果，"开出比玫瑰色暗、比紫罗兰艳的花"。

游行队伍众人唱着一曲非人间的歌曲，但丁听不懂，昏昏入睡。后来一道强光将他惊醒，看见马泰尔达在他身旁，他便问道："贝阿特丽切在哪里？"这时游行队伍仅剩下贝阿特丽切和那七个仙女坐在那棵重新焕发生机的知善恶树的树荫下，其他人都跟随格里芳升天了。但丁紧盯着贝阿特丽切，贝阿特丽切则对他说："你在这片林子里 / 只会做短暂停留，/ 然后你将和我一起"，永远做天国的"市民"；她还要求但丁："你既是天国人，/ 就对苦难世人 / 负有一定责任，/ 请把你的眼睛 / 对准那辆彩车，/ 一旦返回尘世，/ 就把你所见之事 / 记录得详详细细。"

接着，但丁借贝阿特丽切之口，简要叙述了基督教会从罗马帝国初期开始在意大利传播以来经历的五次重大灾难，说明基督教上至教皇，下至各级教士，已变得腐败不堪。这五次灾难是：1. 罗马帝国初期帝国皇帝们对基督教教会及其信徒的迫害。2. 教会内部出现的异端邪说，从内部对教会进行破坏。3. 罗马皇帝君士坦丁大帝迁都希腊拜占庭，把故都罗马赠送给教会，史称"君士坦丁赠赐"。但丁认为"君士坦丁赠赐"是好心办坏事，教皇掌握了世俗权力是教会腐败的根源。4. 穆罕默德创立伊斯兰教，分裂了基督教（当然这只能算是但丁等一部分人的看法）。5. 8世纪后法兰克王和查理大帝给教会的诸多馈赠，使教会拥有更多财产和世俗权力之后，不仅是教皇，而且各级主教和教士，也都上行下效，贪婪成风。

尽管教会腐败不堪，变成了法国王室的附庸，但法国王室对教会的监管却丝毫没有放松。教皇若有丝毫不慎，就会受到世俗皇帝的惩罚，卜尼法斯八世就因为不听从腓力四世而被其逮捕，最后含恨而死。

经过这些变迁之后，教会就变成了一个七头十角的怪物。这就是贝阿特丽切吩咐但丁在这里需要看清、返回尘世需要记录清楚的事情。

亚当之树的变化

我两眼目不转睛
盯着贝阿特丽切，
以解除我那已经
连续十年的饥渴，[1]

致使其他感官
效用都已丧失：
仿佛眼睛前面
有堵冷漠墙壁

把其他感官隔离；
她那圣洁的笑容，
凭借昔日的魅力，
把我拉向她自己。

这时三位仙女，
迫使我把脸面
转向我的左边，
倾听她们呼唤：

---

1 指但丁自1290年贝阿特丽切去世后，一直渴望再见到她，至1300年开始游历冥界，已有十年之久。现在但丁望着贝阿特丽切，注意力集中在视觉器官——眼睛上，致使其他感官，如鼻子、耳朵等，仿佛都失去效用了。

"别看得太久！"[2]

那时我的双眸，

就像刚被太阳

强光刺激以后，

什么也看不见；

然后渐渐恢复，

能够观看那些

不耀眼的器物[3]

（我所谓"不耀眼的"，

是与我曾不得已

把我目光移开的

"耀眼的"东西相比），

发现那支光荣部队，

向右掉头原路返回，

以七条火焰为先导，

其余面朝东方跟随。[4]

---

2 象征信、望、爱三圣德的仙女，劝但丁看贝阿特丽切的眼睛别看得太久，因为从下边的诗句来看，贝阿特丽切眼睛散发出的光芒非常强烈，看久了就像看太阳那样，会导致暂时"失明"。

3 这里指走在队伍最前边的七只烛台。但丁将其比作"不耀眼"的器物，而把贝阿特丽切的眼睛比作"耀眼"的东西。

4 但丁发现"那支光荣部队"，即举行游行仪式的队伍，原先沿着忘川河左岸由东向西行进，现在向右掉过头来，由西向东，即面朝太阳，原路返回。那七个烛台仿佛部队的旌旗、先导，走在队伍最前面。

恰如部队一支，
为了自身防护，
凭借盾牌掩护
循序进行撤退，

先让队旗转弯，
然后才是大队；
排在最前边的
天国前卫部队，[5]

全部走过去后，
那辆凯旋彩车
开始掉转车头；
于是仙女那些[6]

都回到车轮旁边，
格里芳稳稳拉动
彩车，前行的时候
没一根羽毛颤动。

拽着我渡河的
那位美丽贵妇、[7]

---

5 指那二十四位长老。
6 指象征三圣德和四枢德的七位仙女。
7 即马泰尔达。

我、斯塔提乌斯,

我们一直尾随

彩车右边车轮,

穿越这座密林,

如今荒无人迹

(由于夏娃听信

蛇的谎言所致);[8]

天使们的歌曲

协调我们步履。

走约三箭之地,

贝阿特丽切下车,

此时我听众人

都在低声谴责

亚当[9],然后他们

在一棵既无苞芽、

也无绿叶的树[10]下,

8　指夏娃听信蛇的谎言,违反上帝禁令,摘了分辨善恶树上的果实,并与亚当分食。因此他们
　　二人都被赶出伊甸园,致使密林"荒无人迹"。

9　亚当与夏娃分食偷果,致使人类犯下"原罪",遭到游行仪式中众人的谴责。

10　即亚当之树,分辨善恶之树。此树在这里象征上帝"不许动它"这一禁令,象征"上帝的正
　　义"。但丁在本书第二十四曲曾说,那里的第二棵树是由这棵树"所出"(衍生的):"山顶上
　　边有棵树, / 夏娃偷食它果实, / 这棵树是由 / 那棵树所出",参见本书第二十四曲"被惩罚的
　　贪食者"一节及该曲注19。

围成圈子坐下。

此树枝杈越高，

向外伸展越大，

即使印度森林

里的居民见它，

也会感到惊讶。[11]

"格里芳，有福啦，

你不啄食这株

味道甘美的树，

这样你就不怕

胃痛或者腹胀。"[12]

众人坐在树旁

齐声这样叫嚷，

而格里芳却说：

"只有这样行事，

一切正义种子

11　维吉尔曾在其著作《农事诗》卷二中说："印度……森林中生长着极高的树，一箭的射程达不
　　到其参天的树梢。"但丁借用这句话来形容亚当之树的高大与奇特。

12　这几句诗的意思是：象征基督的格里芳没有像亚当那样偷食这棵树的禁果。亚当违背上帝禁
　　令，偷食禁果，致使这棵树光秃秃的，"既无苞芽、/也无绿叶"；自己也受罚、受苦（即诗
　　中说的"胃痛或者腹胀"）。而格里芳却"不啄食这株/味道甘美的树"，使该树变得郁郁葱
　　葱，并"开出比玫瑰色暗、/比紫罗兰艳的花"（见后文的诗句）。或者说，亚当破坏了人类
　　与上帝的关系，被基督（格里芳这里代表基督）修复、重建起来。

才能保存下去。"

然后掉转身躯，

走向彩车车辕，

把车拉到树下，

再用光秃的枝杈

把彩车系于树下。

当太阳与双鱼座

一起照射地球时 [13]

地上的植物发芽，

随后重现各自的

艳丽色彩，待日神

尚未把拉车的骏马

套在金牛星座下，

这一株原先枝杈

光秃秃的树木，

同样开始变化：

13　即太阳位于双鱼星座，阳光与双鱼座的光线一起照射大地，也就是初春的时候；"待日神 / 尚未把拉车的骏马 / 套在金牛星座下"，即太阳尚未完全在金牛座安身，或者说在4月20日之前。这里涉及三个相邻的星座：双鱼座、白羊座和金牛座，它们之间各相隔一个月。太阳在双鱼座时是2月19—20日；在白羊座时是春分，在3月20—21日；在金牛座时是4月20日左右。树木初春发芽，至4月20日前，渐渐变得郁郁葱葱、艳丽多彩。

开出比玫瑰色暗、

比紫罗兰艳的花。[14]

但丁入睡

那些人唱的并非

人间歌曲，我没

听懂，便昏昏入睡，

不知歌曲如何结尾。

倘若我能够描述，

绪任克斯的故事

（它让阿尔戈斯[15]

闭上它那百目；

后者为监视伊俄

付出了巨大代价），

---

14 早期注释家们认为，"比玫瑰色暗、/ 比紫罗兰艳的"这种颜色，是耶稣被钉死在十字架上流出的血的颜色；耶稣的血是救赎的象征，是耶稣教会的基础。

15 阿尔戈斯是古希腊神话故事中的百眼巨人（参见本书第二十九曲注20）。宙斯爱上妻子赫拉的首席女祭司伊俄，担心妻子嫉妒，为保护伊俄便将她变成一头白色小母牛；赫拉不放心，派阿尔戈斯监视伊俄。宙斯便派麦丘利去杀阿尔戈斯，麦丘利扮成牧羊人吹芦笙催他入睡，然而阿尔戈斯有一百只眼睛，有的闭上了，有的仍然睁着，麦丘利无法下手；最后麦丘利给阿尔戈斯讲述半羊半人的林神潘（Pan）追求仙女绪任克斯（Syrinx）的爱情故事，阿尔戈斯终于全部闭上了那一百只眼睛，麦丘利便挥刀砍下了阿尔戈斯的头。详见奥维德《变形记》第一章。

那我就要做个
临摹画的画家，

绘出我是如何
进入睡梦中的；
但是谁若有心
尝试这样的事，

那就让他去尝试，
我则要把它略过；
说说我醒来时
遇到的那些事：

只见一道强光
穿透睡梦幔帐，
一个声音[16]对我说：
"起来，你在做什么？"

天使们贪食那
苹果树的果实，[17]
在天上经久不息
举行婚宴之时，

---

16 指马泰尔达。
17 "苹果树"在这里指耶稣基督，来源于《旧约·雅歌》第2章第3句："我的良人在男子中，如同苹果树在森林中。"苹果树的"果实"，指上帝的恩赐，这里具体指天使们享有的瞻仰耶稣的福；"经久不息 / 举行婚宴"，是说他们永久地享受瞻仰耶稣之福。

耶稣把彼得、约翰

和雅各带到他泊山

去看天使们的婚宴，¹⁸

他们一看见那婚宴

便都晕倒在地，

后来有个声音¹⁹

又把他们唤醒

（那个声音曾经

把酣睡的人唤醒），

发现同行的人中，

不见了摩西和

以利亚的行踪，

那时耶稣的形象

也同时变了模样。

我恰恰也是这样

恢复了我的神智，

18　即耶稣把三位圣徒带上他泊山（Tabor，位于加利利海西边）去看自己变形，这个典故来自
　　《新约·马太福音》第17章第1—2句："过了六天，耶稣带着彼得、雅各和雅各的兄弟约翰暗
　　暗上了高山，就在他们面前变了形象，脸面明亮如日头，衣裳洁白如光。"

19　指耶稣的声音"起来，不要害怕"；"那个声音曾经 / 把酣睡的人唤醒"，意思是那声音能使
　　死人起死回生，"酣睡的人"即死人。耶稣能使死人起死回生，在《路加福音》《约翰福音》
　　等书中都有记述。

看清那位当初

曾在彼岸伴随

我一起行走的

仁慈善良贵妇。[20]

贝阿特丽切与但丁的使命

我满腹疑虑问道：

"贝阿特丽切在哪里？"

那贵妇回答说道：

"她就坐在，你瞧，

那棵树的树下

新生绿茵上面；

她的同伴[21]，你看，

也坐在她周边，

其他的人[22]则跟在

鹰狮怪兽[23]的后边，

唱着更加悦耳且

神秘的歌曲升天。"

20　还是指马泰尔达。

21　即象征三圣德和四枢德的七位仙女。

22　即那二十四位长老。

23　指狮身鹰首的怪兽格里芳。

我不知道那贵妇

是否还讲了下去，

因为此时我眼里

只有另一位圣女，²⁴

她令我无心他顾。

她独自席地而坐

好像是一位看护，

坐在那里为守护

被两性怪兽捆在

那棵树上的彩车；

那七位仙女围在

她四周，手里举着

的那七只蜡烛，

不会被风吹熄。

　"你在这片林子里

只会做短暂停留，

然后你将和我一起，

永做那个罗马城²⁵的

市民，基督他也是

那个罗马城的市民。

24　指贝阿特丽切。

25　指天国。

你既是天国人，

就对苦难世人

负有一定责任，

请把你的眼睛

对准那辆彩车，

一旦返回尘世，

就把你所见之事

记录得详详细细。"

贝阿特丽切这样吩咐，

我完全服从她的指令，

立即朝她指定的地方

投去我的心思和眼睛。

彩车的变迁

我看见宙斯的神鹰[26]

从苍穹俯冲下来时，

它下降的速度远比

高空浓云密布之时，

---

26 "宙斯的神鹰"这个说法来自维吉尔的《埃涅阿斯纪》卷一，但丁借来代表罗马帝国。神鹰
冲击那棵树和彩车，指罗马帝国初期迫害基督教教会及其信徒。这是基督教会遭遇的第一次
灾难。

闪电的速度迅疾；
神鹰扑向那棵树
撕破它的树皮，
击落鲜花、嫩枝，

然后冲向彩车，
因此那辆彩车，
忽而偏向左舷，
忽而偏向右舷，

像在风暴中行船。
随后，我又看见，
一只狡猾的狐狸
蹿进彩车车厢里，

它吃过的食物
都是不良食物；[27]
但是贝阿特丽切
立即对狐狸斥责，

并且将它驱逐，
它见罪行暴露
撒腿就跑，用尽
它那瘦弱身躯

---

27 喻指异端邪说，即异端邪说吃的都是不健康的食物，或者说他们依据的都是谬误，目的是从
教会内部破坏教会。异端邪说从内部破坏基督教，是基督教会遭遇的第二次灾难。

能承受的力度。

然后我又看见，

树上那只神鹰

蹿出枝杈之间，

落在彩车的车厢里，

并把羽毛留在那里；[28]

一个悲怆声音此时

从天上响起[29]，说道：

"啊，我的小船，

你的船舱里面

载着何等劣货!"

随后，车轮中间

地面似乎裂开，

我见苍龙一条，[30]

尾巴向上高翘，

从那里爬出来

28　古罗马帝国皇帝君士坦丁大帝把首都由罗马迁往希腊拜占庭，把故都罗马赠送给教会，史称
　　"君士坦丁赠赐"，从而造就了"第一个富裕教父"，参见《地狱篇》第十九曲"对买卖圣职
　　教皇的谴责"一节和该曲注21。但丁认为"君士坦丁赠赐"是教皇掌握世俗权力的开端，也
　　是教会腐败的根源。这是基督教遭遇的第三次灾难。

29　有注释家认为，下面的话是圣彼得说的，因为圣彼得曾是渔夫，所以后文中他说"啊，我的
　　小船"；"劣货"即劣质货物，指"君士坦丁赠赐"对教会来说就是毒药。

30　"苍龙"这一概念来自《新约·启示录》第12章第3句："天上又出现异象来：有一条大红龙，
　　七头十角，七头上戴着七个冠冕。"第9句则说："大龙就是那古蛇，名叫魔鬼，又叫撒旦。"
　　有注释家认为，这条苍龙象征7世纪初穆罕默德创立伊斯兰教，分裂并夺去了基督教许多地
　　盘（参见《地狱篇》第二十八曲注7）。这是基督教会遭遇的第四次灾难。

刺穿彩车的厢底，
然后像马蜂缩回
罪恶毒刺那般
拖着拽下来的

一部分车底板，
蜿蜒爬离那里；
彩车其余部分，
包括车辕、轮子，

叹口气的瞬间，
就被诚信善意
的羽毛所淹没。[31]
仿佛肥沃土地

被人撂荒遗弃，
迅速长满荆棘。
经过这些变迁，
这辆残缺圣器

各个部分都长出
头来，车辕上长出

---

31 "就被诚信善意／的羽毛所淹没"，指君士坦丁大帝的赠赐也许是出于善意，但善意也可能造成恶果。也有注释家认为，这里暗示8世纪后法兰克王和查理大帝给教会的诸多馈赠。教会拥有更多财产和世俗权力之后，不仅是教皇，而且各级主教和教士，也都上行下效，贪婪成风。这是教会遭受的第五次灾难。

三个，车身每个

犄角都长出一个，

前面三个像牛头，

都长有两个牛角，

后面四个仅一个角，

这种怪物绝无仅有。[32]

娼妇与巨人

随后在我眼前

出现一个娼妇，[33]

稳坐彩车上面，

宛如高山顶端

一座坚固城堡，

神态自若安然，

媚眼左顾右盼；

我见她的身边

---

32 "车辕上长出 / 三个（头），车身每个 / 犄角都长出一个（四个角共长出四个头）"，总共是七
个头；"前面三个……都长有两个牛角（共六个），/ 后面四个仅一个角（共四个）"，加在一
起是十个角。这样彩车就变成了一个七头十角的怪物，"绝无仅有"。

33 这里"娼妇"指《新约·启示录》第17章第1—9句中说的那个骑在七头十角怪兽上的女人，
称她为"坐在众水之上的大淫妇"，象征但丁时代腐败透顶的罗马教廷和教皇。参见《地狱
篇》第十九曲注19。

站着一位巨人，[34]

时而与其亲吻，

巨人仿佛是看守，

防人把娼妇掠走。

不过，当那娼妇

向我挤眉弄眼，

凶恶情夫的皮鞭

就不给她留情面，[35]

从头顶打到脚跟；

接着那个情夫，

满怀猜忌与愤恨，

解开那个怪物[36]

拉进密林深处，

以密林为屏障

把我视线挡住，

让娼妇和情夫

从我视线中消失。

---

34 这里的"巨人"指那荡妇的情人，特指当时控制罗马教廷的法国王室和法国国王腓力四世；"时而与其亲吻"，意思是当时几任教皇，如乌尔班四世（Urban IV）、克雷芒四世、马丁四世、尼古拉四世（Nicholas IV）等，与法国王室相互勾结。

35 指教皇卜尼法斯八世与法国国王腓力四世之间的争斗，卜尼法斯不听从腓力四世，转而投靠其他君主。1303年，腓力四世便派密使赴罗马，勾结卜尼法斯的仇敌科隆纳家族，带兵到卜尼法斯家乡阿纳尼将其逮捕，致使卜尼法斯愤恨成疾而死。

36 指由彩车演变来的那个七头十角的怪物。但丁预言，1308年腓力四世授意教皇克雷芒五世，把教廷从罗马迁至法国边境城市阿维尼翁（Avignon）。

第三十三曲

读者啊，本曲篇幅
倘若还有些剩余，
我真想绝尽才艺，
描写这甘甜河水
如何让我喝不够……

　　第三十二曲末尾讲到，彩车（象征教会）变成七头十角的怪兽，并被巨人（象征皇帝）"拉进密林深处"，七位仙女便唱起《诗篇》第79章哀叹耶路撒冷圣庙被毁的圣歌。她们边流泪边唱着，贝阿特丽切听了也深为感动。

　　贝阿特丽切让七位仙女走在她前面，让但丁、马泰尔达和斯塔提乌斯走在她后面。一队人没走多远，贝阿特丽切便问但丁："兄弟，你既然 / 与我走在一起，/ 为什么你不敢 / 向我提出问题？"但丁回答她说："夫人，您

知道 / 我有什么要求, / 同时您也知道 / 怎么来满足我。"于是贝阿特丽切鼓励但丁应该摆脱"恐惧以及羞愧",要大胆讲话,同时还告诉他:原来的教会变质了、不复存在了,上帝一定会惩罚那些造成这种状态、对此应该负责的人。贝阿特丽切还进一步说:那代表帝国的神鹰,"绝不会永无后嗣";说她已经看见"有群星升起",那些星辰会冲破"一切障碍和羁绊",带来一个崭新的时代:"上帝派遣的使者, / 那位五百一十五, / 将会杀死那娼妇 / 和她那个看守者。""娼妇"象征但丁时代腐败透顶的罗马教廷和教皇,"她那个看守者"即她身边的巨人,那么谁是这位"五百一十五"呢?有注释家认为,但丁指的是1308年当选为神圣罗马帝国皇帝的德国国王亨利七世。

贝阿特丽切要求但丁把她的这些话如实向世人传达,而且要求但丁不能隐瞒在这里的所见。但丁向她保证说:"您的这些语言 / 已刻进我头脑, / 如同封蜡上面 / 打的印记那样, / 永远不会变样。"但丁虽然牢牢记住了贝阿特丽切的话,但是觉得那些话费解难懂。于是贝阿特丽切向他解释说:那是因为但丁在她去世后潜心研究亚里士多德哲学,背离了神学,从亚里士多德哲学学得的道理与神学相距甚远,有如天壤之隔。不过贝阿特丽切向但丁保证:"我下面的话 / 一定会直白简明, / 让你那凡俗眼睛 / 能轻易分辨得清。"

中午的时候他们一行人来到一山泉附近,七位仙女率先停止脚步。但丁看见,就在那些仙女前面有两条河水从那山泉中流出,然后分道扬镳朝不同方向流去。但丁问贝阿特丽切那是什么河流,贝阿特丽切让马泰尔达来回答他的问题,并带他到欧诺埃河中饮水,以恢复但丁对"生前"所做善事的记忆。

但丁饮完欧诺埃河水回到岸边,觉得自己身心已焕然一新,"准备去登诸天, / 迎见满天繁星",即准备登上天国之旅。

《神曲·炼狱篇》到此结束。

仙女的哭泣

七位仙女唱道：
"上帝呀，外邦人
进入你的圣庙。"[1]
她们时而三人，

时而四人，交替
着唱起赞美诗，[2]
声音优美动听，
一边流着泪水。

贝阿特丽切慈悲，
一边听着赞美诗，
一边在唉声叹气，
痛苦得仿佛就是

十字架旁的圣母。
但是，当那些仙女
唱完那首赞美诗，
给了她讲话机会；

1　这句赞美诗来自拉丁文《旧约·诗篇》第78章第1句，拉丁文原文是："Deus, venerunt gentes." 与其对应的中文《旧约·诗篇》第79章第1句为："神啊，外邦人进入你的产业，污秽你的圣殿，使耶路撒冷变成荒堆。"
2　即她们分为二部轮唱，象征三圣德的仙女为一部，象征四枢德的仙女为另一部。

她气得满脸通红，

站起身来回应说：

"我亲爱的姐妹们哪，

等会儿你们见不到我，

你们会再见到我，

这不会等得太久。"³

然后贝阿特丽切

就让那些仙女，

走在她的前面

我、那位贵妇⁴及

斯塔提乌斯，

走在她的后边。

贝阿特丽切的预言与训诫

她这样向前走着；

我相信她迈出的

---

3 这两句话来自拉丁文《新约·约翰福音》第16章第16句，拉丁文原文是："Modicum, et non videbitis me; et iteram modicum, et vos videbitis me." 与其对应的中文《新约·约翰福音》第16章第16句为："等不多时，你们就不得见我，再等不多时，你们还要见我。"这是耶稣在最后晚餐时对十二圣徒说的话，贝阿特丽切借用这句话预言罗马教廷不久将迁往阿维尼翁，但是过不了多久还会迁回罗马。

4 指马泰尔达。

第十步尚未着地，
就发现她用她的

双眼紧盯着我，
安详地对我说：
"你稍微走快点吧，
那样我和你讲话，

你就能听得分明。"
我以应有的恭敬，
刚刚走到她身边，
她说："兄弟，你既然

与我走在一起，
为什么你不敢
向我提出问题？"
我像那种人士，

面对自己上级，
由于过分恭敬，
说话战战兢兢，
回答吐字不清；

我这样说道：
"夫人，您知道

我有什么要求，
同时您也知道

怎么来满足我。”
于是她对我说：
“我希望你从今
往后，能够摆脱

恐惧以及羞愧，
讲话不要像个
沉睡的人似的。
而且你应晓得，

那辆被苍龙破坏
的彩车，先前存在，
现在已不复存在；⁵
但是，应该让那些

对此负有责任者
相信，上帝不会

---

5 “先前存在，/现在已不复存在”这句话来自《新约·启示录》第17章第8句：“你所看见的兽，
   先前有、如今没有。”贝阿特丽切借用这句话，意思是说，教会已经腐化变质，原来的教会
   已经不复存在。

赦免那些喝汤者，

肯定是要惩罚的。[6]

那神鹰在彩车上

留下自己的毛羽

（致使彩车变怪兽，[7]

然后又变成猎物），

绝不会永无后嗣；[8]

因为我确实看到，

并且愿意告诉你，

已经有群星升起，

一切障碍和羁绊

都无法进行阻拦，

它们一定能带来

一个这样的时代：

6　当时佛罗伦萨曾有一种风俗，杀人者行凶后如能在受害者死后前九天内每天去被害者的坟上喝一次汤，被害者的家属就不得再找他为死者报仇。但是，上帝是不会按照佛罗伦萨的风俗赦免这些罪犯的。

7　第三十二曲注26中说过，"神鹰"代表罗马帝国；"致使彩车变怪兽，/ 然后又变成猎物"，参见本书第三十二曲"彩车的变迁"一节，那里叙述了被恶龙破坏的彩车如何变成七头十角的怪兽；最后在"娼妇与巨人"一节又说那怪兽被法国君主控制，变成他们的"猎物"。

8　"绝不会永无后嗣"，指1250年腓特烈二世逝世后，神圣罗马帝国的皇位一直虚悬，后来当选的神圣罗马帝国的皇帝，均未到意大利来加冕。但是但丁相信，这种情况不会长久继续下去。

上帝派遣的使者，

那位五百一十五，[9]

将会杀死那娼妇

和她那个看守者。

也许我这里的叙述

晦涩难懂，像忒弥斯[10]

和斯芬克斯[11]的谜语，

难以开启你的心智；

但将来的事实是，

女神那伊阿得斯[12]

---

9 "五百一十五"写成罗马数字就是DXV，再把后面两个数字换一下位置，就变成了DVX，即拉丁文的"领袖"，他究竟是指谁，注释家们有种种不同解释，多数人认为是指德国国王亨利七世（参见本书第六曲注25）。

10 忒弥斯（Themis），在古希腊神话故事中她是正义的化身、智慧与忠言的女神、神意的解释者。她也常常发布神谕。奥维德在《变形记》中记述，世界进入黑铁时期后，人类罪恶滔天，宙斯震怒，使洪水泛滥淹死了所有的人，只有善良的丢卡利翁（Deucalion）和皮拉（Pirrha）夫妇幸存下来。洪水退去后，他们恳求忒弥斯告诉他们如何再造人类。忒弥斯说："蒙着你们的头，解开你们的衣服，一路走，一路把你们母亲的骨头扔到你们身后。"他们百思不解，后来丢卡利翁恍然大悟，对皮拉说："大地是我们母亲，她的骨头就是石头。"于是他们俩一边走，一边向身后扔石头。结果丢卡利翁扔的石头变成了男人，皮拉扔的石头变成了女人。

11 斯芬克斯（Sphinx），狮身人面兽，常见于埃及和希腊艺术作品和神话中。据说，它用缪斯所授的谜语刁难人，谁猜不中就要被它吃掉。那个谜语是："今有一物，只发一种声音，先是四足，后是两足，最后是三足，这是何物？"忒拜国王的儿子俄狄浦斯终于猜中了这个谜语：那就是人，因为人在婴儿期匍匐而行，长大后两脚步行，年迈后拄杖而行。斯芬克斯随即自杀。

12 那伊阿得斯（Naiads），是古希腊神话中的水泉女神，她们住在河流、泉水和湖泊中。有注释家考证说，《变形记》的手抄本把Laiades误写成了Naiaides；Laiades是俄狄浦斯的父亲，奥维德《变形记》的原诗是："拉伊得斯（Laiades，即忒拜王）的儿子俄狄浦斯解答了前人所不能理解的谜语之后，斯芬克斯一头栽倒在地……"一字之差完全改变了原文的意思，真是差之毫厘，谬之千里。但丁以讹传讹，把女神那伊阿得斯作为解开"五百一十五"之谜的人。

解开这难解之谜，

不损害谷物、羊群。[13]

你记住，这些话

现在我怎么说的，

你就怎么向世人

传述（生命就是

奔向死亡的经历）。[14]

你记述这些话时，

切记不能隐瞒

你的亲眼所见：

这棵树在这里

已经两次遭劫。

谁掠夺这棵树，[15]

或者伤其枝叶，[16]

就是以其行为

亵渎冒犯上帝

---

13 斯芬克斯死后，忒弥斯决定为它报仇，派一野兽去祸害忒拜人，吃他们的牲畜，破坏他们的
庄稼。贝阿特丽切这里是说，我的这个谜语解开后，不会像斯芬克斯的谜语解开后那样，不
仅不会伤及他们的牲畜与谷物，而且会给他们带来好处。

14 这句话来自早期基督教神学家圣奥古斯丁（Augustine，354—430年）的著作《论上帝之
城》："人生不过是奔向死亡的经历。"

15 指亚当和夏娃摘其果实，巨人从树干上解开怪物拉进密林（见本书第三十二曲末尾）。

16 指"神鹰扑向那棵树／撕破它的树皮，／击落鲜花、嫩枝"（见本书第三十二曲"彩车的变迁"
一节）。

（上帝创造此树
仅仅为他自己）。[17]

人类始祖在此
因为食其果实，
经受痛苦、磨难
足足五千余年，[18]

才等来了基督，
甘愿为其后裔
承受惩罚之苦。
如果你的智力

判断不出此树，
因为什么缘故
高得如此特殊，
而且树梢倒置，

那么你的脑子
必然还在昏睡。

---

17 即仅为上帝自己，不允许别人冒犯该树。
18 亚当被驱逐出伊甸园后，在尘世生活了930年，参见《旧约·创世记》第5章第5句："亚当共
  活了九百三十岁就死了。"死后，他在地狱林勃层等待基督救助，等了4302年，总共是5232
  年。参见《天国篇》第二十六曲"亚当"一节及相关注释。

倘若世俗想法，

未像埃尔萨[19]河水，

使你的思想僵化；

世俗想法的欢乐，

也未像皮拉摩斯

的血使桑葚变色[20]

那样玷污你的精神。

单从上述那些例证，

你就可以理解那树

的道德意义[21]：它象征

上帝的禁令与正义。

我虽说是已经发现

你的思想已经僵化、

反应迟钝、受到污染，

我的话闪烁的光辉，

让你感到头晕目眩，

---

19 埃尔萨河（Elsa），阿尔诺河的支流，发源于锡耶纳西边山区，向北流入阿尔诺河。该河某
    些河段的河水含大量石灰质，物体浸入其中不久，表面就会附着一层石灰质（即水碱）。

20 "皮拉摩斯／的血使桑葚变色"，参见本书第二十七曲注9中皮拉摩斯和少女西斯贝的爱情
    故事。

21 但丁在《飨宴》中说，诗具有四种意义，即字面意义、寓言意义、道德意义和奥秘意义。这
    是中世纪流行的概念。从道德意义上说，这棵树象征上帝的禁令与正义："禁令"即禁止人
    触摸、攀爬、采摘；"正义"即惩罚，必须遵守禁令，否则就会受到惩罚。

但我仍然希望，即使

你不能把看到的东西

详详细细写成文字，

也要绘出一些符号，

像那些朝圣的长老

棕榈叶手杖上缠绕。"22

我回答她说道：

"您的这些语言

已刻进我头脑，

如同封蜡23上面

打的印记那样，

永远不会变样。

但是您的话语，

为何总是超出

我的理解能力，

我越努力领会，

越是把握不住?"

"为了使你认识

22　古代的朝圣者，返回的时候把圣地的棕榈树叶缠在手杖上，证明他们去过圣地。

23　中世纪的书信或公函，都要以火漆封口，还要在火漆上打上印记。

你信仰的学说，"[24]

她给我解释说，

"让你看出那种理论

岂能与我相提并论；

也为了让你看出，

你们所走的道路

远离神启的道路，[25]

如同运转迅速的

天体离地球遥远。"

于是我对她解释：

"我不记得何时

曾经与您疏远，

也不记得何时

曾受良心谴责。"[26]

她微笑着解释：

"如果你记不得

---

24 指亚里士多德的哲学思想。贝阿特丽切去世后，但丁为寻求精神上的安慰，曾潜心研究亚里士多德的哲学。由于贝阿特丽切代表神学，在贝阿特丽切看来，热爱哲学就是远离神学，是在思想上误入歧途，所以下面说："那种理论／岂能与我相提并论。"

25 "你们所走的道路"即人们仅凭理性认识而获得的道理，而"神启的道路"即由神的启示而获得的道理，二者之间距离遥远，有如天壤之隔。"运转迅速的／天体"，指托勒密天文体系中的第九重天，它离地球的距离最远。

26 但丁的意思是：他不记得曾因醉心哲学而忽视神学，也不记得曾因此而受到良心谴责。

这些，那你应该
记得，今天你
喝了忘川河水；
如果火的存在

可从烟雾判断，
那么你这忘性
也能清楚证明，
你曾移情别恋。

不过我下面的话
一定会直白简明，
让你那凡俗眼睛
能轻易分辨得清。"

欧诺埃河

太阳已经进入
子午圈的里面，
光辉更加明亮，
移动更加缓慢[27]

27　"太阳已经进入／子午圈的里面"，指时间已是中午。中午时太阳的光线直射下来，显得更
　　强，而太阳的运行反而显得缓慢。

（不过子午圈的地点，

随着观察点的改变

也会不断改变，

具体位置也变）。[28]

此时七位仙女，

如同走在众人

前面的探路人，

发现新鲜事物，

抑或新的迹象，

就会止步不前；

她们就是这样，

发现树荫渐淡

就停住了脚步，

仿佛深山老林，

看见水中映出

山峦森林倒影。[29]

---

28 子午线或子午圈，是为测量地球而假设的一条南（午）北（子）方向的线，即通过地面某点
    的经线。观察者所处的地点不同，经线就不同，所以诗中说"不过子午圈的地点，/ 随着观
    察点的改变 / 也会不断改变"。参见本书第二曲注1。

29 这段话的意思是：那七位仙女在森林里行走，走到树荫渐渐变得不像其他地方那样阴暗的地
    方时，便停了下来。那个地方的树荫就像水中倒映的山峦和森林的阴影那样，就是说那里没
    有森林里的树荫那样阴暗。其实这个比喻也引出了后面讲的欧诺埃河。

我似乎已看见，

就在她们前面

两条河流发源，

犹如幼发拉底

和底格里斯两条河，

它们同出一个源头，[30]

如同两位亲密朋友

依依不舍艰难分手，

然后慢慢朝着

不同方向流去。

　　"啊，贝阿特丽切，

这是什么河流？

同出一个源头，

然后分成二股，

各自流向远处。"

她则对我口授：

30　幼发拉底河（Euphrates）与底格里斯河（Tigris）是西亚的两条河流，都发源于土耳其。幼
　　发拉底河发源后，经叙利亚、伊拉克流入波斯湾，中途与底格里斯河汇合。然而《旧约·创
　　世记》第2章第10—14句说："有河从伊甸流出来滋润那园子，从那里分为四道：第一道名叫
　　比逊河……第二道河名叫基训……第三道河名叫底格里斯……第四道河就是幼发拉底河。"
　　看来但丁根据自己的地理知识，把幼发拉底河与底格里斯河排除在伊甸园之外，仅提到伊甸
　　园里有两条河，即忘川河与欧诺埃河，而且说它们同出一源。

"去求马泰尔达，[31]

让她告诉你吧。"

那位美丽贵妇

立即做了回答，

仿佛在为自己

的过失做解释：

"关于这条河流，

以及相关事物，

我都和他说过；

而且我敢断定，

忘川河水不会

把这些都洗净。"

贝阿特丽切则说：

"人若过度地注意

某件事情，那就会

削弱他的记忆能力，

忘却已看见的事。

但是，你看那边，

31 但丁这时终于说出了本书第二十八曲提到的那位"美女"的名字，此前也常常称她"贵妇"。
这位名叫马泰尔达的美女究竟是谁，历史上是否有过这样的人物，评论家们众说不一。我个
人觉得这些问题还是让学者与研究者去探究吧，普通读者就简单地把她看作是《神曲》中的
一个人物吧。

欧诺埃已流出，
快带他去河边，

就像你惯常行事，
让他的记忆能力
得到恰当的修复。"
那位美丽的贵妇，

心灵贤惠，听到
别人意愿之后，
立即付诸行动，
不会寻找借口

推脱自己的责任。
她拉起我的手后，
又对斯塔提乌斯说：
"你跟他一起走！"

但丁涤清罪过

读者啊，本曲篇幅
倘若还有些剩余，
我真想绝尽才艺，
描写这甘甜河水

如何让我喝不够，

但是我用来撰写

第二部的纸已经写满，

诗艺规则也不让多写。[32]

我饮完至圣河水，[33]

重新又回到岸边，

灵魂已焕然一新，

仿佛年轻的树干

重被绿叶盖满。

我已身心纯净，

准备去登诸天，

迎见满天繁星。

---

32 指但丁计划把《神曲》分成三部，每部三十三曲；现在已写到第二部第三十三曲，即将结束；每曲的诗句在120句到150句之间，原著在这里已是141句，所以诗中说"本曲篇幅"所剩无几。

33 指欧诺埃河水，其效应是让那些犯罪的灵魂恢复对生前所做善行的回忆。参见本书第二十八曲注17。

·《炼狱篇》专有名词中外文对照表·

中文名称	外文名称及说明
阿德里安五世	Adriano V（意），Adrian V（英） 教皇。 《炼》XIX，注21。
阿尔贝特一世	Alberto I（意），Albert I（英） 神圣罗马帝国皇帝，1298—1308年在位。 《炼》VI，注23。
阿尔戈斯	Argo（意），Argos（英） 古希腊神话故事中的百眼巨人。 《炼》XXIX，注20。
阿尔吉娅	Argia 攻打忒拜的七将之一提德乌斯的妻妹。 《炼》XXII，注32。
阿尔克迈翁	Almeon（意），Alcmaeon（英） 围攻忒拜的七将之一安菲阿拉俄斯的儿子。 《炼》XII，注12。
阿尔诺·丹尼尔	A.Daniello（意），A. Daniel（法） 12世纪后半叶普罗旺斯著名诗人。 《炼》XXVI，注20。
阿革劳罗斯	Aglauro（意），Aglauros（英） 雅典国王凯克洛普斯的长女。 《炼》XIV，注51。
阿迦同	Agatone（意），Agathon（英） 古希腊悲剧作家。 《炼》XXII，注28。
阿玛塔	Amata 拉蒂努斯国王后。 《炼》XVII，注6。
阿索浦斯河	Asopo（意），Asopus（英） 从忒拜城郊区流过的河流。 《炼》XVIII，注21。

中文名称	外文名称及说明
埃俄罗斯	Eolo（意），Aeolus（英） 古希腊神话故事中的风神。 《炼》XXVIII，注3。
埃利孔山	Elicona（意），Helicon（英） 雅典以北的山脉。 《炼》XXIX，注6。
爱德华一世	Edoardo I（意），Edward I（英） 英国国王，1272—1309年在位。 《炼》VII，注20。
安菲翁	Anfione（意），Amphion（英） 忒拜国王。 《炼》XII，注7。
安梯丰	Antifonte（意），Antiphon（英） 古希腊悲剧作家。 《炼》XXII，注28。
安提戈涅	Antigonè（意），Antigone（英） 俄狄浦斯国王的女儿。 《炼》XXII，注31。
奥罗拉	Aurora 古罗马神话中的黎明女神。 《炼》IX，注1。
奥斯蒂亚	Ostia 台伯河流入第勒尼安海的地方。 《炼》II，注15。
巴库斯	Bacco（意），Baccus（拉） 古罗马神话中的酒神。 《炼》XVIII，注20。
彼拉多	Pilato（意），Pilate（英） 古罗马皇帝派驻犹太的巡抚。 《炼》XX，注22。
庇西斯特拉托	Pisistrato（意），Pisistratus（英） 雅典僭主。 《炼》XV，注13。
波利克里托斯	Policleto（意），Polyclitus（英） 古希腊著名雕刻家。 《炼》X，注5。

中文名称	外文名称及说明
波吕墨斯托尔	Polimestor（意），Polymestor（英） 色雷斯国王。 《炼》XX，注32。
波塞冬	Poseidon 神话中的海神。 《炼》XV，注14。
波希米亚	Boemia（意），Bohemia（英） 捷克西部一历史地区。 《炼》VII，注10。
波伊提乌	Boezio（意），Boethius（英） 古罗马哲学家。 《炼》XXVII，注19。
布鲁日	Bruggia（意），Bruges（英） 佛兰德地区城市，现属比利时。 《炼》XX，注10。
查理·德·瓦洛瓦	Carlo di Valois（意），Charles de Valois（法） 法国国王腓力四世的弟弟。 《炼》XX，注18。
查理一世	Carlo I（意），Charles I（英） 安茹伯爵、普罗旺斯伯爵、那不勒斯和西西里国王。 《炼》VII，注14。
查士丁一世	Giustiniano I（意），Justinian I（英） 东罗马帝国皇帝。 《炼》VI，注20。
德洛	Delo（意），Delos（英） 爱琴海基克拉泽斯群岛中的一个小岛。 《炼》XX，注35。
德伊达米娅	Deidamia 斯库洛斯岛国王的女儿。 《炼》XXII，注35。
德伊皮勒	Deipyle 攻打忒拜的七将之一提德乌斯的妻子。 《炼》XXII，注30。
底格里斯河	Tigri（意），Tigris（英） 西亚的一条河流。 《炼》XXXIII，注30。

中文名称	外文名称及说明
杜埃	Doagio（意），Douai（法） 佛兰德地区城市，现属法国。 《炼》XX，注10。
俄瑞斯忒斯	Oreste（意），Orestes（英） 古罗马剧家帕库维乌斯剧作中的人物。 《炼》XIII，注7。
蛾摩拉	Gomorra（意），Gomorrah（英） 巴勒斯坦的古城。 《炼》XXVI，注6。
厄里西克同	Erisittone（意），Erysichthon（英） 忒萨利亚王子。 《炼》XXIII，注4。
鄂图卡二世	Ottaccaro II（意），Otakar II（英） 1230—1278年，波希米亚国王。 《炼》VII，注10。
法布里齐乌斯	Fabrizio（意），Fabricius（英） 古罗马将领。 《炼》XX，注7。
菲罗墨拉	Filomela（意），Philomela（英） 色雷斯王后普洛克涅之妹。 《炼》IX，注6。
腓力三世	Filippo III（意），Philip III（英） 法国国王，外号小鼻子。 《炼》VII，注11。
腓力四世	Filippo IV（意），Philip IV（英） 法国国王，1285年腓力三世病故后继位。 《炼》VII，注13。
弗里吉亚	Frigia（意），Phrygia（英） 古代西亚的一个区域。 《炼》XX，注28。
该尼墨得斯	Ganimede（意），Ganymedes（英） 宙斯的酒童。 《炼》IX，注8。
格里芳	Grifone、Grifon（意），Griffin（英） 狮身鹰头鹰翼的怪兽。 《炼》XXIX，注24。

中文名称	外文名称及说明
格列高利九世	Gregorio IX（意），Gregory IX（英） 教皇，1227—1241年在位。 《炼》VII，注8。
格列高利一世	Gregorio I（意），Gregory I（英） 教皇，590—604年在位。 《炼》X，注13。
根特	Guanto（意），Ghent（英） 佛兰德地区城市，现属比利时。 《炼》XX，注10。
哈布斯堡	Habsburg 欧洲历史上支系繁多的德意志封建统治家族。 《炼》VI，注23。
哈曼	Aman（意），Haman（英） 波斯国王亚哈随鲁的重臣。 《炼》XVII，注5。
海洛	Ero（意），Hero（英） 塞斯托斯城维纳斯女神庙的女祭司。 《炼》XXVIII，注10。
海妖	Sirena（意），Sirens（英） 又译"塞壬"，古代神话故事中的海妖。 《炼》XIX，注4。
赫尔斯	Erse（意），Herse（英） 雅典国王凯克洛普斯的次女。 《炼》XIV，注51。
赫勒斯滂海峡	Elesponto（意），Hellespontus（英） 即今达达尼尔海峡。 《炼》XXVIII，注8。
赫利奥多鲁斯	Eliodoro（意），Heliodorus（英） 奉命去掠夺耶路撒冷圣殿中财宝的叙利亚财政大臣。 《炼》XX，注31。
赫丽丝	Elice（意），Helice（英） 古希腊神话故事中的贞洁女子卡利斯忒的别名。 《炼》XXV，注26。
亨利七世	Henry VII 神圣罗马帝国皇帝，1308—1313年在位。 《炼》VI，注25。

中文名称	外文名称及说明
亨利三世	Henry III 英国国王，1216—1272年在位。 《炼》VII，注20。
基甸	Gideon 《圣经》故事中犹太人的领袖。 《炼》XXIV，注21。
吉罗·德·博尔奈尔	Giraldo de Bornel（意），Giraut de Bornelh（法） 12世纪后半叶普罗旺斯著名诗人。 《炼》XXVI，注21。
加百利	Gabriele（意），Gabriel（英） 天使。 《炼》X，注6。
加洛林王朝	Carolingi（意），Carolingian Dinasty（英） 8—10世纪统治法兰克王国的封建王朝。 《炼》XX，注12。
卡利敦	Caledonia（意），Calydon（英） 古希腊一地区。 《炼》XXV，注4。
卡利俄珀	Calliopè（意），Calliope（英） 九位缪斯女神之一，主管史诗。 《炼》I，注2。
卡托	Catone（意），Cato（英） 古罗马政治家，曾担任过保民官。 《炼》I，注8。
凯基利乌斯	Cecilio（意），Caecilius（英） 古罗马时代的喜剧作家。 《炼》XXII，注22。
凯克洛普斯	Ceclope（意），Cecrops（英） 雅典国王。 《炼》XIV，注51。
克拉苏	Grasso（意），M. L. Crassus（拉） 古罗马统帅、大奴隶主。 《炼》XX，注33。
克利娥	Clio 九位缪斯女神之一，主管史诗和历史。 《炼》XXII，注11。

中文名称	外文名称及说明
克洛托	Cloto（意），Clotho（英） 古希腊神话中掌握每个人生命的三位女神之一。 《炼》XXI，注6。
克瑞斯	Cerere（意），Ceres（英） 古罗马神话中的五谷女神。 《炼》XXIII，注4。
勒托	Latona（意），Leto（英） 太阳神阿波罗和女神阿尔忒弥斯的母亲。 《炼》XX，35。
里尔	Lilla（意），Lille（法） 佛兰德地区城市，现属法国。 《炼》XX，注10。
利安得	Leandro（意），Leander（英） 阿拜多斯城美少年。 《炼》XXVIII，注10。
利未	Livi 族长雅各的第三个儿子。他的子孙是法定的祭司。 《炼》XVI，注35。
利亚	Lia（意），Leah（英） 拉班的长女。 《炼》XXVII，注17。
鲁道夫一世	Rodolfo I（意），Rudolf I（英） 1273年当选为德意志王，建立了哈布斯堡王朝。 《炼》VI，注26。
罗波安	Roboam（意），Rohoboam（英） 所罗门之子，犹大国的第一任国王。 《炼》XII，注11。
马丁四世	Martino IV（意），Martin IV（英） 教皇。 《炼》XXIV，注4。
马尔斯	Marte（意），Mars（英） 神话中的战神。 《炼》XII，注5。
马利亚	Maria（意），Mary（英） 圣母。 《炼》X，注8。

中文名称	外文名称及说明
马赛	Marsiglia（意），Marseille（法） 地中海北岸法国港口城市。 《炼》XVIII，注23。
曼弗雷迪	Manfredi 神圣罗马帝国皇帝腓特烈二世之子，西西里国王。 《炼》III，注12。
弥达斯	Mida（意），Midas（英） 弗里吉亚国王。 《炼》XX，注28。
米甸人	Midian 居住在亚喀巴湾两岸的部族。 《炼》XXIV，注21。
米甲	Micol（意），Michal（英） 《圣经》人物，大卫的第一任妻子。 《炼》X，注12。
米拉城	Mira（意），Myra（英） 小亚细亚南部吕西亚地区的城市。 《炼》XX，注8。
密涅瓦	Minerva 古罗马神话中的女神。 《炼》XXX，注15。
末底改	Mardocheo（意），Mordecai（英） 《圣经》人物，犹太人。 《炼》XVII，注5。
墨勒阿格洛斯	Meleagro（意），Meleagros（英） 古希腊卡利敦王国的王子。 《炼》XXV，注4。
墨丘利	Mercurio（意），Mercury（英） 罗马神话中天神的使者。 《炼》XIV，注51。
那伊阿得斯	Naiade（意），Naiads（英） 古希腊神话中的水泉女神。 《炼》XXXIII，注12。
尼俄柏	Niobe 忒拜国王的妻子。 《炼》XII，注7。

中文名称	外文名称及说明
欧里庇得斯	Euripide（意），Euripides（英） 古希腊悲剧诗人。 《炼》XXII，注27。
帕尔纳索斯	Parnaso（意），Parnasus（英） 希腊境内的一座山峰，相传它是缪斯女神居住的地方。 《炼》XXII，注13。
帕库维乌斯	Pacuvio（意），Pacuvius（英） 古罗马戏剧家。 《炼》XIII，注7。
潘	Pan 古希腊神话中的林神。 《炼》XXXII，注15。
潘狄翁	Pandione（意），Pandion（英） 古希腊神话故事中的雅典国王。 《炼》IX，注6。
庞培	Pompeo（意），Pompey（英） 古罗马将领。 《炼》XVIII，注23。
佩德罗三世	Pietro III（意），Pedro III（西、英） 阿拉贡国王。 《炼》III，注14。
佩尔西乌斯	Persio（意），Persius（英） 古罗马讽刺诗人。 《炼》XXII，注24。
皮埃尔·德拉·布罗斯	Pierre de la Brosse 13世纪法国著名外科医生。 《炼》VI，注8。
皮格马利翁	Pigmalion（意），Pygmalion（英） 腓尼基城市推罗的国王。 《炼》XX，注27。
皮拉摩斯	Piramo（意），Pyramus（英） 年轻小伙子。 《炼》XXVII，注9。
普劳图斯	Plauto（意），Plautus（英） 古罗马时代的喜剧作家。 《炼》XXII，注22。

中文名称	外文名称及说明
普洛克涅	Progne（意），Procne（英） 色雷斯王后。 《炼》IX，注6。
乔托	Giotto di Bondone 1266—1337年，文艺复兴时期著名画家、雕塑家和建筑师。 《炼》XI，注20。
丘比特	Cupido（意），Cupid（英） 爱神维纳斯的儿子。 《炼》XXVIII，注6。
撒非喇	Sappira 《圣经》人物，与丈夫亚拿尼亚一起因瞒报公产收益受到惩罚。 《炼》XX，注30。
扫罗	Saul 《圣经》人物，以色列国王。 《炼》XII，注8。
色雷斯	Trace（意），Thrace（英） 巴尔干半岛东南部一历史区域。 《炼》IX，注6。
色萨利	Tessaglia（意），Thessaly（英） 希腊北部一地区。 《炼》I，注2。
施洗者约翰	Giovanni Battista（意），John Baptist（英） 《圣经》人物，曾给耶稣施洗。 《炼》XXII，注46。
司提反	Stefano（意），Stephen（英） 基督教早期传道者。 《炼》XV，注15。
斯巴达	Sparta 古希腊最强盛的城邦之一。 《炼》VI，注35。
斯芬克斯	Sfinge（意），Sphinx（英） 狮身人面兽。 《炼》XXXIII，注11。
斯塔提乌斯	Stazio（意），Statius（拉） 古罗马著名诗人。 《炼》XXI，注3。

中文名称	外文名称及说明
索尔德洛	Sordello 约1200—1270年，13世纪意大利著名诗人。 《炼》VI，注16。
塔米里斯	Tamiri（意），Thamyris（英） 大月氏王后。 《炼》XII，注14。
忒弥斯	Temi（意），Themis（英） 古希腊神话中神意的解释者。 《炼》XXXIII，注10。
忒提斯	Teti（意），Thetis（英） 阿喀琉斯的母亲。 《炼》XXII，注36。
特瑞俄斯	Tereo（意），Tereus（英） 色雷斯国王。 《炼》IX，注6。
提图斯	Tito（意），Titus（英） 罗马帝国皇帝。 《炼》XXI，注16。
提托努斯	Titone（意），Tithonus（英） 特洛亚王子。 《炼》IX，注1。
图拉真	Traiano（意），Trajan（英） 罗马帝国第二任皇帝。 《炼》X，注13。
图密善	Domiziano（意），Domitian（英） 罗马帝国皇帝，81—96年在位。 《炼》XXII，注18。
托马斯·阿奎那	Tommaso d'Aquino（意），Thomas Aquinas（英） 中世纪著名哲学家和神学家。 《炼》XX，注17。
瓦留斯	Varo（意），Varius（英） 古罗马诗人。 《炼》XXII，注23。
乌拉尼亚	Urania 九位缪斯女神之一，主管天文。 《炼》XXIX，注7。

中文名称	外文名称及说明
乌提卡	Utica 古迦太基小镇，现不存。 《炼》I，注14。
屋大维	Ottaviano（意），Octavius（英） 罗马帝国的第一任皇帝奥古斯都。 《炼》VII，注1。
西庇阿	Scipione（意），Scipio（英） 古罗马统帅。 《炼》XXIX，注25。
西摩尼得斯	Simonide（意），Simonides（英） 古希腊抒情诗人。 《炼》XXII，注29。
西拿基立	Sinnacherib 亚述国国王。 《炼》XII，注13。
西斯贝	Tisbe（意），Thisbe（英） 年轻姑娘。 《炼》XXVII，注9。
许普西皮勒	Isifile（意），Hypsipyle（英） 利姆诺斯岛女王。 《炼》XXII，注34。
绪任克斯	Siringa（意），Syrinx（英） 仙女。 《炼》XXXII，注15。
薛西斯一世	Serse I（意），Xerxes I（英） 古代波斯国王，公元前486—前465年在位。 《炼》XXVIII，注8。
雅典	Atene（意），Athens（英） 古希腊文化中心，现希腊共和国首都。 《炼》VI，注35。
雅典娜	Atena（意），Athena（英） 神话中的智慧女神。 《炼》XII，注5。
亚干	Acan 以色列人，违背了约书亚禁止拿战利品的禁令。 《炼》XX，注29。

中文名称	外文名称及说明
亚哈随鲁	Assuero（意），Ahasuerus（英） 波斯国王。 《炼》XVII，注5。
亚拿尼亚	Anania（意），Ananias（英） 《圣经》人物，与妻子撒非喇一起因瞒报公产收益受到惩罚。 《炼》XX，注30。
亚述国	Assiria（意），Assyria（英） 古代西亚奴隶制国家。 《炼》XII，注13。
伊斯梅涅	Ismenè（意），Ismene（英） 俄狄浦斯国王的女儿。 《炼》XXII，注33。
伊斯梅努斯河	Ismeno（意），Ismenus（英） 穿越忒拜城的河流。 《炼》XVIII，注21。
以斯帖	Ester（意），Esther（英） 《圣经》人物，波斯国王后。 《炼》XVII，注5。
尤维纳利斯	Decimus Junius Juvenalis 古罗马著名讽刺诗人。 《炼》XXII，注4。
幼发拉底河	Eufrates（意），Euphrates（英） 西亚的一条河流。 《炼》XXXIII，注30。
于格·卡佩	Ugo Capet（意），Hugh Capet（英） 法国卡佩王朝的奠基人。 《炼》XX，注9。
约卡斯塔	Giocasta（意），Jocasta（英） 古希腊神话中忒拜王俄狄浦斯的妻子。 《炼》XXII，注10。